U0068441

韓晗主編

李杜詩學與民族文化

徐希平　著

秀威資訊・台北

本書為中國四川省社會科學重點研究基地杜甫研究中心成果

「秀威文哲叢書」總序

自秦漢以來，與世界接觸最緊密、聯繫最頻繁的中國學術非當下莫屬，這是全球化與現代性語境下的必然選擇，也是學術史界的共識。一批優秀的中國學人不斷在世界學界發出自己的聲音，促進了世界學術的發展與變革。就這些從理論話語、實證研究與歷史典籍出發的學術成果而言，一方面反映了當代中國學人對於先前中國學術思想與方法的繼承與發展，既是對「五四」以來學術傳統的精神賡續，也是對傳統中國學術的批判吸收；另一方面則反映了當代中國學人借鑒、參與世界學術建設的努力。因此，我們既要正視海外學術給當代中國學界的壓力，也必須認可其為當代中國學人所賦予的靈感。

這裡所說的「當代中國學人」，既包括居住於中國大陸的學者，也包括臺灣、香港的學人，更包括客居海外的華裔學者。他們的共同性在於：從未放棄對中國問題的關注，並致力於提升華人（或漢語）學術研究的層次。他們既有開闊的西學視野，亦有扎實的國學基礎。這種承前啟後的時代共性，為當代中國學術的發展提供了堅實的動力。

「秀威文哲叢書」反映了一批最優秀的當代中國學人在文化、哲學層面的重要思考與艱辛探索，反映了大變革時期當代中國學人的歷史責任感與文化選擇。其中既有前輩學者的皓首之作，也有學界新人的新銳之筆。作為主編，我熱情地向世界各地關心中國學術尤其是中國人文與社會科學發展的人士推薦這些著述。儘管這套書的出版只是一個初步的嘗試，但我相信，它必然會成為展示當代中國學術的一個不可或缺的窗口。

韓晗

2013年秋於中國科學院

目次 | CONTENTS

第一編：李杜行跡與文獻考辨

李白流夜郎赦歸經湘漢行跡考辨

唐肅宗乾元元年（758），李白終因從璘之事被判長流夜郎，遂由潯陽溯江而上，至江夏、漢陽，再泛洞庭，上三峽，抵巫山。時已次年之春，大赦令頒，承恩東返。這段行跡，於太白詩集中歷歷可考，故向無異議。但對於其赦歸之後所行，則有不同之說，分歧之點在於湘漢一帶，據北宋曾鞏〈李太白文集〉[1]云：太白「以赦得釋，憩岳陽、江夏，久之複如潯陽」。（一）、而清人王琦、黃錫圭分別所著之〈李太白年譜〉[2]及今人詹鍈先生所著之《李白詩文繫年》[3]等，則謂太白於乾元二年「還憩江夏、岳陽。」「復如潯陽」，（二）、其中詹鍈先生還認為憩江夏岳陽後旋赴零陵，次年再歸至巴陵江夏，（三）、然後「復如潯陽」。諸譜十分通行，頗具權威，故其說幾成定論，而曾鞏之說則往往被人忽略。

那麼，李白湘漢行跡是否果如諸譜所言呢？核之當時交通線路，令人不免疑竇橫生。因其流放與赦歸，均須沿長江而行。去歲赴夜郎，由東向西溯江而上，故經江夏而泛洞庭（岳陽）。次年遇赦歸，由西向東順江而下，理當先憩岳陽繼赴江夏，正如曾鞏〈後序〉所記。若依諸譜所言，出峽江下荊門之後，未憩岳陽

---

1 （宋）曾鞏《後序》，〈李太白文集〉，巴蜀書社影印宋蜀刻本，1986年，158頁。

2 （清）王琦《李太白集注》，上海古籍出版社據文淵閣四庫全書影印，1992年，643頁。

3 詹鍈《李白詩文繫年》，人民文學出版社，1984年，139、141頁。

便達江夏，已是不可思議，既至江夏，不繼續東下，卻又掉過頭來，西上岳陽，盤桓淹留後方再返江夏東歸。這段行程，往復徘徊，且與上年行跡完全重合，構成一個環形軌跡，更是有悖於常理，亦不合太白急欲與家人團聚的心理。因而猶如紛亂撲朔的迷團，令人費解，難於信服。

當然，懷疑並不能代替事實，若事出有因，也不能排除太白徘徊湘漢的可能性。在此不妨考察一下諸譜之說的根據，即有關詩文繫年之準確性，由此證實本年赦歸後太白是否存在再由江夏赴岳陽之行。因記載李白行蹤最詳的是詹鍈先生《李白詩文繫年》，差不多包括了諸譜的主要依據，故本文將主要就《繫年》的有關部分予以商榷。

《繫年》於乾元二年繫詩四十餘首，分別作於流放末期及遇赦初歸之時的江夏、岳陽、零陵等地。其中江夏之作十三首，江夏至岳陽途中之作二首。江夏詩中有〈自漢陽病酒歸寄王明府〉一首。詩云：「去歲左遷夜郎道，琉璃硯水長枯槁。今年敕放巫山陽，蛟龍筆翰生輝光。」證明太白至江夏為本年，諸詩均依此而繫。中有二詩題為〈博平鄭太守自廬山千里相尋入江夏北市門見訪，卻之武陵，立馬贈別〉、〈將遊衡岳過漢陽雙松亭留別族弟浮屠談皓〉。另外，其由江夏赴岳陽途中之二詩題為〈答裴侍御先行至石頭驛以書見招期月滿泛洞庭〉、〈至鴨欄驛上白馬磯贈裴侍御〉。此四詩可視作諸譜之說的主要根據，《繫年》正是據此而謂太白本年「九夏居江夏，至梧桐葉黃之時去衡岳」。然細加考察，此四首詩除其寫作地點無疑外，寫作時間定於本年則大可商榷。

關於江夏啟程赴湘時之二詩，先看第一首〈博平鄭太守……立馬贈別〉，黃錫圭《李太白年譜》繫此詩於次年（上元元年），《繫年》繫於乾元二年之理由為：「既稱『博平鄭太守』，當在天寶之後。詩云：『都忘虎竹貴，且與荷衣樂。』疑在太白暮年歸隱之時，姑繫於此。」看來詹鍈先生亦覺其據不夠充分，故以十分審慎的態度用了揣測之詞。學界對此說已有質疑。如有人指出詩中所反映的責備時人不好士，並以侯嬴一類豪士自況的思想還是在去朝以後安史之亂前這一段時期最為強烈；又認為若繫於安史亂起後的乾元二年，以身為局勢混亂地區的河北博州太守四處訪友，於理不合。（四）、而最能說明問題的還是題目中「博平鄭太守」這一地名與職官稱謂。檢《舊唐書·職官志三》：「刺史一員」，注云：「天寶元年改州為郡，置太守；乾元元年改郡為州，置刺史。」《地理志四》：「博州，天寶元年改為博平郡，乾元元年復為博州。」這就清楚不過了，官稱太守和地名博平均只在天寶元年至乾元元年之間，乾元元年便又恢復刺史和博州舊名，《繫年》據太守改名之上限而謂詩作於天寶之後，卻未考其下限，亦未考地名之變更，故繫年未免偏晚。由此知博平鄭太守之訪當在乾元元年之前，此詩非乾元二年所作明矣。

第二首〈將遊衡岳……留別族弟浮屠淡皓〉。黃錫圭《李譜》謂其為乾元元年流放途中遊衡岳所作，《繫年》以此詩有「青蠅一相點，流落此時同」之句而「疑指流夜郎事而言」，故繫之於乾元二年。對此仍有可商之處。因為即使是流夜郎後之詩，亦應以去年西上由江夏赴洞庭期間所作的可能性更大，何況以「青蠅」喻流放事未免牽強。按此典出自《詩·小雅·青蠅》：「營營青蠅；止於樊，豈弟君子，無信讒言。」後世皆以之喻進讒言之佞人，形容君子易被其誣陷中傷，如王充《論衡·商蟲》所謂「讒言傷善，青蠅汙白」。考太白生平，曾歷兩次重大波折，一是長安去朝歸山，一是此次長流夜郎，兩次打擊，緣由各異，太白對之亦有不同之反應。前者具體原因難詳，但被人謗諂是十分明顯，故太白去朝之後，言及此事，每每以青蠅玷玉來喻己之被讒，其〈翰林讀書言懷，呈集賢諸學士〉詩云：「青蠅易相點，〈白雪〉難同調。」王琦注引陳子昂詩：「青蠅一相點，白璧遂成冤。」注云：「蓋青蠅遺糞白璧之上，致成點汙，以比讒譖之言能使修潔之士致招罪尤。」其他如〈書情贈蔡舍人雄〉：「白璧竟何辜，青蠅遂成冤」；〈雪讒詩贈友人〉：「白璧何辜，青蠅屢前」；〈贈溧陽宋少府〉：「白玉棲青蠅，君臣忽行路」；〈鞠歌行〉：「楚國青蠅何太多，連城白璧遭讒毀。」這些均為去朝後安史亂前敘其長安遭讒失志之經歷而作，表現出對讒佞小人十分憎惡鄙視之情，激昂悲憤，毫無妥協之意。對於從璘被放一事，雖然受害更重，但卻是事出有故，且不乏為之推覆清雪者，談不上遭讒，已不適合用「青蠅」之典，故太白之態度與前者相異。所謂「半夜水軍來，潯陽滿旌旃，空名適自誤，迫脅上樓船」。或自歎自憐，企求援引，望君施恩，察其心志，如〈賦得鶴送史司馬赴崔相公幕〉所云：「珍禽在羅網，微命若游絲，願托周周羽，相銜漢水湄」。〈獄中上崔相渙〉亦謂：「羽翼三元聖，發輝兩太陽。應念覆盆下，雪泣拜天光。」這類語句比比皆是，卻未再用「青蠅」之典。由此不難看出，此詩之「青蠅」句與被流無涉，而恰恰證明其寫作時間與長安去朝之初所作諸詩相近，至遲也不當晚於天寶末。斷非流放赦歸後之乾元二年。

至於〈答裴侍御先行至石頭驛以書見招期月滿泛洞庭〉和〈至鴨欄驛上白馬磯贈裴侍御〉這兩首由江夏赴岳陽途中之詩，同樣非本年所作。按二詩均為與「裴侍御」贈答之篇。《繫年》

於前詩之考證中引〈求闕齋讀書錄〉：「石頭驛在嘉魚之上，白螺磯之下，去岳州百五十里。公時在江夏，裴以月之初三、四至石頭驛，約公速行，將以十五同泛洞庭，公答此詩時已過十五矣。原注稱石頭在金陵，失之矣。」意謂裴先赴巴陵，途中寄詩太白，促其速行，約定月滿共聚於岳州，大白答詩時已過其期。除以上二詩外，另有三首贈裴侍御詩，題為〈夜泛洞庭尋裴侍御清酌〉、〈酬裴侍御對雨感時見贈〉、〈酬裴侍御留岫師彈琴見寄〉，詹鍈先生均繫之於前二首之後，謂其作於巴陵而非金陵，甚為精當，說明太白雖未如期抵達，但在稍後不久即與之泛舟洞庭，相互贈酬。然而，這段交往是否為乾元二年之事呢？欲知答案，不妨先看看裴侍御其人。檢〈光緒重修湖南通志・流寓〉：「裴隱，官侍御，謫居岳州，與岫道人鼓琴自娛，李白流夜郎過之，相與唱和遊宴。」詹鍈先生亦以裴侍御即裴隱，則其此次赴岳州乃被謫無疑。那麼，裴之被謫又在何時呢？按太白有〈流夜郎至西塞驛寄裴隱〉一詩，王琦注云：「西塞驛，當在西塞山邊。」又引〈元和郡縣誌〉，「西塞山，在鄂州武昌縣東八十五裡」，則其詩乃太白流放途中將抵武昌時作，《繫年》編於乾元元年，甚是。詩云：「揚帆借天風，水驛苦不緩，平明及西塞，已先投沙伴。」王琦注曰：「裴隱，疑亦當時逐臣，故用賈誼投沙事。」這就說明裴之被謫與太白之被放時間相近。且由「已先投沙伴」一句還可知此時裴隱亦已啟程，與太白先後乘船溯江西上，太白船快，先至西塞，將達鄂州，而裴尚在江南地界，故太白於此「空將澤畔吟，寄爾江南管。」詩中又有「龍怪潛溟波，候時救炎旱」；時為乾元元年之夏也。再觀前面江上贈裴之二詩，亦分明為二人分乘船只次第西行於赴岳之江路，不過位序顛倒，裴隱反先行於前罷了。這就不能不令人生疑，鄂嶽之間相距不過數日之程，既然當乾元元年夏太白行近鄂州時裴隱即亦啟程赴貶所，且太白至江夏後還滯留時日，至秋日方續行，何以於次年太白赦歸還於江夏時，裴氏竟仍未達岳州，而且二人尚得以再度次第而行，相約於清秋之季同泛洞庭。如此巧合實在到了令人難以置信的地步。可見以此二詩為乾元二年之作是多麼牽強，實際上除了以之與〈流夜郎至西塞驛寄裴隱〉一道視為乾元元年先後之作外，其他任何解釋都是難於成立的。這在太白到達巴陵後贈裴之詩中亦右得到證明。〈酬裴侍御對雨感時見贈〉云：「禍連積怨生，事及徂川往，渺然一水隔，何由稅歸鞅？日夕聽猿愁，懷賢盈夢想。」正是其流放未赦前實情與心境表現。其中「何由稅歸鞅」一句出自謝朓〈京路夜發〉：「故鄉邈已敻，山川修且廣。……行矣倦路長，無由稅歸鞅。」言其身不由已，無法休息，難以歸家。這使說明太白與裴隱唱酬於流放之途，而非赦歸之後。即二人均於乾元元年相繼啟行，太白船行較快，先達鄂州，因在江夏滯留稍長，故裴隱反倒行於其先，且於將抵岳州之石頭驛寄詩相催，約期月滿泛洞庭，稍後二人便於岳州相聚酬唱。〈答裴侍御先行至石頭驛以書見招期月滿泛洞庭〉即此次答裴之詩，而〈至鴨欄驛上白馬磯贈裴侍御〉則是其後近於岳州時所贈，二詩皆作於乾元元年無疑。

以上四詩既均非乾元二年所作，則諸譜之說即失去依據，本年太白赦歸後先至江夏再返岳陽之可能性即可排除。諸譜乙太白於湘漢間徘徊，不僅於理不合，還導致其他與之相關之疏誤。如《繫年》謂太白本年（乾元二年）秋由江夏返岳陽，遊零陵，至次年（上元元年）春再歸岳陽，然後歸至江夏。故於上元元年繫詩中先列〈春滯沅湘有懷山中〉、〈送儲邕之武昌〉，次列〈早春寄王漢陽〉、〈望漢陽柳色寄王宰〉等。意謂前二首作於巴陵，後者作於江夏。然細味其意即可感兩地之作時令相牴牾。按〈早春寄王漢陽〉詩云：「聞道春還未相識，走傍寒梅訪消息。昨夜東風入武昌，陌頭楊柳黃金色。」聯繫詩題可知正為早春，則太白之達江夏當在春還之前，至遲當在去冬之末。而〈春滯沅湘有懷山中〉詩則云：「沅湘春色還，風暖煙草綠」，分明已是仲春麗景，此時尚滯沅湘，未見詩中有即刻動身之意，其與江夏之詩相觸，顯而易見。既然在初達江夏時尚未識春還，安得又先於沅湘已迎得春歸，見風暖草薰？可見其非本年所作。不僅如此，再將其與赦歸後至巴陵所作其他詩篇相對照，更可以現彼此心志殊異。因此時正值亂離，急需國士之際，故太白雖歷經磨難而壯心不已，仍期效力於國。「握東籬下，淵明不足群」（〈九日登巴陵置酒望洞庭水軍〉），「安得倚天劍，跨海斬長鯨」（〈臨江王節士歌〉），便是此時懷抱的表露。而上面這首〈春滯沅湘有懷山中〉則寫道，「余非懷沙客，但美采菱曲，所願歸東山，寸心於此足。」曠達閒適，意欲歸隱，既無遭受放逐之跡，更無百折不撓之志。恰與天寶中去朝後之心境相吻合，知其同〈博平鄭太守……見訪，卻之武陵，立馬贈別〉、〈將遊衡岳……留別族弟浮屠談皓〉二詩相隔不久，均為天寶後期赴衡岳陽時所作，《繫年》因將乾元二年末至上元元年春太白江夏之行割裂為二次，將此沅湘之作編於上元元年春，失之矣。

這樣，太白赦歸之初行止之疑即可冰釋，知曾鞏《李太白集後序》所記較為確切。試稍作勾勒：乾元二年，太白流夜郎至巫山遇赦，遂沿江而下，經三峽，出荊門而憩岳陽，此時已當本年之秋，又曾赴零陵等地作短暫之遊，再繼續順江東下，於年內抵達漢陽、江夏，在江夏滯留至明年春後便逕歸江東、潯陽。

李白〈賦得鶴送史司馬赴崔相公幕〉甄辨

《全唐詩》卷一八五載李白〈賦得鶴送史司馬赴崔相公幕〉一首。詩云：

> 崢嶸丞相府，清切鳳凰池。羨爾瑤台鶴，高棲瓊樹枝。
> 歸飛晴日好，吟弄惠風吹。正有乘軒樂，初當學舞時。
> 珍禽在羅網，微命若游絲。願托周周羽，相銜漢水湄。

此詩又見於同書卷二百一岑參集中。題作〈送史司馬赴崔相公幕〉。文字略有差異：「好」作「暖」，「周周」作「周南」，「漢水」作「谿水」。其題注云：「一作無名氏詩，一作李白詩，一本題上有『賦得鶴』三字。」對這首重出詩，研究李、岑的專家們或存疑，或各執己見，未能斷定。筆者以為此詩當為李白所作，後人誤入《岑參集》中。

按此詩於宋人楊齊賢注《李翰林集》無載，最早見於《文苑英華》卷二六九，作李白詩。嚴羽《滄浪詩話．考證》云：「《文苑英華》有〈送史司馬赴崔相公幕〉云：（詩略）此或太白之逸詩也。不然，亦是盛唐人之作。」[1]，此後又載於明胡震亨《李詩通》卷二一附錄，題作〈賦得鶴送史司馬赴崔相公

[1] 郭紹虞《滄浪詩話校釋》，人民文學出版社，1983年，225頁。

幕〉。王琦輯注《李太白全集》載此於卷三十〈詩文拾遺〉，題作〈送史司馬赴崔相公幕〉，題注「詩題一本多賦得鶴三字」，第三聯首句「歸飛晴日好」作「歸飛晴日暖」。王注云：「末二聯或是太白在潯陽獄中之作，所謂崔相公者即是崔渙，似亦近之。而岑參集中亦載此詩，一云無名氏詩」。均未最後肯定。據詹鍈先生推測，胡本乃出自魏顥《李翰林集》及宋敏求、曾鞏所編次本之系統，當有所據，以上說明自宋人起即已視之為李白之作。再檢中華書局一九八一年排印本陳鐵民、侯忠義《岑參集校注》卷五《未編年詩、賦、文、銘》載有此詩。題無「賦得鶴」三字。其校云：「本詩底本（指四部叢刊）影印明正德十五年熊相濟南刊本《岑嘉州詩》七卷）、明抄本（黃丕烈藏明抄八卷本《岑嘉州詩集》）、吳校（明刊吳慈培校並補目《岑嘉州集》）均不載，此據《全唐詩》」。實際上諸本岑參集均不載此詩，唯《全唐詩》重出載之，不足為憑，由此知王琦之謂近是，似應為李白繫獄後所作。

陳、侯《岑參集校注》於此詩注云：「司馬，即行軍司馬。相公，對宰相的稱呼。按，崔渙至德元載七月為門下侍郎，同中書門下平章事，李白繫潯陽獄時，『渙充江淮宣慰選補使』（參見《舊唐書・崔渙傳》及《通鑒》）。宣諭選補使掌宣諭王命，平反獄訟等事，並知選舉，非軍職，似不得稱『幕』。另，李白當時既在獄中，亦似不得為此送行之詩。又此詩太白集諸本多不載，故疑非白作。」歸納之，其疑之證有三：其一，崔渙所任非軍職，不宜稱幕；其二，太白時在獄中，不得作送行詩；其三，諸本多不載。對此，因其三前已綜述，不必多論（此詩確實僅《文苑英華》及胡本、王本載之，其餘諸本「多不載」，但似仍較岑集諸本「均不載」有據），其餘兩點，似皆有可商之處。

首先，關於李白下獄及長流夜郎期間崔渙之職。（詩中之「羅網」，不應僅指繫獄，亦當包括為逐客之時）據王琦編《李白年譜》載：「至德二載二月，永王璘兵敗，太白亡走彭澤，坐系潯陽獄，宣慰大使崔渙及御史中丞宋若思為之推覆清雪。若思率兵赴河南，釋其囚，使參謀軍事，並上書薦白才可用，不報」[2]。太白〈為宋中丞自薦表〉亦云：「前後經宣慰大使崔渙及臣推覆清雪，尋經奏用」。王琦《李譜》又載：「乾元元年戊戌，終以永王事長流夜郎，遂泛洞庭，上三峽至巫山」。知太白繫獄至判流放歷時一年餘。該譜又云，「乾元二年己亥，未至夜郎，遇赦得釋」。再檢〈新唐書・宰相表〉：「至德元載七月庚午，蜀郡太守崔渙為門下侍郎，同中書門下平章事。十一月戊午，渙為江南宣慰使」。〈舊唐書・肅宗紀〉載：「至德元載八月甲申，以黃門侍郎崔渙為餘杭太守，江東採訪防御使」，〈舊唐書・崔渙傳〉亦有相同記載，則李白初繫獄時，崔渙正為宣慰大使，而李白未流放之前，渙已改江東採訪防御使。按防御使為唐初設置於西北邊鎮專掌軍事之職，「安史之亂」時分設於各軍事要地，多以刺史兼任，其既為軍職，亦即可稱「幕」……也。其時、職皆合，且崔渙早知其冤，曾為之推覆，此時李白借史郎中赴幕之機，再請其盡力相助，也是情理中事。

第二，關於李白繫獄，可否作送行詩問題，亦不難得到解答。本集有〈獄中上崔相渙〉（卷十一），〈上崔相百憂章〉（卷二四）、〈萬憤詞上魏郎中〉（卷二四），詩云：「自古豪烈，胡為此繫」，「如其聽卑，脫我牢狴」及〈在潯陽非所寄內詩〉（卷二五）等，皆作於獄中。另有〈送張秀才謁高中丞〉

---

[2] （清）王琦《李太白集注》，上海古籍出版社影印本，1992年，640頁。

（卷十八），其自序云：「余時繫潯陽獄中，正讀《留侯傳》，秀才張孟熊，蘊滅胡之策，將之廣陵謁高中丞，余喜子房之風，感激於斯人，因作是詩以送之」。可知太白繫獄時不僅可以作詩，而且可以讀書、會友以及相送。不僅如此，據王琦《李譜》可知，太白繫獄至次年流放前，尚有一段相對自由時期，即崔渙與宋若思為之推覆清雪，「若思率兵赴河南釋其囚，使參謀軍事，並上書薦」之時。此時雖王命未宣，陰影未消，但畢竟暫得安閒，可以飲宴、遊玩，曾作〈中丞宋公以吳兵三千赴河南軍次潯陽脫余之囚參謀幕府因贈之〉（卷十一）、〈陪宋中丞武昌夜飲懷古〉（卷二二）、〈為宋中丞祭九江文〉（卷二九）、〈為宋中丞請都金陵表〉（卷二六），〈為宋中丞自薦表〉（卷二六）等詩文。又太白出獄當在至德元載八月崔渙改任防御使之前，至明年流放應有數月時間，完全可以為史郎中送行。同時，即使在太白被判流放後，於其途也仍可賦詩作文，本集中存有大量作於這段時期的詩篇。如〈流夜郎贈辛判官〉（卷十一）、〈流夜郎至西塞驛寄裴隱〉（卷十四）、〈醉題王漢陽廳〉（卷二十三，詩云：「我似鷓鴣鳥，南遷懶北飛」）等。說明太白自初繫獄至遇赦的三個時期中均可作詩送友，則其以詩為史郎中送行也就不足為奇了。

瞿蛻園，朱金城先生《李白集校注》卷三十載此詩，注云：「史司馬，按卷十一〈江夏使君叔席上贈史郎中〉有『希君生羽翼，一化北溟魚』之句，據其上文云：『昔放三湘去，今還萬死餘』，而卷二三〈與史郎中欽（飲）聽黃鶴樓上吹笛〉云：『一為遷客去長沙』，皆足證其為李白初遇赦歸所作。此詩云：『珍禽在羅網，微命若游絲，願托周周羽，相銜漢水湄』，時地既皆合，而與卷十一一首詩意亦相關，頗疑即是一人，若然則當決為李白作，非岑參作也。」所論極是，茲再補證之。

綜觀全詩之意，分明為蒙冤繫獄，危在旦夕，希望身為「瑤台鶴」的史司馬援引，為之上達冤情。若以此作岑參詩，再依陳鐵民、侯忠義先生以「崔相」為淮南節度使崔圓[3]、（岑參之世，宰相崔姓者，唯崔渙、崔圓二人），則顯得有些不倫不類，令人不得其解。按崔圓鎮淮南在上元二年，至永泰三年卒[4]。而這期間岑參分別為虢州長史，再轉太子中允、關西節度判官，考功員外郎及虞、庫部郎中，直至嘉州刺史[5]，仕途平穩，無求救之理。且其生平雖不是青雲直上，春風得意，卻也從未獲罪繫獄，更談不上「微命若游絲」之憂，顯然與詩意不合。而若作李白詩讀，則這一切疑難都不會存在了。

李白蒙冤期間，曾多次向友人、上司申訴其冤情，如：「共工赫怒，天維中摧」、「魚龍陷人，成此禍胎」、「鄒衍慟哭，燕霜颯來。微誠不感，猶繫夏台」。（〈上崔相百憂章〉）、「羽翼三元聖，發輝兩太陽，應念覆盆下，雪泣拜天光」。（〈獄中上崔相渙〉）「自古豪烈，胡為此繫？蒼蒼者天，高乎視低，如其聽卑，脫我牢狴」。（〈萬憤詞投魏郎中〉）

企求援引之意，亦比比皆是：

> 「恭聞士有調相如，始從鎬京還，欲復鎬京去，能上秦王殿，何時回光一相盼」（〈雜言用投丹陽知己兼奉宣慰判官〉）「登朝若有言，為訪南遷賈」。（〈贈常侍御〉）

---

3 陳鐵民、侯忠義《岑參集校注》，上海古籍出版社，1981年，430頁。

4 （後晉）劉昫《舊唐書・肅宗紀》。

5 參聞一多先生《岑嘉州繫年考證》，《聞一多全集》第六冊，284頁，湖北人民出版社1994年。

在這類詩篇中，還表現出太白對前途和命運的無限憂慮和悲觀，如「我無燕霜感，玉石俱燒焚，但灑一行淚，臨歧竟何云」（〈送張秀才謁高中丞〉）等，都與這首送史司馬之詩意義相關合。同時，從這些詩篇中屢次出現的「羅網」、「牢狴」、「非所」等詞語，還很容易使我們聯想起這期間杜甫〈李白〉那滿懷深情的詩句：「江南瘴癘地，逐客無消息，……君今在羅網，何以有羽翼？」（其一）「冠蓋滿京華，斯人獨憔悴。孰云網恢恢？將老身反累。」（其二）這與李白此詩之後四句之意是何其相似，可知杜甫並非憑空而歎，當時似應曾讀到這些詩篇。

再從風格和題目來看，通篇以鶴喻史郎中，以「珍禽」自喻。這既與胡本所載之題〈賦得鶴送史司馬赴崔相幕〉相關，亦符合太白詩歌想像奇幻，善用比興之一貫風格。太白高自期許，常以珍禽鸞鳥自喻，如：「蒼榛蔽層丘，瓊草隱深谷，鳳鳥鳴西海，欲集無珍木」。（《古風・三十九》）、「梧桐巢燕雀，枳棘棲鴛鸞」。（《古風・三十八》）。

在獄中所作〈萬憤詞投魏郎中〉詩中，再次以此表示自己的憤懣不平，「樹榛拔桂、囚鸞寵雞」。不難看出，詩中「珍禽」、「鸞鳥」之不幸，均為太白之自況也。

此詩末尾二句也很可說明問題，「願托周周羽，相銜漢水湄」語意甚明，若依岑集作「周南羽」、「谿水湄」，即含混不清。按「周周」，典出《韓非子・說林下》，「鳥有翢翢者，重首而尾屈，將欲飲於河則必顛。乃銜其羽而飲之，人之所有飲不足者，不可以不索其羽也」，太白用此，寓有請鶴（即史司馬）象周周那樣救援同類之意。此典為太白所熟用。如《古風》（五十七）云：「周周亦何辜，六翮掩不揮。願銜眾禽翼，一何黃河飛」，其中「六翮」句文並用阮籍〈詠懷〉中「天網彌四野，六翮掩不舒」之意，故可為其旁證。又檢李白行蹤，潯陽出獄後，曾數到武昌、江夏、漢陽、沔州一帶。先是隨宋若思軍經武昌準備到河南，有〈陪宋中丞武昌夜飲懷古〉、〈望鸚鵡洲懷禰衡〉等詩為證。次年流夜郎時再經江夏、漢陽等地，有〈流夜郎至江夏陪長史叔與薛明府宴興德寺南閣〉（卷二十）、〈鸚鵡洲〉（詩云：「遷客此時徒極目，長洲孤月向誰明」，卷二一）、〈泛沔州城南郎官湖〉（卷二十，序云：「乾元歲秋八月，余遷夜郎」）、〈醉題王漢陽廳〉等詩可證，故此詩云：「相銜漢水湄」，與近年之行跡相合。

由以上大量證據，可以斷定〈賦得鶴送史司馬赴崔相幕〉一詩當為李白之作，其時不應限於繫潯陽獄期間，當在至德二載至乾元二年遇赦而歸之前。後人以之入岑參集，誤也。

李白〈宣州謝朓樓餞別校書叔雲〉詩題之爭

李白〈宣州謝朓樓餞別校書叔雲〉（案：題本應作〈陪侍御叔華登樓歌〉）是一首膾炙人口、千古傳誦的名作。然而，關於這首詩的題目，卻長期被人誤標，因而易導致對詩的一些誤解。歷代諸本李集皆題作「餞別校書叔雲」，於其下注云：「一作〈陪侍御叔華登樓歌〉」。雖然詹鍈先生在四十年代所著之《李白詩文繫年》及後來的論文中都已曾指出該詩題目應以〈陪侍御叔華登樓歌〉為是[1]，但並未引起重視，近年的許多選本均仍以舊題[2]。

標題分歧的主要原因在於對詩中「蓬萊文章建安骨，中間小謝又清發」一聯之理解有別，尤為集中於「蓬萊文章」一詞之上。此詞本義並不難解，王琦注引《後漢書・竇章》傳：「是時學者稱東觀為老氏藏室，道家蓬萊山」。再引章懷太子注曰：「言東觀經籍多也．蓬萊，海中神山，為仙府，幽籍秘綠並皆在焉」。另清人王堯衢《唐詩全解》謂蓬萊官即大明宮，李云「校書蓬萊宮，其文章有建安之風骨」。但大明宮內省署繁多，並不

---

1 詹鍈《李白詩文繫年》，人民文學出版社，1984年版，93頁；另有李白〈宣州謝朓樓餞校書叔雲〉題目應作〈陪侍御叔華登樓歌〉，《文學評論》一九八三年第二期。

2 近有楊栩生、沈曙東《〈宣州謝朓樓餞別校書叔雲〉詩題辨識》，（四川省教育廳李白文化研究中心等編《李白文化研究2008》，164頁，巴蜀書社2009年出版），與詹鍈先生及本文觀點相異，可參看。

能以之等同於秘書省，故注家多取王琦之說，以「蓬萊」為漢之東觀。

然而，關於東觀與本詩的具體關係，卻又存在著分歧。一是以「蓬萊」指東觀後再引申為代指唐秘書省。如宋楊齊賢《李翰林集》注云：「蓬萊」，指校書（李雲）也」。明、唐汝洵《唐詩解》云：「子（李雲）校書蓬萊宮，文有建安風骨」。朱東潤先生主編《中國歷代文學作品選》引王琦注後解曰：「這裡的蓬萊，是借指唐代的秘書省，李雲校書秘書省，故稱之為蓬萊文章。」此外如安徽大學等十三院校編《中國古代文學作品選》等亦如是注；二是逕以「蓬萊」指漢代文化。林庚、馮沅君主編《中國歷代詩歌選》注曰：「蓬萊，海上神山，相傳仙府秘書皆藏於此。漢時東觀是官家著述及藏書之所，東漢學者以之比為道家蓬萊山，『蓬萊之章』即指漢代文化」。社科院文研所《唐詩選》等注相同。按前者以蓬萊山代唐秘書省，雖不能說毫無依據，但結合詩意和具體創作語境令人總覺得十分牽強。以謫仙李白如此吹捧一個不留片言隻字，歷代典籍均不提及其文的無名之輩，也顯得情理不合。比較而言，後者似較為近是，且從歷史順序看，在建安風骨、小謝清發之前，先言漢代文化，亦似為有條不紊。然仍有疑點，因東觀為東漢朝廷藏書處，所藏多為前代經籍、直接以之指漢代文化，似覺未能十分妥當，令人不能完全信服。

詹鍈先生根據《文苑英華》（卷三四三）所載，提出了新解。以為此詩當依據該書之題，作〈陪侍御叔華登樓歌〉，而「蓬萊文章」則亦應依之作「蔡氏文章」，即指東漢末年碑版文字名家蔡邕的文章。此說獨闢蹊徑，令人豁然通悟。按李華為唐古文運動先驅之一，所著〈弔古戰場文〉為世傳誦。這與能詩善賦，為漢末文風轉變時期之代表作家的蔡邕有相似之處。尤為重要的是李華還是一個有名的碑版文字收藏家，《新唐書・文藝・李華傳》謂其「不甚著書，唯天下士大夫家傳墓版及州縣碑頌，時時賷金帛往請，乃彊為應」。這更與以碑銘、書法著稱的蔡邕有了自然聯繫。劉勰《文心雕龍・誄碑》評之曰：「自後漢以來，碑碣雲起。才鋒所斷，莫高蔡邕」。摯虞曰：「蔡邕為楊公作碑，其文典正，末世之美也」，備加推崇。此外，蔡邕還曾有一垂於青史之舉。《資治通鑒》卷五七・漢紀四九載：「靈帝熹平四年，春三月，詔諸儒正五經文字。命議郎蔡邕為古文、篆、隸三體書之，刻石立於太學門外，使後儒晚學咸取正焉。碑始立，其觀視及摹寫者車乘日千餘輛，填塞街陌」。這就是著名的「熹平石經」，又叫「漢石經」。它對於普及傳統文化有很大的作用，可謂一文化盛事。且邕之所書，集前人之長而自成一家。據《資治通鑒》引〈洛陽記〉稱，光和元年開鴻都之時，「諸方獻篆，無出邕者」，這以上種種，引起愛好和擅長碑版文字的李華之仰慕並向李白稱許之，也就十分自然了。

如此，知此詩「蓬萊」若作「蔡氏」，句意就十分通暢，全詩也就不難理解。然而，雖然如詹鍈先生所言，「《文苑英華》的編者所以選用『蔡氏』二字，就是因為它表達的意想更明確，與李華的身分更切合」，但是，這種文字替換的方法只能說是迴避了矛盾，而並未真正解釋清楚「蓬萊」之意，因為宋朝館臣收錄此詩也許真的是別有所據，但已不可確考，而其書於「蔡氏」之下注云：「集作蓬萊」，可見在其編纂之前所流傳之《李翰林集》即已均作「蓬萊」，則未可輕率地以「蔡氏」二字妄改。

《文苑英華》雖未能完全解決矛盾，但卻提供了解決矛盾的線索，啟發我們在理解此句時注意「蓬萊文章」與「蔡氏文章」

的關係，去探尋二者間內在的必然聯繫。按《後漢書》卷六十《蔡邕傳》曰：「（靈帝）建寧三年，辟司徒橋玄府，玄甚敬待之，出補河平長。召拜郎中，校書東觀。遷議郎。邕以經籍去聖久遠，文字多謬，俗儒穿鑿，疑誤後學，熹平四年，……奏求正定六經文字，靈帝許之」。可明見其先曾以郎中職校書於「東觀」，亦即所謂「蓬萊」。讓議郎後雖未言其任職之所，然從其旋即奏准正定六經文字來看，亦應仍為東觀。因為校定混亂之經籍是離不不了朝廷藏書的，而東觀自明帝、和帝期間即已成為洛陽宮中聚書之所。又據《後漢書・安帝紀》：永初四年，詔令謁者劉珍及五經博士校定東觀五經、諸子、傳記、百家藝術。這是熹平校經前一次大規模校書，地點即為東觀。可見此次校定六經同樣與東觀有關。

蔡邕與東觀關係密切的另一件大事是修撰漢史。《後漢書・本傳》云：「邕前在東觀，與盧植、韓說等撰補《後漢紀》。會遭率流離，不及得成，因上書自陳，奏其所著〈十意〉（即〈十志〉）分別首目，連置章左」。又載：「其撰集漢事，未見錄以繼後史。適作《靈紀》及《十意》，又補諸列傳四十二篇，因李傕之亂，湮沒多不存」。可知其已著手修史。《本傳》又載其下獄之後，「邕陳辭謝，乞黥首刖足，繼成漢史，士大夫多矜救之，不能得」。北海鄭玄聞而歎曰：「漢世之事，誰與正之？」其同僚馬日磾稱之曰：「曠世逸才，多識漢事，當續成後史，為一代大典」。明張溥評曰：「設竟其志，即不如子長，豈出孟堅下哉！」[3]可見人皆寄以厚望，惜為未竟之業，終身之憾。而修史同樣須依仗東觀所藏之大量前代典籍，本朝原始史料。故

---

[3] （明）張溥《漢魏六朝百三家集題辭・蔡中郎集》人民文學出版社，1960年版。

讀史，修史皆須在此。如東漢明帝時，即詔班固等在此撰《漢紀》，書成後名為《東觀漢紀》。而東觀在後來更進一步成為修史之所的代稱，如《晉書・陳壽傳論》云：「丘明既歿、班、馬迭興，奮鴻筆於西京，騁直詞於東觀」。熹平刻經和修撰漢史既為千古文化盛事，又為蔡氏平生極可大書特書之舉。而這二者都與東觀有著十分密切的關係，可以說蔡邕與之結下了特殊的不解之緣，而古人有以籍貫、官名乃至任職處所等有特殊意義者相稱之習俗。如班固為蘭台令史而稱班蘭台，太白供奉翰林院而稱李翰林。故身為碑刻、文章家的李華在與太白談論和稱許蔡邕其人時，以「蓬萊」——即東觀這一能概括其平生文章行事之詞相稱，可謂再貼切恰當不過．可見，「蓬萊文章」即東觀文章，也即是「蔡氏文章」也。

此疑既解，即可知前人所謂李雲校書秘書省，文有建安風骨之說大謬，全詩為送李雲之作也就不可能了，且由此可知《文苑英華》收錄此詩時，館臣們是懂得「蓬萊」之意的，但恐後人不易理解，故酌取其異文「蔡氏」，而注「蓬萊」於其下。前者之意雖不如後者含蘊豐富，卻亦有曉暢明瞭之長，後來果不出其所料，在所存諸本李白集此處均作「蓬萊」的今天，若非此本提供線索，幾失於誤解而成千古之疑也。

杜詩舊注權證

杜甫之詩，歷來注家甚多，有所謂千家注杜之說，影響較廣者亦有數家。這些舊注對於後人研習杜詩自然不無裨益、功莫大焉。但由於各種原因，它們也存在不少疏誤，若不加以糾正補裨，則將貽誤來者，妨礙對杜詩的正確理解。筆者在研讀中，曾遇到不少此類情形，需要重新認識，詳加辨證，使疑義更趨於清晰明朗。故特不揣冒陋，對前人之說提出自己的一些淺見，就正於方家。

一、「狄相孫」非狄兼謩

〈聶耒陽以僕阻水書致酒肉療饑荒江〉詩首數語曰：「耒陽馳尺素，見訪荒江渺。義士烈女家，風流吾賢紹。昨見狄相孫，許公人倫表。前朝翰林後，屈跡縣邑小。」

仇兆鰲注：「狄相孫，謂（狄）人（仁）傑孫兼謩。」[1]施鴻保《讀杜詩說》亦採其說。以狄兼謩為武則天時名相狄仁傑（梁公）之孫。

其實，此詩中之「狄相孫」根本不是指狄兼謩，仇氏疏於詳考而張冠李戴，其證如後：

第一，行輩不符。《舊唐書》卷八九《狄仁傑傳》記載明確：「仁傑族曾孫兼謨。兼謨登進士第，祖郊，父邁，仕官皆

---

1 （清）仇兆鰲《杜詩詳注》中華書局1987年版，第五冊，2082頁。

微。」《新唐書》卷一一五《狄仁傑傳》亦曰：「（仁傑）子光嗣、景暉」。「景暉，官魏州司功參軍，……族孫兼謨。」兩傳所記相合，又明載兼謨祖、父之名，可知兼謨為仁傑族曾孫無疑，而並非其孫。且《新唐書・宰相世系表》狄氏表中不載兼謨及祖郊，父邁之名，亦可佐證其非仁傑嫡裔。

第二，時間不合。仇注編此詩於大曆五年（770），甚是。稽之《舊唐書・狄兼謩傳》：「兼謩，元和末解褐襄陽推官，……會昌中累曆方鎮卒。」由此逆推，元和末上距大曆初已是五十餘年，而當時進士登第及釋褐一般多在三、四十歲間，則大曆初狄兼謩是否出生尚屬疑問。即使此時已經出生，亦不過無知嬰童，安能與杜甫接語，品評人物？有此二據，可知詩中之狄相孫斷非狄兼謩。

仇氏之誤，大概與《舊唐書・目錄》刊刻之誤有關，目錄中於狄仁傑之名後附小字「孫兼謩」，而正文則準確記載其行輩，仇氏忽略了正文，又未詳考兼謩行實，故以訛傳訛而錯注。

那麼，這裡的狄相之孫到底指誰呢？按杜甫有〈寄狄明府博濟〉詩，稱博濟為「梁公曾孫我姨弟」。梁公即狄仁傑，睿宗時贈梁國公。舊注，「母之姊妹，其子日姨弟」。亦即表弟，則杜甫之姨弟狄博濟為狄仁傑之曾孫。檢《新唐書・宰相世系表》，狄仁傑曾孫一欄載日：「博通」，與博濟行輩相同，證博濟確為狄仁傑嫡裔。因此，其父則當為仁傑之孫，而為杜甫之姨夫。彼此既是親戚，又有交往，曾向其推許聶耒陽便是情理中事。則此「狄相孫」指博濟之父極有可能。惜《新表》狄仁傑之孫一欄闕如，不錄一人，故不知其名矣。

二、「蚩尤」仍當作霧解

〈自京赴奉先縣詠懷五百字〉有句曰：「蚩尤塞寒空，蹴踏崖谷滑，」歷來對「蚩尤」的解釋眾說紛紜，莫衷一是。概言之，略有以下數端，一是所謂「喻兵象」，錢謙益曰：「《皇覽》：蚩尤塚在東郡壽張縣闞鄉城中，高七丈。民常十月祀之，有赤氣出，如匹絳帛，民名為蚩尤旗。余按此正十一月初，借蚩尤以喻兵象也。」傅庚生先生《杜詩析疑》中亦力主此說。二是由蚩尤旗進一步引申為旌旗。仇兆鰲日：「塞寒空，旌旗蔽天也。」三是以之指衛兵，楊倫《鏡銓》引《甘泉賦》：「蚩尤之倫，帶干將，秉玉戚」。又曰：「二句言衛士之苦」。四是以其用作霧之代語，高步瀛《唐宋詩舉要》引吳北江曰：「《古今注》：蚩尤能作大霧，故謂霧為蚩尤。錢箋兵象云云非也。」高步瀛又說：此就霧說，與下句崖谷滑最合。胡適，俞平伯等皆主其說。

諸說之中，以第四說近是，俞平伯先生曾論錢，仇、楊等說之非，極當，然錢箋仍有較大的影響，故須再辯。所謂兵象之說似乎杜甫能預測不祥，故以蚩尤作為戰爭之兆。據《舊唐書・玄宗紀》：安祿山于天寶十四載十一月九日（丙寅）反于范陽，十五日（庚午）聞於行在所。又據錢箋引呂汲公詩譜，杜甫於十月授右衛率府兵曹參軍，十一月初自京赴奉先，則其離京時尚不得聞亂，故詩中並無一語及此。雖然憂端齊天，卻主要是針對志士淪落，貧富懸殊的黑暗現實而發，從所敘稷契之志，葵藿之性以及「當今廊廟具、構廈豈云缺」等詩句來看，詩人並未料及內部叛亂迫在眼前，因而以蚩尤喻東北狼煙恐怕也就顯得牽強，未免玄乎而近於讖緯，亦與描寫旅途艱辛的上下文意不相協調。

同時，《皇覽》所記的蚩尤塚赤氣也並無喻兵象之意義，真正預示戰爭的是另一種蚩尤旗，乃彗星之名。《呂氏春秋・明理》：「有其狀若眾植華以長，黃上白下，其名蚩尤之旗。」《史記・天官書》：「蚩尤之旗，類彗而後曲，象旗，見則王者征伐四方。」《晉書・天文志》：「妖星，……六曰蚩尤之旗，……所見之方下有兵。」可見古人以喻兵象的便是這種所謂妖星。杜甫若是指此，則當云蚩尤見（現）寒空、掛寒空等，而不能說蚩尤旗星「塞寒空」，可見非指兵象而言。

蚩尤作霧解，則與「塞寒空」三字十分切合。俞先生曾引《漢書・成帝紀》中「黃霧四塞」說明霧與塞二者之淵源，此外唐太宗詩句：「寒空碧霧凝」也正近於此句之意，可為其旁證。

至於傅庚生先生謂此時為陰寒風雪天，不當有大霧，這恐怕不儘然，風霜濃霧，秋冬常見而變化多端，此二句言大霧彌漫，加上崖谷本身溜滑，因而更加蹴踏難行，正為當時惡劣氣候、艱難旅況之真實記錄。蚩尤不僅能作大霧；還曾「請風伯雨師，從（通「縱」）大風雨」[2]，因此，以蚩尤借指大霧以渲染旅途迷茫一片、霜風凜冽之環境是再也貼切不過。這正是中國古典詩詞中常用的代字法，並不是什麼謎語，故杜甫亦偶一為之。對於詩中是否可用代字，則屬於另一個討論的問題了。

三、「宵旰」果真不通嗎？

〈秋日夔府詠懷奉寄鄭監（審）李賓客（之芳）一百韻〉

---

[2] 袁珂《山海經校注・大荒北經》，巴蜀書社，1996年版，491頁。

曰：「宵旰憂虞軫，黎元疾苦駢」。其中「宵旰」一詞本不難懂，即宵衣旰食之省略，謂天未明便穿衣起床，天已晚方吃飯，此為恭維皇帝的套語。而曹慕樊先生《杜詩雜說》則曰：「『宵衣』出於《儀禮・郊特牲》。本是綃衣的意思（宵借綃）。把宵衣解為天未明而衣，已經是不識字的笑柄。又把宵衣旰食省為『宵旰』，就簡直不通了。」

杜甫真的是不識此字麼？事實未必如此。《儀禮》中「主婦纚笄宵衣」固然「宵」作「綃」講，但這畢竟是假借，宵字之本義則是夜晚，《說文》日：「宵，夜也，從宀，宀下冥也」，又《詩・豳風・七月》：「晝爾于茅，宵爾索綯。」因而，依其本義組詞造句便無可非議。早在杜甫之前便已有了將宵衣用作天未明而衣的例子，如南朝徐陵《陳文皇帝哀冊文》：「勤民聽政，昃食宵衣。」至唐代更已是約定俗成，用作套語，如《舊唐書・劉蕡傳》：「若夫任賢惕厲，宵衣旰食，宜黜左右之奸佞，進股肱之大臣。」陳鴻《長恨歌傳》：「玄宗在位日久，倦於旰食宵衣。」而李德裕為敬宗上《丹扆六箴》，其首即為宵衣箴。難道說這些儒士都認了別字嗎？《儀禮》之句，鄭玄、孔穎達都已作了明確的注疏，杜甫號稱「讀書破萬卷」，又曾上《三大禮賦》，謂其沒有讀過或不能理解《儀禮》是說不通的。顯而易見，儒生們既知綃衣之解，又更廣泛地用其本義，否則，便真要本末倒置而不識字了。

「宵衣」的通常用法既已明晰，則「宵衣旰食」省稱「宵旰」便順理成章。這是由兩個結構完全相同的詞而組成的並列性片語，為簡便起見而取每個詞的頭構成簡稱，且並未妨礙人們對原詞義的理解，因而不為不通。它是漢語構詞法形式之一，無論古今，不乏其例，諸如「輕肥」「光霽」等都是根據這種簡明的原則而形成，這正是中國語言豐富多彩，詞彙靈活的表現。尤其是詩歌，因受格律限制，簡稱更是常見。只要不過於隱晦，則不管公文語、慣用語、閭巷俚俗之語均可入詩。「宵旰」一詞既為人們普遍理解和運用。甚至正史中亦常出現，便說明杜甫並沒有識別字，也沒有濫用。

四、「河陽」究竟在何處？

《石壕吏》中寫道：「急應河陽役，猶得備晨炊」。仇注謂河陽「今改為孟縣」。而蒲起龍則曰：「《唐書》：河陽縣屬孟州，按此即郭子儀斷橋保守處，今為孟津縣。仇注謂孟縣，非。孟縣在河之北，不當云河陽，且尚在河北，不須斷橋矣。」[3]

按仇注本為正確，但浦氏之言在後，恐讀《鏡銓》者不察而致誤，故須加以辨明。

首先看看唐代河陽地域特徵及其與今孟縣之關係。《元和郡縣誌》：「河南道河南府河陽縣，南城在縣西，四面臨河，即孟津之地，亦謂之富平津。」此即武王與諸侯會盟之古盟津。再檢《清一統志・河南省懷慶府山川部》：「古盟津，在孟縣南十八裡。」《書・禹貢》：「導河又至於孟津。又以武王濟此，近人呼為武濟，又謂之陶河。」可證唐河陽境內之古盟津正在今孟縣境。《懷慶府統部表》又載其沿革曰：「孟縣自漢即名河陽，唐武德年間改名孟州，仍治河陽縣，明代方改為孟縣。」而顧炎武《讀史方輿紀要》所記：「河南懷慶府孟縣，河陽舊城在今縣西南三十裡」，則更為實地考察的確證。

---

3 （清）浦起龍《讀杜心解》，中華書局，2000年版，54頁。

再考孟津縣沿革，《河南府表》：「今之孟津縣乃春秋時周平陰邑，秦名平陰縣，晉名河陰縣，宋為河清縣，元改名孟津縣，其城為明代嘉靖時築。」如此可見蒲氏之非，疏於詳考，混古今孟津為一也。

又蒲氏所謂孟縣在河北，不當云河陽，不須斷橋之說仍乃失於詳考所致。按北魏、北齊之際即於河陽築三城，唐置河陽三城節度使，以附近各縣租賦入之，視為重地。此三城即北城（今孟縣城附近）、南城（今孟縣城西南之古孟津）及中撣城（孟縣城西）俱在今孟縣境。除北城外，其餘兩城皆在河之南面，中撣城於天寶前已置河陽關。《新唐書・李光弼傳》載光弼令其將李抱玉守南城，自守中撣城，故此知其可名曰河陽，亦須斷橋而守之。

五、「梓州李使君」為誰？

高步瀛《唐宋詩舉要》選有王維〈送梓州李使君〉詩，注曰：「杜子美有〈送梓州李使君之任詩〉，未知即此人否。」按杜，王詩題相近，而所贈實非一人。據《唐書・地理志》及光緒二十三年編《新修潼川府志》，武德元年改隋新城郡為梓州，天寶元年改曰梓潼郡，乾元元年復為梓州。詩題稱李梓州，當為天寶前或乾元後所作。王維卒於乾元二年，且晚年奉佛愈篤，深居簡出、較少應酬，由詩意觀之不太可能作於晚年，乃天寶年前之作。再看杜詩，仇注引鶴注曰：「李梓州赴任，在寶應元年之夏，爾時公在綿州也，廣德元年，有〈陪李梓州泛江〉，〈陪李梓州使君登惠義寺〉詩，乃次年事。」此時王維已卒數年矣，知所送之李梓州必非一人。

又檢《四川通志》卷一百二《職官題名》，唐梓州刺史李姓者三，即李崇敬，李謙、李季真。其中後二人為開元九年王晙之後任。據《新唐書・三宗諸子列傳》，李謙為高宗之曾孫，稽之《新唐書・宗室世系表》，李季真為高祖弟蜀王湛之五世孫，其輩份與李謙同，而年齡晚於之，或在寶應年間任梓州。似此，則王詩之李梓州當指李謙，杜詩則指蜀王裔李季真。

六、「欲往城南望城北」之意旨

杜甫〈哀江頭〉意旨令人爭執不休，僅其末聯「黃昏胡騎塵滿城，欲往城南望城北」就引起多種解釋，也有多種異文，「望城北」一作「忘城北」，或作「忘南北」。陸游《老學庵筆記》曰：「『欲往城南忘南北』，言方惶惑避死之際，乃不能記孰為南北也。然荊公集句兩篇，皆作『欲往城南望城北』，蓋所傳本偶不同，而意則一也。北人謂向為望，謂欲往城南乃向城北，亦惶惑避死不能記南北之意。」錢謙益則曰：「興衰於無情之地，沈吟感歎，瞀亂迷惑，雖胡騎滿城，至於不知地之南北，昔人所謂有情癡也，陸放翁以避死惶惑為言，殆亦淺矣」。[4]

放翁與錢氏之解，看似有異而實則相同，無論是惶惑避死還是所謂有情癡，均以為杜公此時已不辨方位，故欲往南而趨北。放翁釋「望」為「向」，不知所據。錢箋雖否定避死惶惑之說，而猶謂其瞀亂迷惑，亦與詩意相隔。細推當時情形及杜公愁腸，徑以「望」之本義解似最為恰切。《說文・亡部》：「望，出亡在外，望其還也。」即希冀、冀望也。又《釋名》：「望，惘

4 （清）錢謙益箋注《杜工部詩集》世界書局民國24年版，30頁。

也，視遠惘惘也。」意為向遠方凝望、悵望也。城北乃唐之宮闕所在，而肅宗行在亦當城之西北，此即是杜公所望。《唐音癸籤・卷二十二》曰：「曲江在都城東南，《兩京新記》云：其地最高、四望寬敞，靈武行在，正在長安之北。公自言往城南潛行曲江者，欲望城北，冀王師之至耳。」杜公乃因隻身赴靈武途中為叛軍所獲，其葵藿之心不滅，雖蒼茫暮色，胡塵囂嚷，卻登高悵望，久不願歸也。既含無限愁緒，然又仍充滿希冀，非惶惑失措，欲歸迷路也。公此前作《悲陳陶》云：「都人回面向北啼，日夜更望官軍至」，正為此解之注腳，故其句亦當以「欲往城南望城北」為宜。

《全唐文》與李白諸集校讀志疑

「李白之文，清雄奔放，名章俊語，絡繹間起，光明洞徹，句句動人」，[1]這是李白《上安州裴長史書》中所引述唐代安州都督馬公這熱情洋溢的讚語，反映出當時人們對李白文章的看重。相比之下，李文不如其詩，但就其本身價值而言，並不亞於同時代作家之文，如曾鞏《代人祭李白文》所評：「子之文章，傑立人上。地闢天開，雲蒸雨降。」，堪稱文學史上不可多得之珍品。

由於為其詩名所掩，太白文章長期受到冷遇，論唐文則前推「燕許」，後重韓柳，注李集者只注詩不注文，有關專論更是寥若晨星。清人王琦編《李太白全集》，開詩文合注之先，近年有瞿蛻園、朱金城《李白集校注》，安旗主編《李太白全集編年注釋》相繼問世，詩文校勘編年各有特色，更有巴蜀書社影印出版宋刻本《李太白文集》，為李白研究提供了寶貴資料。諸本所收李白文章，數目各異，真偽摻雜，不易分辨。筆者特取《全唐文》與諸集校讀，校其異同，辨其真偽，意在為李白文章的進一步深入研究作一點資料方面的準備工作。疏誤之處，還望方家指正為盼。

一、《全唐文》增刪之舉識鑒精審

成書於清乾隆年間的王琦注《李太白文集》，在前人注釋中

---

[1] 李白〈上安州裴長史書〉，（清）王琦《李太白集注》，上海古籍出版社影印文淵閣四庫全書本，1992年，474頁。

最為詳盡。收李文五卷共67篇，另有雜題4則。成書於稍後的《全唐文》收李文四卷（卷三百四十七至三百五十），亦為67篇。二者數目雖同，而其實有別，篇目順序及文字都不全相同，而最大差異是《全唐文》刪《比干碑》而增以《北斗延生經注解序》，筆者以為這反映出《全唐文》編者識鑒之精審，特略加申論。

（一）、《北斗延生經注解序》系太白真作

《全唐文》收錄此文於卷三四九序文類，現代學者或許有初步看法而未加以確定，如瞿蛻園、朱金城《李白集校注》卷三十詩文拾遺將其錄列於〈建丑月十五日虎丘山夜宴序〉等三篇偽序（獨孤及所作，參郁賢皓《李白叢考‧黃錫圭（李太白年譜）附錄三文辨偽》）之後，文末僅注見於《全唐文》卷三四九，未加辨析，安旗主編《李太白全集編年注釋》錄之於〈未編年文〉中，題注；「此篇瞿、朱由《全唐文》卷三四九錄出，姑存其文」。同樣未對其真偽有所判斷。筆者經初步考察，以為此序實應出自太白之手。其理由有如下數端。

首先，從題目及序中內容可知，《北斗延生經注解》之性質為一部道家養生修煉之書，這是無可懷疑的，而作為信奉道教、受過道教符籙的虔誠道徒之李白，具備為道家典籍作序的條件和思想基礎，這其間道理自然也無庸多言。

其次，從文獻來源這一辨別詩文真偽之重要途徑來加以考察，也可以找到李白作此序之依據。《全唐文》收錄文章皆不注出處，往往令人不知其據，但我們可以從該文之性質探索其來源。此《序》云：「今即啟有道之心者……遂得遇崆峒山元元真人，……注解《北斗延生經》一卷，上則有飛神金闕，中則有保國寧家，次則有延齡益壽。普度有情之品，同登無礙之門，

於是謹作斯文，用題經首。李白謹序。」以此得知《北斗延生經注解》之作者為崆峒山元元真人。檢錄文物出版社等於1987年影印之函芬樓本《道藏》（即北京白雲觀收藏之明代《正統道藏》），於《洞神部·王玦類》稽得《太上元（玄）靈北斗本命延生真經注解》三種，其中一部即署名崆峒山元元真人注，分為上中下三卷，題下有序，即為《全唐文》所錄李白之序，雖然序中卷數與實際卷數略異（或許是將上中下三卷合稱一卷），編者收錄時將書的全名改為略稱，但仍可看出《全唐文》收錄此序乃出自《道藏》本。

據學者考定，道書最早結集成「藏」，是唐玄宗開元年間朝廷搜訪彙編的《開元道藏》，共收道書3744卷，宋真宗時又編修《大宋天宮寶藏》4359卷，金元時期又分別編有《玄都道藏》，這些《道藏》今天雖已亡佚不存，但明代《正統道藏》與唐宋《道藏》應該有一定淵源關係，因而唐代《道藏》收錄此序也不是毫無可能。

《正統道藏》所收《太上玄靈北斗本命延生真經注解》之末還有〈後序〉一篇，序尾題曰：「余行微性憨，不愧聾言，謬作歎文，標其經闕。眉山蘇軾」，知此〈後序〉乃蘇軾手筆。傳世本《東坡七集》未收此文，四川大學古籍所編《全宋文·蘇軾集》亦據《道藏》本予以收錄。如此，蘇軾為之作〈後序〉時當已有李白之序，而蘇序中對李序真偽問題毫未表示疑義，可見蘇軾是視之為太白真作的。同時也說明這部《北斗延生經注解》及其序文產生的年代至遲不晚於北宋時期。

除崆峒山元元真人這本注解之外，《道藏》中另有署名傅洞真注的《太上玄靈北斗本命延生真經注》三卷和元代玄陽子徐道齡注、乾陽子徐道玄校：匯的同名書五卷。後者注於元統二年，後序稱「昔永壽元年正川七日，太上道祖老君降蜀都，授天師張真人北斗本命經讖」。這當然是道徒為抬高身價，假託仙人傳授，但它仍交待出《太上玄靈北斗本命延生真經》正文出籠的大致時間。永壽為東漢恒帝劉志之年號，永壽元年即西元155年乙未，此時讖諱迷信正十分猖獗，漢魏六朝也正是道教經文大量湧現之時。吳綬琚先生列舉當時依託之作中就有《太上玄靈北斗本命延生真經》一書[2]。可見此書產生較早，而盛唐時代既是學術發達的時代，又是崇奉道教登峰造極的時代，道徒為流傳之經書作注也就十分自然，這又以側面進一步證明李白作此序的可能性。

通過以上幾方面的綜合分析，可以判定這篇《北斗延生經注解序》確為太白之作，《全唐文》錄之不為無據。

（二）、《比干碑》為李白偽作之補證

最早對《比干碑》產生懷疑的並不是《全唐文》編者，在王琦《李太白全集》卷二十九該題下即有注曰：「《唐文粹》載李翰所作〈殷太師比干碑〉即此篇也。雖文句之間略有不同，然異者只80餘字而已。按《唐書・李翰傳》：翰擢進士第，調衛尉。天寶末，房琯、韋陟俱薦為史官，宰相不肯擬。與此文所云「天寶十載，余尉於衛」極為吻合。疑是太白代翰起草，而翰竄改數字以上石者歟？或謂翰亦以文鳴，似無倩人代筆之理，不知一行作吏，簿書鞅掌之不遑，代言視草，勢所不免。如李衛公〈一品集序〉鄭亞所作，亦命李義山起草，而自加更定者也。又何疑於翰焉？第其文質實疏達，與集中諸作另成一格，恐實出自翰手，後之編輯者或誤以李翰為李翰林，遂爾採入集中耶？巨眼者必能

2 參見中國社科院宗教研究所道教室編《道教文化面面觀》，齊魯書社，1992年，95頁。

辯之。」雖然說得模棱兩可，但實際上對《比干碑》真偽已有所懷疑。其根據主要是《唐文粹》而又未加以確定。

《全唐文》編者將《比干碑》從李白名下刪除，或許有人會認為此舉未免過於輕率，因為在現存李集之祖本，宋敏求編次之《李太白文集》即已有之，說明其文在宋代即已編入李集，似乎不當輕易刪去，大概正是出於這種保留李集原貌的考慮，故瞿蛻園、朱金城《李白集校注》在確定「此篇斷非李白之文，自當以《文粹》為可信」的同時，仍將其錄於卷二十九銘碑祭文中，安旗《李太白全集編年注釋》一方面果斷地刪去黃錫圭《李太白年譜》所增三篇偽序（參其書凡例），另一方面又在知其係偽作的情況下「姑存其文」。筆者以為這種顧慮其實大可不必，《比干碑》非太白所作有確鑿證據，繼續保留集中實乃魚目混珠，《全唐文》之舉堪稱果斷有識之見。詹鍈先生《李白論叢・李詩辯偽》對此早已有所辨析，針對王琦恍惚之詞，詹先生據《金石萃編》以及天寶十載李白李翰詩名行跡等材料，證明了李白斷無為一小縣尉代筆之理，此碑「必為（李）翰作無疑」，這一結論十分精當，但上述新注李集均未刪其文，故有進一步補證之必要。

王琦已指出碑文中「天寶十載，余尉于衛」與《新唐書・李翰傳》所載李翰曾調任衛尉十分吻合，不僅如此，其文又道：「稗首祠堂，魄感精動，而廟在鄰邑，官非式問」，知比干廟距作者任官之衛縣甚近。檢《舊唐書・地理志二》：「河北道衛州，衛縣，漢朝歌縣，紂所都朝歌城在今縣西，隋大業二年改為衛縣，仍置設汲郡。」衛州除轄衛縣外，另轄汲縣、共城，黎陽等縣，又《寰宇訪碑錄》載：「比干廟碑在河南汲縣」，正與碑文「廟在鄰邑」相合，作者任職於殷商故都，弔古歎今，參拜殷忠臣祠廟方便而自然，撰寫碑銘亦屬情理中事，則此作者顯然是曾任衛縣尉的李翰了。

或謂《比干碑》雜入李集時為時既久，可姑而存之，亦非妥當。因為若從現存文獻時間早晚而論，宋敏求、曾鞏編次李集時為北宋治平熙甯初（1064-1068），刻於元豐三年，而姚鉉《唐文粹》則完成於宋仁宗大中祥符四年（1011），比宋、曾編次本早半個多世紀。姚鉉編書時尚無訛誤，其所據版本以《比干碑》屬李翰。宋、曾編次時曾「裒唐類詩諸編，洎刻石傳，別集所載者」，難免考訂失實，以李翰誤作李太白翰林，以致傳訛千年。自當予以糾正。

《全唐文》編者刪李白之偽文，將其歸於卷四三一李翰集之末篇，題為〈殷太師比干碑〉，並於篇章節附註曰「謹按此文亦見李白集，今據《圖書集成》及《唐文粹》為李翰作」，態度審慎而又取捨明確。

不過與此同時，《全唐文》編者也難免出現另一疏誤。無視「天寶十載、余尉于衛」之碑文確證及《新唐書》本傳之有關記載，在卷四三〇李翰小傳中謂「翰字子羽，第進士，上元中官衛縣尉」，真是大意失荊州，紀年之誤顯而易見，通讀《比干碑》本可避免。或許是已先編成集，最後在李翰名下補入此碑文，未及前後照應，致有此誤。

二、宋敏求《後序》統計李文篇目有誤

李陽冰《草堂集序》稱「公避地八年，當時著述，十喪其九」，可見李白詩文喪失甚多。宋咸平初年樂史將《草堂集》十卷與所收詩十卷編《李翰林集》二十卷，又與三館中得李白賦、序、表、贊、書、頌等亦排為十卷，號為《李翰林別集》。到熙

甯元年五月，宋敏求再搜求補充，編為《李太白文集》三十卷，其《後序》稱「凡賦、表、書、序、碑、頌、記、銘、贊文六十五篇」，另有《漢東紫陽先生碑銘》因殘缺莫能辨而不復收。這一數目為李白文的第一次具體統計，其後曾鞏為李集考其先後而次第之，亦稱「雜著六十五篇」，許多論者都加以徵引，以為依據。而清代王琦《李太白全集》卷一及卷二十六至卷三十九共收李文六十七篇，除去卷三十詩文拾遺中《漢東紫陽先生碑銘》一篇，尚有六十六篇，彼此這一差異自然讓人以為宋本李集收文六十五，王注另有增補。而實際情況並非如此，而是宋敏求《後序》統計數字有誤。按現存最早的李集版本為北宋蜀刻《李太白文集》，它直接出自宋敏求彙集、曾鞏編次的宋元豐年間蘇州刊刻本，陳振孫謂「蜀本即來（敏求）本」，當代學者稱之為「今存李集第一本」。巴蜀書社於1987年予以影印，可睹宋本原貌。該本自卷二十五至卷三十為古賦雜著，與宋敏求《後序》「又纂雜著為別集」，「以別集附於後」之言相合。其具體編次為：卷二十五古賦八篇；卷二十六表書九篇；卷二十七序二十篇；卷二十八贊十八篇；卷二十九頌銘記五篇；卷三十碑文七篇，其篇目總數共為六十六篇，而非宋序所言之六十五。此實為宋氏偶爾疏忽，序中比實際篇目少記一篇。

宋氏之小誤不易察覺，故後人多未懷疑，每加徵引。如王文才先生在為影宋蜀刻本《李太白文集》所作之跋文中仍稱宋氏「更以《別集》十卷之雜著六十五篇附後」，亦因未詳察其具體篇目所致。

由此可見，李白集自宋敏求、曾鞏編次至王琦作注，其文章篇目並無增刪變化，均為六十六篇，連同拾遺〈漢東紫陽先生碑銘〉共六十七篇。其後瞿、朱所編據黃錫圭《李太白年譜》而誤增三篇，又據《全唐文》而增〈北斗延生經序〉一篇，總數達七十一篇，另收〈題上陽臺〉雜題一篇。安旗所編刪黃補之三篇偽文，亦錄〈北斗延生經序〉，總數達六十八篇。而如前所考，諸集篇目中均包括《比干碑》偽文，唯《全唐文》所錄六十七篇，皆為真作，而現存太白之作盡收無遺。

《全唐文》補輯杜甫賦甄辨

天寶十載（751）杜甫在長安獻三大禮賦，大獲成功。「帝奇之。使待制集賢院，命宰相試文章。」（《新唐書・杜甫傳》）其後雖未得官，但這不尋常的際遇令他十分自豪，念叨不已，離京時作〈奉留贈集賢院崔于二學士〉詩道：「氣沖星象表，詞感帝王尊。」許多年後沉淪西蜀使府時又賦〈莫相疑行〉，仍是感慨係之：「憶獻三賦蓬萊宮，自怪一日聲烜赫。集賢學士如堵牆，觀我落筆中書堂。往時文采動人主，此日饑寒趨路旁。」那麼，這驚動九五之尊的作品到底如何呢？自然是說法不一，少數人如秦觀等謂其不可讀，大多數人還是加以肯定。宋人洪邁、嚴有翼等都十分讚賞；蘇東坡曾化用其句；劉克莊評其為「沉著痛快，非鉤章棘句者所及。」（均見《杜詩詳注》引）雖然略有溢美，但還是說明其風格雄峻，文采蜚然，並非杜甫自誇失實。不僅如此，杜甫又每每以揚雄自況，在獻賦前他向延恩匭的掌管者聲明：「揚雄更有《河東賦》，唯待吹噓送上天」（〈贈獻納使起居田舍人澄〉）；而在〈奉贈韋左丞丈二十二韻〉中又自述其才是「賦料揚雄敵，詩看子建親」，不無自負之感。如此種種，足以表明，杜甫之成就，不獨在詩，如韓愈〈調張籍〉所謂「李杜文章在，光焰萬丈長」，亦自應包括其賦及多方面的才能在內。不過因其賦筆雜著多佚，又如《杜詩詳注》卷25引張溍所評「少陵之文，本自過人，反以詩掩耳」，其辭賦散文未得應有之重視罷了。

杜甫之文，仇兆鰲《杜詩詳注》中保存兩卷。共二十八篇，其中卷二十四收杜甫賦除〈朝獻太清宮賦〉、〈朝享太廟賦〉、〈有事於南郊賦〉三大禮賦外，另有〈封西嶽賦〉、〈雕賦〉、〈天狗賦〉共六篇。各本皆同此數。而後來成書於清嘉慶年間的《全唐文》亦收杜文兩卷，篇目則為29篇。其卷359收杜甫賦七篇，兩相對照，《全唐文》比本集增加一篇，題為〈越人獻馴象賦〉，仇注於杜學有集大成之功，收錄號為最全，而不載此賦，且杜集各種版本皆如仇注所載，則《全唐文》所補之賦有進一步探究之必要。

茲錄此賦全文於下：

> 倬彼馴象，毛群所推。特稟靈於荒徼，思入貢於昌期。豈不以獻我令辰，自林邑而來者，稽之（《英華》作諸）舊史，在成康而紀之。一則識王者之無外，一則見遐方之不遺。苟形瓌之足偉，孰路遠之云辭。於是出豐草，去長林，殊狒狒之被格，異猩猩之就擒。厲其容也，故獸伏我力；和其性也，故人知我心。作蠻方之貢，為上國之琛。萬國標奇，名已馳於魏闕，千年表慶，價實越於南金。況乘之便習，或訛或立。動高足以巍峨，引修鼻而嘘吸。塵隨蹤而忽起，水將飲而迴入。牙櫛比而槮槮，眼星翻而熠熠。中黃雖勇，力不能加；（《英華》注：「見張平子《西京賦》」）蒼舒信奇，知之莫及。服我后之阜棧，光有唐之域邑。驅之則百獸風馳，玩之則萬眾雲集。故其威容足尚，筋力殊壯。輪囷而重若旌邱，贔屭而高如巨防。執燧奔戰，牽鈎委貺。遇之者或驚駭而反行，覘之者或披靡而遙望。何斯象之剛克，兼美義之不忒。懼有齒而焚

> 軀，故全身而利國。縱使牛能任重，（《英華》作「重任」）馬有報德，徒久困於輪轅，又每傷於銜勒。豈如我邈自遠藩，來朝至尊。辭桂林之小郡，入閶闔之通門。負名聞之籍籍，守馴擾之存誠。幸投之於芻蒿，豈敢昧於君恩。

甄辨此賦真偽·須首先瞭解《全唐文》所載之出處，但該書不注出處，歷來讓人深感不便。據其凡例，主要來源為《四庫全書》、《古文苑》、《文苑英華》、《唐文粹》、《崇古文訣》、《文章辨體匯選》等總集，以及《永樂大典》等類書。筆者檢錄以上諸書，唯《文苑英華》卷131（賦・鳥獸類）載有此賦，題目及內文俱同，但作者乃闕名。後列為杜洩同題之賦，該卷具體排列如次：

一、獅子賦　虞世南

二、天狗賦　杜甫

三、越人獻馴象賦　闕名

四、越人獻馴象賦　杜洩

五、放馴象賦　獨孤授

六、放馴象賦　獨孤良器

七、正月一日含元殿觀百獸率舞賦　鄭錫

此外，成書於清康熙年間的陳元龍《歷代賦匯》卷134錄入此賦，編次同於《英華》；陳夢雷《古今圖書集成・博物編・鳥獸典》亦錄之，但將此賦編於杜洩同題賦之後，俱不署此賦撰人。如此看來，《英華》所載似即為《全唐文》之最早版本依據。

然《英華》所載，作者闕名，《全唐文》又據何而定杜甫所作呢。雖然其《凡例》曾言及類似依據，謂《文苑類華》諸文所據係明刊閩本，其中偽脫極多，今以影宋逐篇訂正，補出脫字，又以元祝堯《古賦辨體》補出諸賦撰人姓名。但實際上祝堯之書所選唐賦極少，僅卷7錄駱賓王、李白、韓愈、柳宗元、杜牧五人之賦共十三首，根本未錄杜甫之作，顯然非其所據。因此可能性較大的或許是《全唐文》館臣據《英華》編次，而將闕名的〈越人獻馴象賦〉按例歸之於前人，定其同為杜甫所著。

館臣所據雖不甚詳，然細揣文意，竊以為所定不為無見，此賦似確當出自杜甫之筆，茲陳謬見於後，方家就正，是所企盼。

第一，杜甫喜辭賦，已見於前，且其自作亦當為數不少。其〈進雕賦表〉云：「自七歲所綴詩筆，向四十載矣，約千有餘篇。」此數應包括其賦（筆），但其現有本集中天寶年前之作僅有數十篇，十不存一，又特以賦作散佚尤甚，後人補輯自有其可能。

第二，《舊唐書本傳》載「甫有集六十卷」。似其在世時曾有所編，然其辭世不久，樊晃（大曆七年時潤州刺史）就已是知而未見，僅采得遺文兩百九十篇，編成《小集》六卷。宋代自孫僅起，編杜集者甚多，仁宗寶元二年（1039）王洙編成杜集二十卷，再經王琪等整理，成為定本，亦成為此後一切杜集的祖本。據王洙《杜工部集序》，該集收詩一千四百〇五篇，分十八卷，「又別錄賦筆雜著二十九篇為二卷。」且云：「茲未可謂盡，他日有得，尚到益諸。」這是諸集中有關杜甫賦筆搜集情況的最早記載。其後又有武陽黃伯思《校定杜工部集》二十二卷，其書雖未傳，但陳振孫《直齋書錄解題》的著錄則可見其概要。收詩凡一千四百四十七首，「雜作二十九首，別為二卷。」王洙黃氏編集時，《英華》已成，但秘藏內府，未予刊佈，二人輯杜當從別途，知當時已見杜文二十九篇，而經元明流布，現存諸本不知何故反少一篇，《全唐文》所增既合於宋本所載篇數，此賦或即現存本集所佚亦未可知。

第三、從〈越人獻馴象賦〉的寫作時間來看，也極有可能為杜甫所作。《文苑英華》列此賦於杜甫《天狗賦》後，杜洩同題賦之前。據《全唐文》卷406杜洩小傳知杜洩為天寶時人。二賦同以「辭林邑望國門」為韻，從內容上看也可知道顯然是天寶時同時所賦。這與杜甫天寶中旅食京華的行跡相符，也與其餘六賦創作時間相近。三大禮賦為天寶十年，〈封西嶽表〉、〈雕賦〉約為天寶十三年。《天狗賦・序》稱「天寶中」亦當在此前後。前五賦皆有進獻表，自然曾投延恩匭。《天狗賦》有序無表，則未曾投獻。其《序》云：「天寶中，上冬幸華清宮，甫因至獸坊，怪天狗院列在諸獸院之上。胡人云：此其獸猛健無與比者，甫壯而賦之，尚恨其與凡獸相近。」可知其曾參觀獸坊，既有西域之天狗院，南來之馴象院亦應在此，則〈越人獻馴象賦〉或當與《天狗賦》同作於觀獸坊時。

第四，將此賦與杜甫另外六賦相比較，可以清楚地看出彼此內在思想的高度一致性，主題及語言風格等多方面的相似性，也與杜甫的一貫思想相契合，這也是判定此賦歸屬的十分重要的依據之一，馴象歷來被視作祥瑞通靈之物，佛教中有王后夢白象生太子墮地能行七步的故事。〈瑞應圖〉曰：「王者自養有道，則白象至。」〈帝王世紀〉又有所謂「舜葬蒼梧下，有群象常為之耕」的記載。世人謂此乃聖德感召之故。而所謂馴象則是教象能從人意，知跪拜起舞。相傳周初武王有象舞，見於《詩・周頌・維清序》，統治者亦以此馴象知禮而欺騙世人。唐玄宗宮苑有大量馴象，安祿山起兵叛亂，即曾將馴象由長安盡驅入洛陽，用以欺騙幽並酋長，稱大象自南海奔走而至，異類拜舞，知天命有所歸。但馴象入場，皆怒目不動，祿山大慚怒，盡殺之。正為其失德逆天地為。杜甫《朝享太廟賦》寫祭典鼓樂儀威曰：「鳥不敢飛，而玄甲硶嵺以嶽峙；象不敢去，而鳴佩剡爚以星羅。」仇注引《晉諸公贊》：「晉時南越致馴象，帝行則以象車導引，」〈封西嶽賦〉記皇帝宿衛，「既臻乎陰宮，犀象硉兀。」在此賦中又渲染馴象之威容靈性，寫其嶽「邈自遠藩，來朝至尊」，「作蠻方之貢，為上國之琛。」「特稟靈於荒徼，思入貢於昌期」。旨在頌美大唐帝國天朝聲威，恩澤普施，萬邦臣服。即所謂「一則識王者之無外，一則見遐方之無遺。」「服我後之阜棧，光有唐之域邑。」這與〈朝享太廟賦〉寫祭畢推恩、澤被眾生、感及人物的描寫是一致的。「福穰穰于絳闕，芳菲菲於玉罘。沛枯骨而破聾盲，施夭胎而逮鰥寡。園陵動色，躍在藻之泉魚；弓劍皆鳴，汗鑄金之風馬。」皆為投玄宗之所好，歌功頌德。

同時，聯繫杜甫當時的處境及心境，困於衣食，急欲求「明主哀憐之」，馴象之剛克、存誠，亦其自況也。正與《狗》、《雕》二賦寄意相同。前者因「其獸猛健無與比者，甫壯而賦之，尚恨其與凡獸相近」，慨歎其才未能伸。後者以雕為「鷙鳥之殊特，引以為類，是大臣正色立朝之義也。」「竊重其有英雄之姿，故作此賦，實望以此達於聖聰耳。」首寫雕之特長：「以雄材為己任，橫殺氣而獨往。」末寫雕之失意，「故其不見用也」，「倏爾年歲，茫然闕廷。」「眾雛倘割鮮于金殿，此鳥已將老於岩扃。」而〈越人馴象賦〉中既寫象之智勇奇才，「何斯象之剛克，兼美義之不忒。懼有齒而焚驅，故全身而利國。」最後則表示願望：「負名聞之籍籍，守馴擾之存誠，幸投之於芻蒿，豈敢昧於君恩。」這裡的芻蒿既指草料，亦指天子府庫，其托意顯而易見，與諸賦、表、序之意十分吻合。又此賦中寫象聞盛唐昌期令辰，「於是出豐草，去長林」，遠方來朝，與〈進三大禮賦表〉自敘之語辭寓意及表現手法皆如出一轍。〈表〉云：「臣生長陛下淳樸之俗，行四十載矣，與麋鹿同群而處，浪跡於陛下豐草長林，實自弱冠之年矣。」

此外，賦中描摹傳神，酣暢淋漓，氣勢壯偉，煉字造語，正為杜賦風格。如「輪困而重若旄邱，贔屭而高如巨防。」極力形容馴象高大勇猛，贔屭一詞典出張衡〈西京賦〉：「綴以二華，巨靈贔屭。」但因其義較僻，前人鮮用，而杜詩曾用此詞，所謂「昔在開元中，韓蔡同贔屭」（〈送顧八分文學適洪吉川〉）。即以描繪開元間著名書法家韓擇木，蔡有鄰之筆力超群。似皆可作其輔證。

以上分析說明，〈越人獻馴象賦〉似應為天寶中杜甫所作，《全唐文》編者所斷近是。其賦當補入杜甫本集。

（注：詹杭倫、沈時蓉有〈〔越人獻馴象賦〕與杜甫關係獻疑〉一文，載《杜甫研究學刊》2007年4期，與本文商榷，可供參看）

附：杜甫佚文〈越人獻馴象賦〉箋注

「賦料揚雄敵，詩看子建親」。這是詩聖杜甫對其才能的自述，詞語間不無自負之感。事實表明，杜甫的成就是多方面的，並不僅僅限於詩歌。正如張溍所評：「少陵之文，本自過人，反以詩掩耳。」其辭賦散文既未得重視，亦多散失，難窺全貌。

杜甫佚文整理工作，自樊晃編《小集》開始，至宋代諸家編集，已基本成為定本，仇兆鰲《杜詩詳注》於杜學有集大成之功，收錄號為最全，共保存杜甫之文賦2卷二十八篇。此與宋人王洙、陳振孫等所記「賦筆雜著二十九篇」相差一篇，成書於稍後的《全唐文》則收杜文二十九篇，於卷359增補〈越人獻馴象賦〉一篇，為杜甫集諸本所不載，筆者經過詳考，辨定此賦為杜甫於天寶年間在長安所作，（文載《杜甫研究學刊》1997年2期）《全唐文》所增為杜甫研究又提供重要研究文獻資料。

辭賦夙以文字艱澀著稱，仇氏注杜詩後曾餘下六篇賦，「袖手不敢措筆者五年」，筆者既考其為杜甫佚文，又欲補仇注之闕，特不揣淺陋，試為箋注，疏誤之處，在所難免，方家指正，是所企盼。

〈越人獻馴象賦〉（以辭林邑望國門為韻）

倬彼馴象①，毛群所推②。特稟靈於荒徼③，思入貢於昌期④。豈不以獻我令辰⑤，自林邑而來者，稽之（《英華》作諸）舊史，在成康而紀之⑥。一則識王者之無外，一則見遐方之不遺⑦。苟形瓌之足偉⑧，孰路遠之云辭。於是出豐草，去長林⑨，殊狒狒之被格⑩，異猩猩之就擒。厲其容也，故獸伏我力；和其性也，故人知我心⑪。作蠻方之貢，為上國之琛⑫。萬國標奇，名已馳於魏闕⑬，千年表慶，價實越于南金⑭。況乘之便習⑮，或訛或立⑯。動高足以巍峨⑰，引修鼻而噓吸⑱。塵隨蹤而忽起，水將飲而迴入。牙櫛比而槮槮⑲，眼星翻而熠熠⑳。中黃雖勇㉑，力不能加；（《英華》注：「見張平子〈西京賦〉」）蒼舒信奇㉒，知之莫及。服我后之阜棧㉓，光有唐之域邑。驅之則百獸風馳，玩之則萬眾雲集。故其威容足尚，筋力殊壯。輪囷而重若旄邱㉔，贔屭而高如巨防㉕。執燧奔戰㉖，牽鉤委肶㉗。遇之者或驚駭而反行，覘之者或披靡而遙望㉘。何斯象之剛克㉙，兼美義之不忒㉚。懼有齒而焚軀㉛，故全身而利國。縱使牛能任重，（《英華》作「重任」）馬有報德㉜，徒久困於輪轅，又每傷於銜勒㉝。豈如我邈自遠藩㉞，來朝至尊。辭桂林之小郡㉟，入閶闔之通門㊱。負名聞之藉藉㊲，守馴擾之存誠㊳。幸投之於芻蒿㊴，豈敢昧於君恩。

〔題解〕

按《全唐文》卷359編此賦於〈雕賦〉、〈天狗賦〉前，意謂天寶中作，年次尚不可考。踢稱馴象為越人所獻，與用韻「林邑」略有抵牾。越，即南越。《漢書・武帝紀》：「元狩三年，南越獻馴象、能言鳥。」注引應劭邵曰：「馴者，教能拜起周章，從人意也。」其南越即秦置桂林、南海、象郡三郡，秦滅後趙佗於此立為南越王，武帝元狩三年獻馴象，元鼎六年滅，武帝復置九郡，其地在今兩廣（廣東、廣西）一帶。而林邑乃國名，即占城，也叫占婆，故地在今越南中南部，西元192年區逵建國。史籍初稱為林邑，唐至德後改稱環王，西元九世紀後改稱占城。中國歷史正史文冊及《諸蕃志》、《島夷志略》、《瀛涯勝覽》等書多有記述。1471年，其大部分領土被越南後黎王朝所並，林邑獻馴象事歷代皆有，亦多見諸史籍。《新唐書・南蠻傳》：「環王，本林邑地。貞觀時王頭黎獻馴象。……永徽至天寶凡三人獻。」從賦中內容看，馴象實則林邑所獻。杜洩同題賦亦稱：「所馭者越人，所出處者林邑也。」則題中之意似應為越人駕馭林邑國所獻馴象也。

〔箋注〕

①倬：高大，顯著。《詩・大雅・雲漢》：「倬彼雲漢，昭回於天。」
②毛群：指獸類。班固〈西都賦〉：「毛群內闐，飛羽上覆。」又左思〈蜀都賦〉：「毛群陸離，羽族紛泊。」推：舉薦、尊崇之意。
③稟靈：即稟氣懷靈，承受天地自然之靈氣。《宋書・謝靈運傳》：「雖虞夏以前，遺文不睹，稟氣懷靈，理無或異。」荒徼，荒涼邊

鄙。徼，邊界。《史記・司馬相如傳》：「南至牂牁為徼。」

④昌期：昌明盛時。盧照鄰〈登封大酺歌〉之四：「千年聖主應昌期。」

⑤令辰：良時，自子至亥為十二辰。《儀禮・士冠禮》：「吉月令辰，乃申爾服。」劉歆〈甘泉賦〉：「擇吉日之令辰」

⑥成康：疑為「咸康」之誤。成康本指周成王、康王《史記・周本紀》：「故成康之際，天下安寧，刑錯四十年不用。」後因以成康指政治清明之世，但夷人獻馴象事記載未詳，《孟子・滕文公下》尚有周公「驅虎豹犀象而遠之，天下大悅」之言，故此賦中所稱「舊史記之」似指東晉成帝咸康時事，《晉書・成帝紀》：「咸康六年冬十月，林邑獻馴象。」《萬歲曆》亦載同年中「林邑王獻象一，知跪拜。」疑「成」或與「咸」形近而訛。

⑦王者無外：謂天子統轄與恩威無邊。《公羊傳・僖公二十四年》：「天子出居於鄭，王者無外。」又《管子・版法解》：「凡人君者覆載萬民而兼有之……天覆而無外也，其德無所不在。」

⑧形瓌之足偉：瓌偉，魁異宏偉。瓌，同「瑰」。《後漢書・邊讓傳》引蔡邕《薦邊讓書》：「非所以章瓌偉之高價。」《北齊書・盧潛傳》：「潛容貌瓌偉，善言談。」

⑨豐草長林：喻指山林。嵇康〈與山巨源絕交書〉：「雖飼以金鑣，餉以嘉肴，愈思長林而志在豐草也。」又杜甫〈進三大禮賦表〉亦云：「臣生長陛下淳樸之俗，行四十載矣，與麋鹿同群而處，浪跡於陛下豐草長林，實自弱冠之年矣。」

⑩狒狒：獸名。《爾雅・釋獸》：「狒狒如人，被髮迅走，食人。」宋人羅願《爾雅翼》十九《解獸》：「狒狒……一名梟羊，枵羊，一名山（犬軍，音琿），俗謂之山都，北方謂之土螻，周成王時州靡國嘗獻之。」……格：拘執。

⑪厲：嚴厲，威猛。和：溫和。

⑫蠻方：《詩・大雅・抑》：「用戒戎作，用逷蠻方。」上國：中國，與臣屬國相對而言。《左傳・昭公二十七年》：「（吳子）使延州來季子聘於上國。」琛，珍寶。

⑬魏闕：宮門外闕門，為懸布法令之地，後也作朝廷代稱。《莊子・讓

王》：「身在江海之上，心居於魏闕之下。」又叫象闕，象魏。

⑭南金：南方出產之銅。《詩・魯頌・泮水》：「元龜象齒，大賂南金。」傳：「南謂荊州揚州也。」箋：「荊揚之州，貢金之品。」又鮑照《河清頌・序》：「冀馬南金，填委內府，馴象西爵，充羅外囿。」

⑮便習：熟悉，熟習。《後漢書・陳龜傳》「家世邊將，便習弓馬。」

⑯或訛或立：「訛」通「吪」，行，移動。《詩・小雅・無羊》：「或降於阿，或飲於池，或寢或訛。」即此句所本。

⑰巍峨：高大貌。張衡〈西京賦〉：「疏龍首以抗殿，狀巍峨以岌嶪。」

⑱噓吸：吐納呼吸。《莊子天運》：「有上彷徨，孰噓吸是？」

⑲櫛比：密接相連，排列如梳齒。《詩・周頌・良耜》：「其崇如墉，其比如櫛。」王褒《四子講德論》：「甘露滋液，嘉禾櫛比。」，「槮槮」：高聳的樣子。

⑳熠熠：鮮明貌。阮籍〈清思賦〉：「色熠熠以流粒兮，紛雜錯以葳蕤。」

㉑中黃：勇力之士。張衡〈西京賦〉：「乃使中黃之士，育獲之儔。」李周翰注：「中黃，國名，其俗多勇力。」

㉒蒼舒：曹操子曹沖，字蒼舒，《三國志・魏志・武文世王公傳》：「鄧哀王沖，字蒼舒，少聰察岐疑，生五六歲，智意所及有所成人之智。時孫權曾致巨象，太祖欲知其斤重，訪知群下，咸莫能出其理。沖曰：置象大船之上而刻其水痕所至，稱物以載之，則校可知也。太祖大悅，即施行之。」

㉓我后之皁棧：我后即我君。皁棧乃馬廄之類。《莊子・馬蹄》：「編之以皁棧。」成玄英疏：「皁，謂槽櫪也。棧，編木為碇，安馬腳下，以去其濕，所謂馬床也。

㉔輪囷：高大的樣子。《禮記・檀弓下》：「美哉輪焉。」注曰：「輪，輪囷，言高大。」何晏〈景福殿賦〉：「爰有遐狄，鐐質輪囷。」旄邱，即山丘。《詩・邶風・旄丘》：「旄丘之葛兮，何誕之節兮。」《爾雅・釋丘》：「前高旄丘，後高陵丘。」

㉕，贔屭而高如巨防：贔屭，猛壯有力。張衡〈西京賦〉「綴以二華，

巨靈贔屭。」巨防：大堤。《呂氏春秋・慎小》：「巨防容螻，而漂邑殺人。」

㉖執燧奔戰：《左傳・定公四年》：「吳從楚師……鍼尹固與王同舟，王使執燧象以奔吳師。」注曰：「燒火燧繫象尾，使赴吳師，驚卻之。」

㉗牽鉤委貺：牽鉤即拔河，民俗遊戲。《隋書・地理志下》：「（南郡襄陽）二郡又有牽鉤之戲，云從講武所出，楚將伐吳，以為教戰，流遷不改，習以相傳。鉤初發動，皆有鼓節，群噪歌謠，振驚遠近，俗云以此厭勝，用致豐穰。」委貺：委，託付，交付；貺，賜與，賞賜。

㉘覘：窺視。披靡：喻軍隊潰敗如草木隨風倒伏。《史記・項羽本紀》：「漢軍皆披靡。」

㉙剛克：以剛制勝。《尚書・洪范》：「彊弗友剛克，燮友柔克。沈潛剛克，高明柔克。「《魏書・常爽傳》：文翁柔勝，先生剛克。」

㉚不忒：沒有差錯。《易・豫》：「天地以順動，故日月不過，而四時不忒。」

㉛懼有齒而焚軀：《左傳・襄公二十四年》：「（子產告宣子曰）象有齒而以焚其身，賄也。」注：「焚，斃也。」疏引服虔曰：「焚，讀曰僨。僨，僵也。」意謂傾覆其身，比喻因貪賄而致禍。

㉜報德：報答恩惠。《詩・小雅・蓼莪》：「欲報之德，昊天罔極。」

㉝銜勒：馬勒與轡頭。《家語》：「夫德法者，御民之具，猶御馬之有銜勒也。」

㉞遠蕃，即遠番，古人謂九州之外為番國。

㉟桂林之小郡：此指秦置桂林郡，漢改郁林，約當今廣東廣西一帶。

㊱閶闔：宮殿正門。見《三輔黃圖》，又晉洛陽西門名之閶闔，泛指宮門。

㊲藉藉：交橫雜亂貌。司馬相如《上林賦》：「它它藉藉，填坑滿谷。」

㊳馴擾：馴服。《後漢書・蔡邕傳》：「有菟馴擾其室傍。」存誠：陶淵明《閒情賦》：「坦萬慮以存誠，憩遙情於八遐。」

㊴芻蒿：本為餵牲口之乾草，又有芻蒿星，一名天積星，天子之藏府。見《宋史・天文志》。

第二編：李杜與民族文化

李白與少數民族

一、從李白氏族之爭論談起

本世紀三十年代中期，隨著李白籍貫的討論，著名學者陳寅恪先生又提出新說，斷定李白「本為西域胡人，絕無疑義，」[1]由此引起一場關於其氏族問題的廣泛爭論，支持或否定者均大有人在。其後詹鍈先生為陳氏之說尋得旁證數則，即太白精於西域文字，輕財好施，任俠仗義，相貌特出等，證明其為西域胡人。[2]而胡懷琛、幽谷更力證其「突厥化」程度很深，是「從碎葉突厥家庭中出來的」。[3]此外還有楊憲益等提出「李白是氐人」[4]等等。反對其說者以郭沫若先生為代表，《李白與杜甫》書中列舉反證以否定之，堅持認定李白為漢人。雖然兩說各執一端，未能統一，西域胡人說亦並未得到學界普通承認。但這場討論卻反映了一個客觀事實，即李白的氏族較難辨別，並進而告知人們李白與中國少數民族有著不解之緣，有著複雜的千絲萬縷的聯繫。論者曾從儒釋道三教及縱橫家、神仙術、歷史英雄俠士等不同角度以及詩騷、漢樂府到二謝等文學淵源來探尋太白雄奇詩

---

1 陳寅恪《唐代政治史述論稿》，上海古籍出版社。

2 詹鍈《李白家世考異》，《李白詩論叢》，作家出版社，1957年，14頁。

3 胡懷琛〈李太白通突厥文及其他〉（《逸經》第十一期），……幽谷〈李太白——中國人乎？突厥人乎？〉（《逸經》第十七期）。

4 轉引自詹鍈《李白詩論叢・序言》。

歌風格和獨特創作個性的形成原因，而對於同樣影響其個性的民族學、民俗學諸因素則未能予以足夠的重視。僅就此而言，陳先生之說便有著積極的意義，雖嫌論據不足，但卻第一次正面揭示出李白與少數民族的特殊關係，也是從人類文化學的角度提醒人們注意其所受之影響。所謂胡漢之爭並非國別之爭，並不涉及李白的中華國籍問題，且無論太白氏族如何，其先世有著匈奴，鮮卑甚至突厥血統，卻是毫無疑問的。而太白後來對少數民族所發生的重大影響，又從側面證明其獨特個性與價值，因此，探討李白與少數民族的這種特殊關係——太白創作個性中的民族基因和太白詩歌對少數民族的重大影響，便是全面探尋其詩歌特點和評價其創作成就不可忽視的重要內容。正如有的學者所指出，「李白乃漢之苗裔、胡之身軀的『中原』『北地』的混血兒，是時代將其所蘊含的多民族豐富的文化乳汁給了她的愛子，……從而孕育和造就了李白這一天之驕子。」[5]我們可以這樣說，李白是自漢魏至唐初數百年間南北交匯、民族同化的產物，而多民族文化精華凝成的李白詩歌，又作為寶貴的中華文化遺產之一，為後世各民族所繼承和特別的鍾愛。故李白也就成為中華民族大融合、大團結的象徵。

除了時代因素和所謂血緣關係外，使李白受到少數民族影響的還有以下幾方面重要因素：

（一）、家庭教育

李白自謂「余少時，大人令誦〈子虛賦〉」（〈秋於敬亭送從侄耑遊廬山序〉）。「十五觀奇書，作賦凌相如」（〈贈張相

---

[5] 范偉〈關於李白氏族的研究〉（《求是學刊》一九八六年第三期）。

鎬〉）。又曰「十五好劍術」（〈與韓荊州書〉），而魏顥《集序》亦稱其「少任俠、手刃數人」，可知其學書習劍均同為少年時代。其後書劍飄零，伴其終生，這自當與早年大人（父親）之令有密切關係。二十年代，徐嘉瑞稱李白墮落（即疏任）性格形成的原因主要來自遺傳[6]。這未免有些偏頗，但若取其廣義，指後天家庭教育，及早年環境薰陶則有一定道理。而這位教育者即李白父親李客，卻是個長期生活於西域，以後潛歸於蜀，「高臥雲林，不求祿仕」而「有犯罪疑點」者，為生存、為避仇、或鬥殺、或經商，來往風塵，耳濡目染，自然亦有著「融合胡漢為一體，文武不殊途」[7]的生活習慣。因此，在給李白以漢族文化教育的同時，參雜以濃厚的西北民族習俗，便是不可避免的。

（二）、地理環境

李白自幼生長於蜀地，故鄉彰明位於蜀北，臨近隴南及松（今松潘）維（今理縣北）茂（茂縣）諸州，這些地區自漢代即已有羌人聚居。據《後漢書，冉駹夷傳》，「夷人冬則避寒入蜀為傭，夏則違暑反其邑」。在川西平原主要修堰打井，築牆造屋，與漢人交流生產經驗，學習農業技術而又傳授砌石技術（實際上在此之前著名的都江堰等水利工程即有羌人的貢獻）。至唐初，原居河湟一帶的党項羌又南遷於岷江上游，同時，成都平原西北又有西山諸羌，其中「以哥鄰和白狗二部最為著名，哥鄰又名嘉良，即今藏族中的嘉戎，而白狗是現今羌族中的一支直系先民」[8]。據有關人口普查資料表明，現今羌族即主要分佈於茂

---

[6] 徐嘉瑞《頹廢派之文人李白）（錄自鄭振鐸編《中國文學研究》上冊）。
[7] 陳寅恪《唐代政治史述論稿》。
[8] 《羌族簡史），四川民族出版社，1986年，20頁。

縣、汶川、理縣、松潘及北川，皆與江油相鄰。同時，在李白故居青蓮鎮隴西院旁之南盤江上有渡曰漫坡渡，乃古名蠻婆渡之訛，相傳為古代氐羌婦女與漢人貿易的場所。在這樣一種眾多民族出沒遷徙，集聚雜居的地理環境中，各族交流並逐漸形成的區域文化便有著異於中原文化的西南地方民族特色，這同樣給予早年隱居岷山之陽，飽歷蜀中風土人情的李白以深刻的印象。

（三）、廣為結交中的多民族影響

在李白長期廣泛的交遊中，不少友人為古代少數民族後裔或帶有少數民族血統，當時皇族亦與少數民族通婚，李白最好的朋友之一元丹邱便是一位鮮卑族後裔，彼此一同煉丹學道，痛飲狂舞。從其贈酬來看，還與匈奴、天竺、突厥、高麗等民族的後裔有交往。他與晁衡的情誼，更是中日交流史上一段千古佳話。在如此廣泛的交遊中，必然產生文化習俗的融匯，使之受到影響。

李白由於遺傳基因與家庭教育，時代與地理環境及交遊等因素，自幼經受豐富多彩的多民族奇風異俗特殊文化洗禮，潛移默化，影響其一生。

二、李白對少數民族態度及所受具體影響

太白雖受到少數民族習俗薰染，畢竟更多的還是接受漢文化的教育。盛極一時的大唐雄風，源遠流長的中土文化，以及家庭教育中有意識地加以強調的方面——仿效漢族祖宗建功立業的思想，漢民族意識和觀念還是在李白心中占主導地位。這樣，李白對少數民族的態度也就變得複雜，呈現出兩種不同側面，一方面，在理智上觀念上有明顯的所謂華夷之分，在一些重大的社會

問題如邊塞征伐之類，更多地站在唐帝國和漢民族的立場，視之為禍端加以斥責。諸如「匈奴以殺戮為耕作」，（〈戰城南〉）「借問誰陵虐，天驕毒威武」，（《古風》其十四）「天驕五單于，狼戾好兇殘」，「何時天狼滅，父子得安閒」（〈幽州胡馬客歌〉）。但若對其進行仔細分析，便可以看出，這其中既有大漢族主義的傳統意識，亦不乏當時原始部落掠奪富庶地區的客觀事實的記敘。且李白的譴責對象主要還是「天驕」「單于」等奴隸主貴族，針對其兇殘性，貪婪慾，尤其是安祿山叛軍的罪行，但並未一概而論，且亦有反對拓邊擴張的思想。更重要的是在另一方面，於感情和潛意識中，李白對少數民族奇特卓異的風土民俗，豪放不羈的群體特徵乃至西部大漠風光，胡姬妖冶絕色等都顯出情不自禁的濃厚興趣，為之傾倒。這都由於前面所敘之潛移默化。其所受少數民族影響具體表現在以下幾個方面：

（一）、原始宗教與自然崇拜

李白「一生好入名山遊」，其詩充滿對神奇壯美的大自然的禮讚，這既是老莊哲學返朴歸真崇尚自然的傳統之延續，也與原始部落的突出特點——自然崇拜有關。由於生產力水準低下，人們認識能力有限，對於許多難以解釋的自然現象，往往歸之於神，有的為多神崇拜，以自然萬物為神，有的則為圖騰崇拜，以一種具體事物如土石山川、飛禽走獸為崇拜對象，視為神的化身，李白對自然的態度，顯然與此有相似之處，詩中盡力誇張，渲染自然的雄偉壯美、神奇變幻。如其寫山，「天姥連天向天橫，勢拔五嶽掩赤城」；寫水，「黃河西來決昆侖，咆哮萬里觸龍門」；寫禽，「大鵬一日因風起，扶搖直上九萬里」；寫馬，「駼驤本天馬，素非伏櫪駒。長嘶向清風，倏忽凌九區」。自然萬物都被賦予了感情，那麼壯觀，那麼有靈氣，透出太白的無限景慕。而更突出反映自然崇拜和民族文化心理素質的則是李白給子女「用蕃名」。據魏顥《集序》等所載，其子曰伯禽、頗黎，女曰明月奴，皆不同於一般漢族士人習俗。尤其是「頗黎」據當代學者考證，「這裡所說的蕃名『頗黎』，實際上便是突厥語——今天的維吾爾語bery（蒼狼）的音譯，因為維吾爾族的先民烏古孜部落就是以蒼狼為圖騰」[9]。這可說，是崇尚驃悍勇武精神的西北游牧民族心理的自然流露。也說明其對突厥語文及原始宗教的熟悉和自覺運用。而那翱翔萬里，令太白眷念不已的大鵬不也正是自由理想之神的化身麼？同時，太白早年隱岷山之陽，曾養異禽，能於手掌進食，這亦與古代羌族巫術相近。唐代有東女羌，「每至十月，令巫者齎楮詣山中，散糟麥於空，大咒呼鳥，俄而有鳥如雞飛入巫者之懷。」[10]此外，李白還熟悉唐初由波斯傳入的聶斯脫利派基督教——景教的經典和儀節。這些都見出太白受到少數民族宗教和自然崇拜的影響。

（二）、尊重婦女和美人崇拜

《冷齋夜話》云：「舒王嘗曰：太白詩詞迅快，然其識見汙下，十句九句言婦人、酒耳。」王安石在這裡對太白的評價自是不妥，但卻指出了存在於太白詩歌的一個事實。即婦女題材較多。對此，人們多從時代風氣和謝安蓄妓之影響來加以解釋，如王琦就說：「至謂其詩多甘酒愛色之語，遂目以人品低下，是蓋忘唐時風俗而又未明其詩之義旨也。……（其詩）多屬寓言，意

---

[9] 劉文姓《維吾爾族人名中的文化透視》（《西北民族學院學報，一九九〇年第四期）。

[10] 《舊唐書・南蠻西南蠻傳》。

有諷寄，陽冰所謂言多諷興者也。」其論可謂精闢，但諷興說尚不能加之於全部言婦人之作。而從民族學的角度，從當時某些少數民族的特殊審美情趣出發，則不難發現其中所帶有的西部民族特有的重女輕男、美人崇拜色彩，進而把握其精神內涵，領略其藝術魅力。據史載，漢代居住在今茂縣一帶的冉駹羌部即「貴婦人，黨母族」[11]。唐代，西部東女國亦是「俗以女為王，……重婦人而輕丈夫。」[12]這種含有母系社會殘餘的習俗還廣泛存在於西南許多部落、村寨，它有著異於漢族傳統禮法觀念的民族特徵，對李白的婦女觀的形成有明顯影響。在歌舞侑觴的交往場合，他並不滿意那種以美女為玩物，單純「愛色而賤士」的世俗風氣。其《邯鄲南亭觀妓》詩便寓有這種感慨。他同情婦女的生活命運和痛苦，瞭解其渴望真摯感情之心願。「憐君冰玉清迴之明心，情不極兮意已深」（〈寄遠〉其十二）。他筆下的美人既有君子之喻，如「美人出南國，灼灼芙蓉姿」（《古風》四十九），更有青樓知己。如魏顥《集序》所指出：太白「間攜昭陽、金陵之妓，跡類謝康樂，世號李東山。」這本身就是懷才不遇愁悶之發洩，而不同於世俗之醉生夢死，若非彼此皆視功名如浮雲，心靈相通，「美酒樽中置千斛，載妓隨波任去留，」（〈江上吟〉）如此瀟灑坦蕩而無寂寥牽掛是難以做到的，可見其平等相待，亦為相知。李白的一些贈內詩亦可感受到這種境界。他還有許多作品直接寫到少數民族婦女。「燕支有美女、走馬輕風雪」（〈代贈遠〉），「胡姬貌如花，當壚笑春風」（〈前有樽酒行〉其二），其他還有〈白鼻騧〉，〈巴女詞〉，〈少年行〉等詩，多為熱情讚美，風格明快、感情健康純淨，並

---

11 《後漢書・冉駹夷傳》。
12 《舊唐書・南蠻西南蠻傳》。

無輕薄之意，且多顯出濃郁地方氣息和民族特色。

（三）、尚義任俠與寶劍崇拜

李白性格豪爽，俠肝義膽，其詩氣勢豪放，富於陽剛之美；其秉性與古代俠士有密切關係，但也不能排除北方民族尚武輕文，重於然諾的總體素質之影響。如果說「曩昔東遊維揚，不逾一年，散金三十餘萬，有落魄公子，悉皆濟之」的行為尚近於一般俠義心腸，那麼關於安葬友人的一段描敘，就更為中原漢人不多見。李白寫道；「昔與蜀中友人吳指南同遊於楚，指南死於洞庭之上，白禫服慟哭，若喪天倫。炎月伏屍，泣盡而繼之以血。行路聞者，悉皆傷心，猛虎前臨，堅守不動・遂權殯於湖側，便之金陵，數年來觀，筋肉尚在，白雪泣持刃，躬申洗削，裹骨徙步，負之而趨。寢興攜持，無輟身手，遂丐貸營葬於鄂城之東[13]。」此種俠行令一般漢族文人聽之毛骨竦然，更不用說躬親其事了。不僅如此，李白對於人命關天之事亦不加掩飾，他「少任俠，手刃數人」而又津津樂道，「托身白刃裡，殺人紅塵中」（《贈從兄襄陽少府皓》），又讚俠客殺人，「十步殺一人，千里不留行」（〈俠客行〉）。「笑盡一杯酒，殺人都市中」（〈結客少年場行〉）。難怪徐嘉瑞稱其為犯罪者，其父有犯罪疑點，其先世犯罪充軍。並謂其犯罪為遺傳[14]，實際上說李白由家庭教育中養成武勇習氣更恰切。他十分仰慕那雪山草原上遷徙游牧，揚鞭馳騁的邊地英雄。稱讚幽州胡馬客之雄風：「幽州胡馬客，綠眼虎皮冠，笑拂兩隻箭，萬人不可幹。彎弓若轉月，白雁落雲端。雙雙掉鞭行，游獵向樓蘭。出門不顧後，報國死

---

[13] （唐）李白〈上安州裴長史書〉。

[14] 徐嘉瑞《頹廢派之文人李白）（錄自鄭振鐸編《中國文學研究》上冊）。

何難。」李白性喜漫遊，嚮往自由，極不安分的特點不能說與游牧部落居無定所，隨季節水草而遊獵的生活習性毫無關係。北方民族尚武精神在李白身上還具體表現為對寶劍之崇拜，自幼隨父學書習劍後，寶劍便成為其終生伴侶，「撫劍夜吟嘯，雄心日千里」（〈贈張相鎬〉其二），「長劍一杯酒，男兒方寸心」（〈贈崔侍御〉）。其詩集中詠劍之詞比比皆是，寶劍已成為太白抒發壯志與幽憤的精神依託。正與其飄流無依，追求自由與個性解放，任俠豪爽的秉性氣質相吻合。

（四）、民族藝術奇花異卉之特殊誘惑

正如包容百家、兼收並蓄的博大胸襟成就了大唐文明的輝煌燦爛、鼎盛氣象，太白也以極大的熱情從斑斕多姿的各民族文化與藝術的乳汁中吸取營養。無論異域風情、人文景觀，太白都興趣盎然，亦較為熟悉。「金花折風帽，白馬小遲回。翩翩舞廣袖，似鳥海東來。」（〈高句麗〉這首小詩節奏輕快，寥寥幾筆便勾出高麗民族的服飾特徵。其〈上雲樂〉更對西域民族的儀禮相貌作了詳細描繪，雖為擬作，但若非植根於現實，僅憑想像是不可能如此生動的，其辭曰：「金天之西，白日所沒，康老胡雛，生彼月窟，巉岩容儀、戍削風骨。碧玉炅炅雙目瞳，黃金拳拳兩鬢紅。華蓋垂下睫，嵩嶽臨上唇，不睹詭譎貌，豈知造化神。」詩中最後寫道：「老胡感至德，東來進仙倡，五色師子，九苞鳳凰，是老胡雞犬，鳴舞飛帝鄉。淋漓颯遝，進退成行，能胡歌，獻漢酒，跪雙膝，並兩肘，散花指天舉素手。拜龍顏，獻聖壽，北斗戾，南山摧，天子九九八十一萬歲，長傾萬歲杯。」

胡震亨由詩中「龍飛入咸陽」數句而疑「此胡游肅宗朝者」[15]，可謂極有見地，此詩不啻當時西域民族進入中原進行文化藝術交流的真實寫照。

對於其他少數民族民間藝術，太白也十分欣賞。他仿作的古樂府中，有許多是陳隋時的胡曲，如〈于闐採花〉等。他聽羌笛而激起共鳴，「胡人吹玉笛，一半是秦聲。十月吳山曉，梅花落敬亭。」（〈觀胡人吹笛〉）與家人共習西部舞蹈；「酣來自作青海舞，秋風吹落紫綺冠。」（〈東山吟〉）「醉則奴丹砂撫青海波。」（魏顥《集序》）又精熟少數民族禮節。如〈扶風豪士歌〉寫道：「脫吾帽，向君笑。飲君酒，為君吟。」清人桂馥曰：「此數句初不解其義，《通鑒》：元魏城陽王徽脫爾朱榮帽，歡舞盤旋。注引李詩為證云：脫帽歡舞，蓋夷禮也[16]。」而長安三年唯一與政事有關者即草和蕃書，意義深遠，可見其對少數民族文字的研習和通曉。

此外，少數民族純樸真誠的民風，粗獷豪爽的性格，禮法觀念淡薄以及其他一些與中原傳統意識價值觀念相異的因素都給了太白直接間接、或多或少的影響，與豐厚悠久的漢文化一道，融成雄奇奔放、熱情浪漫、率直清新，蔑視禮法的太白精神，融成太白獨特的詩歌風格和創作個性。

太白精神及其詩歌由各民族文化精華積澱，成為中華文化寶貴遺產，沾溉後世，這同樣也給各少數民族以深遠的影響。對此，過去缺乏系統研究，特在下章作專門之梳理，此不贅述。

---

[15] 據《李太白全集》卷三王琦注引。

[16] （清）桂馥著、趙智海點校《劄樸》卷六，中華書局，1992年，233頁。

歷代少數民族作家對李白詩歌的接受

由各民族文化精華積澱而成的太白精神及其詩歌，又作為中華寶貴文化遺產而沾溉後人。人們為其民族、籍貫「慕而爭者無時而已」，在原有的爭論外，直到近年又有所謂李白故鄉在洛陽之新說，少數民族亦同樣參與其間，在貴州「遵義府有太白宅，在夜郎裡有題碑記[1]」至今尚為其是否到過夜郎而爭論不休。還是明季回族大學者李卓吾說得好，「余謂李白無時不是其生之時，無地不是其生之地，亦是天上星，亦是地上英，亦是巴西人，……亦是夜郎人。死之處亦榮，生之處亦榮，流之處亦榮，囚之處亦榮。不遊、不囚、不流、不到之處，讀其書，見其人，亦榮亦榮！莫爭莫爭！[2]」確實如此，中華各民族都以擁有這位天才詩人而自豪，並由此而吸取精神營養，其詩歌亦為中華文化交流與發揚光大產生了積極的作用。在少數民族作者的漢文創作中尤其表現突出，這裡讓我們從歷代較直接和明顯學習李白詩歌者的簡單巡禮中看看太白所產生的重大影響吧！

一、唐宋遼金之概況

作為盛唐氣象的代表詩人李白，當他在世時其影響已越過中原，遠播海外。所交異族朋友多對其推崇備致，惜文字多佚，不

---

[1] （清）王琦《李太白集注》卷三十六・附錄六引《四川總志》。

[2] （明）李贄《焚書》卷五《李白詩題辭》。

得其詳。唯年齒晚於太白的古文家獨孤及《毗陵集》中有〈送李白之曹南序〉一文，可作證明。獨孤氏為鮮卑族後裔，故此文亦為現存最早的少數民族作者關於李白評論的文獻。詹鍈《李白詩文繫年》繫此詩於天寶十二載（753），其時李白自天寶三載賜金放還之後，四處漫遊，此年自燕晉歸洛陽，返經梁宋將赴曹州，獨孤及於平臺相送。按獨孤及字至之，洛陽人，天寶中漫遊秦燕，得以與李白相識。獨孤及出生於開元十三年（725），比李白小24歲，此時正當接近而立之年。序中簡述李白近年形跡，透出對前輩的仰慕和對其遭際的同情，「曩子之入秦也，上方覽子虛之賦，喜香如同時。由是朝詣公車，昔揮宸翰。一旦樸被金馬，蓬累而行，出入燕宋，與白雲為伍」，另一方面更對李白的抉擇表示理解，針對世俗之非議指責為李白作辯護，「彼碌碌之輩徒見三河之遊倦，百鎰之金盡，乃議子於得失虧成之間。曾不知才全者無虧成，志全者無得失，進與退於道德乎何有？」不僅由衷地欽服其才志。也對李白的特立獨行、傲岸不羈追求自由的性格表示欽佩。也正因為受太白自然天成不囿陳見之風格影響，其強調反齊梁矯飾的古文理論於之意脈相通，存在密切內在聯繫也就不難理解。獨孤及此文為李白在世時唯一保存的少數民族後裔作家與之交往文獻，因此其價值也更彌足珍貴。

契丹和女真族建於北方的政權——遼金兩朝，湧現了許多少數民族作者，其中不少人均受到太白影響，如西遼國師寺公大師所作〈醉義歌〉，被稱作「遼代契丹文文學的代表作」[3]，詩用契丹文寫成，其後被翻譯為漢文。其中不僅有「淵明笑問斥逐事，謫仙遙指華胥宮」之句，見出對中原文化十分熟悉，運用自

[3] 周惠泉《遼代契丹文文學的代表作：〈醉義歌〉》，《古典文學知識》2007年1期）。

如，詩中「梁冀跋扈德何在，仲尼削跡名終多。古來此事元如是，畢竟思量何怪此。爭如終日且開樽，駕酒乘杯醉鄉裡。醉中佳趣欲告君，至樂無形難說似。……千頭萬緒幾時休，舉觴酩酊忘形跡」之類所表達的蔑視功名、以酒消愁的貫穿全篇的主題，則分明可見到〈將進酒〉、〈夢遊天姥吟留別〉等太白名篇的影子。

而金朝隨著統治者「文治」思想和借才異代、促進本國文化發展政策的實施，尤其是學習漢族先進文化與保持本民族淳質傳統並重思想的影響，逐漸形成體現本土特色的詩歌流派——中州文派及講究氣格、崇尚雄健踔厲之風。就文學淵源而言，金詩人遠承魏晉神韻，近學歐蘇氣概，不拾江西牙唾，實則間接反映出李白之影響。從其皇室貴族如海陵王、世宗、完顏璹等完顏氏詞人作品來看，充分反映出對漢文化的鑽研學習，大多寫得雄健激越。如被元好問評為「百年以來，宗室中第一流人」[4]的完顏璹，雖然總體風格沉鬱，近於杜甫，但也有風格豪放者，其〈朝中措〉詞曰：「襄陽古道霸陵橋，詩興與秋高。……夢到鳳凰臺上，山圍故國周遭。」懷古而慨歎，且化用託名太白〈憶秦娥〉詞中語句，風格雄放，與太白極為相近。又如〈漁父〉詞：「楊柳風前白板扉。荷花雨裡綠蓑衣。紅稻美，錦鱗肥。漁笛閒拈月下吹。」亦頗有太白清新飄逸之風。

與之相似，在鮮卑族後裔，金元最傑出的詩人元好問的創作歷程中，受影響最大的無疑是杜甫，但李白所給予的影響同樣不可忽視，元好問詩論的基本觀點即寫實、雄奇、平淡。其中寫實創作原則主要源於《詩經》到杜甫的儒家傳統，即所謂「親風

---

4 （金）元好問《中州集》卷五，中華書局1959年排印本。

雅」，而雄奇平淡的審美趣味則顯然更多地來自太白。他稱讚太白詩歌，更為其被誤解而抱屈。「筆底銀河落九天，何曾憔悴飯山前？世間東抹西塗手，枉著書生待魯連。」（《論詩絕句》其十五首二句即包含著對雄奇豪壯與真淳自然風格的推許。並推崇他那魯仲連一樣的俠義胸懷。〈范寬秦川圖〉中直接以李白之才為喻：「元龍未除湖海氣，李白豈是蓬蒿人？」在所題〈李白騎驢圖〉〈李白獨酌圖〉中，均流露無限仰慕。而每每宣導的「曹劉坐嘯虎生風」，「縱橫詩筆見高情」，「慷慨歌謠」「中州萬古英雄氣」和「一語天然萬古新，豪華落盡見真淳」「穹廬一曲本天然」等風格，均體現出與太白一致的美學趣尚，承繼建安風骨和陶謝妙韻，反對矯揉造作，雕飾華豔，缺乏真情之流俗。由此形成追隨李杜，「以唐人為指歸」的金代詩學風尚，最終為金代文學在中國文學史上爭得一席地位。

二、元代之鼎盛

隨著蒙古族執政的多民族統一國家——元朝的建立，我國民族關係又發展到一個新的時期，雖然統治者實行民族歧視政策，但在多民族空前雜居的環境中，各地各族文化廣泛交流是不可阻止的。這時期，少數民族作者大大增多，且成就斐然。著名者如顧嗣立《元詩選》所謂：「有元之興西北，子弟盡為橫經，涵養既深，異才並出，雲石海涯、馬伯庸以綺麗清新之派，振起於前，而天錫繼之，清而不佻，麗而不縟，真能於袁趙虞楊之外，別開聲面者也。」他們又都不同程度地受到李白影響。誠如宋犖為顧嗣立《元詩選》所作序中所言：「元詩多輕揚，近太白。」差不多許多著名的詩人都喜歡太白詩風，少數民族詩人也更不例外，由於習性相近，元代少數民族作家在接受中原文化影響的時候，又對李白特別鍾愛，形成一個學李的高潮。

其實早在成吉思汗、窩闊台時代，契丹族重臣耶律楚材即精通漢族文化。耶律楚材，元代著名政治家，三朝重臣。是契丹族後代，遼皇族的子孫，生於1190年。其父耶律履，金朝官員，60歲得子。當時金朝已開始沒落，耶律履感慨地對人說：「吾六十而得此子，吾家千里駒也，他日必成偉器，且當為異國用。」他借用《左傳》中楚國雖有人才，但被晉國所用的典故，為其子取名耶律楚材。

耶律楚材成年之後，果然不負父望。他博學多才，思路敏捷，下筆成文，一揮而就。吟詩填詞，信手拈來，自然清新，不事雕琢，而格調昂奮，氣魄雄渾。因為耶律家族的文學創作受唐文學的影響較大。其文學思想和創作傾向與金、元「宗唐得古」的思潮相一致，而對流行於文壇的「世情」頗有偏離，故特別喜歡李白詩歌。前面那首著名的契丹文詩〈醉義歌〉，就出自他的翻譯而得以保存，可以見出其練達的文筆和對太白詩的熟悉。所作〈和南質張學士敏之見贈七首〉表達出「既倒狂瀾再扶起，昔有謫仙原姓李」的豪情與志向。其〈贈高善長一百韻〉自稱為詩「典雅繼李、杜，浮華笑陳梁。」當代學者指出其七古〈過陰山和人韻〉「描繪陰山雄奇壯偉的景色，筆力剛健，氣勢磅礡，有些詩句如『猿猱鴻鵠不能過』、『人煙不與中原通』、『山角摩天不盈尺』等，顯是從李白《蜀道難》中直接化出。」[5]

其次子耶律鑄也同樣喜學太白詩，金代麻革《雙溪醉隱集》序謂耶律鑄幼年起步學詩，「下筆便入唐人之閫奧」，其詩詞

---

[5] 張浩遜《歷代李白詩歌接受述論》，《鹽城師範學院學報》2007年1期。

也於清新飄逸、搖曳多姿間時見詭橘幻誕、奇崛險怪，融二李（李白、李賀）之格調韻味於一爐，體現了唐人風範。所作〈述實錄〉、〈蜀道有難易〉等古體詩明顯可見李白〈蜀道難〉的影子。

作為元代最傑出的少數民族詩人薩都剌，本為答失蠻氏，一說為回族詩人，他的朋友，著名詩人楊維楨說：「天錫詩風流俊爽」[6]，其後明代瞿佑謂其詩「清新綺麗、自成一家，」[7]而這多與其喜愛和學習太白有關。他多次表達對李白的仰慕：有兩首懷念李白的詩〈過池陽有懷唐李翰林〉、〈採石懷太白〉。前詩曰：「我思李太白，有如雲中龍。垂光紫皇案，御筆生青紅。群臣不敢視，射目目盡盲。脫靴手污蔑，蹴踏將軍雄。沉香走白兔，玉環失顏容。春風不成雨，殿閣懸妖虹。長嘯拂紫髯，手拈青芙蓉。掛席千萬里，遨遊江之東。濯足五湖水，掛巾九華峰。放舟玉鏡潭，弄月秋浦中。羈懷正浩蕩，行樂未及終。白石爛齒齒，貂裘淚濛濛。神光走霹靂，水底鞭雷公。採石波浪惡，青山雲霧重。我有一斗酒，和淚灑天風。」

後詩曰：「夢斷金雞萬里天，醉揮禿筆掃鸞箋。錦袍日進酒一斗，採石江空月滿船。金馬重門深似海，青山荒塚夜如年。只應風骨蛾眉妒，不作天仙作水仙。」緬懷敬佩之情溢於言表。

再看其〈酹江月・登鳳凰台懷古用前韻〉：

> 六朝形勝，想綺雲樓閣，翠簾如霧。聲斷玉簫明月底，臺上鳳凰飛去。天外三山，洲邊一鷺，李白題詩處。錦袍安

---

6 （元）薩都剌：《雁門集・別錄》引楊維楨《竹枝詞序》，上海古籍出版社，1982。

7 （明）瞿佑《歸田詩話》，據丁福保《歷代詩話續編》（下冊），北京，中華書局，1983，1271頁。

> 在，淋漓醉墨飛雨。遙憶王謝功名，人間富貴，散草頭朝露。淡淡長空孤鳥沒，落日招提鈴語。古往今來，人生無定，南北行人路。浩歌一曲，莫辭別酒頻注。

詩中同樣寄寓了詩人登金陵鳳凰台而懷念李白的無限情思。甚至於見到友人所贈白石，也會馬上想到太白，「仙人李太白，俊逸天下聞。芙蓉宮錦袍，袖有峨眉雲。」（〈峨眉雲歌謝照磨李伯貞遺白石〉）「峨眉山高劍門隔，化為太古一片雲。」似乎眼前白雲般晶瑩的石頭，彷彿是太白袖中幻化而出，堪為太白千古知音。

同時其創作中亦多用太白之典。如〈水龍吟・贈友〉曰：「絳袍弄月，銀壺吸酒，錦箋揮兔。」另如〈燕姬曲〉：

> 燕京女兒十六七，顏如花紅眼如漆。
> 蘭香滿路馬塵飛，翠袖籠鞭嬌欲滴。
> 春風馳蕩搖春心，錦箏銀燭高堂深。
> 繡衾不暖錦鴛夢，紫簾垂霧天沉沉。
> 芳年誰惜去如水，春困著人倦梳洗。
> 夜來小雨潤天街，滿院楊花飛不起。

風格自然，清新可人，與太白極為相似。故胡應麟《詩藪》評道：「薩天錫誦法青蓮，」又以之與「三李」（白、賀、商隱）相比。可見其詩風清新飄逸並非毫無來由，確實指出其特點之淵源。

而党項羌詩人余闕同樣有詩句寫太白月夜醉吟之飄逸神態，「春池細雨柳纖纖，手倦揮毫日上簾。想得停杯江海夜，月明照見水精盤。」（《題李白玩月圖》）另有〈題蛾眉亭〉：「空亭瞰牛渚，高高沒紫氛……憑軒引蘭酌，休憶謝將軍。」對謝李的仰慕與仿習完全交織在一起。這也就不難解釋《青陽山房集》中作品質樸流暢、無富貴濃豔氣的原因。此二人均為元代中葉文壇享有盛譽者，則李白之影響亦可想見。

馬祖常，元代著名少數民族文學家，蘇天爵《元文類》評道：「文則富麗而有法，新奇而不鑿；詩則接武隋唐，上追漢魏，後生爭慕效之。」當代學者謂其「文學造詣甚高，曾慨歎魏晉以來文風卑弱，故作文務去陳言，專以先秦、兩漢為法。文風宏贍精核，自成一家。」「詩風圓密清麗，才力富健，長篇巨制，又顯得磅礴奔騰，含不受羈勒之氣。」[8]其言甚是。馬祖常自幼深受漢文化影響，刻苦功讀漢文典籍。「公七歲知學，得錢即以市書。」當時馬氏家族移居光州（今河南境內），馬祖常「鄉會試皆第一，廷試第二，蓋以國人冠也。」雖然歷任高官，但卻並不貪戀功名，並自白曰：「祖常初無意於斯世功名利祿之業，聞古有所謂立言之士，粗願學焉，而弗舍之也。」他還說科舉應試「雖云應詔對策，皆不過文藝細碎，嬌實情，合於有司，覬得一官於天子也。」公然表示鄙薄之意。可見其性情與太白頗為接近。而其詩亦有近於太白者。尤其是七言歌行，如《北歌行》（卷五）：「君不見李陵台，白龍堆。自古戰士不敢來。黃雲千里雁影暗，北風裂旗馬首前。」悲壯蒼莽。〈車簇簇行〉：「李陵台西車簇簇，行人夜向灤河宿。灤河美酒斗十千，下馬飲者不計錢。青旗遙遙出華表，滿堂醉客俱年少。」超逸不羈，豪氣四射，跳蕩著奔騰之氣，遣辭造語與太白詩風何其相似。最直

---

[8] 白壽彝總主編；王檜林，郭大鈞，魯振祥主編《中國通史》第八卷　中古時代・元時期（下冊）上海人民出版社。

接表達其對太白追慕之情者則是其〈過採石〉詩。詩云：

> 採石江頭秋月白，蛾眉亭下江聲咽。繡衣玉斧晚霜寒，同是天涯苦行客。酒仙一去海生塵，青山玉尺埋衣巾。青江白鳥自今古，岸草春花秋復春。我欲御風遊八表，醉裡高情覓三島。閶闔雲深不可攀，回首江南數峰小。

再如其七古〈楊花宛轉曲〉：

> 空中游絲已無賴，宛轉楊花猶百態。
> 隨風撲帳拂香奩，度水點衣縈錦帶。
> 輕薄顛狂風上下，燕子鶯兒各新嫁。
> 釵頭爐墜玉蟲初，盆裡絲繅銀繭乍。
> 欲落不落春沼平，無根無蒂作浮萍。
> 纈波繡苔總成媚，人間最好是清明。
> 清明豔陽三月天，帝里煙花匝酒船。
> 石橋橫直人家好，小海白魚跳碧藻。
> 榆莢荷錢怨別離，不似楊花宛轉飛。
> 楊花飛盡綠蔭合，更看明年春雨時。

這類詩既接近太白詩歌的超逸之風。也顯出馬祖常自己的獨特風格。

不僅詩壇如此，隨著少數民族作家散曲創作的發展，李白的影響也在這一領域表現出來。工於詞曲，「風格飄逸」的維吾爾族作者薛昂夫，曾兩次化用杜甫〈春日懷李白〉之原句，說明其對太白之景仰。登臨黃山時所作散曲〈塞鴻秋・凌歊台懷古〉即發出感慨；「江東日暮雲，渭北春天樹，青山太白墳如故。」而另一首〈最高樓・善寺〉亦直用太白〈玉階怨〉詩意：「風雨五更頭，侵階苔蘚宜羅襪。」而元代少數民族作者中，最為心儀李白者恐怕當推另一位維吾爾族散曲作家，自號「酸齋」的貫雲石。他一生創作大量耽玩山水，爽朗別致的散曲作品，這與他那豪雄曠達，倜儻不群的性情有關，正由於秉性相似，他對太白有特殊的感情，其詩歌有許多都毫不掩飾地表現對太白的仰慕與懷念。如〈採石歌〉寫道，「採石山頭日頳色，採石山下江流雪。行客不過水無跡，難以斷魂招太白；我亦不留白玉堂，京華酒淺湘雲長。新亭風雨夜來夢，千載相思各斷腸。」又有〈桃花岩〉詩，其序云：「白兆山桃花岩，太白有詩。近人建長庚書院。來京師時，中書平章白雲相其成，求詩於詞林臣。李秋谷、程雪樓、陳北山、元復初、趙子昂、張希孟與僕同賦。」桃花岩在湖北德安府（今湖北安陸）西北白兆山下，有李太白讀書堂。李白在此居住時曾作《安陸白兆山桃花岩寄劉侍御綰》。詩中滿懷對太白無限傾慕之情，一開始即以美人喻之。「美人一別三千年，思美人兮在我前。桃花染雨入白兆，信知塵世逃神仙。」中間再用太白詩句，將自己與之溶為一體。「幾回雲外落青歗（嘯），美人天上騎丹鶴。神遊八極棲此山，流水杳然心自閒。解劍狂歌一壺外，知有洞府無人間。「逸興昂然，似青蓮胸懷」。最後更是酣暢淋漓，飄飄欲仙。「酒酣仰天呼太白，眼空四海無纖物，明月滿山招斷魂，春風何處求顏色？」可謂情癡意切，其詩想像瑰麗，極富浪漫色彩，實承太白遺風。

詩序中提到的元復初乃元代鮮卑族後裔詩人元明善之字，由此可知，同時亦曾同賦，惜其詩已亡佚而不得見，但表達對太白之敬意是無疑的。

此外如朝鮮族散曲作家李齊賢之〈巫山一段雲・洞庭秋月〉亦點化太白〈月下獨酌〉詩意境；「舉杯長嘯待鸞驂，且對影成三。」均可見太白影響所在。

三、明清時期之表現

與元代少數民族學李高峰相比，明清少數民族書面作家創作相對薄弱，但還是有一些少數民族後裔作家在創作中表現出對李白的學習和借鑒。

明代党項羌詩人王偁（1370-1415年），字孟揚，又字密齋，永福縣（今永泰縣）人，其父王翰是王翰為甘肅靈武人，元末任福州理問官兼任永福和羅源縣令，見元大勢已去，隱居於永福（今永泰）塘前觀獵山中。後行蹤暴露，不願應明太祖詔入朝做官，引刃自殺，事見《明史隱逸傳》。王偁為閩中十才子之一，永樂初，薦授翰林院檢討，進講經筵，充《永樂大典》副總裁，曾為高棅《唐詩品匯》作序，極推盛唐雄風，著有《虛舟集》5卷。其詩質樸清新，不落窠臼，《四庫全書總目》評其詩曰：「〈將進酒〉、〈行路難〉等亦頗出入於太白歌行，雖未必盡合於古人，而一鱗半爪隱現雲端，故不止於優孟衣冠也。」論者以為其「七言古詩作得豪邁奔放，雄渾博雅，頗似李白之風。」[9]試看其〈將進酒〉詩：「故人手持金屈卮，進酒與君君莫辭。仲孺不援同產服，孟公肯顧尚書期？當歌激風和結楚，吳姬白苧莫停舞。黃河東走不復回，白日經天豈能駐？田文昔日盛經過，朝酣暮樂豔綺羅。高臺已傾曲池廢，只今誰聽雍門歌。我

---

[9] 殷曉豔《論党項羌人王偁及其文學創作》《民族文學研究》2007年1期。

有一曲側君耳，世事悠悠每如此。子雲浪做投閣人，賈生空弔湘江水。春風南園花滿枝，莫待秋風搖落時。東山笑起徒為耳，乘時莫付高陽池。」措辭命意皆與太白同題名作近似，雖氣韻不足，然借鑒和有意效仿則十分明顯。

明代傑出的思想家李卓吾高度評價李白其人其詩，而他本人愛好自由思想，懷疑傳統教條，批判道學虛偽的戰鬥精神以及強調至情至性、童心真心的文學主張，顯然不可能與太白精神毫無關係。

滿族作家，清初三大詞人之一的納蘭性德，往往被認為詞風「婉麗淒清」「哀感頑豔」。實際上並不儘然。雖身為貴公子，卻與太白有許多相似處，同樣任俠仗義，善於騎射，助人必竭其肺腑，不惜貲財。創作上力主獨創，真切自然，「一洗雕蟲篆刻之譏，……純任性靈，纖塵不染」（《蕙風詞話》卷五）。亦多有雄渾之作，如其〈金縷曲〉（德也狂生耳）被評為「嶔崎磊落，不啻坡老、稼軒」（《詞苑叢編》），也可說是間接學太白，若檢閱其《通志堂集》之詩歌，便更不會懷疑這一點．其詩作開篇題作《雜詩七首》第一首便讚頌魯仲連，第二首即評論李杜。「李白謫夜郎，杜甫困庸蜀。紛紛蜍志輩，昏塞飽粱肉。造物豈無意，與角去其足。末俗諛高位，文成貴珠玉。縱雲咸池奏，我愚不能讀。一言欲贈君，焚硯削簡牘。此事屬窮人，君其享百祿。」表明其主張質樸，反對矯飾的基本觀點，也揭示出李杜成就之緣由即杜甫為李白和自己所總結的那樣，「文章憎命達」，真可謂千載知音。第三首敘述雅頌以來文學流變，再次高度評價李杜之影響和作用，「泉明自澹蕩，盡變待甫、白。」都充分地顯出與太白相通之趣味。

清代閩中回族詩人群中，薩玉衡是一位佼佼者。當時頗有影響，惜生平事蹟，失於記載。薩玉衡《清史稿》有傳，但很簡略。本傳云：

「薩玉衡字檀河，福建閩縣人。乾隆五十一年舉人，官陝西詢陽知縣。值劇賊薄城火攻，救援不至。玉衡與其長子宗甫，竭力守禦，相持七晝夜，賊竟去。已而總督坐失機罪，玉衡亦以賊越何論戍，後援贖免歸。」有《白華樓詩抄》。

袁宗一〈論回族詩人薩玉衡〉指出：「他對李白也是十分崇敬的。從他〈初到漂陽登太白酒樓〉一詩，可以看出他對這位浪漫主義詩人的同情和贊許。」[10]其詩如下：

萬里風雲拂劍來，江湖秋水雁聲哀。
登樓多病懷吾土，嗜酒佯狂借霸才。
更有何人解淡蕩，果然君輩不篙萊。
長庚入夜金天朗，照我飄零一舉杯。

（《白華樓詩鈔》卷三）

詩中「霸才」指的是李白。玉衡在這裡化用了溫庭綺的〈過陳琳墓〉詩句：「詞客有靈應識我，霸才天主始憐君。」運用得可謂巧妙。

清代彝族詩人余家駒，字白庵，人稱白庵公，小字石哥，先祖是四川永甯宣撫使奢氏。明朝末年「奢安起義」，之後，

---

10 袁宗一〈論回族詩人薩玉衡〉《寧夏大學學報》1988年1期。

奢崇明的一個兒子奢震改名為余化龍，隱居於川黔邊境。余家駒是他的第七世孫，於1801年生於現貴州省畢節市大屯彝族鄉，1850年歿於大屯。詩人在他的創作生涯中，給人們留下了寶貴的文學遺產，在彝族文字的星河裡顯示出了他的筆力，有《時園詩草》傳世。論者認為：「從文筆上看，又處處顯現著李白、蘇東坡、陶淵明的影子。」[11]「當我們全面地賞析余家駒的山水詩時，詩作不僅突出了特有彝區山地風格，在表現手法上，還可以看到李白、蘇東坡、陶淵明，甚至莊子的影子，而且所表現的思想情感，也與他們有相似或相通的地方。」「當我們讀了余家駒有關賦予想像的山水詩篇，使人自然地聯想到詩仙李白的〈蜀道難〉、〈夢遊天姥吟留別〉等詩作所表現的意境。」這些看法都是不錯的。如〈答客問〉：「年少不耕專事讀，後為半讀半耕人。而今耕讀皆拋卻，日日惟酣曲米春。」〈醉吟〉：「宇宙天遮礙，忘形廣大鄉。青天容我醉，明月愛人狂。酒入腸生熱，詩來筆吐芒。」〈青濃山〉一詩中寫道：「世情於我絕，天意與人親。耳目空無礙，骨髓清人神。何必蓬萊島，始可住仙真。即此非凡地，乾坤不老春。我欲結茅屋，常與天為鄰。」如此一類詩，都是明顯的例子。反映了詩人對大自然的熱愛，另一方面也透露出詩人懷才不遇的惆悵之感，在內心世界營造著一個精神避難所，尋求著一種精神上的超脫。〈上以開河山〉中更是大聲歎息：「吁嗟乎！人到中年知路難。」都可以看到太白的影響。

封建社會的百科全書、滿族作家曹雪芹的不朽巨著《紅樓夢》中，同樣反映出太白影響。曹雪芹學識淵博，修養深厚，書中曾多次引用太白詩作。他工詩、善畫、嗜酒、狷傲的才子生活

---

[11] 羅曲、曲比阿果〈彝山彝水總是情——《時園詩草》讀後〉，《貴州文史叢刊》1998年1期。

習性亦近於太白。因此，如果說作品所賦予寶黛「行為偏僻性乖張」、不拘禮法、追求自由、厭惡仕途經濟的叛逆精神均與太白影響有一定關係，恐怕不是毫無根據的吧！

從以上的敘述中，我們可以明顯的看到歷代少數民族作家在創作中對李白精神和詩歌藝術的接受和借鑒，實際上受李白的影響的少數民族作家遠不止此，由於各種原因，筆者不可能全部列出，只能擇其要者簡筆勾勒，但已經是蔚為大觀。我們可以發現幾個較為突出的特點。第一，從歷史縱向看，差不多每個時代最傑出的少數民族作者都不同程度地受到太白精神的影響，而在少數民族當政期間表現得尤為突出，故金元及清代這種影響達到高峰，而在宋明時期則相對減弱，這種與宋明理學消長恰好相反的現象似亦從側面喻示李白精神價值所在。第二，從橫向地域看，受太白影響的少數民族作者以北方為多，如元好問、薩都刺等都是北人。這或許因太白秉性本身更多地源於西北民族風情，故與「中州萬古英雄氣，也到陰山敕勒川」的北方民族氣質更相契合的緣故。第三，從少數民族漢文創作實際看，所主要繼承的還是太白思想與創作的積極因素，如追求人格獨立與崇高，蔑視封建禮法與世俗、傲岸不羈，勇於進取的自由理想精神，任情率真、天然去雕、雄奇壯美、超邁飄逸的浪漫風格個性。這說明他們是遵循著去粗取精的原則而鑒別吸收，符合於文學遺產繼承發展的基本規律。同時，這些少數民族作家對李白的學習借鑒，往往又融進了自己民族、地域因素及獨特體會和理解，從而形成絢麗斑斕、豐富多彩的風格，中華多民族文學交流融匯，綻放出璀璨奪目的光彩。

杜甫和睦平等之民族意識略論
——杜甫與少數民族關係之一

作為中華民族優秀傳統文化典型代表，杜甫思想與精神廣泛吸收人類文明積極成果孕育而成，繼承傳統，勇於創造，獨樹一幟。元稹〈唐檢校工部員外郎杜君墓誌銘〉曰：「余讀詩至杜子美，而知小大之有所總萃焉」「上薄風騷，下該沈宋。言奪蘇李，氣吞曹劉。掩顏謝之孤高，雜徐庾之流麗。盡得古今之體勢，而兼人人之所獨專矣」[1]，「渾涵汪茫，千匯萬狀，兼古今而有之」[2]。托為韓愈之〈題杜工部墳〉詩曰：「獨有工部稱全美，當日詩人無擬論」[3]，杜詩因此被稱為唐詩藝術集大成者。

杜甫人格精神與藝術成就都是在繼承中華文明優良傳統和廣泛汲取各民族優秀文化和人類進步文化遺產的基礎上匯聚積澱而成，其內涵博大精深，包容宏富，杜甫深受儒家思想影響，同時也與唐朝開放寬容的時代心理與觀念相聯繫，吸取各種有益的文化因數的營養，形成其博大精深的思想內涵和絢麗多姿的藝術風貌。杜甫與少數民族關係包含著非常豐富的內容，諸如杜甫的民

---

1 （唐）元稹〈唐檢校工部員外郎杜君墓誌銘〉，《全唐文》卷六五四，上海古籍出版社1993年版，2945頁。

2 （宋）歐陽修等〈新唐書・文藝上・杜甫傳贊〉，上海古籍出版社影印《二十五史》第六冊，611頁。

3 王重民、孫望、童養年輯《全唐詩外編》（下冊）中華書局1982年版，438頁。按此詩不見於韓愈《昌黎文集》，僅見於劉斧《摭遺小說》，故學者亦為後人假託韓愈所作，是也。

族意識即對民族問題的認識和看法，「窮年憂黎元」思想在民族關係問題上如何體現？杜甫廣泛交往各民族朋友，吸收各民族藝術，受到多民族文化的薰陶和影響，另一方面，杜甫詩歌又如何對後世各民族詩人發生深刻的影響，歷代少數民族詩人如何學杜，這不僅是杜甫研究中不容忽視的一個重要問題，有助於進一步深入考察和瞭解杜甫之集大成原因，同時也可對中華多民族文化與文學所具有的長期互相影響、融合的鮮明特徵有新的認識，相關研究還具有較高的歷史學、民族學、民俗學以及文學人類學等綜合學術價值，對於我們加強民族團結建設和諧社會也可有所啟迪，具有積極的現實意義，過去已有學者論及有關杜甫與民族關係問題，但比較系統深入則尚不多見。在此，筆者僅對有關杜甫民族意識問題作一初探，希望得到方家賜正。

較早注意到杜甫與民族關係問題的是游國恩等先生，其主編的《中國文學史》書中指出：「杜甫深受儒家思想的影響，但他從切身生活體驗出發，對儒家的消極方面也有所批判。……儒家嚴『華夷之辨』，杜甫卻在一定程度上擺脫了這種狹隘性。他主張與鄰族和平相處，不事殺伐，所以說：『殺人亦有限，列國自有疆。苟能制侵陵，豈在多殺傷？』（〈前出塞〉）因此他非常珍視民族間的和好關係：『似聞贊普更求親，舅甥和好應難棄！』（〈近聞〉）對玄宗的大事殺伐以至破壞這種關係加以非難：『朝廷忽用哥舒將，殺伐虛悲公主親。』」（〈喜聞盜賊蕃寇總退口號五首〉）[4]該書出版於20世紀六十年代，作為高校教材廣泛使用，其深遠影響亦可想而知。在此基礎上，當代學者對杜甫的民族觀作了進一步的探索，指出

---

[4] 游國恩等主編《中國文學史》，人民文學出版社1986年，99頁。

杜甫研究杜甫民族觀對於深入研究其思想的重要意義，並將杜甫民族觀的中心內容概括為：「主張民族間友好交往和睦相處，不事殺伐。其中包含著兩個基本點：第一，維護邊疆各族人民的和平生活，反對唐玄宗好大喜功的開邊黷武戰爭。第二，維護唐王朝這個多民族國家的安全和統一，反對邊疆地方政權的統治者對中原的擄掠與侵擾。杜甫的民族觀。一方面固然突破了儒家『嚴華夷之辨』的狹隘思想，另一方面，也繼承了儒家「仁政」「民為貴」的思想。是他「窮年憂黎元」思想在民族關係問題上的體現[5]。

應該說，當代學者的觀點是比較合乎事實的，杜甫的民族觀簡單地概括起來說就是強調維護國家的統一安寧，主張各民族的和睦相處。既反對唐朝的好大喜功，黷武開邊，欺凌少數民族，也反對周邊部落的騷擾擄掠，尤其是分裂割據勢力的叛亂和戰爭，因為這些都將給各族人民帶來巨大的傷害和痛苦，因此必須強烈反對，予以堅決制止。其根本出發點還是希望各民族幸福和平。

至於老一輩學者認為杜甫主張和睦相處是突破儒家消極狹隘意識，這倒並非完全如此，因為傳統儒家思想中雖有嚴「華夷之辨」的觀念，但其核心思想是「仁」，具體而言即所謂愛人，相關闡述綿延不絕。其代表者如〈論語・顏淵〉載樊遲所問何謂仁，孔子答曰「愛人」；〈孟子・離婁下〉曰：「仁者愛人」；不僅如此，儒家還主張「博愛於人為仁」（〈國語・周語下〉韋注），「積愛為仁」，（〈說苑・修文篇〉）主張施行「仁政」，更有「民為貴」的意識，提倡「四海之內皆兄弟也」，

---

[5] 吳逢箴〈試論杜甫的民族觀——以杜甫有關唐蕃關係的詩為例〉，《杜甫研究學刊》1995年1期。

（〈論語・顏淵〉）其所謂「夷夏之大防」，在某種意義上，即是強調指出各族自有其禮樂習俗等民族特色而已。並且這種禮樂習俗並非一成不變，還可以相互轉化，即韓愈《原道》中所謂「孔子制作春秋，諸侯用夷禮則夷之，進於中國則中國之。」[6]自然也就可以進而相互影響。「伐木丁丁，鳥鳴嚶嚶。出自幽谷，遷於喬木。嚶其鳴矣，求其友聲。相彼鳥矣，猶求友聲。」（〈詩經・大雅・伐木〉）即唱出人類需要朋友的心聲。〈論語・學而〉云：「禮之用和為貴，先王之道，斯為美。」孔子在勸阻戰爭時還說：「和無寡，安無傾，夫如是，故遠人不服，則修文德以來之。既來之，則安之。」（（〈論語・季氏〉）都強調和諧適度與和睦團結的無窮力量。和也者，天下之達道也。由此可見，杜甫希望各族和睦友好，仍然是從儒家基於仁愛思想，反映出中國傳統思想儒家文化的深刻影響。無論〈茅屋為秋風所破歌〉之「大庇天下寒士俱歡顏」推己及人的胸襟，抑或〈赴奉先縣詠懷五百字〉中「窮年憂黎元，歎息腸內熱」民胞物與的情懷，其所關愛同情的對象都不只是狹隘地限於某一地域和民族，而應包含著普天之下的弱者和眾生，有著普遍的人文關懷意義。這也本是出自儒家的傳統，「世代奉儒」的杜甫忠實地傳承與並加以弘揚。

杜甫與少數民族的關係牽涉著諸多方面，包含著其基本的民族意識和觀念，此觀念在其生活與思想中的的具體體現和對其創作的積極作用；以及作為中華主流文化精神優秀代表為包括少數民族作家的繼承借鑒與深刻影響等。下面試結合杜甫作品就其對待民族關係的基本態度與觀念予以具體地探討和梳理：

---

[6] （唐）韓愈〈原道〉，馬其昶《韓昌黎文集校注》，古典文學出版社1957年版，10頁。

一、主張各民族友好交往，和睦相處

如前所述，主張各民族友好交往，和睦相處，反對破壞邊境和平安寧的各種戰爭，這是杜甫對於民族關係的基本思想，其詩中多次明確表述和強調。在下面這首送別友人的詩中，杜甫對前往擔任和平使者的友人寄予厚望，對民族和諧的殷切期待。

〈送楊六判官使西蕃〉（卷五（一）三七六）

送遠秋風落，西征海氣寒。帝京氛祲滿，人世別離難。
絕域遙懷怒，和親願結歡。敕書憐贊普，兵甲望長安。
宣命前程急，惟良待士寬。子雲清自守，今日起為官。
垂涙方投筆，傷時即據鞍。儒衣山鳥怪，漢節野童看。
邊酒排金盞，夷歌捧玉盤。草輕蕃馬健，雪重拂廬乾。
慎爾參籌畫，從茲正羽翰。歸來權可取，九萬一朝摶。

「絕域遙懷怒，和親願結歡。敕書憐贊普，兵甲望長安。」四句透出結交友好是出自雙方高層統治者，這當然是詩人所最希望看到的情形。據朱注引《舊唐書》：「至德元載，吐蕃遣使和親，願助國討賊，」「二載三月，吐蕃遣使和親，遣給事中南巨川報命。」楊六判官就是隨同出使者，此次出使正當安史之亂爆發不久，平叛戰事極為關鍵之時，因此其意義十分重大。詩人對此充滿期待，他熱情地想像使者出使途中受到邊境兩旁各族人民歌舞美酒熱烈歡迎的場面，也由此顯出這符合人民意願，詩歌末尾，杜甫殷殷告誡友人要謹慎從事，小心謀劃，不辱使命，凱旋而歸。通篇流露出詩人對唐與吐蕃友好相處的情結。真切感人。這種願望在杜詩中多次展現，再如〈近聞〉：

「近聞犬戎遠遁逃，牧馬不敢侵臨洮。渭水逶迤白日淨，隴山蕭瑟秋雲高。崆峒五原亦無事，北庭數有關中使。似聞贊普更求親，舅甥和好應難棄。」

仇兆鰲《杜詩詳注》題注云：「大曆元年（766），命楊濟修好吐蕃，吐蕃遣首領論泣陵來朝，此詩蓋記此事。」詩末又評論云：「此事，記吐蕃之修好也。渭水、隴山，內地清靜。崆峒，五原，邊外宴寧。北庭使至吐蕃通和也。」（1283頁）尾聯「似聞贊普更求親，舅甥和好應難棄。」記錄了唐與吐蕃長期存在的一種客觀關係：據《舊唐書吐蕃傳》「其俗謂強雄者曰贊，丈夫曰普，故號君長曰贊普。」《唐書吐蕃傳》又載：貞觀十五年，文成公主下降吐蕃。景龍二年，金城公主復降吐蕃。開元二年，贊普乞和親，上書言許與通聘，即日舅甥如初。杜甫即真誠希望恢復雙方親戚舊誼，常相和好。

又據仇注引黃鶴注：「《通鑒》與新舊史皆云：永泰（765），庚戌，吐蕃請和，詔宰臣元載、杜鴻漸與吐蕃使，同盟於唐興寺。而不載請和之辭，意是復來求親，而史失之。」若是，則又可見出杜詩所謂詩史之特點。

稍後，杜甫於大曆三年又作〈喜聞盜賊總退口號五首〉，描繪當時來之不易的暫時的和平景象，喜悅之情溢於言表，其五曰：「今春喜氣滿乾坤，南北東西拱至尊。大曆三年調玉燭，玄元皇帝聖雲孫。」

而與此同時，杜甫還進一步探究邊境戰爭緣由，總結歷史經驗，其二曰：「贊普多教使入秦，數通和好止煙塵。朝廷忽用哥舒將，殺伐虛悲公主親。」正如仇注所評：「追咎邊將之起釁者，當時吐蕃請和，正可息兵，自哥舒翰迎合上意，縱兵恣殺，而邊釁從此開矣。」據《唐書吐蕃傳》，此事在開元末，金城公主薨，吐蕃遣使告哀，因請和，不許。天寶七載，初，以哥舒翰節度隴右，攻拔石堡城，收九曲故地。

可見杜甫是以比較客觀的態度來評價戰爭與和平，無論最初的起因如何，但只要有和平的希望，就不應訴諸武力，毫無節制地恣意殺伐，應該回到停止戰爭互通友好的軌道上來。該組詩第四首中，杜甫還特地回顧了當年西域絲路暢通時各族交好，互通有無的情景。「勃律天西采玉河，堅昆碧碗最來多。舊隨漢使千堆寶，少答胡王萬匹羅。」真切希望這種各族友好的場景能夠再現。

二、希望天下和平，永無戰爭

主張和平與反對戰爭密不可分，杜甫盼望著天下太平，永無戰爭，各族百姓能夠安居樂業：

> 「田家望望惜雨干，布穀處處催春種。淇上健兒歸莫懶，城南思婦愁多夢。安得壯士挽天河，淨洗甲兵長不用。」
> ——洗兵馬
> 「安得務農息戰鬥，普天無吏橫索錢。」——晝夢
> 「思見農器陳，何當休甲兵。」——晦日尋崔戢李封
> 「吾聞聰明主，活國用輕刑，銷兵鑄農器，莫使棟梁摧。」——奉酬薛十二丈判官見贈
> 「天下郡國向萬城，無有一城無甲兵。焉得鑄甲作農器，一寸荒田牛得耕，牛盡耕，蠶亦成。不勞烈士淚滂沱，男

> 穀女絲行復歌。」——蠶穀行

期盼和平不僅僅限於漢族同胞，也是各族人民的共同心願，乾元二年（759）秋，杜甫逃難到秦州，當時平叛正當關鍵，包括許多少數民族子弟也都開赴戰場，投入到平叛戰爭，下面這首〈遣興三首〉組詩之三中，詩人就反映了這種狀況：

> 高秋登塞山，南望馬邑州。降虜東擊胡，壯健盡不留。穹廬莽牢落，上有行雲愁。老弱哭道路，願聞甲兵休。鄴中事反覆，死人積如丘。諸將已茅土，載驅誰與謀。

浦起龍《讀杜心解》引黃鶴注：「《唐書（地理）志》：羈縻州內有馬邑州，開元十七年置，在秦、成二州山谷間。」又曰：「詩眼在『願兵休』，憤賊熾也。此憤安史時秦隴屬羌皆東征。」在此杜甫對應徵調往戰場的羌族同胞寄予無限同情，他們是大唐管轄下的子民，國家有難時，他們自然有義務參與，但是杜甫的心態十分複雜，「降虜東擊胡，壯健盡不留。」對統治者及上層的不顧百姓的政策也極為不滿，「老弱哭道路，願聞甲兵休。」則更表達出與〈三吏三別〉中同樣的心情。

再如其〈提封〉詩云：「提封漢天下，萬國尚同心，借問懸車守，如何儉德臨？時征俊乂入，草竊犬羊侵。願戒兵猶火，恩加四海深。」反映了詩聖對各族同胞一樣的同情關愛和博大的胸懷。

三、強調以德服人，攻心為上，反對大興殺伐，傷害生靈

正是出於儒家仁愛之心與民族和諧、天下太平的願望，杜甫不願看到邊境發生無休止的征戰，面對外來的各種侵擾和擄掠，杜甫主張積極防禦，重在威懾，攻心為上，這種思想最突出地表現在其〈前出塞〉之六：

> 挽弓當挽強，用箭當用長。射人先射馬，擒賊先擒王。殺人亦有限，列國自有疆。苟能制侵陵，豈在多殺傷。

關於此詩，舊注多著眼於題目，不言出師而曰出塞，謂師出無名，意味著開邊征伐。實際上，不宜如此拘泥，杜甫反對恃強開邊的態度十分堅決，表達也十分明確，下文還將有所論及，此處強調戰爭需把握尺度，似更多指制伏外患。雖為自衛，平亂，宜應以保持震懾即可。這種關注一方面發自於儒家的仁愛，一方面也是道家息兵息爭思想之運用發揮，強調以德服人，反對大興殺伐，傷害生靈。

同時，這種觀念還與其所崇敬的諸葛亮的影響有關，有關諸葛亮與杜甫關係前人已有許多評述，竊以為諸葛亮在亂世之中得以施展才華，一直為杜甫所仰慕，除了大家常論及的忠誠和抱負之外，還有一點應特別重視，這就是其治理西南邊疆的才能和智慧。諸葛亮治蜀法治嚴明，而又符合實際，寬嚴適度，如後來著名的攻心聯所總結，「能攻心則反側自消從來知兵非好戰，不審勢即寬嚴皆誤後來治蜀要深思。」杜甫對歷史的經驗非常重視。以諸葛亮來比喻和形容他所尊敬的友人嚴武，「諸葛蜀人愛，文

翁儒化成。」（〈八哀詩贈左僕射鄭國公嚴公武〉）以諸葛亮與文翁對舉，表達對諸葛亮儒化西蜀措施的充分肯定。

杜甫在成都時，還寫下一首著名的〈登樓〉：

> 花近高樓傷客心，萬方多難此登臨。錦江春色來天地，玉壘浮雲變古今。北極朝廷終不改，西山寇盜莫相侵。可憐後主還祠廟，日暮聊為《梁父吟》。

詩中流露出當今缺乏類似諸葛亮一樣忠誠而有才的領導者，因而邊患頻仍，令人感傷。

永泰元年，在將要離開成都去夔州時，詩人又作了〈赤霄行〉，詩中寫到：「老翁慎莫怪少年，葛亮〈貴和〉書有篇。」據陳壽《進諸葛亮集表》，稱其治蜀之功，「道不拾遺，強不侵弱，風化肅然也。」：又載諸葛亮集目錄共二十四篇，〈貴和〉為第十一，然現已不存。中華書局整理之《諸葛亮集》中有〈和人〉一則：其文曰：「夫用兵之道，在於人和，人和則不勸而自戰也。」（33頁）[7]其集又有〈南征教〉曰：「用兵之道，攻心為上，攻城為下，心戰為上，兵戰為下。」（同上，33頁）此外書中還有不少關於如何處理東西南北邊境及民族關係的文字和建議，其基本觀點是誠戰伐，待機「修德以來之」。（同上101頁〈東夷〉篇）這些主張應該與杜甫觀點相近，尤其是安史亂中，杜甫長期居住巴蜀地區，自述其「久游巴子國，屢入武侯祠」（〈諸葛廟〉），對諸葛亮及其措施有進一步具體深化的認識，也真誠希望能夠用諸葛亮之道平息戰亂，讓百姓得以休養生

[7] 段熙仲、聞旭初編校《諸葛亮集》，中華書局1965年版，99頁。

息。「武侯祠堂不可忘，中有松柏參天長，干戈滿地客愁破，雲日如火炎天涼。」（《夔州歌十絕句》之九）可見其深刻印象和影響。

杜甫特別讚美那些以儒道文德治國有效的君主，以為後世楷模。在兩次憑弔太宗皇帝昭陵的詩中，他都提到其儒教文治。「天屬尊《堯典》，神功協《禹謨》。」「文物多師古，朝廷半老儒。直辭寧戮辱，賢路不崎嶇。往者災猶降，蒼生喘未蘇。指麾安率土，蕩滌撫洪爐。」（〈行此昭陵〉）首先是強調其文治，其次才是所謂武功，即「翼亮貞文德，丕承戢武威。」（〈重經昭陵〉）因為太宗不但以武功創下大唐基業，但更因其開創了貞觀之治而流傳英名。唐代本是一個多民族的社會，雖然漢文化是主流文化，但李唐統治者也帶有混血的性質，胸襟開闊，氣度恢宏，採取了一系列開明的措施，給民族文化交往與融合提供了條件和環境，唐太宗自稱「自古皆貴中華而賤夷狄，朕獨愛之如一，故其種落皆依朕如父母。」又稱「朕於戎狄所以能取古人所不能取，臣古人所不能臣者，皆順眾人之所欲也。」[8] 唐太宗被各民族共同尊為「天可汗」，貞觀時期形成多民族團結和睦欣欣向榮的的大唐盛世。因此杜甫表達對太宗的懷念，表達對其政策舉措的認可，同時也以此含蓄地對唐玄宗後期未能很好處理民族關係的批評和諷刺。

說到唐玄宗的好大喜功，征伐無度，人們自然就會想到杜甫的名篇〈兵車行〉「邊庭流血成海水，武皇開邊意未已。」詩人以深刻的筆觸，真實地揭露了天寶後期玄宗驕縱昏庸的開邊征戰給各族百姓帶來的巨大痛苦和災難，「君不見青海頭，古來白骨

8　（後晉）劉昫《舊唐書・魏征傳》，上海古籍出版社影印《二十五史》第五冊，306頁。

無人收。新鬼煩冤舊鬼哭，天陰雨濕聲啾啾。」比起前面防範外來騷擾的戰事，這是真正師出無名的不義之戰，也是杜甫所堅決反對的。因此毫不留情地予以抨擊：

> 「戚戚去故里，悠悠赴交河。公家有程期，亡命嬰禍羅。君已富土境，開邊一何多。棄絕父母恩，吞聲行負戈。」（〈前出塞〉九首其一）
>
> 「下馬古戰場，四顧但茫然。……故老行歎息，今人尚開邊。漢虜互勝負，封疆不常全。安得廉恥將，三軍同晏眠。」（〈遣興三首〉其一）

「漢虜互勝負」，一句，有的版本作「漢虜互失約」，都比較客觀地寫出當時唐朝邊境戰爭的實際情形，戰爭起因與結果環環相生，挑釁與報復互相轉化，疆域屬地不斷發生調整變換，難以保證領土完整和安全，戰爭與和平時相交替，無休無盡，不見止境。如此，詩人希望統治者正視現實，早早休兵，方能使邊境安寧，軍民休養生息，安居樂業。

杜甫主張民族間睦鄰友好，反對各種理由的戰爭，態度是非常明確也是一貫的，而對於製造國家分裂，破壞國家穩定安寧，給各族人民帶來無窮禍患的安史亂軍以及各類叛將，杜甫的態度則同樣十分鮮明，視之為賊寇、虎豹豺狼，主張徹底剷除，完全平定，以絕後患。直到生命的最後一息，尚在為此而憂慮：「公孫仍恃險，侯景未生擒。書信中原闊，干戈北斗深。畏人千里井，問俗九州箴。戰血流依舊，軍聲動至今。」（〈風疾舟中伏枕書懷三十六韻奉呈湖南親友〉）亂離時事綿延多年，和平安寧、物產富庶的「開元全盛日」永難再現，這成為詩聖永久的痛，終生無法彌合。有關反映這場平叛戰爭的詩作數量眾多，總體上是因其性質屬於維護國家內部的和平安寧，這在多元一體統一國家中深遠的歷史意義和現實價值。

杜甫和睦平等民族觀之具體表現
——杜甫與少數民族關係之二

杜甫故鄉為河南鞏縣，屬於中原之地，又因先祖的關係，自稱少陵野老，也表現出對京城的特殊感情。同時，杜甫漫遊一生，早年「放蕩齊趙間，裘馬頗輕狂。」壯遊祖國河山，走遍大江南北，安史亂起，隨難民一道逃亡，經隴南、越秦嶺，抵巴蜀，「支離東北風塵際，漂泊西南天地間」，四方民俗，天下朋友，均在其傳神詩筆得到真實記錄，地域所涉，諸凡秦、晉、齊、魯、吳、越、楚、蜀、巴、梁、趙、幽、薊、關外、遼東、西域、北庭、吐蕃、回紇、西南夷風土習俗皆入其詩；對於中原即所謂邦人、都人、邑人之外同屬於統一秩序中四面八方之人，則有東人、北人、邊人、胡人、野人、巴人、蜀人、秦人、晉人、吳人、楚人，杜甫亦一視同仁地平等看待，基本不帶狹隘的地方偏見，客觀地描繪其共有的人性情感及斑爛多彩的民族文化特點與差異。而作為生活在多民族國家的杜甫對江山一統、民族和諧、睦鄰友好的觀念也由此得到充分具體的體現。

一、廣泛結交各族朋友，平等相待

杜甫和睦平等民族觀的一個突出表現是他廣泛結交各族朋友，數量眾多，且不乏深交。在具體交往中，平等相待，完全看不到所謂夷夏之大防的觀念。

在杜甫詩中所反映的少數民族人物中，有幾位元姓家族，據〈新唐書・宰相世系表〉記載：「元氏出自拓跋氏，……世為鮮卑君長。平文皇帝郁律二子什翼犍烏孤。什翼犍，昭成皇帝也，始號代王。至道武皇帝（拓跋珪）改號魏。至孝文帝（元宏）更號元氏。」可見其少數民族血緣。元氏後裔積極學習中原漢族文化，參與文化建設，不乏成就卓著的文化名人。與杜甫同時的著名詩人元結即為其中之一。

顏真卿〈唐故容州都督兼御史中丞本管經略使元君表墓碑銘〉稱元結為「後魏昭成皇帝孫曰常山王遵之十二代孫。」[1]常山王遵與道武皇帝拓跋珪同輩，皆為昭成皇帝什翼犍之孫，拓跋珪傳六世而為孝文帝，《北史》卷三〈北魏孝文帝紀〉載：「太和二十年（496）春，正月丁卯，詔改姓元氏。」（《魏書》卷七〈高祖紀下〉同）另外《資治通鑒》卷百四十〈齊紀〉六載：「北人謂土為拓，後為跋，魏之先出於黃帝，以土德王，故為拓跋氏。夫土者，黃中之色，萬物之元也，宜改姓元氏。」

元結出生於唐玄宗開元七年（719），比杜甫小七歲，二人天寶六載同於京考試落榜，此次杜甫與元結的唱和更成為文學史中的一段佳話。

那是在唐廣德二年（764）五月，元結赴湖南道州刺史任，此時道州剛剛經歷去年歲末一次大的戰亂，亂兵燒殺擄掠，百姓流離失所，「人無十一，戶才滿千。」元結到官未久，諸使又屢下徵求符牒二百餘封，若失期限，則將領罪貶官。元結在矛盾之中作著名的〈舂陵行〉詩，詩中寫道：「州小經亂亡，遺民實困疲，大鄉無十家，大族命單羸朝餐是草根，暮食乃樹皮。……

[1] （清）董誥等編《全唐文》（第二冊）卷三四四，上海古籍出版社影印本，1993，1545頁。

奈何重驅逐，不使存活為？安人天子命，符節我所持。州縣忽亂亡，得罪復是誰？逋緩違詔令，蒙責固所宜。」表明其寧願待罪削職，也不願擾民盤剝誅求的心態。並上表請求免租稅，得到代宗皇帝許可，侵擾者也為之退兵。又作〈賊退示官吏〉云：「城小賊不屠，人貧傷可憐，是以陷鄰境，此州獨見全。使臣將王命，豈不如賊焉。今彼征斂者，迫之如火煎。誰能絕人命，以作時世賢。思欲委符節，引竿自刺船。將家去魚菱，窮老江湖邊。」其憤時愛民的真摯情懷溢於言表。令人肅然起敬。[2]元結作此詩時，杜甫尚在蜀地，三年之後，即代宗大曆二年（767），杜甫於夔州瀼西讀到元結之詩，非常感動，產生強烈共鳴，揮筆寫下〈同元使君舂陵行〉。

詩前有序云：

> 覽道州元使君結〈舂陵行〉兼〈賊退後示官吏作〉二首，志之曰：當天子分憂之地，效漢官良吏之目。今盜賊未息，知民疾苦，德結輩十數公，落落然參錯天下為邦伯，萬物吐氣，天下小安可待矣。不意復見比興體制，微婉頓挫之詞，感而有詩，增諸卷軸，簡知我者，不必寄元。

詩中高度評價元結其人其行其詩。「吾人詩家秀，博采世上名。粲粲元道州，前聖畏後生。觀乎舂陵作，歘見俊哲情。復覽賊退篇，結也實國楨。」同時表達對元結思想的認同：

「道州憂黎庶，詞氣浩縱橫。」「獄訟永衰息，豈惟偃甲兵。淒惻念誅求，薄斂近休明。乃知正人意，不苟飛長纓。」最

[2] 參孫望《元次山年譜》，古典文學出版社，1957年版，66頁。

後再次申明唱和之旨：「感彼危苦詞，庶幾知者聽。」

王嗣奭《杜臆》評此詩曰：「公作此詩，蓋同聲之應也。」「亦欲救世，詩人聞而興起，故詩序云，『知我者，不必寄元』。」「『乃知正人意，不苟飛長纓。』此篇中吃緊語，公與元相契在此。使居官者人人有此念，天下治矣，」[3]可謂深得其意。

杜詩中有「粲粲元道州，前聖畏後生」一句，宋人特地在道州州治修築「粲粲亭」，取杜詩詩意以作紀念，而杜甫與元結相通的心志情感，又一起融匯成中國古典詩歌反映現實的優良傳統和憂國憂民精神，對後世產生巨大影響。堪稱中華多民族文學共生的燦爛奇卉。

杜甫另有一首〈送元二適江左〉，《全唐詩》於題下注云：「一本原注：元結也。考次山集，未嘗入蜀，亦未嘗至江左，且與後注應孫吳科舉不和。迨非是。」可見其詩曾被誤認為是贈予元結的，學者們均以辨其非。然元二是何人，則尚待考證，《杜詩詳注》卷十二引朱注：「《王右丞集》由〈送元二使安西〉，疑即此人，」實際上也缺乏進一步證據，雖然如此，我們還是可從「風塵為客日，江海松君情。」「經過自愛惜，取次莫論兵」等句看出杜甫對這位元姓朋友的關心。

此外，杜甫在夔州期間還屢屢有詩贈另一位元姓友人，先後作〈七月三日戲呈元二十一曹長〉、〈夜宿西閣曉呈元二十一曹長〉、〈西閣口號呈元二十一〉詩。據仇注：「（杜）公昔曾與元同曹，故曰曹長。」[4]可見其為杜甫故交。從第一首題目即可見出其關係親近和諧，第二首詩末云：「寒流江甚細，有意待人

---

[3] （清）王嗣奭《杜臆》上海古籍出版社，1983年版，312頁。

[4] （清）仇兆鰲《杜詩詳注》卷十八，1559頁。

歸」，寫杜甫對故人相見滿懷期待，也可見其情誼非淺。其第三詩云：「山木抱雲稠，寒空繞上頭。雪崖纔變石，風幔不依樓。社稷堪流涕，安危在運籌。看君話王室，感動幾銷憂。」則可看出二人交談甚合。所謂「喜留心王室者，尚有同志也。」

拓跋氏後裔又有改長孫姓氏，唐太宗長孫皇后及宰相長孫無忌等均為其後裔。杜甫《送長孫九侍御赴武威判官》，則是至德年間在鳳翔送別排行第九的長孫氏朋友。其時長孫九應杜甫族父杜鴻漸之邀赴河西幕府，杜甫與之為同僚，此時離別，深為憂思。「族父領元戎，名聲國中老。奪我同官良，飄颻按城堡。使我不得餐，令我惡懷抱。」可見彼此深情。同時高度評價其才華：「若人才思闊，溟漲浸絕島。樽前失詩流，塞上得國寶。皇天悲遠送，雲雨白浩浩。」長孫侍御別後不久去世，杜甫做詩悼之，再次讚其文才，「道為詩書重，名因賦雅雄，禮闈曾擢桂，憲府屢乘驄。流水生涯盡，浮雲世事空，惟餘舊台柏，蕭瑟九原中。」後詩之意與前有所關聯，情意殷殷，不勝唏噓。（高仲武《中興間氣集》載此詩為杜誦之作，黃鶴謂「詩流」與此合意，為杜甫做，是。）

杜甫晚年在湖南還還結交了一位叫長孫漸的朋友，其〈冬晚送長孫漸舍人歸州〉云：「參卿休坐幄，蕩子不還鄉。南客瀟湘外，西戎雩杜旁。衰年傾蓋晚，費日繫州長。會面思來劄，銷魂逐去檣。……」則彼此會面不舊即成離別矣。

在潭州時，又與名叫豆盧峰的交往唱和，作〈同豆盧峰貽主客李員外賢子棐知字韻〉詩。仇注云：「〈唐書‧世系表〉：豆盧姓慕容氏，北人謂歸義為豆盧，因賜為氏」[5]。詩云：

5　（清）仇兆鰲《杜詩詳注》卷二十三，2058頁。

煉金歐冶子，噴玉大宛兒。符彩高無敵，聰明達所為。
夢蘭他日應，折桂早年知。爛漫通經術，光芒刷羽儀。
謝庭瞻不遠，潘省會於斯。唱和將雛曲，田翁號鹿皮。

杜甫一生歷經坎坷，直到晚年而戰亂尚未平息，感慨時事，特作一組《八哀詩》深切懷念已故舊時勇將賢才，其中包括李光弼、張九齡、嚴武、李邕等名公將相，也有鄭虔、蘇源明等故交知己，可見其詩用情之深。而開篇第一首則是哀悼少數民族出身之名帥王思禮。〈贈司空王公思禮〉云：

司空出東夷，童稚刷勁翮。追隨幽薊兒，穎銳（一作脫）物不隔。服事哥舒翰，意無流沙磧。未甚拔行間，犬戎大充斥。短小精悍姿，屹然強寇敵。貫穿百萬眾，出入由咫尺。馬鞍懸將首，甲外控鳴鏑。洗劍青海水，刻銘天山石。

《唐書本傳》載王思禮為高麗人，詩中不因其出身東夷而有所保留，極力讚美其少習戎旅，脫穎而出，為國效力，勇建奇功。刻畫出一個英勇善戰、威震敵膽的名將形象。且具有過人的文滔武略，「曉達兵家流，飽聞《春秋》癖。胸襟日沉靜，肅肅自有適。」最後哀其壯志未酬，「不得見清時，嗚呼就窀穸。」於太原軍中齎志以歿，而膽氣雄風將長留天地。「千秋汾晉間，事與雲水白。」仇注引王洙評曰：「思禮兩鎮太原，撫御功深，故想見千秋之後，當與雲水長留。」表現其對這位平叛名將的無比敬重。

《八哀詩》第二首為〈故司徒李公光弼〉，李光弼為營州柳城（今遼寧朝陽南）契丹族人。曾任河西節度使，朔方節度副使等職，安史亂中與郭子儀齊名，為平叛屢建奇功，其後因憂懼宦官飲恨而終。杜甫為之甚感不平，希望將來史臣予以正確評價。「直筆在史臣，將來洗筐篋。吾思哭顧塚，南紀阻歸楫。」杜甫的觀點和預言後來在正史中都得到反映，兩《唐書本傳》都記載了李光弼的隱衷。

還有一位少數民族著名將領哥舒翰，本為突厥酋長後裔，既屢建奇功，擔當守邊大任，又在各類事件中受到非議，是一位頗有爭議的人物，這在杜詩中也可以得到印證。大家非常熟悉杜甫三吏三別中的名句：「請囑防關將，慎勿學哥舒。」（〈潼關吏〉）實際上在此之前，杜甫還於天寶十二載作有另一首〈投贈哥舒開府二十韻〉獻給時任隴右節度大使兼河西節度使的哥舒翰，稱讚其「今代麒麟閣，何人第一功。君王自神武，駕馭必英雄。開府當朝傑，論兵邁古風。先鋒百勝在，略地兩隅空。青海無傳箭，天山早掛弓。廉頗仍走敵，魏絳已和戎。」雖然這是一篇干謁作品，但也並不是毫無根據。此外還有許多作品中涉及到哥舒翰其人。角度和評價也是多樣化的，當代學者曾有專文探討哥舒翰的悲劇命運以及杜甫相關詩作不容忽視的價值[6]。亦可從一個側面見出杜甫對待這位名將的複雜心境。

杜甫早年還結交了一位叫賀蘭銛的朋友，賀蘭為鮮卑族，其先與魏同起，多以山谷為氏族[7]，這位朋友大概有著與杜甫相識的經歷，懷才不遇，窮愁潦倒，戰亂之後於廣德二年與杜甫重逢，卻又很快要各自東西，杜甫非常傷感，作《贈別賀蘭銛》：

---

[6] 參《杜甫研究學刊》1993年1期，周巨山〈杜甫詩中的哥舒翰形象〉。

[7] 參閱（北齊）魏收撰《魏書・官氏志》。

> 黃雀飽野粟，群飛動荊榛。今君（一作吾）抱何恨？寂寞向時人。老驥倦驤首，蒼（一作饑）鷹愁易馴。高賢世未識，固合嬰饑貧。國步初反正，乾坤尚風塵。悲歌鬢髮白，遠赴湘吳春。我煉岷下芋，君思千里蓴。生離與死別，自古鼻酸辛。

詩中對賀蘭銛的遭遇十分同情，正如仇兆鰲所評：「士之寂寞，由於世未識賢。其甘守饑貧，寧為驥倦鷹馴，不為雀飽群飛。此可見其志節也。

正由於志趣相近，當賀蘭離去後，杜甫又再作〈寄賀蘭銛〉表達其情：

> 朝野歡娛後，乾坤震盪中。相隨萬里日，總作白頭翁。歲晚仍分袂，江邊更轉蓬。勿云俱異域，飲啄幾回同？

亂世分離，感傷慨歎，而又強自寬慰，見其款款深情。

杜甫在成都草堂期間，還有一位南鄰酒伴，複姓斛斯名融，排行第六，斛斯其先居廣牧，世襲莫弗大人，號斛斯部。北魏有斛斯椿，李白亦有〈下終南山過斛斯山人宿置酒〉詩[8]。這位朋友擅作碑文，也同樣嗜好飲酒，彼此常聚飲歡會，但其人實在有些本末倒置，往往因酒而導致影響基本生活，故杜甫曾作〈聞斛斯六官未歸〉、加以勸誡：稱「本賣文為活，翻令室倒懸。」希望其「老日休無賴，歸來省醉眠。」可見杜甫對友人的關心。果

---

[8] 參（南宋）鄭樵撰《通志》二九〈氏族略五代北複姓〉。

然，在杜甫離開成都前，斛斯融就很快去世，杜甫十分悲痛，作〈過故斛斯校書莊二首〉，憑弔故人，不勝唏噓。詩之原注曰：「老儒艱難，病於庸蜀，歎其歿後，方授一官。」其一云：「此老已云歿，鄰人嗟亦休。竟無宣室召，徒有茂陵求。」為其遭遇而不平，其二寫道：「遂有山陽作，多慚鮑叔知。素交零落盡，白首淚雙垂。」為知交零落而哀歎。

杜甫交遊中，還有一些普通的少數民族商人、僧侶、在夔州期間所用的僕人也是當地土著民族後生，詩人都平實地予以記錄，一一寫出，反映出當時內地各族交往的實情。如其寫胡商：

「商胡離別下楊州，憶上西陵故驛樓。為問淮南米貴賤，老夫乘興欲東遊。」（〈解悶〉十二首其二）「舟人漁子歌回首，估客胡商淚滿襟。」（〈灩澦〉）

「左綿公館清江濆，海棕一株高入雲。……移栽北辰不可得，時有西域胡僧識。」（〈海棕行〉）

其〈示獠奴阿段〉云：「山木蒼蒼落日曛，竹竿裊裊細泉分。郡人入夜爭餘瀝，豎子尋源獨不聞。病渴三更回白首，傳聲一注濕青雲。曾驚陶侃胡奴異，怪爾常穿虎豹群。」據〈困學紀聞〉曰：「《北史》：『獠』者，南蠻別種，無名字，以長幼次第呼之，丈夫稱阿謨、阿段，婦人稱阿夷、阿等之類。」歷代正統史書文獻均反映其對三峽地區獠人的極度輕視，把他們賤稱為「蠻人」、「夷人」、「蠻夷之人」，甚至視為「性同禽獸」[9]。而杜甫則毫無偏見，滿懷親近和關注。詩中驚歎阿段穿

---

[9] （北齊）魏收《魏書》，中華書局1974年版，2248頁。

越出入於高山虎豹出沒之地，引來甘甜山泉，字裡行間滿懷讚許之情。因為夔州峽深路險，飲水全靠當地百姓用竹筒從高山峰谷間引來山泉。杜甫對此感受甚深，曾專門作〈引水〉詩予以詠歎：「月峽衢唐雲作頂，亂石崢嶸俗無井。雲安沽水奴僕悲，魚復移居心力省。白帝城西萬竹蟠，接筒引水喉不乾。人生流滯生理難，斗水何直百憂寬？」可見取水之不易，後來引水筒損壞，又是一位叫做信行的當地隸人（僕人）冒著酷暑前往修復，杜甫對此同樣滿懷感激，並且不無愧疚，為之作〈信行遠修水筒〉（原注：引泉筒）：「汝性不茹葷，清淨僕夫內。秉心識本源，於事少凝滯。雲端水筒坼，林表山石碎。觸熱藉子修，通流與廚會。往來四十里，荒險崖谷大。日曛驚未餐，貌赤愧相對。浮瓜供老病，裂餅嘗所愛。於斯答恭謹，組以殊殿最。詎要方士符？何假將軍佩？行諸直如筆，用意崎嶇外。」阿段、信行等都是一些地位低下的朋友，杜甫對他們都友好相待，在一首〈秋行官張望督促東渚耗（一作刈）稻向畢清晨遣女奴阿稽豎子阿段往問〉詩中，杜甫還特地請阿段阿稽給那些幫做農活（秏薅稻、耘苗）的鄉親帶話「清朝遣婢僕，寄語逾崇岡。西成聚必散，不獨陵我倉。豈要仁里譽，感此亂世忙。」表現其亂世中散粟以接濟鄰里的胸懷，也顯出詩人與當地各族鄉親的感情。實際上杜甫也感受到鄉親們的情誼，〈豎子至〉一詩中生動地描繪了「獠人」阿段給他送山柰八角嘗新的有關情況:「楂梨才綴碧，梅杏半傳黃。小子幽園至，輕籠熟柰香。山風猶滿把，野露及新嘗。欲寄江湖客，提攜日月長。」喜悅之情，溢於言表。

二、廣泛瞭解和接觸多民族文化習俗，客觀描敘和介紹，反映出博大寬廣的胸懷

杜甫一生足跡遍佈大江南北，除廣交朋友之外，對於各地的風土人情，民俗文化也都深入瞭解和接觸，並加以平實地介紹，反應其對多民族文化的接納和喜愛。如下面這首〈寓目〉：

一縣葡萄熟，秋山苜蓿多，關雲常帶雨，塞水不成河。
羌女輕烽燧，胡兒掣駱駝。自傷遲暮眼，喪亂飽經過。

蒲起龍《讀杜心解》評道：「朱注：謂以羌胡雜處，關塞無阻而發，是也。一二屬興，三四屬比，逗出『關』『塞』二字，更著『常帶』『不成』四字，見界限不清之象。」[10]初看詩中景物，好似西域風情，結合其創作繫年，方知此乃乾元二年末於秦州所見，此前有大量西北少數民族部落投奔唐朝，唐政府特將其遷居此地安置，「降虜兼千帳，居人有萬家」（《秦州雜詩二十首》其三）他們帶來新的農作物品種栽培和特有的民族習俗，而又很快融入當地，呈現出一幅奇異而和諧的風情圖景，令從戰亂中逃出不久的詩人產生萬千感慨。

當年歲末，杜甫離開秦州，翻越秦嶺，眼前展現出一幅與京華關中及中原迥然不同的西蜀景象，令詩人萬分驚喜，信筆寫下熱情洋溢的〈成都府〉：

10　（清）浦起龍《讀杜心解》，中華書局2000年版，392頁。

> 翳翳桑榆日，照我征衣裳。我行山川異，忽在天一方。但逢新人民，未卜見故鄉。大江東流去，遊子日月長。曾城填華屋，季冬樹木蒼。喧然名都會，吹簫間笙簧。信美無與適，側身望川梁。鳥雀夜各歸，中原杳茫茫。初月出不高，眾星尚爭光。自古有羈旅，我何苦哀傷？

詩中對地處西南的成都風景民俗滿懷新奇，更找到一方亂世中的暫時棲居之所。此後將近十年歲月中，詩人以成都草堂為中心，游蹤遍及巴蜀大地，雄奇秀美的西川景色和絢麗多姿的天府風情極大地豐富了詩人的創作，就文化而言，古蜀文明中既含有道教發源的因素，也有濃郁神祕的先民仙化傳奇，蜀人有關杜鵑啼血的美妙傳說則堪稱當地民俗文化之典型，為了紀念古望帝，每歲二月杜鵑鳥鳴時跪拜祭奠，杜甫對此已有明確記載：「古時杜宇稱望帝，魂作杜鵑何微行。」「蜀人聞之皆起立，至今相效傳遺風，乃知變化不可窮。」（〈杜鵑行〉）「西川有杜鵑，東川無杜鵑。涪萬無杜鵑，雲安有杜鵑。我見常再拜，重是古帝魂。禮若朝至尊。」（〈杜鵑〉）此外還有〈子歸〉等，可見其對西蜀特有習俗之感受和深入瞭解。詩聖離開了，草堂已成為後世詩人景仰的中國詩歌聖地，杜詩也成為巴蜀文化的重要組成部分。

在巴蜀的最後兩年，詩人來到夔州，這裡位於長江三峽入口，為巴渝荊楚文化交匯之處，又是多民族聚居之地。杜甫再次體察到不同的習俗及民族文化的魅力。尚在川東的時候，杜甫就接觸不少巴人，他們生活的艱辛也增添了詩人沈鬱憂傷的色彩。如：「巴人困軍須，慟哭厚土熱。」（〈喜雨〉）「遂州城中漢節在，遂州城外巴人稀。」（〈去秋行〉）「巴城添淚眼，今夜復清光。」（〈薄遊〉）「不愁巴道路，恐濕漢旌旗。」

（〈對雨〉）「不眠持漢節，何路出巴山」（〈九日奉寄嚴大夫〉）

而今，到達夔州後，民族特色更為明顯：「山帶烏蠻闊，江連白帝深。」（〈渝州候嚴六侍御不到先下峽〉）「久游巴子國，臥病楚人山。」（《自瀼西荊扉且移居東屯茅屋四首》其四）「三峽樓臺淹日月，五溪衣服共雲山。」（《詠懷古跡五首》其一）

仇注：「《後漢・南蠻傳》：武陵五溪蠻，皆盤瓠之後。盤瓠，犬也，得高辛氏少女，生六男六女，織績衣皮，好五色衣服。《水經注》：武陵有五溪，謂雄溪、樠溪、酉溪、沅溪、辰溪也，在今湖廣辰州界。」共雲山，杜甫謂己與五溪之人共處。因此大開眼界，瞭解許多民族習俗。自然也成為其詩歌的題材：

「巴人常小梗，蜀使動無還。垂老孤帆色，飄飄犯百蠻。軍吏回官燭，舟人自楚歌。」（〈將曉二首〉）詩中「巴人」、「百蠻」、「楚歌」均寫出其地域和民族特色。另如：

> 峽內淹留客，溪邊四五家。古苔生迮地，秋竹隱疏花。塞俗人無井，山田飯有沙。西江使船至，時復問京華。（〈溪上〉）
>
> 殊俗還多事，方冬變所為。破甘霜落爪，嘗稻雪翻匙。巫峽寒都薄，黔溪瘴遠隨。終然減灘瀨，暫喜息蛟螭。（〈孟冬〉）

二詩皆寫出其習俗之差異，此外還有食品的特色：如〈戲作俳諧體遣悶二首〉其一：

異俗吁可怪，斯人難並居。家家養烏鬼，頓頓食黃魚。舊識能為態，新知已暗疏。治生且耕鑿，只有不關渠。

其二云：

西歷青羌阪，南留白帝城。於菟侵客恨，粔籹作人情。瓦卜傳神語，畬田費火耕。是非何處定，高枕笑浮生。

峽中魚類也有多種，或巨大無比，或細小如雪，其〈黃魚〉詩云：

「日見巴東峽，黃魚出浪新。脂膏兼飼犬，長大不容身。筒桶（一作筒）相沿久，風雷肯為伸）。泥沙卷涎沫，回首怪龍鱗。」

而〈白小〉詩謂：

「白小群分命，天然二寸魚。細微沾水族，風俗當園蔬。入肆銀花亂，傾筐雪片虛。生成猶拾卵，盡取義何如？」

當代學者鮮于煌先生曾比較系統地梳理三峽獠人若干種特有的民風習俗：像「有巢氏」那樣「依樹積木」的「巢居」之俗，「持刀刺魚」的漁獵生活之俗、古老的耕作方法——「佘田」之俗、打鼓鳴號之俗、「男坐女立」之俗、採野菜、吃山柰八角之俗、「用竹為簧，群聚鼓之」的歌舞之俗、以十月為歲首的早春之俗等等[11]，大多在杜詩中有所反映，詩人不帶偏見的客觀介紹，讓我們認識長江三峽地區不為外人所熟知的少數民族——「獠人」特有的風土民俗和唐代的民族關係，顯然有不可忽視的重要意義和作用。

「叢菊兩開他日淚，孤舟一繫故園心。」雖然詩人時刻思念故鄉，但夔州生活的兩年卻是詩人創作的最後一個輝煌的階段，他熱愛此地的山川風物，對當地人民充滿懷深情，也對一些惡俗陋習提出批評。如同此前在蜀中時，既稱頌「全蜀多名士」，（〈行次鹽亭縣聊題四韻奉簡嚴遂州、蓬州兩使君諮議諸昆季〉）同時也批評「蜀中寇亦甚」。（〈覽柏中允兼子侄數人除官制詞因述父子兄弟四美載歌絲綸〉）夔州則是所謂「形勝有餘風土惡。」（〈峽中覽物〉），最典型的是〈負薪行〉和〈最能行〉所揭露：

> 夔州處女髮半華，四十五十無夫家。更遭喪亂嫁不售，一生抱恨長諮嗟。土風坐男使女立，男當門戶女出入。十有八九負薪歸，賣薪得錢應供給。至老雙鬟只垂頸，野花山葉銀釵並。筋力登危集市門，死生射利兼鹽井。面妝首飾雜啼痕，地褊衣寒困石根。若道巫山女粗醜，何得此有昭君村？（〈負薪行〉）
>
> 峽中丈夫絕輕死，少在公門多在水。富豪有錢駕大舸，貧窮取給行艓子。小兒學問止論語，大兒結束隨商旅。欹帆側舵入波濤，撇漩捎濆無險阻。朝發白帝暮江陵，頃來目擊信有徵。瞿唐漫天虎鬚（一作眼）怒，歸州長年行

[11] 鮮于煌〈試論唐代三峽少數民族「獠人」的民俗生活特色及影響〉，《西北民族研究》，2003年1期。

> 最能。此鄉之人器（一作氣）量窄，誤競南風出疏北客。若道士（一作土）無英俊才，何得山有屈原宅？（《最能行》）

前首寫當地婦女的慘況，背負生活的重壓和折磨，為其深抱不平。如林繼中《杜詩選評》引蕭滌非先生點評：「把貧苦的勞動婦女作為題材並寄以深厚同情，在全部古典詩歌史上都是少見的。」[12]後詩則批評以駕船水手（最能）為代表的峽中男兒輕生逐利，器量狹窄。但最後卻予以鼓動和激勵。都表現出詩人對百姓的感情。

三、對豐富多彩的民族文化和藝術營養的由衷喜愛，兼收並蓄，吸收運用

作為詩史，杜詩中對於唐代文化交流和民族藝術有許多直接的記載，也表現出詩人的由衷喜愛。

先聽語言的差異，如〈秋野五首〉其五：

> 「身許麒麟畫，年衰鴛鷺群。大江秋易盛，空峽夜多聞。徑隱千重石，帆留一片雲。兒童解蠻語，不必作參軍。」

再欣賞民族音樂歌舞與音樂：

> 「久嗟三峽客，再與暮春期。……萬里巴渝曲，三年實飽

[12] 林繼中《杜詩選評》引，三秦出版社2004年版217頁

聞。」（〈暮春題瀼西新賃草屋五首〉）

「白夜月休弦，燈花半委眠。……蠻歌犯星起，空覺在天邊。城郭悲笳暮，村墟過翼稀。」（〈夜二首〉其一）

「羌婦語還笑，胡兒行且歌。」（〈日暮〉）

在寫民族歌舞的作品中，下面這首是較有代表性的：

「州圖領同谷，驛道出流沙。降虜兼千帳，居人有萬家。馬驕朱汗落，胡舞白題斜。年少臨洮子，西來亦自誇。」（《秦州雜詩二十首》其三）

蒲起龍《讀杜心解》注：「《西域傳》：『白題國，在滑國東，西極波斯。』[13]仇兆鰲《杜詩詳注》引薛夢符曰：「題者，額也。其俗以白塗堊其額，因名。舞則首偏，故曰白題斜。白題，如黑齒、雕題之類。」[14]這是詩人在秦州同穀所見的民族風情，可見當時西域歌舞已經傳到甘陝南部地區。如劉明華先生所指出：「這首詩除了反映風俗的一面，也有民族交往和民族融合的一面。……同谷是異族部落的聚居地，所以才有胡舞的騰躍。」[15]而詩人對民族歌舞的感受則可從以下詩句中看出：「朝來新火起新煙，湖色春光淨客船。繡羽銜花他自得，紅顏騎竹我無緣。胡童結束還難有，楚女腰肢亦可憐。」（《清明二首》其一）

提到民族歌舞，不能不提到那首著名的〈觀公孫大娘弟子舞劍器行〉：「昔有佳人公孫氏，一舞劍器動四方。觀者如山色沮

---

[13] （清）浦起龍《讀杜心解》，中華書局2000年，382頁。

[14] （清）仇兆鰲《杜詩詳注》，中華書局1985年，574頁。

[15] 劉明華〈杜詩中「胡」的多重內涵〉，《杜甫研究學刊》1999年1期。

喪，天地為之久低昂。㸌如羿射九日落，矯如群帝驂龍翔。來如雷霆收震怒，罷如江海凝清光。」

此為代宗大曆二年（767），杜甫在四川夔府別駕元持宅看到公孫大娘的徒弟李十二娘表演「劍器舞」，回憶五十二年前自己年幼時在河南郾城看公孫大娘表演「劍器渾脫」的情景，感慨萬端而作。其序云：「公孫氏舞劍器渾脫，瀏灕頓挫，獨出冠時，……昔者吳人張旭，善草書書帖，數嘗於鄴縣見公孫大娘舞西河劍器，自此草書長進。」關於公孫大娘所舞，歷代學者探討甚多，其中有一點似可無疑，即其舞應該與少數民族有關。

關於劍器其名，唐段安節《樂府雜錄》記載：「舞者樂之容也。……健舞曲有棱大、阿連、柘枝、劍器、胡旋、胡騰。」多為各民族舞蹈。序中所言西河劍器，似當出自甘肅西北之地。

渾脫本為北方民族用整張獸皮製作用以盛酒水等物或渡河的器具，也可作帽戴，後來以此作舞蹈。〈新唐書・宋務光傳〉：「比見坊邑相率為渾脫隊，駿馬胡服，名曰『蘇幕遮』，……胡服相歡，非雅樂也，渾脫為號，非美名也。」[16]

杜甫詩中把「劍器舞」雄健、奔放的氣勢，高難度、快節奏的連續舞動，突然靜止的「亮相」，沉毅穩健的造型以及鼓聲如雷鳴，劍光似閃電的演出效果都生動、真切地表現出來了。

杜甫詩中還有很多寫到西域少數民族文化藝術的，使唐代各族文化交流的真實反映，也見出杜詩其作為詩史的豐富性。

音樂少不了樂器，在杜詩經常出現的民族樂器有胡笳，「城上胡笳奏，山邊漢節歸。」（《秦州雜詩二十首》其六）「胡笳樓上發，一雁入高空。」（〈雨晴〉）

---

[16] （北宋）歐陽修等編《新唐書・宋務光傳》，上海古籍出版社《二十五史》第六冊，400頁。

羌笛：「東征健兒盡，羌笛暮吹哀。」（《秦州雜詩二十首》其八）

畫角「萬國城頭吹畫角，此曲哀怨何時終。」（〈歲晏行〉）《杜詩詳注》仇兆鰲注引《晉志》：「角者，本以應笳之聲，後漸用之。橫吹有雙角，即胡樂也。張騫入西域，傳其法於西京。」

琵琶：「千載琵琶作胡語，分明怨恨曲中論」（〈詠懷古跡五首〉之三）

大概少數民族多居邊地，遷徙不定，與詩人漂泊生涯較為切合，故杜甫筆下的民族樂器奏出的多是苦寒哀音，他還有一首題為〈夜聞觱篥〉，專寫其聽後感受：

> 夜聞觱篥滄江上，衰年側耳情所向。鄰舟一聽多感傷，塞曲三更欻悲壯。積雪飛霜此夜寒，孤燈急管復風湍。君知天地干戈滿，不見江湖行路難。

觱篥，亦作：「篳篥」、「悲篥」，又名「笳管」。簧管古樂器，今已失傳。以竹為主，上開八孔（前七後一），管口插有蘆製的哨子。為古西域城龜茲國所傳，其地在今新疆庫車縣一帶。觱篥傳入中原後，文人雅士多有聞之，如向達先生所指出：「唐代流行長安之西域樂以龜茲部為特盛。」「龜茲樂中尚有觱篥，亦曾盛於長安。」[17]此前李頎曾作〈安萬善吹觱篥歌〉：

> 南山截竹為觱篥，此樂本自龜茲出。
> 流傳漢地曲轉奇，涼州胡人為我吹。

[17] 向達《唐代長安與西域文明》，生活‧讀書‧新知三聯書店1979年，63頁。

傍鄰聞者多歎息，遠客思鄉皆淚垂。
世人解聽不解賞，長飆風中自來往。
枯桑老柏寒颼飀，九雛鳴鳳亂啾啾。
龍吟虎嘯一時發，萬籟百泉相與秋。
忽然更作漁陽摻，黃雲蕭條白日暗。
變調如聞楊柳春，上林繁花照眼新。
歲夜高堂列明燭，美酒一杯聲一曲。

對比二詩，杜詩透露出更加強烈的傷感情緒，這與其暮年漂泊之經歷密切相關。

除藝術外，杜甫詩文中許多記錄西域及多民族特產的內容，則同樣反映其多民族文化的交流。杜甫現存數篇賦作，這是他十分自豪的文體。自稱「賦料揚雄敵，詩看子建親。」（《奉贈韋左丞丈二十二韻》）其中有三篇為借物自況之作，即〈雕賦〉、〈天狗賦〉和〈越人獻馴象賦〉。

〈進雕賦表〉云：「臣以為雕者，鷙鳥之殊特，搏擊而不可當，……引以為類，是大臣正色立朝之義也。」仇注引朱注：「張爾公〈正字通〉云：雕，胡地鷙鳥，似鷹而大，土黃色，……梵書名揭羅闍。」可見其來源。

〈天狗賦序〉曰：「天寶中，上冬幸華清宮，甫因至獸坊，怪天狗院列在諸獸院之上，胡人云：『此其獸猛健無與比者。』甫壯而賦之，尚恨其與凡獸相近。」仇注：「《山海經》：陰山有獸焉，其狀如狸，白首，其名天狗。」「賦言月窟，流沙，此物蓋自西域來也。」

〈越人獻馴象賦〉末云：「邈自遠藩，來朝至尊。辭桂林之小郡，入閶闔之通門。負名聞之藉藉，守馴擾之存誠。幸投之於芻蕘，豈敢昧於君恩。」其意與另外兩賦相同。此文不見於杜甫集中，其辨證情況可參筆者〈《全唐文》補輯杜甫賦甄辨〉（《杜甫研究學刊》1997年2期）一文。

舉世聞名的西域駿馬也是杜甫作品中的常見題材，多次吟詠，比較著名的如：

〈贈崔十三評事公輔〉：

> 飄飄西極馬，來自渥窪池。

〈李鄠縣丈人胡馬行〉：

> 丈人駿馬名胡騮，前年避賊（一作胡）過金牛。回鞭卻走見天子，朝飲漢水暮靈州。自矜胡騮奇絕代，乘出千人萬人愛。一聞說盡急難才，轉益愁向駑駘輩。頭上銳耳批秋竹，腳下高蹄削寒玉。始知神龍別有種，不比俗（一作凡）馬空多肉。洛陽大道時再清，累日喜得俱東行。鳳臆龍鬐（《英華》作須，一作鱗，一作鱗鬐）未易識，側身注目長風生。

〈房兵曹胡馬詩〉：

> 胡馬大宛名，鋒棱瘦骨成。竹批雙耳峻，風入四蹄輕。所向無空闊，真堪托死生。驍騰有如此，萬里可橫行。

〈高都護驄馬行（高仙芝開元末為安西副都護）〉：

安西都護胡青驄，聲價欻然來向東。此馬臨陣久無敵，與人一心成大功。功成惠養隨所致，飄飄遠自流沙至。雄姿未受伏櫪恩，猛氣猶思戰場利。腕促蹄高如踣鐵，交河幾蹴曾冰裂。五花散作雲滿身，萬里方看汗流血。長安壯兒不敢騎，走過掣電傾城知。青絲絡頭為君老，何由卻出橫門道。

〈驄馬行〉：

鄧公馬癖人共知，初得花驄大宛種。夙昔傳聞思一見，牽來左右皆神竦。

在杜甫筆下的西域駿馬，不僅體格強勁，更貴有性情精神，在〈房兵曹胡馬〉中顯出詩人的由衷喜愛及其真正原因，詩曰：

胡馬大宛名，鋒棱瘦骨成。竹批雙耳峻，風入四蹄輕。所向無空闊，真堪托死生。驍騰有如此，萬里可橫行。

〈荊南兵馬使太常卿趙公大食刀歌〉：

太常樓船聲嗷嘈，問兵刮寇趨下牢。牧出令奔飛百艘，猛蛟突獸紛騰逃。白帝寒城駐錦袍，玄冬示我胡國刀。壯士短衣頭虎毛，憑軒拔鞘天為高。翻風轉日木怒號，冰翼雪澹傷哀猱。鐫錯碧罌鸊鵜膏，鋩鍔已瑩虛秋濤，鬼物撇捩辭坑壕。蒼水使者捫赤條，龍伯國人罷釣鼇。芮公回首顏色勞，分閫救世用賢豪。趙公玉立高歌起，攬環結佩相終始，萬歲持之護天子。得君亂絲與君理，蜀江如線如針水。荊岑彈丸心未已，賊臣惡子休干紀。魑魅魍魎徒為耳，妖腰亂領敢欣喜。用之不高亦不庳，不似長劍須天倚。吁嗟光祿英雄弭，大食寶刀聊可比。丹青宛轉麒麟裡，光芒六合無泥滓。

〈蕃劍〉：

致此自僻遠，又非珠玉裝。如何有奇怪？每夜吐光芒。虎氣必騰趠，龍身甯久藏。風塵苦未息，池汝奉明王。

聞一多先生稱杜甫為「四千年中國文化中最莊嚴、最瑰麗、最永久的一道光彩。」[18]正由於杜甫對各族藝術和文化充滿喜愛，其描摹方才如此傳神，而多民族文化的滋養，成就了詩聖的博大精深，受多民族文化影響和多民族基因凝聚而成的杜甫其人其詩，成為中華文化的優秀代表。

---

[18] 孫黨伯 袁千正主編《聞一多全集》，湖北人民出版社1994年版第6冊，74頁。

杜甫對少數民族詩人的影響
——杜甫與少數民族關係之三

作為中國最偉大的詩人，杜甫對中國文學和文化產生十分重大的影響，學杜成為中國文學傳統，歷代學杜詩而著名者，不勝枚舉，這其中也有不少少數民族作家和詩人。

從和睦團結的民族觀念和主張出發，杜甫廣泛結交許多少數民族朋友，反映民族風俗文化，兼收並蓄，吸取多民族文化藝術營養，豐富其創作，真正形成其博大精深的杜甫精神和詩歌藝術。其詩歌反過來對後世產生重大影響的過程中對少數民族作者同樣產生深遠影響也就十分自然，其中一部分詩人不僅以學杜而聞名，有的還對杜詩學的發展深入做出過積極的貢獻。更多的則從各方面表現出受其影響。過去有學者對相關領域曾作過個案分析研究，但缺乏系統探討，因此本文對這種影響予以系統梳理，以促進學術界深入認識，進一步瞭解杜甫精神內涵及其對於當代和諧社會建設及各族文化交流的價值和意義。

一、杜詩學濫觴時期與少數民族詩人的互動

說到杜甫及杜詩學與少數民族的關係，首先必須提到的是一個特殊的現象，即杜甫與「三元」的關係。所謂三元，即三位元姓詩人的。這也許是巧合，但也是必然，元結、元稹、元好問。三位出身於鮮卑族後裔的。都與杜甫有某種特殊的淵源。

首先是元結，前面已經有所論證，杜甫在反映現實的精神和隨時而賦的樂府歌行與元稹寫〈舂陵行〉一類系樂府是極為相通，故杜甫主動與之唱和，做〈同元使君舂陵行〉，其內涵毋庸贅言。

其次是元稹，在杜甫同時期就結交許多少數民族朋友，人們愛讀其作品，或因詩文而結緣。但畢竟其影響尚還有限，直到中唐之後方日益明顯，而對擴大杜甫影響起到關鍵性作用的人物首先需要提到的便是中唐著名詩人元稹。

元稹，後魏昭成帝拓跋什翼犍十代孫，為鮮卑族後裔。唐代著名詩人，與白居易並稱元白。詩歌主張與白居易一致，強調為詩要「刺美見事」，在〈古題樂府序〉特別稱讚道：「近代唯詩人杜甫〈悲陳陶〉、〈哀江頭〉、〈兵車〉、〈麗人〉等，凡所歌行，率皆即事名篇，無復依傍」，同時在創作中盡力實踐杜甫新題樂府寫詩創新精神，寫作了大量反映現實作品，中唐新樂府運動影響深遠。所著〈唐檢校工部員外郎杜君墓誌銘〉對杜甫做出崇高的評價，在杜詩研究史上占有重要地位。元稹也成為少數民族後裔作家學杜取得突出成就的傑出代表。

第三位絕對不能忽視的名字，這就是金代著名詩人元好問。元好問，字裕之，號遺山，太原秀容（今山西欣縣）人。唐代著名詩人元結後人，鮮卑族後裔。生長於金代末期，經歷亂世，對杜甫精神有著特別深刻的理解和切身感受。繼承杜甫思想的精髓。對弘揚杜甫精神作出巨大的貢獻。其中與杜甫關係最密切的有三，第一，首倡建立「杜詩學」，並著《杜詩學》一書，其引言曰：「今觀其詩，如元氣淋漓，隨物賦形，如三江五湖，合而為海浩浩瀚翰，無有涯涘，如祥光慶雲，千變萬化，不可名狀，固學者之所以動心而駭目。」對杜詩做出高度評價。尤其是杜詩學之建立具有劃時代的里程碑意義。其二，學習借鑒杜甫〈戲為六絕句〉而作《論詩絕句三十首》，在文藝理論和評論形式上均有創新和突破，影響巨大，其中還有專門論及杜甫者，組詩其十曰：

排比鋪張特一途，藩籬如此亦區區。
少陵自有連城璧，爭奈微之識碔趺。

認為元稹對杜甫總結尚不夠準確，雖然元稹對杜甫評價或事出有因，但元好問指出杜甫「排比鋪張」詩歌藝術之外，還有更為重要的價值，亦即其憂國憂民的仁愛精神，見出其對杜甫精神的深刻理解和把握。也是對杜詩學理論奠基，指出學杜之根本所在。

其三，由於特定的時代環境影響，在具體創作中，元好問真正繼承了杜甫反映現實的精神內涵，特別是其大量的喪亂詩，堪稱金朝滅亡前後的一代詩史。

如其〈岐陽〉，〈壬辰十二月車駕東狩即事〉諸篇，精神風格酷肖杜甫。憂國憂民情懷感人至深，風格蒼涼悲壯，頗有杜詩之風。

故清人趙翼《甌北詩話》指出：「唐以來，律詩之可歌可泣者，少陵十數聯外，絕無嗣響，遺山則往往有之。」其《讀遺山詩》又說：「國家不幸詩家幸，賦到滄桑句便工」，由此開啟了中國詩歌繼承杜甫精神的康莊之途。

除了特殊意義的「三元」與杜甫的特殊關係，受其影響而有作出積極貢獻之外，宋金時期還有許多少數民族詩人學杜有成，如下面幾位：

萬俟紹之，鮮卑族後裔，南宋郢（今湖北鐘祥縣）人。著有《郢莊吟稿》。擅長填詞。其〈賀新郎・秣陵懷古〉起句曰：

「絕皆入飛鳥，正江南，梅雨初晴，亂山浮曉。」正用杜甫〈望嶽〉「絕皆入歸鳥」入詩。

宇文虛中，字叔通，成都人，鮮卑族後裔，宋黃門侍郎，以奉使被強留在金朝，為翰林學士。思念故國，憂憤不已。常與有同樣景遇的高士談等唱和，表達思鄉之情。

〈和高子文秋興二首〉其二云：「葵衰前日雨，菊老異鄉秋。」「蜀江歸棹在，浩蕩逐春鷗。」

〈又和九日〉：「老畏年光短，愁隨秋色來。一持旄節出，五見菊花開。強忍玄猿淚，聊浮綠蟻杯。不堪南向望，故國又叢台。」詩中反復化用杜甫〈秋興〉首章「叢菊兩開他日淚，孤舟一繫故園心」詩句，雖然其時代環境和緣由不同，卻分明讓我們感到與杜甫滯留夔州時相近的思鄉之情。

蒲壽宬，字鏡泉，號心泉，先世為居住在占城的阿拉伯人，南宋初與弟壽庚先後徙居廣州、泉州經商，《四庫全書》收其〈心泉學詩稿〉，存詩260餘首，被稱作「回族先民詩歌大家」。[1]其詩內容豐富，反映了當時廣泛的社會生活。風格多樣，尤擅長五七言律。他努力學習傳統文化，欽佩李杜人格精神，「偉哉騎鯨人，期滋浣花老。」（和〈博古直五首〉之二）表現出對李杜的仰慕之情。在具體詩作中也不乏對杜甫精神的繼承，如「南泉昔樂土，畫戟深凝香。今為凋瘵區，鹽米憂蒼皇。」（〈送使君給事常東軒先生〉）反映戰爭帶給百姓的巨大災難，在另一首〈種麥〉詩中，詩人寫道：「頗學鴉種麥，可憐人代牛。莫言耒穡苦，且願甲兵休。」寫出一位回族詩人對天下和平的期盼。

---

[1] 朱昌平、吳建偉主編《中國回族文學史》寧夏人民出版社，2007年1月版，34頁。

金代後期女真詩人完顏璹，（1172-1232）本名壽孫，字仲實，一字子瑜，號樗軒老人。金世宗孫，越王完顏永功長子。元好問稱其「天資雅重，薄於世味」，「百年以來，宗室中第一流人也。」[2]累封密國公。天興元年（1232）蒙古軍攻金者汴梁，圍城中以疾卒，年六十一。《金史》卷八五附傳永功。璹博學有俊才，喜為詩。平生詩文甚多，自刪其詩存三百首，樂府一百首，號〈如庵小稿〉，詩詞賴《中州集》以傳。周泳先〈唐宋金元詞鉤沉〉輯為《如庵小稿》一卷，凡九首。其詩多寫隨緣忘機、蕭散淡泊意緒。其〈漫賦〉詩云：「貧知囊底一錢無，老覺人間萬事虛」、「自是杜門無客過，不關多病故人疏。」其時代、心境正與杜甫相合。

二、元代多民族詩人學杜之輝煌成就

元代是中國歷史上第一個由少數民族建立的統一政權，版圖遼闊，為各民族文化交流奠定了基礎。少數民族書面文學也十分繁榮，成就甚高，而其中的著名詩人差不多都大量地學習和借鑒中原傳統文化，詩聖杜甫則成為他們共同崇敬和仿效的對象，薩都剌、馬祖常、余闕、丁鶴年、乃賢等皆為民族作家之翹楚，而他們都不同程度地受到杜甫的影響，並取得突出的成績。

金元之際的耶律楚材，字晉卿，生於金章宗明昌元年，卒於元乃馬真後三年（1190-1244），契丹族，有較高文化修養，滅金後保護了元好問等，重視使用漢族知識份子，發展農耕制度和文化，並在一定程度上反對統治者的窮兵黷武，

---

2 （金）元好問編《中州集》卷五，中華書局上海編輯所1962年版。

呼籲「但願天下早休兵」，（〈過濟源登裴公亭用閒閒老人韻四絕〉）這與杜甫反對戰爭的詩作精神一致。其〈過燕京和陳秀玉韻〉其三云：「君子云亡真我恨，斯文將喪是吾憂。上期晚節回天意，隱忍龍庭且強留。」詩中「晚節」乃用杜甫〈遣悶戲呈路十九曹長〉「晚節漸於詩律細」之意。而〈乙丑過雞鳴山〉：「殘花濺淚千程別，啼鳥傷心百感生。」則更明顯借用杜甫〈春望〉句意而傳達哀思。

郝天挺，字繼先，朵魯別氏，自曾祖而上居安肅州，（今甘肅敦煌東北一帶）曾受業於元好問，（與元好問曾受業之郝天挺非同一人，元好問老師郝天挺乃陵川人）。生於宋理宗淳佑七年（1247），父和上拔都魯，為河南行省五路軍民萬戶。至元中，以勳臣子召見，元世祖嘉其容止，俾掌文字，備宿衛春宮。累官至中書左丞。成宗卒（1307），仁宗以太后命首定大難。及武宗還自朔方，入正大統，天挺有定策之功。仁宗臨御，拜河南行省平章政事，政化大行。歷任吏部尚書，河南江北行中樞省平章政事，仁宗皇慶二年（1313）卒，年六十七，追封冀國公，謚文定。天挺多所撰述。修《雲南實錄》五卷，注《唐人鼓吹集》（今本名《唐詩鼓吹》）一十卷行於世。工作曲，但未見。

其〈寄李道復平章〉末聯：「遙知黃閣下，得句更清新」用杜甫〈春日憶李白〉：「清新庾開府，俊逸鮑參軍」句，讚美李道復的詩句（文采）。

思想情感的相通，往往可以形成題材的相近，也有風格的相近。甚至有的詩人初初看去，似乎與杜甫差距較大，但深層分析之後，還是可以看到其與杜甫的關係。這方面的例證可以薩都剌的創作為代表。

薩都剌，字天錫，號直齋，雖然關於其族屬歷來有較大爭議，（《四庫全書總目》亦曾加以考辨[3]，或以為其祖先為西域色目人，其後或謂其為蒙古人，或以為其為答失蠻氏，當代學者則認定其乃回族人。）但其被稱為是元代最傑出的詩人卻是無疑的，前人認為從總體風格而言，薩都剌的風格更接近唐代三李，胡應麟《詩藪》曾將其與李白、李賀、李商隱相比。他的風格豪放，頗具北方民族的地域和風情特點，但它也仍然有相當多的作品明顯帶有學杜的因素，他成為元代最傑出的詩人應該也與此不無關聯。

薩都剌一生極為坎坷，早年長期窮愁潦倒，四處漂泊，中年中舉之後仕途依然失意，晚年遭遇元末戰亂，避世遁跡，這使他對杜甫的生活思想有較為深刻的理解，他還每每以杜甫自況：如他回憶當年在京城的日子：「一年相逢在闕下，東家蹇驢日相假。有如臣甫去朝天，泥滑沙堤不敢打。」（〈相逢行贈別舊友治將軍〉）

在〈京城春暮〉詩中，詩人寫道：

> 三月京城飛柳花，燕姬白馬小紅車。旌旗日暖將軍府，弦管春深宰相家。小海銀魚吹白浪，層樓珠酒出紅霞。蹇驢破帽杜陵客，獻賦歸來日未斜。

詩末表現出自己如同杜甫一樣，懷才不遇，目睹豪門燕姬享樂無度，感慨萬千。而正是這種憂國憂民的情懷，才成就偉大的詩人，因此，薩都剌極力讚揚杜甫：「揚我大邦文物盛；題詩須近草堂西。」（〈次韻虞伯生學士八蜀代祀〉）

---

[3] （清）紀昀主編《四庫全書總目卷167別集類二十雁門集提要》，中華書局1983年，1445頁。

在具體創作中，薩都剌與杜甫一樣，有許多作品反映當時社會矛盾和人民生活疾苦，表現對統治者橫徵暴斂的揭露和譴責。不僅思想內容與杜甫相通。許多詩句就直接化用杜詩。如：

〈早發黃河即事〉：「嘗新未及試，官租急徵求。」與杜甫〈送顧八分文學適洪吉州〉詩內蘊較為相近：「子干東諸侯，勸勉防縱恣。邦以民為本，魚饑費香餌。請哀瘡痍深，告訴皇華使。使臣精所擇，進德知曆試。惻隱誅求情，固應賢愚異。列士惡苟得，俊傑思自致。」

〈織女圖〉：「蘭閨織錦秦川女，大姬啞啞弄機杼。小姬織倦何所思？簾幕無人燕雙語。成都花發江水春，門前馬嘶車轔轔。……良人一取無消息，冰蠶吐絲成五色。」〈征婦怨〉：「有柳切勿栽長亭，有女切勿歸征人。長亭楊柳自春色，歲歲年年送行客。一朝羽檄風吹煙，征人遠戍劇塞邊。轔轔車馬去如箭，錦衾繡枕難留戀。」

二詩皆用杜甫《兵車行》：「車轔轔、馬蕭蕭，行人弓箭各在腰。」在此已成為征人的象徵。後詩還用了著名的〈蜀相〉詩中「「映階碧草自春色」之句，可見其對杜詩的熟悉，能夠運用自如。

再如〈揚子江送同志〉「袞袞諸公立要津，一波饞動總精神。滿江風浪晚來急，誰似中流砥柱人。」用杜甫〈醉時歌〉：「諸公袞袞登臺省，廣文先生官獨冷。」

此外，如其〈鬻女謠〉〈百禽歌〉等許多詩歌都與以上詩作有一個突出特點，擅長運用對比手法，近於「朱門酒肉臭，路有凍死骨」的怵目驚心，均反映出其對杜詩的有意學習和借鑒。薩都剌曾廣泛受到中原漢族文化的薰陶，勤奮努力，博取眾長，其詩中就曾提到司馬相如、陶淵明、何遜、謝朓、李白、杜甫、韓愈、賀知章、杜牧、李商隱、溫庭筠、蘇軾等，但這其中杜甫的影響是十分重大而特殊的。

當代周雙利言薩都剌詩「有刺時政之得失，憂民生之多艱；反戰爭之殘民，哀農民之不幸，號為詩史，當之無愧。」[4]

元代著名少數民族文學家馬祖常（1279-1338），字伯庸，光州（今潢川）人。生於元世祖至元十六年，卒於惠宗至元四年，年六十歲。延佑初（1314），鄉貢會試皆第一，廷試第二，授應奉翰林文字。祖宗雍古部人，居靖州天山（今內蒙古自治區四子王旗西北）。高祖錫裡吉思，金末為鳳翔兵馬司判官，死後贈封恒州刺史，子孫按照「以官為姓」的慣例改姓馬。曾祖月合乃，跟隨元世祖忽必烈至汴，累官禮部尚書；父潤，同知漳州路總管府事，曾任光州監軍，始居光州。馬祖常才華橫溢。工於文章，精贍鴻麗；其詩才力富健。著有《石田集》十五卷，《四庫全書總目》傳於世。《石田集》是他的代表作，書名取自其讀書處「石田山房」。其中不少是馬祖常被貶期間之作，既有對勞動者疾苦的同情，又有對當時社會的抨擊，還有對家鄉山水風光的描繪。他和姚燧、元明善等作文取法先秦兩漢，詩學漢魏盛唐，掃除宋金末年南北文士習氣。詩風清壯，「後生爭慕效之，文章為之一變」[5]。他的詩文在當時頗有影響。

馬祖常廣遊今甘肅、寧夏、內蒙、河北、河南、湖北、安徽、江蘇、浙江、福建等地區。對這些地方的民情風俗、山川景

---

[4] 周雙利著：《薩都剌》北京：中華書局，1993，42頁。

[5] （清）顧嗣立《元詩選．馬祖常小傳》中華書局，2002。

物頗為熟悉。他的詩歌較多地描寫了各地區各民族的風土人情以及社會狀況，論者一般認為馬祖常是一個館閣詩人，其詩學李賀、李商隱。在元代色目詩人中，雍古馬祖常其人其事的確是更具傳統儒家風範的。但馬祖常最優秀的詩歌卻是他掙脫了館閣、擺脫了模仿、超越了中原文化羈勒、表現出西北子弟氣質的詩作。畢竟，馬祖常是「西北貴種」，西北古族雍古人，是也裡可溫世家，這個家族有幾代錚錚鐵血硬漢以自己的武功垂名金、元青史，馬祖常血管裡流淌的是鐵血，骨髓裡滲透的是勇猛剽悍，即使濡染了中原文化的濃彩，祖根賦予的豪縱之氣也是泯滅不了的。[6]這裡一方面指出其特點，同時也說明其創造性地繼承學習中原文學儒家文化，史稱其「專以秦漢為法，而自成一家之言」。其詩「圓密清麗，大篇短章無不可傳者」，文宗皇帝譽為「中原碩儒唯祖常」。這也有著杜甫的影響。史鐵良先生指出：「他學習杜甫的憂時精神，詩中對達官貴人、貪官污吏以及當時弊政，時露諷刺之意，對民生疾苦則充滿同情。」[7]如〈繅絲行〉：

繅車軋伊繭抽絲，桑薪煮水急莫遲，
黃絲白絲光縱縱，老蠶成蛹唊兒饑。
田家婦姑喜滿眉，賣絲得錢買冪羅，
翁叟慣事罵婦姑：只今長男戍葭蘆，
秋寒無衣霜冽膚，鳴機織素將何須？
翁叟喃喃罵未竟，當門叫呼迎縣令。

[6] 葉愛欣〈馬祖常的超逸詩風與河西情結〉《民族文學研究》2005年，第03期。
[7] 鄧紹基、楊鐮《中國文學家大辭典・遼金元卷》，9頁。

騶奴橫索馬鞭絲，婦姑房中拆盧經。

〈踏水車行〉：

松槽長長櫟木軸，龍骨翻翻聲陸續。父老踏車足生繭，日中無飯倚車哭。千田犖確稚禾杭，高天有雨不肯下。富家操金射民田，但喜市頭添米價。人生莫作耕田夫，好去公門為小胥。日日得錢歌飲酒，朝朝買絹與豪奴。識字民夫年四十，腳欲踏車腳無力。婉轉長謠臥隴間，誰能聽此無淒惻。

開頭四句描寫「父老」踏水車的辛苦。水車不斷地上下翻轉，傳出轆轆的響聲。長長、翻翻，二疊詞的運用繪形繪聲更增強了形象感和動態感。「父老」二句，寫踏水車的「父老」的形象。「足生繭」、「倚車哭」，表現「父老」勞動之繁重、生活之艱難和心情之痛苦。開篇這四句，先從水車轆轆之聲寫起，將讀者引至田間現場，接著在讀者面前展現了一幅令人目不忍睹的悲慘場景。這場景，不僅織出了淒慼的氛圍，而且引起了讀者對原因的思索。顯然這種寫法是從杜甫〈兵車行〉「車轔轔，馬蕭蕭……哭聲直上干雲霄」這個開頭化來。結尾寫識字農夫，讀者自然聯想到杜甫〈兵車行〉中那位「道旁過者」，於是心領神會。化身「農夫」，已經完全站在農民的立場上，表現了詩人對農民的親切感情。「腳欲踏車腳無力」是詩人對農民艱苦勞動的體驗和同情。

劉大杰論馬祖常「其詩才力富健，頗多關懷民間疾苦、反映現實生活之作」，並認為其〈踏水車行〉等有白居易新樂府的精神[8]，如其〈石田山居〉：「無麥夫何極，吾憂隴畝空。豈能驅盜賊，得忍鬻兒童？荼蓼充腸熟，樵蘇救口窮。無端縣小吏，招役到疲癃。」所謂疲癃，即年老多病者，〈漢書高帝紀〉：「年老疲癃勿遣。」而此處卻無端徵召，全詩讓人不由想到杜甫著名的〈石壕吏〉「暮投石壕村，有吏夜捉人。老翁逾牆走，老婦出門看」的淒切苦景。

類似於此的作品很多，特別擅長於以對比手法寫出貧富懸殊和階級矛盾，一方面如〈室婦歎〉等，讚美了中國各族人民的勤勞和勇敢，同時另一方面也寫出了階級壓迫的現實。他有兩首內容基本一樣的關於馬戶的詩：〈馬戶〉和〈六月七日至昌平賦養馬戶〉，詩中描寫了一個寡婦養馬，賣盡了田地房屋，衣不蔽體，食不充饑，馬養得不壯，還要受到官吏的鞭撻。再如〈古樂府〉：

> 天上雲片誰剪裁？空中雨絲誰織來？
> 蒺藜秋沙田鼠肥，貧家女婦寒無衣。
> 女婦無衣何足道，征夫戍邊更枯槁。
> 朔雪埋山鐵甲澀，頭髮離離短如草。

詩人所刻畫的眾多貧苦婦女形象，很容易使人想到杜甫〈白帝》〉詩中「戎馬不如歸馬逸，千家今有百家存。哀哀寡婦誅求盡，慟哭秋原何處村。」之悲慘情境，內在淵源不言而喻，十分明顯。

此外〈宿遷縣〉詩描寫在天災人禍中，農民四處逃亡、嗷嗷求食的悲慘景象。都是同樣令人同情。另一方面與此同時，他又

[8] 劉大杰《中國文學發展史》上海：古典文學出版社，1957，805-806頁。

寫那些大官僚、大商人們荒淫無恥驕奢淫逸的生活。如〈湖北驛中偶成〉：

> 江田稻花露始零，浦中蓮子青復青。
> 楚船祠龍來買酒，十幅蒲帆上洞庭。
> 羅衣熏香錢滿篋，身是揚州販鹽客。
> 明年載米入長安，妻封縣君身有官。

《絕句十六首》之一：「西江畫舸販鹽郎，白輕衫兩袖長。不肯一錢遺貧士，卻棄雙玉買歌娼。」這都是當時歷史的真實寫照，也可以看到「朱門酒肉臭，路有凍死骨」批判精神的傳承和影響。

另如送別友人的詩《送董仁甫之西台幕》所寫：

> 西南萬里地，詔屬大行台。
> 秦樹浮天去，巴江帶雪來。
> 山河無用險，邦國正需才。
> 台幕風流美，書簽想盡開。

不僅感情真摯，且又加以勉勵，頗有杜甫《奉送嚴公入朝十韻》「公若登臺輔，臨危莫愛身」之意。

余闕（1303-1358）字廷心，一字天心，党項羌人，（一說色目人），世家河西武威（今甘肅武威），生於廬州（今安徽合肥）。生於元成宗大德七年，卒于惠宗至正十八年，年五十六歲。元統元年（1333）第進士。累官參知政事。守安慶，死陳友諒之難。闕為政嚴明，治軍與兵士同甘苦，有古良吏風。明初，追忠宣。闕留意經術，五經皆有傳注，文章氣魄深厚，篆隸亦古雅。著有《青陽集》四卷，《四庫總目》傳於世。

余闕的詩歌表達的也多為積極進取的精神意趣。如〈送康上人往三城〉：

> 嘗登大龍嶺，橫槊視四方。
> 原野何蕭條，白骨紛交横。
> 維昔休明日，兹城冠荊揚。
> 此禍誰所為，念之五內傷。
> 明當洗甲兵，從子臣石林。

康上人要歸臥三城，詩人也有臨淵之羨。但現實社會卻是一派「白骨紛交橫」的動亂局面。如朱玉麒先生所論：「詩人此際的感受是與李白『莫謂無心戀清境，已將書劍許明時』、杜甫『非無江海志，瀟灑送日月。生逢堯舜君，不忍便永訣』的感情有著共通之處的。他們都希望將自己的經綸理想用之於世間；而余闕乃在國家危亡之際，表現出這種入世的思想與渴望和平、功成身退的志向，不能不說是更有進取性的。」[9]

在戰亂中與朋友聚會時同樣想到的是百姓暫得安寧，〈安慶郡庠後亭宴董僉事〉云：

> 鯨鯢起襄漢，郡邑盡燒殘。
> 兹城獨完好，使者一開顏。……

---

[9] 朱玉麒〈元代党項羌作家余闕生平及創作初探〉，《民族文學研究》1997年，第01期。

主人送瑤爵，但雲嘉會難。
豈為杯酒歡，樂此罷民安。……

表現出對亂離百姓的關注真情。但可惜太平寧靜日子短暫，人生無常，友人別多聚少。詩末云：「魄淵無恒彩，清川有急瀾。明晨起驂服，相望阻重關。」可與杜甫同樣作於亂中的〈贈衛八處士〉相對比。「人生不相見，動如參與商。今夕復何夕，共此燈燭光。……明日隔山嶽，世事兩茫茫。」其立意極為相近，亦可見其淵源。

泰不華，色目人，字兼善，原名達普化，元文宗御賜其名為泰不華。其父乃御林軍低級軍官，後出臺州（浙江臨海）任職，所以泰不華是在當地長大。十七歲時，泰不華江浙行省鄉試第一，次年廷試進士及第，歷任禮部侍郎、尚書等職。泰不華平生作詩甚多，有〈顧北集〉等，但大多散失，泰不華自幼受儒家思想薰陶，積極入世，忠君愛國，他的〈送瓊州萬戶入京〉一詩，「男兒墮地四方志，須及生封萬戶侯」，展現他為國建功立業的迫切心情。其名篇〈衛將軍玉印歌〉，藝術性較高，全詩以漢朝衛青功名為比興，主旨是揭示「一將成名萬古枯」的主題，也對漢武開邊的氣魄表示出讚賞。但後半闋語意直轉，歎息命運的無常與歷史的弔詭。詩風沉鬱，下筆有力，頗有杜甫〈兵車行〉之寓意：

武皇雄略吞八荒，將軍分道出朔方。
甘泉論功誰第一，將軍金印照白日。
尚方寶玉將作匠，別刻姓命示殊賞。
蟠螭交紐古篆文，太常鐘鼎旌奇勳。

君不見祁連山下戰骨深，中原父老淚滿襟。
衛後廢殂太子死，茂陵落日秋風起。
天荒地老故物存，摩挲斷文弔英魂。

元代著名詩人乃賢（1309-？），字易之，號河朔外史，合魯（葛邏祿）部人。合魯部人東遷，散居各地，乃賢家族先居南陽（今屬河南）。後其兄塔海仲良入仕江浙，他隨之遷居四明（治今浙江寧波）。乃賢淡泊名利，居四明山水間，與名士詩文唱酬。至正五年（1345）離浙北上，達齊魯，西進中原、山西，次年至大都，旅居約五年。在大都期間，他廣結名流，研習典章制度。至正十一年（1351），南下返回吳越。當時浙人韓與玉能書，王子充善古文，乃賢長詩詞，並列稱「江南三絕」。他博學能文，氣格軒翥，五言短篇，流麗而妥適，七言長句，寬暢而條達，近體五七言，精縝而華潤；又善以長篇述時事，故亦有「詩史」之稱。著述有《金台集》、《河朔仿古記》。後人又編有《乃前岡詩集》三卷（明萬曆潘是仁刊宋元四十三家集）乃賢深受中原文化薰陶和影響，保持儒家操守。目睹社會瘡痍和吏治的腐敗，多次察訪下情，希圖以詩諷諫，匡正時弊，在詩文中對百姓苦難的同情之心不時有所流露。北上的前一年，黃河南北遭受饑荒，次年又瘟疫肆虐，民死者過半。乃賢以當時親歷見聞寫成〈新鄉媼〉、〈潁上老翁歌〉等長詩，真實反映了當時貧富懸殊的社會現實。前詩寫百姓生活，「蓬頭赤腳新鄉媼，青裙百結村中老。日間炊黍餉夫耕，夜紡棉花到天曉。棉花織布供軍錢，借人碾穀輸公田。縣里公人要供給，布衫剝去遭笞鞭。兩兒不歸又三月，祇愁凍餓衣裳裂。大兒運木起官府，小兒擔土填河決。茅櫚雨雪燈半昏，豪家索債頻敲門。囊中無錢甕無粟，眼前只有扶床孫。明朝領孫入城賣，可憐索價旁人怪。骨肉分離豈足論，且圖償卻門前債。數來三日當大年，阿婆墳上無紙錢。涼漿澆濕墳前草，低頭痛哭聲連天。」另一方面則是富貴人家的豪奢：「銀鐺燒酒玉杯飲，絲竹高堂夜歌舞。黃金絡臂珠滿頭，翠雲繡出鴛鴦裯。醉呼閹奴解羅幔，床前爇火添香篝。」對比十分鮮明，形成怵目驚心的巨大反差。

後詩反映「赤地千里黃塵飛」、「疫毒四起民流離」的慘狀，並透露出農民被逼揭竿而起聲勢浩大的史實。結尾表達出詩人的願望：「老翁仰天淚如雨，我亦感激愁歔欷。安得四海康且阜，五風十雨斯應期。長官廉平縣令好，生民擊壤歌清時。願言觀風采詩者，慎勿廢我潁州老翁哀苦辭。」詩歌為當時現實的客觀記錄，而又滿含真情，故產生較大影響，當年擔任御史親歷其事，並曾提出賑災建議的著名詩人余闕讀之曰：「覽易之之詩，追憶往事，為之惻然！」監察御史太僕危素評道：「易之此詩，格調則宗韓吏部，性情則同元道州，世必有能知之者。」其實這種寫實的傳統和悲憫胸懷與「安得廣廈千萬間」的杜甫詩史以及白居易的新樂府精神皆同一機杼。

其同僚蓋苗亦評曰：「右《新鄉媼》一首，余同年塔海仲良宣慰君之仲氏乃賢易之之所作也。其詞質而口，豐而不浮，其旨蓋將歸於諷諫云爾！昔唐白居易為樂府百餘篇以規諷時政，流聞禁中，即日擢為翰林學士。易之他詩若〈西曹郎〉、〈潁川老翁〉等篇，其關於政治，視居易可以無愧。而藻繪之工，殆過之矣。況今天子聖明，求言之詔，播在天下。當此之時，易之之詩，或經乙夜之覽，則其眷遇，又豈下於居易哉！故余三覆之餘，謹識其後以俟。」（〈南台中執法濮陽蓋苗耘夫書於京師寓舍〉）

其同類詩作〈賣鹽婦〉詩也寫出下層婦女的辛酸：「賣鹽婦，百結青裙走風雨。雨花灑鹽鹽作鹵，背負空筐淚如縷。三日破鐺無粟煮，老姑饑寒更愁苦。道傍行人因問之，拭淚吞聲為君語。妾身家本住山東，夫家名在兵籍中。荷戈崎嶇戍吳越，妾亦萬里來相從。年來海上風塵起，樓船百萬秋濤裡。良人賈勇身先死，白骨誰知填海水。前年大兒征饒州，饒州未復軍尚留。去年小兒攻高郵，可憐血作淮河流。中原封裝音信絕，官倉不開口糧缺。空營木落煙火稀，夜雨殘燈泣嗚咽。東鄰西舍夫不歸，今年嫁作商人妻。繡羅裁衣春日低，落花飛絮愁深閨。妾心如水甘貧賤，辛苦賣鹽終不怨。得錢糴米供老姑，泉下無慚見夫面。」

在揭露時弊之後詩人寫道：「君不見繡衣使者浙河東，采詩正欲觀民風。莫棄吾儂賣鹽婦，歸朝先奏明光宮。」希望以詩上達朝廷，改變民生疾苦。

在大都時，乃賢於友人處得到南宋遺民詩人汪元量詩集，感慨萬千，作〈汪水雲詩集二首〉，序中謂「水雲之詩，多記其國亡時事，與文丞相獄中唱和之作。……及余至京師，因徐君敏道得《水雲集》，讀而哀之，偶成二律以識其後」

其二云：

> 一曲絲桐奏未休，蕭蕭笳鼓禁宮秋。湖山有意風雲變，江水無情日夜流。供奉自歌《南渡》曲，拾遺能賦《北征》愁。仙人一去無消息，滄海桑田空白頭。

詩中以杜甫賦北征詩來比喻汪元量作品的詩史性質，可謂深得其旨，汪元量曾與文天祥在獄中做集杜詩，以杜甫精神自勵，乃賢可謂其知音也。

北行期間，他對沿途山川古跡、衣冠人物、斷碣殘碑以及宋金疆場之變更，均留意察訪，並結合圖經地志和耆老口碑詳加考訂，每有感觸，便作詩歌述志言懷。在大都期間，他廣結名流，對典章制度無不研習精到。至正十一年（1351），他經原路南下，返回吳越。反映中原十萬百姓被驅迫修河而再遭凌轢的〈新堤謠〉，即寫於歸途之中。詩前有序云：

> 近歲河決白茅東北，氾濫千餘里。始建行都水監於鄆城以專治之。少監蒲從善築堤建祠，病民可念，予聞而哀之。乃為作歌。（黃河決道時，有清水先流至，名曰漸水。曹濮之人見此水，皆遷居高丘預避。）

詩曰：

> 老人家住黃河邊，黃茅縛屋三四椽。有牛一具田一頃，藝麻種穀終殘年。年來河流失故道，墊溺村墟決城堡。人家墳墓無處尋，千里放船行樹杪。朝廷憂民恐為魚，詔蠲徭役除田租。大臣雜議拜都水，設官開府臨青徐。分監來時當十月，河水塞川天雨雪。調夫十萬築新堤，手足血流肌肉裂。監官號令如雷風，天寒日短難為功。南村家家賣兒女，要與河伯營祠宮。陌上逢人相向哭，漸水漫漫及曹濮。流離凍餓何足論，只恐新堤要重築。昨朝移家上高丘，水來不到丘上頭。但願皇天念赤子，河清海晏三千秋。

乃賢是位深受中原文化薰陶和影響的西域人士，作為世家子弟，他較嚴格地保持儒家操守，身處末世而仍不忘報效元廷。在優遊山水古蹟的同時，目睹社會瘡痍和吏治的腐敗，因而多次察訪下情，希圖以詩諷諫，匡正時弊，在詩文中對百姓苦難的同情之心不時有所流露。如其〈羽林行〉：

> 羽林將軍年十五，盤螭玉帶懸金虎。黃鷹白犬朝出遊，翠管銀箏夜歌舞。珠衣繡帽花滿身，鳴騶斧鉞驚路人。東園擊球誇意氣，西街走馬揚飛塵。湖南昨夜羽書急，詔趣將軍遠迎敵。寶刀鏽澀金甲寒，上馬彷徨苦無力。美人牽衣哭向天，將軍執別淚如泉。安得天河洗兵甲，坐令瀚海無塵煙。君不見關西老將多戰謀，數奇白髮不封侯。據鞍矍鑠尚可用，誰憐射虎南山頭。

詩末顯然用杜甫「安得壯士挽天河，淨洗甲兵長不用。」（〈洗兵馬〉）之意。

又如發大都所作〈上京紀行〉：

> 南陽有布衣，杖策遊帝鄉。憂時氣激烈，撫事歌慨慷。天高多霜落，歲晏單衣裳。執手謝親友，驅車出塞疆。雲低長城下，木落古道旁。憑高眺飛鴻，離離盡南翔。顧我遠遊子，沈思鬱中腸。更涉桑乾河，照影空彷徨。

詩中措詞命意分明可以看到杜甫〈自京赴奉先縣詠懷五百字〉的影子，想起「杜陵有布衣」、「歲暮百草零，疾風高岡裂。天衢陰崢嶸，客子中夜發」諸詩句。可以感受到其對杜詩之熟悉。

下面的詩句也明顯得自杜詩：

> 花底開尊待月圓，羅衫半浥酒痕鮮。
> 一年湖上春如夢，二月江南水似天。
> 修禊每懷王逸少，聽歌卻憶李龜年。
> 卜鄰擬住吳山下，楊柳橋邊艤畫船。
> 由此可見其受杜詩影響之深遠。
> （〈次段吉甫助教春日懷江南韻〉）

丁鶴年（1335-1424），字永庚，號友鶴山人。回族，武昌人。元末明初著名詩人。丁鶴年出身官宦，父職馬祿丁官至武昌達魯花赤。丁鶴年自幼聰穎，勤奮好學。就讀於南湖書院，學習儒家經典，17歲即精通《詩》、《書》、《禮》而負盛名。博學廣聞，精通詩律，其詩取材廣泛，以憂國憂民，關心人民疾苦為主要內容。曾自編《海棠集》，在明清兩代均有流傳。後人集為《丁孝子集》，收詩三百四十六首，銘五篇。《丁鶴年集》集一卷，《四庫總目》傳於世。

丁鶴年的詩在元末明初獨樹一幟，廣為流傳，不僅在我國少數民族文學史上有重要地位，在整個中國文學史上也有較大影響。後人對他的詩有較高評價，如我國現代著名史學家陳垣先生在他的《元西域人華化考》一書中說：「薩都剌之後，回教詩人首推丁鶴年。」

丁鶴年有四卷詩流傳至今，《海巢集》、《哀思集》、《方外集》、《續集》。鶴年詩集存詩三百首左右，喪亂詩居十之三四，是精華所在。《元詩選》編者戴良謂其詩「措辭命意多出杜子美」。並用清人趙翼《題元遺山集》詩句評其詩。當然丁詩並無杜詩沉鬱渾厚之氣韻；轉擬晚唐諸人，則又不如彼之纖細孱弱，因其深得中土文化精髓，又有本人之特殊際遇與民族血統。遂形成其特殊風格。這與如元好問學杜又有其切身感受有相似之處，同樣是所謂「國家不幸詩家幸，賦到滄桑句便工」。

如其《歲晏百憂集》二首：

歲晏百憂集，獨坐彈鳴琴。琴聲久不諧，何以怡我心。
拂衣出門去，荊棘當道深。還歸茅屋底，抱膝〈梁父吟〉。
歲晏百憂集，擊節發商歌。商歌未終調，淚下如懸河。
故鄉渺何許，北斗南嵯峨。有家不可歸，無家將奈何。

又如《兵後還武昌二首》云：

避亂移家大海隈，楚雲湘月首頻回。歸期實誤王孫草，遠信虛憑驛使梅。天地無情時屢改，江山有待我重來。白頭哀怨知多少，欲賦慚無庾信才。
亂後還家兩鬢蒼，物情人事總堪傷。西風古塚遊狐兔，落日荒郊臥虎狼。五柳久非陶令宅，百花今豈杜陵莊。舊游回首都成夢，獨數殘更坐夜長。

風格與用典皆近於杜少陵，再如〈送人歸故園〉中寫道：

故國聞道已休兵，客裡哪堪送客行。
老去別懷殊作惡，亂餘歸計倍關情。
孤村月落群雞叫，絕塞天清一雁橫。
到日所親如見問，浪遊江湖負平生。

抒發了他有志難酬的苦悶心情，表現出他關心祖國命運的思想。

〈寄胡敬文縣尹〉（胡遂初真人海上漕舟北還，得應奉兄書云：湖廣親朋，兵後僅二公寄以詩。）云：

湖北衣冠藹士林，十年兵革盡消沉。
昆岡火後餘雙璧，錦裡書回抵萬金。
鳧舄趨朝天闕近，〈霓裳〉度曲月宮深。
誰知海上垂綸者，去國長懸萬里心。

《自詠十律》其一、二、三云：

長淮橫潰禍非輕，坐見中流砥柱傾。
太守九江先效死，諸公四海尚偷生。
風雲意氣慚豪傑，雨露恩榮負聖明。
一望神州一搔首，天南天北若為情。

腐儒避地海東偏，鳳曆頒春下九天。
再拜帝堯新正朔，永懷神禹舊山川。
廟堂久托君臣契，藩閫兼操將相權。
只在忠良勤翊戴，萬方行睹至元年。

一夜西風到海濱，樓船東出海揚塵。
生慚黃歇三千客，死慕田橫五百人。
紀歲自應書甲子，朝元誰共守庚申。

悲歌撫罷龍泉劍，獨立蒼茫望北辰。

此類作品，處處感受杜甫的影子。

丁鶴年的詩風格獨特，善於「畫龍點睛」，即往往在最後兩句中，抒發其思想感情，使主題得以深化，以達到發人深思的目的。如〈登北固山多景樓〉詩：

風月無邊地，乾坤有此樓。
城隨山北固，潮蹴海西流。
眼界寬三島，胸襟溢九州。
階前遺恨石，誰複話安劉？

前六句描寫登北固山多景樓所見景色及感受，而最後兩句卻通過憑弔歷史遺跡，表達出他對國家命運的關心，譴責元朝政府的腐敗無能。

丁鶴年的這種憂國憂民的思想，一方面是當時社會矛盾日趨尖銳後，正直的文士對國家人民命運的關心的產物，另一方面也是詩人繼承了《詩經》以來中國詩歌的「比興」、「美刺」的傳統，並在當時的具體社會環境中加以張揚的結果。作為元代徙居中原，學習漢文化並運用漢文進行寫作的少數民族詩人之一，丁鶴年以他的創作確鑿地表明：詩歌創作應當反映社會現實生活，必須關心民眾疾苦。可以毫不誇張地說，丁鶴年的這類作品反映了其創作的主體價值取向，奠定了他在元明詩壇，尤其是中國少數民族詩壇上的地位，使他和他的詩，經元、明、清乃至今天，讚譽之聲經久不衰。

貫雲石（1286-1324），本名小雲石海涯，號酸齋，又號蘆花道人，畏吾爾族著名作家，以散曲著稱，詩風豪邁，主要學習李白，但也有一些創作顯然學習杜甫。如〈岳陽樓〉詩首聯：「西風催我登斯樓，劍光影動乾坤浮。」顯然用杜甫〈登岳陽樓〉詩「乾坤日夜浮」原句。

朝鮮族散曲作家李齊賢〈洞仙歌・杜子美草堂〉曰：

> 百花潭上，但荒煙秋草。猶想君家屋烏好。記當年，遠道華髮歸來，妻子冷，短褐天吳顛倒。卜居少塵事，留得囊錢，買酒尋花被春惱。造物亦何心，枉了賢才，長羈旅、浪生虛老。卻不解消磨盡詩名，百代下，令人暗傷懷抱。

「朝鮮高麗時期，隨著漢文學的進一步普及，杜詩在其思想性和藝術性兩大方面都成為了高麗文人學詩寫詩的重要典範。高麗文人學杜詩不僅學其精湛的詩藝法度，而且還注重考究其審美把握和營造意象的門徑。從而，各種版本的杜甫詩集和注疏杜詩的工作應運而生。在這種氛圍中，杜甫偉大的現實主義創作精神和藝術手法影響了整整一代高麗人。」[10]

韓國學者對此也不乏論述[11]，其中全英蘭〈杜詩對高麗、朝鮮文壇之影響〉一文「從兩個方面考察了杜詩對高麗、朝鮮文壇的影響。第一個方面是就高麗、朝鮮所刊行之杜詩著作而考察杜詩的影響；第二個方面是根據高麗、朝鮮的詩話書而考察其影

[10] 李岩《朝鮮高麗時期文學中的杜詩》中央民族大學學報2002年3期。

[11] 如（韓國）李丙疇〈杜甫詩對朝鮮文學的影響〉，《杜甫研究學刊》1992年3期；（韓國）全英蘭〈杜詩對高麗、朝鮮文壇之影響〉《杜甫研究學刊》2003年1期。

響。高麗文壇的主流文風雖然是以東坡為中心的宋代詩文，但也有復刻的杜詩書，當時文人對杜詩的評價也很高。到了朝鮮時代，在王室宣導之下編輯了杜詩注本，接著翻譯了杜詩。因此朝鮮詩話書上也很多有關杜詩的記錄。」其文主要從詩話角度考察朝鮮文人對杜詩的理解和評價，以及杜詩對朝鮮文壇的影響，具有積極的意義。

元代還有著名的西域學者兼詩人辛文房，約生活於至元、大德年間，居於豫章（今江西南昌）。作為西域進入中原人士，他酷愛唐詩，自謂「遐想高情，身服斯道。」[12]雖然其詩散佚殆盡，但所著之《唐才子傳》卻堪稱唐詩研究之不朽力作。該書記載了397位元唐五代詩人傳記並做評價，其中，杜甫傳評曰：「觀李杜二公，……語語王霸，褒貶得失。忠孝之心，驚動千古。騷雅之妙，雙振當時，兼眾善於無今，集大成於往作，歷世之下，想見風塵。……昔謂杜之典重，李之飄逸，神聖之際二公造焉。」表現出對詩聖的無限景仰。也標誌著元代少數民族作家學杜達到高峰。

三、明清時期少數民族詩人學杜概況

由於特定歷史環境，明代鑒於記載的少數民族詩人相對不多，但不乏學杜之作。尤其在西南地區，比較集中。

首先比較突出的是壯族詩人群，壯族地區與中原文化接觸交流歷史比較久遠，從先秦開始，歷代皆有漢族文人前往南方壯族

---

[12] （元）辛文房著，傅璇琮主編《唐才子傳校箋・引》中華書局2000年版，1頁。

地區，傳播漢族傳統文化，而杜甫自然是其學習的重點，如學者們所指出：廣西壯族文人「普遍受到杜甫思想及作詩技法影響，深言憂患意識」[13]，而且在杜甫接受史上還十分可喜地「出現了文學性與審美因素方面的變化。他們一般不僅接受和肯定杜詩的思想價值、藝術價值和審美價值，並且還把杜甫的詩歌思想和審美藝術視為他們學習的重要摹本和規範，「詩法少陵」[14]。因此，在清代壯族詩人中，學習杜詩成了一種文化時尚。出現了一大批學杜有成的詩人。鄭獻甫、張鵬展、劉定逌、黎建三、韋豐華等著名詩人都很大程度地受到杜甫的影響，也學習杜甫和杜詩。

壯族詩人王桐鄉（1420-1505），海南臨高人，深受儒學影響，關心民瘼。有《王桐鄉詩三百首》，其〈縱橫虎短歌〉詩，對當時以人飼虎的惡俗進行批判。詩歌題目及首句皆化用杜甫「人今罷病虎縱橫」而來，悲憤填膺。詩云：「縱橫虎，罷病幾家遭虎苦。食了兒孫食父母。」

壯族詩人以各種形式表達他們對杜甫的仰慕、學習和借鑒，其例不勝枚舉。雍正年間的劉新翰「五律學杜」，仿杜詩而作《秋興》八首[15]，黃煥中已有〈秋興八首用杜詩原韻〉來感懷、紀實，李彥弼〈翱乎寥陽之清政和七載丁酉七日上浣日〉云「文英子建聲華煊，少陵嘗詠波瀾闊」[16]，蔣綱〈舟次抒懷〉云「翻

---

[13] 馬學良、梁庭望、張公謹主編《中國少數民族文學史》（下），中央民族學院出版社1992年版，370頁。

[14] （清）汪森編，黃盛陸等點校《粵西文載・都槊史蕭淮墓誌銘》廣西人民出版社1990年版。

[15] （清）梁章鉅：《三管詩話》，蔣凡校注，廣西人民出版社1996年版，104頁。

[16] （清）紀昀主編《文淵閣四庫全書》，臺灣商務印書館1982年版，1465-69頁。

同老杜別無家」[17]，韋豐華〈今是山房吟餘瑣記〉曰：「老杜之所以冠絕古今者，有真性情故也。」張鵬展的〈《帶江園詩草》題詞〉認為「杜少陵一生忠愛，發於天性，亦由抱負使然」鄭獻甫的〈觀伎人舞刀戲〉顯然從杜甫〈觀公孫大娘弟子舞劍器行〉得到啟發而又有所借鑒和變化。

王紅先後發表〈跨民族中的創新：清代廣西壯人對杜詩的接受研究〉[18]，《整合與創新：清代廣西壯人接受杜詩的變異學研究》，[19]對清代廣西壯族詩人自覺接受學習杜甫的過程及概況作過較為深入地論述。指出：「壯族文人一方面廣採博納杜詩，一方面又對杜詩加以發展，以本民族的文化特質與地域精神對其整合創新；也就是說壯族文人對杜詩並不是簡單的複製與摹仿，而是富有創新性的進一步發展，這個發展對整個中華民族來說，無疑是一種融合性的推動。」確如其言，這在少數民族作家學杜方面可以說具有較為普遍的積極意義。

白族詩人趙輝璧（1787-？）字蘭完，號蒼岩居士，雲南洱源鳳羽人，存〈古香書屋詩抄〉，詩歌內容較為廣泛，也反映出對傳統文化的繼承。稱讚杜甫「鯨魚擎滄海，鸞鳳遊大荒；巨浪動坤軸，高駕排天閶。」表現出對杜甫的景仰，在評介陸游時，也讚其對杜甫精神的傳承，「少陵歌後誰知己？南渡英雄此一人。」[20]

---

[17] （清）梁章鉅：《三管詩話》，蔣凡校注，廣西人民出版社1996年版，93頁。

[18] 王紅〈跨民族中的創新：清代廣西壯人對杜詩的接受研究〉載《民族文學研究》2007年，第01期。

[19] 王紅〈整合與創新：清代廣西壯人接受杜詩的變異學研究〉，載《中央民族大學學報》2006年5期。

[20] 轉引自馬學良、梁庭望、張公謹主編《中國少數民族文學史》，中央民族學院出版社1992年版，第345頁。

趙廷樞，清代大理地區白族詩人，「白族趙氏作家群」代表人物，有詩集《所園詩集》四卷，現存詩505首，曾任江西省安福縣、萍鄉縣縣令，後因事免職。其詩歌作品內容廣泛，多有摹寫自然山水製作，又以之透出其個性與風格，如其〈登蒼山中和峰〉，在景物鋪敘中又以群臣拜見君王來比喻形容群峰環繞蒼山主峰中和峰的壯闊景象，氣勢恢宏，尉為壯觀，清人袁文揆〈滇南詩略〉評為：「氣體蒼渾，波瀾壯闊，風格自近少陵。」[21]

其〈攜徐曙東遊九鼎寺〉：「振策尋招提，松徑羊腸繞。落落九鼎山，疊翠塵目嗦。高嶺獨岩曉，旁峰亦窈窕。琳宮聚蜂房，聳峙青冥表。鑿崖嵌層樓，標閣凌飛鳥。小憩雨花臺，仰娣窮幽吵。大空怪石撐，羅細孤雲嫋。頗饒結構奇，不厭丘壑小。日夕卜山來，回看青未了。」詩人偕同好友徐曙東一起遊覽九鼎，山中的寺廟，寫出了山的巍峨、雄奇、俊秀的特點。詩篇的末尾「日夕卜山來，回看青未了」，「化用了杜甫詩句，自然有風味」。[22]

還需特別提到的是清代閩中回族詩人薩玉衡，據《清史稿本傳》記載：薩玉衡，字檀河，福建閩縣人，乾隆五十一年舉人，曾官陝西洵陽知縣。有詩集《白華樓詩鈔》。關於其文學成就過去研究較少，寧夏大學學報1988年1期曾有袁宗一的〈論回族詩人薩玉衡〉有初步探討，可以參考。薩玉衡，著述甚多，但除《白華樓詩鈔》四卷外均遺失不傳，其詩題材豐富，體裁多樣，尤長於七律，其創作廣泛吸取前代文學精髓，特別自覺繼承杜甫詩，意在表達其對杜甫的精神相通，其〈兗州城樓故址次杜韻〉即步杜甫〈登兗州城樓〉原韻而作：詩云：「滿目紛多感，吾生

---

[21] （清）袁文揆輯《國朝滇南詩略》卷21，清嘉慶年間刊印。

[22] 周錦國《趙廷樞及其所園詩集》，大理學院學報，2008，3期。

愧遂初。一年過東兗，雙劍自南徐。作賦思文考，分封想漢餘。杜翁臨眺處，懷古益躊躇。」

正如袁宗一先生所論：「薩玉衡對杜甫不只是崇拜，而是深深地理解」[23]，這特別可以從其〈自奉先歷彭衙邠鄜誦少陵詩各繫一絕句〉感受到，詩人沿著杜甫當年的行跡，結合自己的遭際去體會杜甫的心境。

其一：率府狂歌老，胡然南縣來。平生饑溺意，十口訴人哀。

其二：喜見故人孫，來依舅氏門。高齋定何處，剪紙與招魂。

其三：鳳翔徒步回，邠郊地最下。足繭愁荒山。且借特進馬。

其四：喪亂山川客，蒼茫八月歸。邨看西日落，淚進北征衣。

再如侗族詩人楊廷芳「詩人在《鴻嗷遺音》中真實而生動具體地反映了封建統治階級壓迫剝削給勞苦大眾帶來的深度疾苦，對貧苦農民和窮苦知識份子寄予無限同情，詩歌的人民性特色十分鮮明。從〈逃難〉、〈難中度日〉、〈行乞〉、〈遭難以來〉諸首可見一斑。

〈應差糧〉一詩深刻揭露了封建統治階級不顧老百姓飽受兵災流亡之苦，不管百姓死活，無情地徵兵差役征糧的罪惡：

饑寒輾轉歎流亡，欲保餘生返故鄉。
草舍未完預召役，荒田初辟便征糧。
請工計食愁難補，貸種衍期愧未償。
勤動終年仍自苦，幾時身世得安康？

從《鴻嗷遺音》中我們可以看到清代咸豐同治年間貴州古州

23　袁宗一《論回族詩人薩玉衡》《寧夏大學學報》1988年1期。

廳地域一部真實、生動、具體的軍事史和社會史，詩集有較高文學欣賞價值和史學價值。

《逃難》：

井裡丘墟付虎狼，餘生逃出竄他鄉。
夫妻自顧難兼顧，父子同方忽異方。
老幼倚門悲乞丐，饑寒終日歎流亡。
當年無限膏粱胄，餓殍沿途更可傷。

《行乞》：

從來行乞最難言，況屬良家益可憐。
饑火起來顏覺厚，啼兒苦促刻難延。
晨昏托鉢腸幾斷，餔啜殘羹涕暗漣。
多少豪門空咄悴，徒教見食但垂涎。

當代學者認為「詩人字裡行間對苦難同胞的同情心多麼真切感人，這幾首詩似有詩聖杜甫〈三吏〉、〈三別〉一樣的教化效果。」[24]可謂知言。

直到晚清時期，四川羌族才子董湘琴應邀由灌縣（今都江堰）赴松潘，創作著名的〈松遊小唱〉，在其序中中詩人寫道：描寫沿途風景感受，以五七言詩賦之，而不顧忌裁對，「信口狂吟，自鳴天籟，音之高下，句之短長，在所不計」，[25]在隨意點

---

[24] 邱宗功《清代侗族詩人楊廷芳的詩歌創作》《民族文學研究》1997年4期。

[25] （清）董湘琴著 張宗品 張文忠畫《松遊小唱》四川美術出版社，2004年版。

綴中，三次提到杜甫及其詩歌，如寫羊店飛沙風「揚塵撲面，吹平李賀山，杜陵茅屋怎經卷？」（32頁）寫雁門關「邊氣鬱蕭森，江間波浪兼天滾。……明妃出塞最消魂，青塚黃昏」（58頁）「長途感慨多，無端悵觸，又不是李白夜郎，坡仙海隩，杜陵憂國，宋玉坎坷。」（72頁）可見這種影響之深遠，已經直接與現代文學接軌，啟迪著詩歌語言及形式的創新。

餘論：綜觀歷代少數民族詩人學杜歷程，可以看出杜甫詩歌的巨大影響，各族詩人學杜特別注重對杜甫精神的繼承。杜甫之所以成為中國最偉大的詩人，其最突出的特徵是其對國家民族的深切關注，這是後代各族詩人學習繼承的重要原因，少數民族作家也在這方面取得突出成就，而元稹和元好問堪稱這方面的傑出代表。除了思想內容的繼承和相通之外，形式方面的借鑒也是少數民族詩人學習杜甫的重要表現。前面所述的詩人中大多均在藝術形式上有所借鑒，如元稹的新樂府，元好問、薩玉衡的七律等，都與學杜有關，更有很多詩人在其作品中，往往以杜甫自喻，或大量化用杜甫詩句，表現出對杜詩的熟悉和喜愛。杜甫廣泛學習和吸收各族文化，集人類精神文明和藝術之大成，沾溉後世，也被各族詩人廣為接受，這一過程，從一個方面反映中華文化的博大精深，也反映出各族文化交流融合對於中華文化發展流傳的重要意義。

杜甫與道家及道教關係再探討
——兼與鍾來因先生商榷

由唐宋迄於明清，杜詩的價值愈見重視，杜甫的聲譽日趨卓著，最終確立了「詩聖」不可撼動的崇高地位。

與此同時，一種對杜甫認識理解的人為純淨化也隨之而生，並甚為突出。論及杜甫思想，往往扣住「奉儒守官」的傳統，極力宣揚其「每飯不忘君」，而對於儒學之外的其他成分，與聖哲不盡合諧的聲音一概視而不見，或曲為附會，以為此類皆為異端，恐汙詩聖皎潔。似乎杜甫的思想自始至終單純一致，別無他念，亦無變化。這種認識上的偏差導致世人對詩聖形象的圖解：神情莊重，面容枯槁，舉止循規蹈矩，終日憂心忡忡。拈鬚苦吟之狀令人敬而畏之，難以攀近。這也直接妨礙著新的時代環境下對杜甫精神的學習借鑒、弘揚光大。因此，全面深入理解杜甫思想是杜甫研究的一個重要課題。

本文探討杜甫與道家道教之關係，旨在從一個側面說明杜甫思想的豐富性。作為中國歷史上最偉大詩人之一，杜甫精神與詩歌成就都具有「集大成」的特點，其詩藝「憲章漢魏、而取材六朝、至其自得其妙」，渾涵汪茫、千匯萬狀；其感情深沉而多彩，執著又率真，喜笑由衷，痛飲狂歌；其思想博大精深，本於儒家仁義，而兼取釋老精魄，大凡中國傳統文化優秀理想道德因素，在大唐帝國由盛到衰特定歷史轉折條件下凝聚成獨具個性的杜甫精神與人格。

關於杜甫與道家道教之關係，學界存在著較大的分歧。一種是傳統的觀點，影響甚大，有代表性者如蕭滌非先生《杜甫研究》所指出，「道家和佛家的思想在杜甫思想領域中並不占什麼地位，……在他的頭腦中，佛道思想只如『曇花一現』似的瞬息即逝。」[1]馮至先生《杜甫傳》亦稱「（杜甫）王屋山、東蒙山的求仙訪道是暫時受了李白的影響」。[2]

另一種觀點則以郭沫若先生為代表。其著〈李白與杜甫・杜甫的宗教信仰〉中專門反駁蕭、馮之說，認為「杜甫對於道教有很深厚的因緣，他雖然不曾像李白那樣，領受《道籙》成為真正的道士，但他信仰的虔誠卻有過之而無不及。他的求仙訪道的志願，對於丹砂和靈芝的迷信，由壯而老，與年俱進，至死不衰。無論怎麼說，萬萬不能認為『暫時受了李白的影響』，有如『曇花一現』的。」[3]

對比兩派說法，分歧焦點不在於杜甫頭腦中是否存在過某些道德觀念意識，而在於這種意識的深厚持續程度。即到底是暫時受李白影響，「一時的熱情衝動」呢？還是持續終生，甚至超過李白篤信不悟。

由於《李白與杜甫》產生於特定時代背景下，立論多有偏頗，故而頗遭非議，有關杜甫與道教關係的意見也較少為人認同。但平心而論，剔除郭氏書中明顯帶有時代與個人色彩的偏激之詞，其意見亦並非毫無可取之處。郭老認為杜甫通道至死不衰、超過身為道士的李白這一說法固然還可商榷，但由此所表現出的不拘於表面形式而著眼於內在實質的獨特視角卻是值得肯定

---

[1] 蕭滌非《杜甫研究》，山東人民出版社，1959年，50頁。

[2] 馮至《杜甫傳》，人民文學出版社1952年，41頁。

[3] 郭沫若《李白與杜甫》，人民文學出版社，1971年，181頁。

的。在李杜研究方面多有這類令人費解而又習以為常的現象，比如二人同樣酷嗜美酒，然而後世往往津津樂道於杜甫所稱「李白斗酒詩百篇」，以詩仙為酒仙，而詩聖杜甫則很難進入著名酒徒之列。而在對道教關係上也同樣如此。人們從不懷疑李白頭腦中的道教信仰，也很少注意他最後是否清醒，這大概是因其領受道籙，成了「名符其實」的道士吧！基於這一思維定式，杜甫只是短暫地求仙訪道，在行動上沒有李白那樣激烈狂熱，因「苦乏大藥資」也並無真正的煉丹實踐。尤其是沒有受籙之舉，故而其思想深處道家成分如何也就被忽略不計或完全否認了。

正由於此，我們認為郭沫若的基本觀點即認為杜甫對於道教有很深厚的因緣，不是暫時受李白影響，有如曇花一現，而是由壯到老、與年俱進、至死不衰，這在一定程度上是可以成立的。它有著相當的事實依據，不能簡單否定。郭老當年為了證明其說，列舉了大量證據，說明杜甫在早年與李白相識之前即已有仙道之志，離開李白之後，某些仙道之念仍不時縈繫於心，直至臨終。

如果說尚有可議者，郭老未及將道教成分作具體分析，籠統地視作迷信，也未將其與老莊道家思想作區別，並指出其在杜甫不同生活階段的消長，以及對豐富杜甫思想的積極影響。可以說是時代的局限。其後曹慕樊先生對此有所補正，指出「道家應分別先秦道家和漢以後道家，杜甫的道家思想中兩種因素都有，漢以後道家有許多派別，比如玄言、服食、外丹、內丹、神仙等派，杜甫是相信服食的。所以常提葛洪、嵇康、對神仙派他不大信。」[4]（《杜詩雜說》）曹先生同時還肯定了老莊思想對於杜

---

[4] 曹慕樊《杜詩雜說》，四川人民出版社，1981年，37頁。

甫性格「真」與「放」的良好影響，更趨具體客觀。

但是，學術界對郭沫若的觀點大多持否定態度。在這類文章中，鍾來因先生〈再論杜甫與道教〉一文，自稱「就郭先生全部論據作駁論」[5]，闡述己見，在否定性意見中具有相當的代表性。

鍾先生將郭沫若提出的全部論據歸納為五個方面的問題進行反駁。一、杜甫求仙訪道，是否受李白影響；二、關於《三大禮賦》；三、關於〈冬日洛城北謁玄元皇帝廟〉；四、關於〈前殿中侍御史柳公紫微仙閣畫太乙天尊圖文〉；五、關於丹砂、葛洪、蓬萊及其他。條分縷析，不乏創見。倘能破之有據，則無異釜底抽薪，郭說自然難立。但細讀之後，卻感時有牽強，未能信服。故亦特就所列五題略申管見。就教於鍾先生等方家。其中第一問題為杜李相識前之論據，二至五則為杜與李別後之論據。下面試分別論之。（有關〈前殿中侍御史柳公紫微仙閣畫太乙天尊圖文〉另作專文探討，故此處不予論述。）

一、與李白相識之前杜甫是否已有仙道之願？

郭沫若認為杜甫思想中道教因緣很深，早在與李白相遇之前即已有求仙訪道的意願，並非「暫時」受李白影響。這個論述十分明確，強調相遇之前即已存在，並未涉及李白影響問題，二者之間也就並無矛盾。李杜相識可以使已有的仙道之願更為強烈，尤如催化劑作用，促其化為行動。因此應該說受李白影響是杜甫求仙訪道的重要原因，但不是全部和唯一原因。更不是暫時的影

5 鍾來因〈再論杜甫與道教〉《首都師大學報》1995年3期。

響。所以郭老又指出：「如果一定要說受了影響，那倒可以更正確地說：李白和杜甫的求仙訪道，都是受了時代的影響。」在朝廷高度重道的情況下，整個士大夫階層都不能不受時代思潮的影響。「即使不是出於信仰的虔誠，你也非歌頌道教不可。」應是較合實際的。

鍾先生的文章首先列出第一個論題是「杜甫求仙訪道是否受李白影響」，具體反駁的卻是郭沫若認為杜甫早已有仙道志願的觀點和論據。指出：「傳統意見認為：杜甫的求仙訪道是受李白的影響，完全是事實，郭沫若所舉的相反的例證是無法成立的。」從而將二者完全對立起來。但文中同時也指出，早年以奉儒守官為主導思想的杜甫「受時代的影響，杜甫也有求仙訪道的雄心，具體來講，杜甫的求仙訪道，受李白的影響更大。」這其實與郭說無大差異，因而其反駁郭沫若有關杜甫與李白相識之前有仙道志願的根據也就難以自圓。

讓我們還是具體來看看這類論據吧：

其一，杜甫〈壯遊〉詩云：「東下姑蘇台，已具浮海航。到今有遺恨，不得窮扶桑。」

郭沫若解為杜甫20歲時「南游吳越，已準備浮海，去尋海上仙山——扶桑三島。這願望沒有具體實現，直到晚年還視為『遺恨』。」鍾先生則稱「這裡杜甫只是以『扶桑』作文學典故用，表明自己的壯遊之雄心，並無半點道教迷信成分。」

細研二說，感覺皆不盡如人意，前說過於拘泥，未免太實，後說完全抹去道教色彩，又顯得虛泛。「扶桑」自然是文學典故，但杜甫用之真的就毫無仙境之意麼？我們不妨採用以杜解杜之法，另求參證。杜甫晚年在潭州曾作〈幽人〉詩，其中有句云；

> 往與惠詢輩，中年滄州期，天高無消息，棄我忽若遺。……洪濤隱笑語、鼓枻蓬萊池。崔嵬扶桑日，照耀珊瑚枝。風帆倚翠蓋，暮把東皇衣。

鍾惺評此詩為「絕妙遊仙詩」。其與〈壯遊〉中數句悵恨之意相近，並在慨歎之餘更摻入海上仙境美妙遐想。稍加比較即可看出兩處詩中「扶桑」並非毫無關連。

杜甫又有〈卜居〉詩云：「歸羡遼東鶴，吟同楚執珪。未成游碧海，著處覓丹梯。」以「碧海」與「丹梯」相對。仇注引《十洲記》：「扶桑之東有碧海。」詩意似亦與「不得窮扶桑」相關，均見其早年遊仙之意。

再通覽〈壯遊〉詩中所敘早年行程：「渡浙想秦皇」、「剡溪蘊秀異，欲罷不能忘。」「歸帆拂天姥」諸境，讓人極易聯想到孟浩然、李白、孔巢父及「竹溪六逸」等人之遊蹤。誰又能肯定杜甫此行只是單純的漫遊呢？陳貽焮先生《杜甫評傳》指出：「他（杜甫）的學道和漫遊是出了名的了」。正由於此，多年不見的友人韋濟特意向人打聽杜甫近況，開口即問：「青囊仍隱逸、章甫尚西東？」（《奉寄河南韋尹丈人》）關心他是仍在隱逸學道，還是在到處漫遊。而杜甫的回答則是「濁酒尋陶令，丹砂訪葛洪。江湖漂短褐，霜雪滿飛蓬。牢落乾坤大，周流道術空。謬慚知薊子，真怯笑揚雄。」可見杜甫早年的生活中，隱逸、煉丹、學仙與漫遊、干謁等本自時相糾合，難以全然區分，又都一事無成。既如此，又怎能斷然判定杜甫壯遊途中，登姑蘇台而望海興歎，不會生發尋仙扶桑之念呢？

其二，郭沫若還從杜甫早年有限詩作中指出〈題張氏隱居二首〉之一、〈巳上人茅齋〉、〈臨邑苦雨、黃河氾濫〉等三首詩，認為其中都含孕著道家的氣息。鍾文對此一一提出相反意見。我們不妨再略作辯析。

關於〈巳上人茅齋〉詩，鍾先生認為「只與佛家有關」，因「杜甫筆下的『巳公』是佛教而非道士」。其說有一定道理，但似乎只限對題目的理解。細揣末聯云：「空忝許詢輩，難酬支遁詞，」不難感受到同時存在的另一種氣息。仇注曰；「末以許詢自比，以支遁比巳公。」許詢為東晉著名玄言詩人，曾為道士，隱居永興，遍遊名山，採藥服食。又精於名理、善論難，與支遁辯論，轟動一時。此處用以自比，可見當與僧道皆有關係。

鍾先生又稱引〈臨邑苦雨，黃河氾濫〉末尾用《列子》「釣巨鼇」之典只是「文學上的誇張」；〈題張氏隱居〉「只是一般的歌頌隱士。」詩末「乘興杳然迷出處，對君疑是泛虛舟」，適用《莊子》之典來表達對隱居深山的嚮往。其實這類意見與郭說並無本質差異。根據文學創作之規律，作品主題多有複雜性、不確認性以及語辭兼有多義等性質，理解小有差異實屬自然，從對隱居生活的頌揚中看到道家氣息也無大錯了。

其實，杜甫在認識李白之前有無仙道之想，在其最早一首〈贈李白〉詩中已說得明白不過。

二年客東都，所歷厭機巧。
野人對腥羶，蔬食常不飽。
豈無青精飯，使我顏色好？
苦乏大藥資，山林跡如掃。
李侯金閨彥，脫身事幽討。
亦有梁宋游，方期拾瑤草。

全詩十二句，分上下兩章，前八句自敘，後四句贈李，層次分明，邏輯嚴密。遇李白之前，久客東都，深感世風機巧，格格不入，避世訪道之念油然而生。既思「青精飯」（鍾文亦稱之為「道士專利品」），又欲求大藥，苦於資金匱乏，彷徨無奈。故仇注云：「歎避世引年之無術也。」此時的志願與苦悶皆與李白無關，而正在無計可施之時，恰與「脫身事幽討」的李白相遇。相見恨晚，一拍即合，遂促成其事。一個「亦」字，並非杜甫單方面亦步亦趨，而是雙方不謀而合，相傍成行。敘述如此清晰，可見這種求仙訪道之志早已蘊藏於心，怎能將其僅僅歸結於與李白相識後受其影響，而且還只是「暫時」呢？

二、杜甫離別李白後是否再無仙道之想？

郭沫若列舉了大量的論據來說明杜甫與李白分別之後，仙道之念時有顯現，直至臨終。鍾先生對此另作解釋，得出相反之論，稱這類作品中不僅沒有道教意識，而且表現了對道教的「譏諷意思」。「反對道教的字句，證明了杜甫堅定的儒家思想。」甚至剝開其道家語的外衣，「其憂國憂民之偉大情懷至今讀了還感人呢。」

在此，有必要再作具體剖析。

（一）、關於《三大禮賦》

要確切把握《三大禮賦》之內涵及性質，不能不對其寫作緣由與背景先有所瞭解。《通鑒》記玄宗朝獻太清宮、朝享太廟、合祭天地於南郊三大禮在天寶十載春。直接起因是天寶九載冬十月太白山人王玄翼上言，謂「見玄元皇帝（老子）言寶仙洞有妙寶真符」。玄宗派刑部尚書張均等往求而得之。更深緣由則是皇帝自身好道。如《通鑒》所載。「時上祟道教，故所在爭言符端，群臣表賀無虛月。李林甫等皆請舍宅為觀，以祝聖壽，上悅。」

由此可見，所謂三大禮本身就是一個規模宏大的崇道儀式。而杜甫加入這朝賀之列更有其特殊的原因。正值四處干謁無果，走投無路之際，唯有投匭獻賦、企求聖恩一法。投獻時機亦精心選擇，或許還曾請老熟人張垍兄弟幕後出謀劃策[6]。其目的十分明確，孤注一擲，打動人主、博取青睞，求得功名。這一切都為賦作內容定下基調，只能是順其所願，投其所好。不可能大唱反調。事實上也確是如此，〈朝獻太清宮賦〉一開始便稱：「冬十有一月，天子即納處士之議……」通篇順迎聖意。所以朱東潤先生論及該賦成功的原因時指出；「主要還是由於他的盡力歌頌，不但歌頌了玄宗，而且歌頌了當時的權要，不表示絲毫的憤懣。」[7]正由於此，郭沫若先生直言杜甫「作賦的靈感是從騙子道士太白山人王玄翼那裡得來的。」可謂一語中的，抓住了理解其意的關鍵。

遺憾的是，同其他不少的「杜甫研究家似乎把這事完全丟在腦後」一樣，鍾文也完全迴避了杜甫獻賦的直接緣由，進而否認其中有頌揚道教的成分，稱其主旨是「以堅定的儒家思想反對唐玄宗崇道迷信。」實在讓人感到有些不可思議。寫作目的雖不能完全決定內容，但很難想像此時正「誠惶誠恐」的杜甫，既為生計而獻賦，不去順其所好，反而迕逆聖意，譏諷聖道，自找禍端，而篤信道教、興致正高的唐玄宗讀之還會龍顏大悅，廢食相

---

[6] 參陳貽焮《杜甫評傳》，上海古籍出版社，1982年，174頁。

[7] 朱東潤《杜甫敘論》，人民文學出版社，1983年，23頁。

召，「命宰相試文章」。

作為獻給皇帝之文，自然要頌揚皇朝勳業，故《朝獻太清宮賦》中間有兩段代皇帝立言、簡括魏晉至唐由紛爭而統一的歷史，「茲火土之相生，非符籙之備及」，謂唐以土德繼火，相生而致太平。此處既沿襲陰陽五行之說，又有否定符讖之意。這與崇奉道教並不矛盾，宗教本身也是要為政治服務的。而且杜甫亦偏於先秦老莊及丹砂服食派，不太信符籙。文中隨後極力渲染老君下臨盛狀，洞宮儼然，祥雲下垂，虹霓環繞，鳳凰威遲，鯨魚屈矯，天子恭迎。可謂集聖德與仙道於一體。如仇注所評：「此言唐興致治，畢集禎符，見神靈之宜降。」切合唐玄宗頂禮膜拜玄元聖祖、祈求長生、永享鴻祚之心態，也正為「所在爭言符瑞，群臣表賀無虛月」的藝術寫照，再加文采燦然，打動人主也就不足為怪。

〈朝獻太清宮賦〉還寫「天師張道陵等」率道士代為答辭，鍾文認為郭沫若在此又搞錯了，將法官道士誤作漢代道教創始人張道陵。實際上郭著中只是引用這幾個字眼而已，特意加的引號可以說明，並無張冠李戴之意。杜甫以道士張道陵作為道教徒代表。賦中「列聖有差，夫子聞斯於老氏」，既是前代文獻記載之轉述，也是唐代統治者心目中「玄元皇帝」與「文宣王」不同等級的實錄。無論杜甫心中真正作何評價，孔聖之徒在此確已自降一等。不能排除諂媚之嫌。

類似於此極力頌揚玄元聖祖之辭，在《三大禮賦》中隨處可見，如〈有事於南郊賦〉中鋪寫唐朝正統時追本溯源：「伏惟道祖……協夫貽孫以降，使之造命更挈，累聖昭洗……」仇注曰：「此追原聖祖為發祥之本。」可見其迎合帝意，說明唐之國祚乃聖祖所賜。

當然，《三大禮賦》本身又是矛盾的統一體，也並非如郭沫若先生所說的單純崇道，而是雜糅儒道之念。其中不乏維護皇權正統，繼承先祖遺業、宣揚孝道，以及譏諷符讖，方士淫祀等內容，但綜觀三賦，投合時風與皇帝所好，崇奉道教之傾向是顯而易見，勿須諱言的。

（二）、〈冬日洛城北謁玄元皇帝廟〉

此詩作於天寶八載冬，早於《三大禮賦》，關於其主旨的爭論早在明清時即已展開。傳統的觀點以錢謙益為代表，認為唐玄宗崇道過分，「玄元廟用宗廟之禮，為不經也。」故杜甫作此詩以為諷諫，「一篇諷喻之意，總見於此。」[8]而毛先舒則加以反駁道：

> 此篇錢氏以為皆屬諷刺，不知詩人忠厚為心，況於子美耶。即如明皇失德致亂，子美於〈洞房〉、〈夙昔〉諸作，及〈千秋節有感〉二首，何等含蓄溫和。況玄元致祭立廟，起于唐高祖，歷世沿祀，不始明皇。在洛城廟中，又五聖並列，臣子入謁，宜何如肅將者。且子美後來獻《三大禮賦》，其朝獻太清宮，即老子廟也，賦中竭力鋪張，若先刺後頌，則自相矛盾亦甚矣，子美必不出此也。[9]

其意十分明顯，謂此篇與〈朝獻太清宮賦〉皆為正面頌揚，並無譏諷之意，那些持諷諫說者，本意回護詩聖，謂其儒家思想堅定純粹，不意反使其陷於有失忠厚。當然毛說也仍有迂執之處，但確屬獨具隻眼，故楊倫對之大加讚許：「此論可一空前

8 錢謙益《杜詩錢注》，世界書局印行，民國二十四年，181頁。
9 據（清）仇兆鰲《杜詩詳注》引，第一冊，中華書局，1985年，94頁。

說。」[10]而浦起龍則認為此詩內容和題材的特殊性，存在多方面理解的可能，「錢箋語語指斥，意非不是也。但學者不善會之偏在譏刺一邊看去，則失之遠矣。」[11]並特別指出，「蓋題係朝廷鉅典，體宜頌揚。」由此可見，郭著所說其實不外是毛先舒等人觀點的延續和補充。

而鍾文反駁郭論，依然持諷諫說，謂杜甫「無論如何也忍不住要冷嘲熱諷，於是在詩的結尾和盤托出，並無半點隱瞞。」

兩說主要分歧在於三處不同的理解。

一是詩之第二段有「仙李蟠根大，猗蘭奕葉光，世家遺舊史，道德付今王。」意為當年老子未被採入《史記》世家，而今其學得以弘揚，天子親自注《道德經》。郭老認為這裡譴責了司馬遷，固然話說過了頭，但反過來也看不出詩中對唐玄宗作注有何譏諷之意，看不出玄元皇帝廟的來源滑稽可笑。聯繫上下文意，杜甫對老子及玄宗都是必恭必敬的，這幾句實際上只是推言廟祀由來和老子之道歷史發展過程的客觀記錄，並無別的言外之意。該詩末二句云「身退卑周室，經傳拱漢皇」。《杜臆》解道：「老子見周衰而遠去，文帝傳河上丈人經，崇之以治天下，蓋申讚老子之道，晦於當時而顯於後世。」[12]從時代的變化解釋了老子的前後際遇，正可與此互證。

第二是關於廟中吳道子所繪壁畫，郭沫若認為杜甫大力讚揚，寫其氣象森羅，筆意超妙，這實際上兼含畫中內容、吳道子絕妙筆法及藝術效果。而鐘先生卻從後半「五聖聯龍袞，千官列雁行。冕旒俱秀髮，旌旆盡飛揚」四句中看出譏諷之意，並引錢

[10] （清）楊倫《杜詩鏡詮》卷一，臺灣廣文書局影印本，1979年。

[11] （清）浦起龍《讀杜心解》中華書局，1961年，690頁。

[12] （清）王嗣奭《杜臆》，上海古籍出版社，1983，12頁。

謙益、金聖歎之說證明這是寫其荒唐無稽。

考此句原注曰：「廟有吳道子畫《五聖圖》」。仇兆鰲注引康駢《劇談錄》載：「玄元觀壁上有吳道子畫五聖真容及老子化胡經事，丹青絕妙，古今無比。」均見此畫甚得稱道。既名為《五聖圖》，唐高祖、太宗等崇道著稱的五聖當然要占據畫面主要位置，杜甫在總覽之後，再指出五聖真容略作描述也很自然，所以此數句不過是畫面內容的概敘罷了。金聖歎《杜詩解》指責畫作「聯袞」，則與千官成雁行，君臣無分，又認為五聖應作坐像，「冕旒」本當穆穆皇皇，深坐九重之上，「旌旆」則不免行色匆匆，因而相互矛盾，「一片無理」，「直欲笑殺人」。錢謙益亦認為此二句「近於兒戲」，似乎言之鑿鑿，研讀仔細。卻毫未顧及壁畫藝術創作之背景條件、特點與客觀規律，倘拘於常理，謂「冕旒」、「旌旆」不當同時出現，則相距百年的「五聖」又何嘗「聯袞」而行？但事實上，這類「矛盾」之作在歷代畫中又是屢見不鮮。且為吳道子此壁畫中物，杜詩不過拈其大概寫實罷了。若謂果有諷意，也當是以畫宗教人物擅場的吳道子所為，而吳氏畫中類似之作不少，何以未見談及暗含譏諷，而單單從杜詩數語概敘中發見諷意呢？

還是陳貽焮先生在《杜甫評傳》中說得好：「杜甫早年在江寧見到瓦棺寺顧愷之維摩詰變相到老印象猶新，這次他看了當代藝術大師吳道子的五聖圖和老子化胡變相，備加讚賞，又特意加注點明，可見他對壁畫藝術的愛好。」[13]實是不帶偏見之論。

第三處歧解在詩末數句，所解更是大相徑庭。「谷神如不死，養拙更何鄉？」關鍵是對這個「如」字作何理解，依鍾說：

---

[13] 陳貽焮《杜甫評傳》，上海古籍出版社，1982。

「杜甫用了個假設的問句：如果老子不死，他將在何處隱居呢？他會高興地來到玄元皇帝廟嗎？說過『功成身退、天之道也』的老子，見到唐玄宗如此胡鬧，是會反感之極的。」

我倒以為郭說講作「儼如」之如似更符原意，引老子「谷神不死，是謂玄牝；玄牝之門，是謂天地根」。謂這里加一「如」字，即《論語》中「祭如在，祭神如神在」之意。這可以從兩方面加以補證。一是因為「谷神」本為養護五臟內元神之意，漢河上公注曰：「谷，養也，人能養神則不死也。」仇注謂老子人往而道存，神藏而跡隱，即使人未露面無形無影，其元神儼然若存也無處不在也。此處「何鄉」亦不是「何處」，而是〈莊子・逍遙遊〉「無何有之鄉」的簡稱，即什麼都沒有的空虛之境。這正是「谷」的本義。也符合老子「虛懷深藏若谷」之思想。第二，在歷代道教典籍和唐人心目中，老子本來就是不死的，故而生於殷時，為周柱下史，積八百年，周德衰而乘牛車入大秦，以後於治世屢屢顯靈，唐玄宗時亦顯聖不斷。以之映證其天下太平。此尚可以杜證杜，在稍後所作《朝獻太清宮賦》中，有十分逼真的描繪：「爍聖祖之儲祉，敬雲孫而及此。詔軒轅使合符，敕王喬以視履。」仇注：「此乃頤望神靈，有洋洋如在之意，合符視履，盼其至也。」這是多麼的煞有其事。再寫神靈降靈：

> 則有虹蜺為鉤帶者，入自於東，揭莽蒼，履崆峒，素漠漠，至精濃濃，……裂手中之黑簿，睨堂下之金鐘，……

這又是多麼的活靈活現，不正是谷神「儼如」的最好注腳麼？

（三）、關於丹砂、葛洪等例證

郭著曾按年代排列杜詩有關煉丹、服食、葛洪等仙道例證15個，說明杜甫一生到老都在追求，「都在憧憬葛洪、王喬，討尋丹砂、靈芝。想騎仙鶴、跨鯨鼇、訪勾漏，遊仙島。他是非常虔誠的，甚至於想成為徹底的禁欲主義者。」

這個結論是否過於絕對化，可以另作討論，但這些例證卻實實在在是杜甫某些時期仙道之念的反映和記錄，說明道家意識在其腦海時常閃現是無疑的。此外類似之例尚多，無須再舉。

鍾文對此依然提出異議，逐一否定其仙道觀念。郭所謂「禁欲主義」說的依據乃是杜甫〈寄劉峽州伯華使君〉中「養生終自惜，伐叛必全懲」，鐘文首先反駁此論。認為「劉伯華熱衷於長生，荒廢了政務，所以杜甫勸他『養生終自惜，伐叛必全懲』。意思是：養生延年，主要靠自己珍惜身體，但不能因此而放鬆政務。討伐安史叛軍之類，必需全力以赴，這與『禁欲主義』是風馬牛不相及的事。」

那麼，我們也不妨稍作解析。

其實：「伐叛必全懲」一句，前人早已有兩解，一指平伐叛亂，一喻伐生伐性。郭氏「禁欲」之說即依後說，並非自創誤解。是否正確，須聯繫全篇上下文意。〈寄劉峽州伯華使君四十韻〉是杜甫大曆二年作於夔州瀼西，據仇注對其層次的劃分，依次敘夔峽兩地相去之近、思念劉君、先世淵源、劉君詩才、不同遭遇等，多為賓主並敘。自「乳竇號攀石，饑鼯訴落藤，藥囊親道士，灰劫問胡僧」一段以下為序客夔近況。詩人又寫道：「姹女縈新裹，丹砂冷舊秤。但求椿壽永，莫慮杞天崩。煉骨調情性，張兵撓棘矜。養生終自惜，伐叛必全懲。政術甘疏誕，詞場愧服膺。展懷詩誦魯，割愛酒如澠。」

這一段十二句意思連貫而下，不難明白，自敘其夔州生理，煉丹養生，疏於時事。其中「張兵伐叛」，正如王嗣奭《杜臆》所釋：

> 「姹女」以下，俱言服食以求長生之事。『張兵撓棘矜』，乃衛生之喻，謂傷生之物，比於劍戟，而張兵以拒之也。『伐數』（草堂本作伐數）句正頂說，謂凡有伐我壽數者，必全懲之也。又言『政術甘疏誕』，已無意於仕矣。詞場則愧於服膺，猶竊有志焉。故所自展懷者，詩唯誦魯，……而割愛於酒如澠，公時以病戒酒。[14]

釋意明白，可見正為杜甫當時生活情景之自述也。有人謂「張兵」、「伐叛」二語是因當時「蜀寇未靖」，故而以之為劉使君職責所在。過於拘泥，反倒穿鑿。王嗣奭解作借喻之法，已甚精確。朱注亦謂「多欲戕生，猶將兵伐性」，同於王說。典出〈呂氏春秋・本生〉：「靡曼皓齒，鄭衛之音，務以自樂，命之曰伐性之斧。」枚乘《七發》亦曰：「皓齒娥眉，命曰伐性之斧；甘脆肥膿，命曰腐腸之藥」。指本為美好之物，貪多反倒危害身心。故曰「伐性斧」，「伐叛」「伐數」皆為近義。杜甫此處正用其義，謂煉骨養惰性，須抵禦棘矜般傷生之物，養生延年終靠善自珍惜，對伐性之物更應全力警誡防範。由此可見郭沫若「禁欲」之說並非風馬牛不相及。杜甫每稱「妻子亦何人？丹砂負前諾」，「笑為妻子累」，亦非泛言。陸游有句曰：「倩盼作妖狐未慘，肥

---

[14] （清）王嗣奭《杜臆》，上海古籍出版社，1983年，310頁。

甘藏毒鴆猶輕」，「養生孰為本？元氣不可虧。」亦可為旁證。

施鴻保《讀杜詩說》卷十九評該詩末句：「咄咄寧書字，冥冥欲避矰」，「是言將避人遁世」似亦可證該詩題旨，與討伐安史叛兵無涉也。

最後再說有關丹砂、葛洪以及蓬萊等事物。鐘先生將其割裂成三種類型，分而論之，實則三者本自關連，「丹砂訪葛洪」、「服食寄冥搜」，煉丹祈長生，慕道欲輕舉，蓬萊問仙藥，關係密切而各有側重罷了。故此簡論之。

鍾文稱：「唐人詩中涉及丹砂，靈芝一類仙藥，實在多不勝數，這些絕不是道士的專利品，普通人都喜愛，其功能相當於現在人參、珍珠粉之類，是一種滋補藥。」「滿朝文武都服長生藥，他們都不是道士」。文中又特舉顏真卿服方藥得長生之例，謂杜甫除丹砂外，還採種各種傳統中藥，「這些理智的活動，與道教迷信根本是兩碼事。」

確實如此，服食丹砂靈芝者並不全為道士，但果真與道教信仰無關嗎？丹砂真的只是一種滋補藥嗎？事實顯然並非如此。丹砂本名原硃砂，是一種礦物，本為煉汞的主要材料。道教徒以為可以煉化為黃金，又可煉為金丹，服之不老，長生成仙。如葛洪《抱朴子》所言：「金丹燒之愈久，變化愈妙，令人不死不老。」杜甫廣德年間返草堂時自言「生理欲憑黃閣老，衰顏欲付紫金丹」。正是指此。道教養生方法本來就是科學與迷信共存，葛洪為首的金砂派中有許多著名醫家，因而有其合理之處，原始的煉丹術也正是近代化學的先驅，因而不乏服丹適當而治病強身的。但就總體而言，其弊大於利，歷代中毒暴亡者不勝枚舉，唐代有識之士亦多有揭露。可見其功能與當代人參珍珠粉之類大相徑庭，不能以一般滋補藥等閒視之。所以杜甫所寫的丹砂、姹女

（汞）以及靈芝、茯苓等是否全為純醫藥的理智活動，多次寫及葛洪是否只是與避亂有關，也就都不難回答了。

三、結論

透過上述分析，我們可以得出以下幾點認識：

（一）、杜甫的思想並不只是單純的儒家正統觀念，同時還受到包括釋、道在內的各種思想的深刻影響，其中道教及道家的一些觀念意識在其思想深處長期存在。在與李白相識之前，既已有之，與李白分別之後直至終生亦並未完全消除，只不過因不同歷史階段和環境而有隱顯之別罷了。因此，不能說道家觀念在杜甫思想中不占什麼地位，更不能說只是「曇花一現」，「暫時」受李白影響。

（二）、本文探討杜甫與道家之關係，揭示其道家思想成分，旨在以此撕下人們長期以來貼得太多的「每飯不忘君」的純儒標籤，從一個方面說明其思想性格的豐富多樣性，但並不就此以杜甫為「道家面貌」，亦不否認「致君堯舜」的儒家理想在其整個思想中的主導地位和作用。

（三）、杜甫思想中的道家成分可謂糟粕與精華共存，其影響亦是消極與積極兼備，但更多地偏於積極良好方面，這其中如性情的真率、狂放、崇尚自然，以及詩歌藝術風格的斑爛多彩，都吸取了道家的豐富營養。因為博大精深的杜甫人格精神本身就是相容中國優秀傳統文化理想道德凝聚而成。「非無江海志，瀟灑送日月。生逢堯舜君，不忍便永訣。」這正是詩人心中充滿「出世」與「入世」矛盾，理想與現實衝突的真實自訴，也是其與常人情感相通、共鳴可親之處。而經過痛苦的抉擇，詩人汲道家之營養，卻未遁隱入道，所選取的「窮年憂黎元、歎息腸內熱」、關注民生瘡痍的心路歷程也才更彌足珍貴，飽經憂患的「筆底波瀾」方更真切地傳達出時代的脈博與世間的欣樂悲愁。比起所謂自始至終篤於人倫的愁苦呆板面孔來，其突出的詩史價值和強烈的藝術感染力不知要高出幾許。

杜甫《前殿中侍御史柳公畫太乙天尊圖文》試解

唐肅宗乾元元年，四十七歲的杜甫在長安作了一篇題為〈前殿中侍御史柳公紫微仙閣畫太乙天尊圖文〉的文章，過去幾乎無人對此特別留意，但在二十世紀後期，有關此文的基本傾向卻引起了一場不大不小的爭議。

郭沫若《李白與杜甫》一書在討論杜甫宗教信仰問題時，以這篇文章作為杜甫具有道家思想的論據之一，稱其是「一篇特別古怪的文章」，「像道士的疏薦文，虧他做了出來，而且保留下來了。」[1]郭沫若還認為文中充斥著「龍虎日月之君」、「仙官、鬼官」、「北斗削死、南斗注生」等貨色，「杜甫的道家面貌完全暴露無遺了」。

與郭說觀點相近的有曹慕樊先生，其《杜詩雜說》論及「杜甫的思想」時同樣對此文評價不高，謂「這篇文章，雜用（莊子）陳言和道教的胡謅。」「這種混亂、淺薄的道士禱文式的文章，令人噴飯。」[2]

鍾來因先生撰成〈再論杜甫與道教〉一文對郭著有關「杜甫的宗教信仰」之部分論點提出商榷。[3]在對其「全部論據作駁論」的同時，也對杜甫〈前殿中侍御史柳公畫紫微仙閣太乙天尊

1 郭沫若《李白與杜甫》，人民文學出版社，1971年版，188頁。
2 曹慕樊《杜詩雜說》，四川人民出版社，1981年，38頁。
3 鍾來因〈再論杜甫與道教〉，《首都師大學報》1995年3期。

圖文〉的思想傾向及其特點作了全新的評價。鍾先生認為文中所敘仙閣圖像、太乙天尊、石鱉老與三洞弟子的對話等等，都只是借用道家道教的許多名詞，猶如隨鄉入俗，因地制宜，而實質上還是表現的杜甫的儒家仁政思想。鍾先生還針對郭沫若所稱「特別古怪的文章」、像道士的疏薦文」之說加以反駁，強調指出「杜甫用了許多道家術語及典故，而其核心卻是為民求福，盼望安史之亂早日平定」，「其憂國憂民之偉大情懷，至今讀了還感人呢！」

前後兩說差異主要在於對文章基本思想傾向和特定風貌的認識理解不同。或強調其所表現完全是「道家面貌」，或謂其核心只是「儒家仁政思想」，各執一端，不相協調。

筆者以為二說皆有不盡妥貼之處，前者大致扣住了文章的基本風貌，突出其顯而易見的濃郁的道家道教思想，但應該說這僅是杜甫內心深處複雜思想中的道家道教意識觀念成分在某一特定階段特定環境下的自然流露，並不能以此就取代其貫穿一生的儒家主導思想，認為其「道家面貌暴露無遺」，對其偏頗之說，筆者已有所論，故不贅述[4]。

後者謂文章的核心是杜甫的儒家仁政思想，注意到了道家與儒家的相通。但是，其論反復強調對道教術語的「借用」，道家是「外衣」，尤其針鋒相對地批駁郭著「道家」說，實際上走向另一極端，即純以儒家思想作為文章核心，完全否認或抹殺其所寓含的明顯的道教因素，這同樣有失片面，不利於對杜甫其人思想性格全面深刻的認識理解，為此特略作論證。

〈前殿中侍御史柳公紫微仙閣畫太乙天尊圖文〉的結構十分

---

[4] 參拙文〈杜甫與道家及道教關係再探討〉之結論部分，《杜甫研究學刊》1999年2期。

清晰，首先記敘仙閣圖像，渲染出濃烈的道教貴地氣圍。接著以道士「三洞弟子」的口吻讚揚畫家柳涉，柳曾任與老子一樣的「柱史」官職，又在道觀作道教天尊圖，顯然是虔誠的崇道者。最後在第三段則托石鱉先生之名發表杜甫對時局的評論和看法，如鍾文所說，此為全篇的主旨所在。

那麼，這位石鱉先生到底說了些什麼呢？老道士針對當時的混亂時局闡明了其總體觀點。先論古今致亂之源：「夫鳥亂於雲，魚亂於水，獸亂於山。是罼弋釣罟削格之智生，是機變繳射攫拾之智極。故自黃帝已下，干戈崢嶸，流血不乾，骨蔽平原。乖氣橫放，淳風不返。」由於人類智慧發展，聰明機巧，自上古容成氏、中央氏、尊盧氏結繩記事，百姓至死不相往來的安寧一去不復，代之而起的是紛亂頻仍。這裡所宣揚的顯然與（南華經）中「絕聖棄智」的思想一脈相承。而平息戰亂，造福於民的途徑又在那裡呢？石鱉先生指出兩個方面：

一是皇帝「敕有司寬政去禁，問疾薄斂，修其土田，險其走集。以此馭賊臣惡子，自然百祥攻百異有漸。」此法與黃老之術的淵源是不言而喻的。

另一方面更強調指出：

> 天下洶洶，何其撓哉！已登乎種種之民，舍乎哼哼之意，是巍巍乎北闕帝君者，肯不乘道腴，卷黑簿，詔北斗削死，南斗注生。與乎圓首方足，施及乎蠢蠕之蟲，肖翹之物。盡驅之更始，何病乎不得如昔在太宗之時哉！

所表達的觀點完全明白無誤，如何止息天下動盪不定的局勢呢？只要眾生百姓一齊信奉道家教義，按經典所要求而保持內心淳厚，捨棄那些喋喋多言、無盡無休的教化，那麼北闕帝君就一定會詔令「北斗削死，南斗注生」，普濟眾生，降福於人。這是文章所傳達的平亂的手段，也表明詩人此時對道家教義的一定程度的認同和宣揚。

那種認為此文主要是為民求福、盼望安史之亂早日平定，因而其核心依然是儒家仁政思想的觀點，忽略了儒道之間相通之處。企求天下安寧，民生福祉，本是世人的共同願望，也是諸家佈道、爭取信眾的口號和基本謀略，並不僅僅屬於儒家。直到今天，各類宗教組織和代表人物仍以愛國愛教、濟蒼生、盼升平為使命和宗旨，舉行多種隆重宗教儀式禳災祈福，禱祝世界和平、人類睦祥，更何況在天子尊崇老子、道教藉以弘法，互相利用，互為關聯的唐朝時期。因此，單從杜甫該文中表現願為民祈福的意願而將其完全歸之為儒家仁政思想，看不到或不承認其鮮明的道家道教意識，顯然不夠全面。虔誠奉道的畫家柳涉為求太平而畫太乙天尊圖，杜甫應邀而作文，這一事實本身也證明二人此時的思想，對於目的和手段的認識是大致相近，也都不能排除其客觀存在的道教因素。

由此可見，杜甫〈前殿中侍御史柳公紫微仙閣畫太乙天尊圖文〉所體現的不是一種純粹單一的理念。它有著貫穿一生的儒家思想傾向，也同時明顯地融合寓含道教觀念意識，而且由於特定的時代和環境原因，後者的成分甚至占了更大的比重，這也是當時杜甫思想與心境的自然流露。也正由於文中濃郁的宗教氣息，充斥過多的禱文程式化詞語，以及險僻生澀的藝術風格，都在相當程度上妨礙了其為百姓祈福、盼望重享太平積極主題的表現，這是無庸諱言的。就此意義而言，郭沫若稱其為「道士的疏薦文」、曹慕樊先生謂其「混亂淺薄」，愚意以為不誣，該文的體裁形式與語言風格，使其確實算不上成功之作。倘有人稱之與杜甫其他作品同樣，「至今讀了還感人」，那當然是見仁見智的事，自也無話可說。

「莫令鞭血地，再濕漢臣衣」
——杜甫〈遣憤〉詩試解

詩題二句，為杜甫〈遣憤〉詩之尾聯。其詩作於代宗永泰元年（765），乃有感於郭子儀約回紇合擊吐蕃後之時事而作。茲錄全詩如下：

> 聞道花門將，論功未盡歸。自從收帝里，誰復總戎機？
> 蜂蠆終懷毒，雷霆可震威。莫令鞭血地，再濕漢臣衣。

歷代學人對此詩多有論說，對詩人意旨的認識大致相近，即杜甫期望朝廷始終如一地倚重和信賴繫國家安危於一身的良將郭子儀，使其名實相符，擁有實權，充分發揮才幹與作用，確保國家民族安寧，不再遭受外侮。

但在對詩歌的具體解析上，則頗多歧說，許多詞語的含義和所指代對象，更是大相徑庭，或者顧此失彼，前後割裂，甚至還由於誤解而對詩人遣詞造語提出非議。之所以如此，往往是因限於孤立解釋，缺乏整體關聯，故有必要在此略作一系統的論析。

要真正讀懂和深入理解此詩，必須先對唐代宗廣德、永泰年間有關史實有所瞭解。

代宗廣德元年（763）正月，叛將史朝義敗走幽州，幽州賊將李懷仙降唐，史朝義被迫自縊，李懷仙斬其首以獻，歷時八年的安史之亂至此基本結束。但蔓延各地的戰火並未停息，除叛將殘餘作亂，藩鎮爭奪地盤外，更有吐蕃等為患尤烈，反復不斷。當年七月，吐蕃入寇，盡取河西、隴右之地，十月，再寇奉天，代宗出奔陝州，吐蕃入長安，大肆焚掠，以分王之孫李承宏為帝。郭子儀收集散兵反攻，吐蕃退去。十二月，代宗還長安。吐蕃再陷松、維、保三州。代宗以宦官魚朝恩為天下觀軍容宣慰處置使，權寵無比。廣德二年，九月，嚴武破吐蕃七萬眾，拔當狗城。十月，僕固懷恩引吐蕃、回紇寇奉天，長安戒嚴。郭子儀擊退之。永泰元年，九月，僕固懷恩誘回紇、吐蕃、党項、奴刺數十萬眾入擾，其勢甚大。十月，郭子儀單騎入回紇軍，與之約誓，合力擊吐蕃，吐蕃遁去。其後，吐蕃又曾分別於大曆二年（766）、三年、五年等多次入寇，京師亦常有告急戒嚴之事發生。

杜甫此詩便是為永泰元年之事而作，但其著眼點不在吐蕃，而是在憂慮著如何防範助攻吐蕃的回紇，因為這同樣有著十分複雜的歷史淵源和深遠的背景，使詩人不得不為朝廷用人是否得當，如何防患於未然而沉思，提出告誡，也寄託自己的希望。

眾所周知，安史之亂中，唐朝政府曾多次借助回紇等部兵平叛。回紇兵馬強盛，作戰驍勇，為平息叛亂、收復兩京屢建奇勳。但與此同時，回紇軍隊入駐中原，也曾大肆劫殺，居功勒索，使唐朝上下苦不堪言。綜而觀之，此間回紇助唐略可依乾元二年（759）回紇葛勒可汗去世、其子登裡可汗即位而分作前後兩個階段：相對而言，第一階段中，回紇兵所立戰功更加卓著，而損害則尚不甚明顯，天寶十五載（756）回紇葛勒可汗遣使至靈武主動請纓，其長子葉護率兵南下，以後又陸續增兵，與郭子儀等部協同作戰，很快先後收復長安、洛陽。肅宗為了酬謝其功，連續賜絹賜爵，又將小女甯國公主嫁與葛勒可汗。然而，自葛勒可汗之子登裡可汗即位後，由於唐朝的衰落愈見顯露，回紇也就愈益驕縱，輕視唐朝，雖然仍有助攻洛陽及合擊吐蕃之事，但也同時肆意殺虜，為所欲為，甚至多次入寇，攻城掠地，危害遠甚於前期，也極大地破壞了彼此間親密睦鄰關係。杜甫此詩，正為此而發。

首聯「聞道花門將，論功未盡歸」，其義明白，故無甚歧解。因唐甘州張掖郡刪丹縣甯寇軍東北居延海之西北三百里有花門堡，又東北千里至回紇牙帳，故以「花門」代回紇，永泰元年九月，回紇與吐蕃等部入寇，中途僕固懷恩暴疾而歸，死於鳴沙。丙寅，回紇與吐蕃合兵圍涇陽，郭子儀隻身前往回紇營帳，與其大帥胡祿都督藥葛羅盟誓，相約共擊吐蕃。郭子儀使白元光帥精騎同回紇兵一道，與吐蕃戰於靈台西原，大破之。又解救被擄士女四千人。「丙子，又破之於涇州東。……乙酉，回紇胡祿都督等二百餘人入見，前後贈賚繒帛十萬匹，府藏空竭，稅百官俸以給之。」[1]這段史料正為此詩所指，但又不僅限於此，實當包括歷年來回紇一系列居功邀賞的行徑，如廣德元年，冊回紇可汗為英義建功毗伽可汗，可敦為光親麗華毗伽可敦，左右殺（「殺」，回紇高官名稱）以下皆加封賞。即使如此，可汗仍未滿足，「論功未盡」者，似謂唐朝賞賜未盡，實指回紇將帥貪欲無止盡也。雖已言「歸」，但卻沿路搶劫，載獲而歸，故此正見詩人隱含之憤。

頷聯「自從收帝里，誰復總戎機？」為全篇筋骨所在，亦即詩題「遣憤」所由，蘊涵對時政的深切疑慮和擔憂。「收帝里」本指廣德元年吐蕃入長安，旋即因郭子儀帶兵反攻而退去，唐朝君臣還京一事。但又不僅僅如此，郭子儀為唐朝中興名將，有再

---

[1] （宋）司馬光《資治通鑒・卷二二三・唐紀四十》，上海古籍出版社1987年影印，1530頁。

造社稷之功，曾屢次收復兩京或解除京城之威脅，享有極高聲譽和威望，永泰元年單騎赴回紇營幕，即是憑藉其巨大聲威懾服對方，使之由入寇而轉為聽命合擊吐蕃。無論就其聲望或才幹，以及震懾外邦、確保國家安定實際需要，都理應由郭子儀全面具體負責總管全國軍事力量。但事實上，此事卻一再受到多方阻撓，先有寶應元年（762）冬十月，「以雍王（李）適為天下兵馬元帥，……上欲以郭子儀為適副，程元振、魚朝恩等沮之而止。」[2]隨即由僕固懷恩取而代之，同時命宦官魚朝恩為觀軍容使，監督牽制中興諸將；次年，即廣德元年十月擊退吐蕃收京不久，十二月，加魚朝恩為天下觀軍容宣慰處置使，更是權寵無比。杜甫正是為總戎機者非其人而憤懣不已。如王嗣奭《杜臆》所謂：「敗吐蕃者子儀也。子儀身繫天下安危，而有事用之，無事棄置，所以西北二虜，輕我中國，公甚惜之。故云：『自收帝里』『誰總戎機？』恐其又廢子儀也。」[3]郭子儀任用與否，已不單單是個人榮辱問題，而事關社稷蒼生，尤其是宦官干涉軍政大權，早有前車之鑒，其後果實在令人堪憂，故詩人特以設問之句，表達其無限的關注和憂心。

接下來，緊承前意而申言之：「蜂蠆終懷毒，雷霆可震威」。歷來對頸聯二句有不同解說。或謂「蜂蠆」指宦官，如《杜詩詳注》引黃生評：「題云〈遣憤〉，謂人主蔽於近佞，不任元戎，而使花門得行其肆橫也。總戎，指郭子儀。蜂蠆，指程元振輩。望代宗一震雷霆，以去讒佞耳。」另一種觀點則認為以「蜂蠆」喻指回紇，即如《杜臆》所謂「回紇毒如蜂蠆，若元戎得人，可震以雷霆之威矣。」從上下文意揣摩，應以後說較為近

---

2 《資治通鑒・卷二二二・唐紀三九》。

3 （清）王嗣奭《杜臆》，上海古籍出版社，1983年，224頁。

是，而前說則難於圓通。其理有三：其一，詩中「總戎機」，即總掌軍機大事也，《辭源》釋「戎機」一義為「軍事」，並舉杜甫此詩句為例證，甚是。黃生將此動賓結構「總戎機」割裂，撇開「機」字，解為名詞「總戎」，其誤顯而易見，再將其指郭子儀，更是與句首設問詞「誰」字相互抵牾。其二，據〈舊唐書·宦官傳〉，程元振因助代宗誅殺張皇后及越王而即位有功，權傾朝野，誣陷名將元勳，「天下方鎮皆解體」。廣德元年，吐蕃入犯京都，代宗下詔徵兵，諸道無人至京，代宗倉皇逃離京城，太常博士柳伉上書切諫，請斬程元振以謝天下。因削其官爵，放歸田裡。至永泰元年郭子儀退回紇、吐蕃兵時，程元振已放歸兩年，此時阻撓郭子儀者顯然與之無關，杜詩也就不可能以蜂蠆喻之。其三，即使程元振、魚朝恩輩均未去除，此處亦無須多言。因為杜甫此詩的真正用意是針對回紇而發，《左傳》云：「君無謂邾小，蜂蠆有毒，況國乎？」為此典所出，乃指諸侯國，而非指人。回紇可汗居心叵測，恃功驕橫，反復無常，見唐朝勢衰則欺之，聽聞唐皇帝和郭子儀已遭不測，便欲趁火打劫，入寇內地，一當郭子儀突然出現，則又聽命歸順，但仍然是懷有覬覦之謀，此正為蜂蠆之性，始終是毒心不死，惟有保持高度警惕，以雷霆之威而令其懾服也。正所謂「但使龍城飛將在，不教胡馬度陰山」之意。由此可見，去除讒佞，不過只是淺表手段而已，而倚重郭子儀之類名將以令外虜震懾，方為此詩所強調的深層含義和真正目的所在。

「莫令鞭血地，再濕漢臣衣」。尾聯二句，分歧最大，主要是對「鞭血地」一詞的理解各不相同。在仇兆鰲《杜詩詳注》之前，各種舊注多引《漢書》：「禁中非刑人鞭血之地」，其意是以鞭血地指禁中。這種注釋引起人們對詩意理解的混亂，或牽強地認為此為代宗一震雷霆之威的依據，但宮禁之中畢竟非鞭血之地，恰好與皇帝發威相矛盾，難以自圓其說。以至有人據此認為杜甫在此用典不當。如韓國學者李晬光（1563-1614）所著《芝峰類說》評此曰：「余謂以《漢書》非鞭血之地為用事，則似不成語。杜詩中如此強造處多矣」[4]。而稍後另一位韓國學者李植所著《澤風堂批解》亦指出：「曰鞭血地，恐別有所指，若謂是禁中，則粗惡矣。」[5]（同據上文所引）香港浸會大學鄺健行先生對於韓國學者的說法也表示肯定，認為：「平情而論，（杜甫）把本來不是鞭血地的禁中用『鞭血地』三字代替，當然屬於『強造』。李晬光評論恰當。」皆以為杜甫在此使用典故不當。

就全部杜詩而言，當然存在偶爾用典造語不當、「粗惡」「強造」的情況，但此處卻並非如此，因為杜甫本身並未用鞭血地指代禁中，舊注所引《漢書》並非杜詩典故之所出，二者之間毫無關涉。其實所謂「鞭血」一詞，於《漢書》之前早已有之，如《仇注》即曾引《左傳》：「齊侯誅屨于徒人費，弗得，鞭之見血」。但這仍非杜甫用典所據。那麼，杜甫在此到底是用何典？指何事呢？明末清初的《錢注杜詩》引《通鑑》所載有關回紇可汗驕縱蠻橫、無理鞭撻唐朝官員的一段史實，解開了其中的迷團，也幫助我們正確理解杜甫此詩深沉良苦之用心。

《資治通鑑》卷二百二十二在記載寶應元年冬十月雍王李適任天下兵馬元帥時，還詳載其隨員名單：「以兼御史中丞藥子昂、魏琚為左右廂兵馬使，以中書舍人韋少華為判官，給事中李進為行軍司馬，會諸道節度使及回紇於陝州，進討史朝義。」然

---

[4] 據鄺健行〈韓國學者李晬光「芝峰類說」中解杜諸條舉隅析評〉轉引，《杜甫研究學刊》1999年2期。

[5] 同上。

而，就在李適滿懷善意、興致勃勃前往回紇營中會面時，一件意想不到的事發生了。史書同樣做了如實的記載：

> 雍王適至陝州，回紇可汗屯於河北。適與僚屬從數十騎往見之，可汗責適不拜舞。藥子昂對以禮不當然，回紇將軍車鼻曰：「唐天子與可汗約為兄弟，可汗與雍王叔父也。何得不拜舞？」子昂曰：「雍王天子長子，今為元帥，安有中國儲君向外國可汗拜舞乎？且兩宮在殯，不應舞蹈。」力爭久之。車鼻遂引子昂、魏琚、韋少華、李進，各鞭一百。以適年少未諳事，遣歸營。琚、少華，一夕而死。[6]

此事對於大唐君臣，實在可謂是奇恥大辱，回紇可汗驕橫無理，見唐朝勢弱、主帥年幼而相欺侮，置友邦交好的基本禮儀和原則於不顧，居然要唐朝儲君在喪事期間向其跪拜起舞，不遂其願，竟敢鞭責其隨員至死，甚至對雍王李適本人也欲加冒犯，這是何等的狂妄驕縱，欺人太甚。是可忍，孰不可忍？雖然雍王李適和大唐君臣為了求取與之共同討伐叛軍，強制做出極大的妥協，忍氣吞聲，未予深究。但此事對唐朝君臣的巨大的心靈傷害和刺激卻久久難以磨滅，同時也顯露出回紇統治者的本性，讓詩聖杜甫認識到必須隨時對之保持警醒。事隔三年，回紇在數度隨吐蕃入寇之後，因郭子儀之約而歸順，唐與回紇再度攜手，這當然是杜甫所期待的，但歷史的教訓不能忘記，鞭血之辱記憶猶新，因此詩人舊事重提，期望人主倚重賢才，加強戒備，不要自

---

[6] 《資治通鑑・卷二二二・唐紀三九》。

毀長城，以免回紇本性難改，故技重施，讓我臣民再次血濕征衣，淚灑心頭。因鞭血事件發生地不在塞外，也不在禁中，而是在處於黃河岸邊的中原大地（陝州即今河南陝縣），故詩人在此以「鞭血地」稱之，可謂恰如其分，準確精當，毫無強造粗惡之嫌。沉痛之極，憂憤難遣，情辭殷殷，令人唏噓不已。

讀罷此詩，感慨良多。前事不忘，後世之師。〈遣憤〉詩的主題早已超越了時空，對於正邁向新世紀的中華民族仍具有積極而深遠的現實意義，可以給我們以許多有益的啟迪和思考，揭示出自強方能自尊的深刻道理。

李杜思想與創作受道教文化影響之表現及其意義

一、緒言

論及李白杜甫與道教之關係，過去學術界的觀點一直存在比較大的分歧，也比較複雜。相對而言，人們一般認為李白與道教關係無疑較為密切，而對於杜甫，大多數人似乎認為其與道教關係似乎不大。如蕭滌非先生所論：「道家和佛家的思想在杜甫思想領域中並不占什麼地位，在他的頭腦中，佛道思想只如『曇花一現』似的瞬息即逝。」[1]其觀點成為一種較有代表性的觀點。與之相近的還有馮至先生，其《杜甫傳》中稱杜甫「王屋山、東蒙山的求仙訪道是暫時受了李白的影響[2]。後來郭沫若則在其《李白與杜甫》一書中以專章論述杜甫的宗教信仰，針鋒相對地認為「杜甫對於道教有很深厚的因緣，他雖然不曾像李白那樣，領受「道籙」成為真正的道士，但他信仰的虔誠卻有過之而無不及。他的求仙訪道的志願，對於丹砂和靈芝的迷信，由壯而老，與年俱進，至死不衰。無論怎麼說，萬萬不能認為『暫時受了李白的影響』有如『曇花一現』的。」[3]

---

1 蕭滌非《杜甫研究》山東人民出版社1956，50頁。

2 馮至《杜甫傳》百花文藝出版社1999年1月，36頁。

3 郭沫若《李白與杜甫》，人民文學出版社，1971年11月，北京第1版，由於郭沫若《李白與杜甫》產生於特殊的歷史時代，立論多有偏頗之處，因而也頗遭非議。有關杜甫宗教信仰的觀點也較少為人認同。甚至有人撰文對郭說進行逐條辯駁。[4]仍然堅持否認杜甫與道教有較深關係或受其影響。

平心而論，郭氏全書中之謬誤顯而易見，但若剔除其中明顯帶有時代與個人色彩的偏激之詞，其意見並非毫無可取之處，尤其是有關杜甫宗教信仰的研究，且不論其觀點正確與否，其系統論證本身即是對杜甫研究領域的拓展。打破了過去僅從儒家思想淵源分析研究的傳統樊籬，有助於杜詩學研究的發展。同時，研究杜甫與道教之關係，瞭解其思想中的具體道教因素，對於研究道教在中國傳統文化中所起的作用與影響亦有其積極意義。

有感於此，筆者曾撰寫〈杜甫與道家及道教關係再探討〉、〈杜甫〈前殿中侍御史柳公畫太乙天尊圖文〉試解〉等文[5]，在結合論據認真分析的基礎上，對杜甫與道教關係，進行重新探索，其基本觀點可以簡單概括為三個方面。第一：杜甫的經歷及大量的詩文作品可以證明，杜甫確實與道教有著較深厚的因緣，道教的觀念意識在其思想深處長期存在，在與李白相識之前即已有之，與李白分別之後直至終生亦並未完全消除，只不過因不同歷史時期和個人境遇而時隱時現，因此不能說道家道教觀念在杜甫思想中不占什麼地位，更不能說只是短暫地受到李白的影響，有如曇花一現。就此意義上而言，郭沫若的看法可以成立，它有

189頁。

[4] 如鍾來因〈再論杜甫與道教〉，《首都師範大學學報》1995年3月。文章稱「就郭先生全部論據作駁論」。

[5] 徐希平〈杜甫與道家及道教關係再探討〉《杜甫研究學刊》1999年2期1頁。〈杜甫〈前殿中侍御史柳公畫太乙天尊圖文〉試解〉，《杜甫研究學刊》2000年1期，47頁。

著相當的事實依據，不能簡單加以否定；第二：雖然杜甫思想中包含一定程度上的道家意識成分，也反映出所受道教影響，但並不是如郭沫若所謂的「杜甫的道家面貌完全暴露無疑」[6]，不能以此即排除其「致君堯舜」的儒家理想在其整個思想中的指導地位和作用；第三：在證明杜甫與道教不可忽略的特殊淵源這一客觀事實基礎上，進一步分析道教所給予杜甫的多方面具體影響，指出除了其所接受儒家入世理念之外，諸如其性情的真率、狂放、崇尚自然，以及詩歌藝術的斑斕多彩等，都不可否認地吸取了道教文化的豐富營養，以此說明博大精深的杜甫人格精神本身就是相容了中國優秀傳統文化理想道德凝聚而成，同時也從一個方面反映出道教文化在中國文化中所發揮的重要作用和產生的深遠影響，其積極意義自不待言。

之所以提出第三個方面的觀點，是由於追溯前賢分歧的深層次的原因而申發，可以發現論者無論是完全否認杜甫與道教的關係，還是極力強調其深厚因緣，皆有一個共同的前提，即出於對道教的某種偏見，研究者對道教本身的認識均不夠客觀，有失公允。前者之所以否定杜甫與道教有關，多從維護杜甫詩聖地位的目的出發，扣住「奉儒守官」的傳統，片面理解杜甫憂國憂民之崇高胸襟，極力宣揚所謂每飯不忘君，對於儒學之外的其他成分，往往視為與聖哲身分不諧之異端，或視而不見，或曲為附會，唯恐有汙詩聖皎潔，從唐宋明清迄於當代，杜甫聲譽日卓，從詩聖到人民詩人，崇高地位不可撼動，古今大多數學者對於杜甫思想中的道教觀念極力否認也就不難理解了。而另一方面，後者那些強調杜甫與道教有特殊關係，則同樣是從特定的環境下長

6　郭沫若《李白與杜甫》188頁。

期存在的對於道教的一種錯誤認識為出發點，將道教思想與天下太平，百姓安康完全對立，視道教為迷信，以此來證明杜甫其人不值得人們敬重欽服。或者退一步言，杜甫的信奉道教至少也是其污點。筆者有感於此，故而在證明杜甫與道教淵源後，對其思想中所含道教影響複雜成分初步分析，得出其消極與積極兼備而更多偏重於積極良好的肯定性結論。

但是，由於過去重點在於論證彼此之關係淵源和影響，對於上述第三個問題只是提出初步看法，未及深入和展開，故本文擬結合對杜甫與李白與道教關係之比較中，對二人所受道教文化諸方面具體影響及其意義作進一步的探討。

二、道教對李杜思想和創作積極影響之表現

李杜作為盛唐偉大的雙子星座，代表盛唐文學的最高成就，也深深地受到雄奇開放、五彩斑爛的盛唐時代氣息和文化的薰染，這其中自然也包含著在盛唐受到特別尊崇的道教文化的影響。

唐代李姓皇帝以道教崇拜的老子李耳為祖先，大力提倡道教，意在利用神權顯示唐室承天命之地位，同時亦有興道抑佛之效，因此使唐代成為在兩晉南北朝之後道教最為興盛的時期。

早在高宗乾封元年，就下詔追號老子為「太上玄元皇帝」，到玄宗時期，道教地位更上升到頂點，開元二十五年，置崇玄學於玄元廟，其後又開四子科取士，道家四子（老子、莊子、文子、列子）皆號真經，列為考試內容。開元二十九年，在各地建造玄元皇帝廟，繪玄元皇帝畫像，以唐高祖、太宗、高宗、中宗、睿宗五帝像陪侍。為了宣揚道教教義，玄宗還親自為老子《道德經》作注，此時還編成中國第一部《道藏》——〈開元道

藏〉，收錄道教著述達三千七百四十四卷，使道教從實踐到教義都有極大的豐富和發展。

唐代舉國崇道的風氣對於李白杜甫的影響是深刻的，李白杜甫飽讀三墳五典、諸子百家，既有儒家經典，亦有大量道家道教典籍。與廣大士子一樣，李杜所習最主要的道教經典還是《老子》和《莊子》，道教稱為《道德經》和《南華經》，為道教思想理論之基礎。因此其影響亦可視為道教文化對李杜影響的最重要表現。

那麼，老莊思想對李杜思想和創作有何具體影響和作用？筆者認為葛景春先生所概括的有關老莊對唐詩影響的一段話很有見地，他說：「老、莊對唐詩的影響主要表現在對統治者暴殄天物和儒家虛偽名教的批判，對自由和理想的追求及對個性的追求和實現等方面，上起著對封建禮教束縛的超脫、反抗及解放思想的作用。」[7]用於李杜身上不僅十分恰切，而且更具有代表性。下面試分別略論之。

（一）、以老莊「息爭息兵」之論反對窮兵黷武、戰亂頻仍

盛唐時期是唐帝國最為強盛之時，但與此同時，繁榮的外表下面也隱藏著深刻的社會危機，尤其是到了後期，唐玄宗重用奸臣，把持朝政，排斥異己，壓制人才，連年征討，驕奢淫逸，搜斂無度，百姓苦不堪言。這種狀況也讓有良知的詩人痛苦不堪，悲憤不已，他們很自然地將儒家「仁愛」思想和道家的「清淨無為」之道結合運用，對統治者予以大膽的揭露和譴責。李白盼望著「申管晏之談，謀帝王之術，奮其智能，願為輔弼，使寰區大

---

[7] 葛景春〈唐詩與道教文化〉，《中國詩歌與宗教》，226頁。

定，海縣清一，」（〈代壽山答孟少府移文書〉）杜甫期待著「致君堯舜上，再使風俗淳，」（〈奉贈韋左丞丈二十二韻〉）傳統學者將此目標完全歸之於儒家思想，其實內中所兼含的道家理念成分也是十分明顯的。憂患元元，儒道相通，不言而喻。

由此出發，李杜詩分別對當權者提出諷刺和抨擊，針對唐玄宗的好大喜功，窮兵黷武，李白寫道：

> 「乃知兵者為兇器，聖人不得已而用之。」（〈戰城南〉）此處直接運用老子《道德經》三十一章所言：「兵者，不祥之器也，不得已而用之。」《道德經》第三章又云：「不尚閒，使民不爭，不貴難得之貨。使民不為盜，不見可欲，使民心不亂，是以聖人之治……為無為，則無不治。」

類似息爭無為之論甚多，也常被李白杜甫所用以反對戰亂。如李白詩曰：

> 「我無為，天下寧。」（〈胡無人〉）
> 「如何舞干戚，一使有苗平。」
> 「天地皆得一，澹然四海清。」（《古風》其三十四）
> 「君不見驪山茂陵盡灰滅，牧羊之子來攀登。盜賊劫寶玉，精靈竟何能？窮兵黷武今如此，鼎湖飛龍安可乘？」（〈登高丘而望遠海〉）

杜甫同樣揭露戰亂禍患：

「邊庭流血成海水，武皇開邊意未已。……且如今年冬，未休關西卒。縣官急索租，租稅從何出？……君不見青海頭，古來白骨無人收。新鬼煩冤舊鬼哭，天陰雨濕聲啾啾。」（〈兵車行〉）

「下馬古戰場，四顧但茫然。……故老行歎息，今人尚開邊。漢虜互勝負，封疆不常全。安得廉頗將，三軍同晏眠。」（〈遣興三首〉其一）

「戚戚去故里，悠悠赴交河。公家有程期，亡命嬰禍羅。君已富土境，開邊一何多。棄絕父母恩，吞聲行負戈。」（〈前出塞〉九首其一）

「殺人亦有限，列國自有疆。苟能制侵陵，豈在多殺傷？」（〈前出塞〉其六）

「翼亮貞文德，丕承戢武威。」（〈重經昭陵〉）

這種關注一方面發自於儒家的仁愛，一方面也是道家息兵息爭思想之運用發揮，強調以德服人，反對大興殺伐，傷害生靈。這一觀念不單針對唐朝統治者，對於破壞和平安寧的外族騷擾和安史亂軍，李白杜甫同樣予以譴責。

結合道教理念揭露叛亂導致生靈塗炭情形比較典型地體現的是李白《古風》其十九：「西嶽蓮花山，迢迢見明星，素手把芙蓉，虛步躡太清。霓裳曳廣帶，飄拂升天行。邀我登雲台，高揖衛叔卿。恍恍與之去，駕鴻凌紫冥。俯視洛陽川，茫茫走胡兵。流血塗野草，豺狼盡冠纓。」

杜甫同樣無情譴責叛軍殺戮罪行：

「去秋涪江木落時，臂槍走馬誰家兒？到今不知白骨處，

部曲有去皆無歸。遂州城中漢節在，遂州城外巴人稀。戰場冤魂每夜哭，空令野營猛士悲。」（〈去秋行〉）

「十室幾人在？千山空自多。路衢唯見哭，城市不聞歌。漂梗無安地，銜枚有荷戈。官軍未通蜀，吾道竟如何？「（〈征夫〉）

「萬國盡征戍，烽火被岡巒。積屍草木腥，流血川原丹。何鄉為樂土，安敢尚盤桓。棄絕蓬室居，塌然摧肺肝。（〈垂老別〉）

「寂寞天寶後，園廬但蒿藜。我里百餘家，世亂各東西。……人生無家別，何以為蒸黎！」（〈無家別〉）

由此可見李杜對於各類戰爭的態度。

（二）、以「清淨無為」揭露貪婪聚斂、擾民無度

針對統治者貪得無厭、橫徵暴斂，騷擾百姓、徭役無盡的現狀，詩人則結合與前者密切相關的道家無為而治的觀念加以抨擊。如李白詩所慨歎：

「物苦不知足，得隴又望蜀。人心若波瀾，世路有屈曲。」（《古風》其二十三）

「雲陽上征去，兩岸饒商賈。吳牛喘月時，拖船一何苦！水濁不可飲，壺漿半成土。一唱都護歌，心催淚如雨。萬人繫磐石，無由達江滸。君看石芒碭，掩淚悲千古。」（《丁都護歌》）

杜甫詩中類似揭露更是比比皆是，如〈自京赴奉先縣詠懷五

百字〉：

彤庭所分帛，本自寒女出。鞭撻其夫家，聚斂貢城闕。

〈驅豎子摘蒼耳〉：

> 亂世誅求急，黎民糠籺窄。飽食復何心，荒哉膏粱客。富家廚肉臭，戰地骸骨白。

因此杜甫十分期盼朝廷能夠體恤民意，減輕百姓負擔。「誰能叩君門，下令減征賦。」（〈宿花石戌〉）「君臣節儉足，朝野歡呼同。」（〈往在〉）「不過行儉德，盜賊本王臣。」（〈有感〉）都反覆地表達這種強烈的意願。

在〈行次昭陵〉詩中，還以古代先聖愛民恤民的政績和當今民不聊生的慘況形成鮮明對比：

> 舊俗疲庸主，群雄問獨夫。讖歸龍鳳質，威定虎狼都。天屬尊堯典，神功協禹謨。風雲隨絕足，日月繼高衢。文物多師古，朝廷半老儒。直詞寧戮辱，賢路不崎嶇。往者災猶降，蒼生喘未蘇。指麾安率土，蕩滌撫洪爐。壯士悲陵邑，幽人拜鼎湖。玉衣晨自舉，鐵馬汗常趨。松柏瞻虛殿，塵沙立暝途。寂寥開國日，流恨滿山隅。

在杜甫詩中，有時還將道教文化中的神仙享樂生活，用於對皇室權臣驕奢淫逸的譏諷：如〈同諸公登慈恩寺塔〉「回首叫虞舜，蒼梧雲正愁。惜哉瑤池飲，日晏昆侖丘。」〈自京赴奉先縣詠懷五百字〉「況聞內金盤，盡在衛霍室。中堂舞神仙，煙霧散玉質。」均以王母周穆王瑤池仙境盛會諷喻唐玄宗楊貴妃歌舞不斷的豪奢，十分貼切。

杜甫也真誠地希望各級官員能夠廉潔自律，關心民生疾苦，在〈送陵州路使君之任〉詩中，詩人殷殷致辭：「戰伐乾坤破，瘡痍府庫貧。眾僚宜潔白，萬役但平均。」〈送顧八分文學適洪吉州〉詩則託友人轉告封疆大吏：「子干東諸侯，勸勉防縱恣。邦以民為本，魚飢費香餌。請哀瘡痍深，告訴皇華使。使臣精所擇，進德知歷試。惻隱誅求情，固應賢愚異。烈士惡苟得，俊傑思自致。」

對於那些不顧百姓貧困依舊巧取豪奪的貪腐之輩，杜甫更予以無情揭露，「歎息當路子，干戈尚縱橫。掌握有權柄，衣馬自肥輕。李鼎死岐陽，實以驕貴盈。來瑱賜自盡，氣豪直阻兵。皆聞黃金多，坐見悔吝生。」（《太子張舍人遺織成褥段》）

在《送韋諷上閬州錄事參軍》詩中更表明重拳出擊，除惡務盡的堅決主張和明確態度：「國步猶艱難，兵革未衰息。萬方哀嗷嗷，十載供軍食。庶官務割剝，不暇憂反側。誅求何多門，賢者貴為德。韋生富春秋，洞徹有清識。操持紀綱地，喜見朱絲直。當令豪奪吏，自此無顏色。必若救瘡痍，先應去蝨賊。」這裡體現出的反對擾民，仁德愛民和執法為民的觀念，顯示出一種將古代儒、道、法諸家思想精華相融合的發展趨勢，也代表詩人兼具百家之長的特點。

最清楚體現杜甫反對暴政、寬待黎民與道家思想關係的是《前殿中侍御史柳公紫微仙閣畫太乙天尊圖文》所假借石鱉先生之口所發的一段議論，其文曰：

先生藐然若往，頽然而止曰：噫！夫鳥亂於雲，魚亂於水，獸亂於山。是畢弋鉤罟削格之智生，是機變繳射攫拾之智極，故自黃帝已下，干戈崢嶸，流血不乾，骨蔽平原，乖氣橫放，淳風不返。雖《書》載蠻夷率服，《詩》稱徐方大來，許其慕中華與。夫容成氏、中央氏、尊盧氏（一本無此三字）結繩而已，百姓至死不相往來，茲茂德囷矣。矧賢主趣之而不及，庸主聞之而不曉，浩穰崩燬，數千古哉！至使世之仁者，蒿目而憂世之患，有是夫！今聖主誅干紀，康大業，物尚疵癘，戰爭未息，必揆當世之變，日慎一日，眾之所惡與之惡，眾之所善與之善，敕有司寬政去禁，問疾薄斂，修其土田，險其走集。以此馭賊臣惡子，自然百祥攻百異有漸。天下洶洶，何其撓哉！已登乎種種之民，舍夫啍啍之意，是巍巍乎北闕帝君者，肯不乘道腴，卷黑簿，詔北斗削死，南斗注生，與夫圓首方足，施及乎蠢蠕之蟲，肖翹之物，盡驅之更始，何病乎不得如昔在太宗之時哉！

（三）、尋仙遠遊、飛升輕舉所寓含的追求自由，張揚個性之精神

李白杜甫豪爽放曠、任情率真的性格在一定程度也和道教的影響有密切關係。

翻開王琦注《李太白文集》，開卷第一篇便是氣勢恢弘的《大鵬賦》，其序云：「余昔於江陵見天台司馬子微，謂余有仙風道骨，可與神遊八極之表，因著〈大鵬遇稀有鳥賦〉以自廣。」賦首稱「南華老仙發天機與漆園，吐崢嶸之高論，開浩蕩之奇言……」通篇用《莊子・逍遙遊》典故和精神，大鵬自由翱

翔無所依傍的形象，實際上也是太白衝破傳統制度觀念束縛，反叛封建禮教藩籬的理想的象徵，是其追求自身思想解放和絕對精神自由的宣言。在全部太白集中，類似大鵬的字眼比比皆是，無一例外的都充滿樂觀昂奮的自由精神，面對權貴的壓制，他大聲呼喊：「大鵬一日同風起，扶搖直上九萬里。假令風歇時下來，猶能簸卻滄溟水。」（〈上李邕〉）「北溟有巨魚，身長數千里。仰噴三山雪，橫吞百川水。憑陵隨海運，烜赫因風起。吾觀摩天飛，九萬方未已。「（《古風》）直到生命晚期所作〈臨路歌〉，依然以大鵬的凋落自喻：「大鵬飛兮振八裔，中天摧兮力不濟。餘風激兮萬世，遊扶桑兮掛石袂。」可見大鵬在其生命中的特殊寓意。

由此出發，太白一方面追慕古之高士魯仲連，積極爭取個人價值的實現，如其《古風》其十所寫：

> 齊有倜儻生，魯連特高妙。明月出海底，一朝開光耀。卻秦振英聲，後世仰末照。意輕千金贈，顧向平原笑。吾亦澹蕩人，拂衣可同調。

通過對魯連卻秦救趙事蹟的讚頌，表現其倜儻豪邁氣概和功成不居的思想。更以此自況，對個人才能充滿自信，如《南陵別兒童入京》所寫：「遊說萬乘苦不早，著鞭跨馬涉遠道。會稽愚婦輕買臣，余亦辭家西入秦。仰天大笑出門去，我輩豈是蓬蒿人。」期盼「長風破浪會有時，直掛雲帆濟滄海。」（〈行路難〉其一）並且堅信「天生我材必有用，千金散盡還復來。」（〈將進酒〉）

另一方面，與其豪邁雄奇之風相應，李白努力追求個性自由，嚮往無拘無束的的生活，如其〈陪侍御叔華登樓歌〉[8]所唱：

「俱懷逸興壯思飛，欲上青天攬明月。……人生在世不稱意，明朝散發弄扁舟。」類似之願每每從胸中噴湧而出：
「別君去兮何日還，且放白鹿青崖間，須行即騎訪名山。安能摧眉折腰事權貴，使我不得開心顏！」（〈夢遊天姥吟留別〉）
「我本楚狂人，鳳歌笑孔丘。手持綠玉杖，朝別黃鶴樓。五嶽尋仙不辭遠，一生好入名山遊。」（〈廬山謠〉）

甚至於面對最高統治者的支遣，亦敢於大膽抗爭；這是何等的氣度和膽魄。

「天子呼來不下船，自稱臣是酒中仙。」（杜甫《飲中八仙歌》）
「屈平詞賦懸日月，楚王台榭空山丘。興酣落筆搖五嶽，詩成笑傲凌滄洲。功名富貴若長在，漢水亦應西北流。」（〈江上吟〉）

與李白相似，杜甫同樣大膽追求自由和個性，雖然常常口稱「腐儒」，而實則無絲毫的懦弱膽怯或拘守禮法。史書每每稱其「性偏躁，無器度。」[9]「甫其放曠不自檢。」[10]學界亦將其與

[8] 該詩一作〈宣州謝朓樓餞校書叔云〉，此從詹鍈先生說，見《文學評論》1983年2期。另筆者亦有文章予以補正，見《西南民族學院學報》1988〈讀李白箚記二則〉。
[9] （後晉）劉昫《舊唐書・文苑・杜甫傳》。
[10] （北宋）宋祁《新唐書・杜甫傳》。

李白放曠相比較，而又同中有異。仇兆鰲《杜詩詳注凡例》所論》「太白曠而肆，少陵曠而簡。」可謂的當。杜甫詩亦多次為其自身性格做自畫像：「放蕩齊趙間，裘馬頗清狂。」（〈壯遊〉）「秋來相顧尚飄蓬，未就丹砂愧葛洪。痛飲狂歌空度日，飛揚跋扈為誰雄？」（〈贈李白〉）「早歲與蘇鄭，痛飲情相親。二公化為土，嗜酒不失真。」（〈寄薛三郎中據〉）可見其確實不為禮法所拘，雄放豪氣不減太白。

現實束縛與自由理想往往發生尖銳衝突，此時難免借酒化解憂愁，暫忘煩憂，故李白慨歎：「古來聖賢皆寂寞，惟有飲者留其名。陳王昔時宴平樂，斗酒十千恣歡謔。」不惜「五花馬，千金裘，呼兒將出換美酒，與爾同銷萬古愁。」（〈將進酒〉）太白集中約有半數之詩涉及飲酒，王荊公甚至以此為理由謂其詩格調不高，所謂「十之八九言婦人與酒爾。」前人提及歷代善飲之徒，李白自然不會遺漏，而奇怪的是較少列舉杜甫，不知是以其面容枯槁神情嚴肅而未能深入考察還是知其善飲而為其忌諱，實則杜甫的豪飲程度與李白並無二致，甚至有過之而無不及，「數莖白髮哪拋得？百罰深杯亦不辭！」（〈樂遊園歌〉）晚年云：「莫思身外無窮事，且盡生前有限杯。」（《絕句漫興》其四）所飲者多為濁酒，「濁酒尋陶令，丹砂訪葛洪。江湖漂短褐，霜雪滿飛蓬。」「盤飧市遠無兼味，樽酒家貧只舊醅。肯與鄰翁相對飲，隔籬呼取盡餘杯。」（〈客至〉）李白常因酒錢不足而以物換酒，初入長安，與賀知章金龜換酒傳為佳話：「四明有狂客，風流賀季真。長安一相見，呼我謫仙人。昔好杯中物，翻為松下塵。金龜換酒處，卻憶淚沾巾。」（〈對酒憶賀監〉）不知杜甫也有金魚換酒的雅好，《陪鄭廣文游何將軍山林十首》其六云：「剩水滄江破，殘山碣石開。……銀甲彈箏用，金魚換酒來。」並且經常為酒犯愁：「街頭酒價常苦貴，方外酒徒稀醉眠。速宜相就飲一斗，恰有三百青銅錢。」（〈逼仄行，贈畢曜〉）甚至有時乾脆舉債沽酒，「酒債尋常行處有，人生七十古來稀。」（〈曲江二首〉）其嗜酒之程度可見一斑。工部集中如〈醉歌行〉、〈曲江對酒〉、〈獨酌〉之類題目甚多，詩中內容寫到飲酒者更是不勝枚舉，無論是喜是憂，皆以酒助興，直出胸臆，這其中既有「沉飲聊自遣，放歌破愁絕」（〈自京赴奉先縣詠懷五百字〉）的極度傷感，也有「白日放歌須縱酒，青春作伴好還鄉」（〈聞官軍收河南河北〉）的欣喜若狂，大多酣暢淋漓、趣味盎然，擺脫顧忌，真情畢現，下面這首〈醉時歌・贈廣文館博士鄭虔〉亦堪稱其典範：

> 諸公袞袞登臺省，廣文先生官獨冷。甲第紛紛厭粱肉，廣文先生飯不足。先生有道出羲皇，先生有才過屈宋。德尊一代常轗軻，名垂萬古知何用。杜陵野客人更嗤，被褐短窄鬢如絲。日糴太倉五升米，時赴鄭老同襟期。得錢即相覓，沽酒不復疑。忘形到爾汝，痛飲真吾師。清夜沈沈動春酌，燈前細雨簷花落。但覺高歌有鬼神，焉知餓死填溝壑。相如逸才親滌器，子雲識字終投閣。先生早賦歸去來，石田茅屋荒蒼苔。儒術於我何有哉，孔丘盜蹠俱塵埃。不須聞此意慘愴，生前相遇且銜杯。

過去常有人極力誇張杜甫對統治者的所謂愚忠，對儒家信條的拘泥，而忽略其獨立個性、自由精神和對執著追求理想的膽識。但從上面的例證中已經給我們展示了杜甫性格的另一個方面，讓我們看到一個更為真實可親的杜甫形象，他在詩中敢於大膽諷刺時弊，並沒有完全謹守「溫柔敦厚，怨而不怒」以及為尊者、賢者諱的儒家詩教，對於封建帝王、皇親國戚，同樣敢於直言不諱地揭露抨擊，並不盲從愚忠。乘著酒力，他甚至對儒家聖人道術也如此這般地進行嘲弄，何曾見一點愚忠和腐儒的影子。

正因其對號稱「中聖」之佳釀情有獨衷，其著名的《飲中八仙歌》才寫得如此神情分明，活靈活現，帶有飄逸欲仙之氣，非深諳個中況味者無法如此傳神，八位酒仙實際皆含有杜甫自身烙印，反映其獨特情懷也。故王嗣奭〈杜臆〉曰：「此係創格，前古無所因，後人不能學。描寫八公，各極生平醉趣，而都帶仙氣。……如雲在晴空，卷舒自如，亦詩中之仙也。」可謂抓住關鍵，看到杜甫與仙道之內在聯繫。

（四）、天人合一、返樸歸真理念與熱愛自然、萬物共生

老子和莊子都崇尚自然，強調人與自然的和諧統一，所謂天人合一，回歸自然，也就成為道家哲學極力追求的理想境界。《道德經》二十五章曰：「人法地，地法天，天法道，道法自然。」[11]又曰：「道生一，一生二，二生三，三生萬物，萬物負陰而抱陽，沖氣以為和。」[12]〈莊子．齊物論〉曰：「天地與我並生。」〈莊子．知北遊〉：「天地有大美而不言。」老莊哲學理論對後世隱逸之士有直接的啟迪作用，也對道教發生了重大而深遠的影響，古今道教名觀，大多建在名山幽林，道教創始人張道陵最早修道於四川大邑鶴鳴山，其地成為道教發源地，而同處四川的道教發祥地青城山更有「天下幽」的美譽；修道之士講求深山修煉，為著吸取天地山川之靈氣，日月自然之精華，於自然

---

[11] 老子《道德經》二十五章，團結出版社《諸子集成》。
[12] （清）楊倫《杜詩鏡詮》引張上若語。

萬物中澄懷悟道；道士為養身煉丹，亦常奔走與密林深山，道教可謂與自然山水、隱逸生活結下特殊的不解之緣。這又對魏晉以後的歷代詩人產生積極影響，李白杜甫詩歌也同樣可以看到這種回歸自然，從自然中尋找精神家園的思想和崇尚自然真切美的審美理念。

前述太白對名山大川隱逸生活的嚮往，平生難以盡列的眾多隱居、修道經歷和勝跡，都無庸質疑地證明了其旨趣，僅早年生活的故鄉四川各地就留有彰明縣（今屬江油）的匡山讀書處、傳說其「樵夫與耕者，出入畫屏中」的竇團山，以及峨眉山、青城山，均留有其修煉的蹤跡。離蜀後又有酒隱安陸，江陵隨天臺司馬承貞學道，以及徂徠山酣歌縱酒，結交竹溪六逸，會稽隱於剡溪，廬山高臥，如此等等，不一而足，與自然山水結為知交。「眾鳥高飛盡，孤雲獨去閒。相看兩不厭，只有敬亭山。」（〈獨坐敬亭山〉）「問余何意棲碧山，笑而不答心自閒。桃花流水窅然去，別有天地非人間。」（〈山中問答〉）其美學理念較典型的自然會令人立即想起太白的名句：「清水出芙蓉，天然去雕飾。」想起他的「自從建安來，綺麗不足珍。聖代復元古，垂衣貴清真。」（〈古風五十九首〉其一）他推崇「蓬萊文章建安骨，中間小謝又清發」思想淵源也就不難尋覓。

杜甫同樣如此，他愛國愛民，關注人類社會的前途命運，也喜愛山水、花鳥、草木、蟲魚等自然生靈，其詩中充滿對自然山水、隱逸生活的無比熱愛。「非無江海志，瀟灑送日月。」（〈自京赴奉先縣詠懷五百字〉）早年便曾有壯遊之經歷，晚年在〈壯遊〉詩中曾深情地回憶：「往昔十四五，出遊翰墨場。……性豪業嗜酒，嫉惡懷剛腸。脫略小時輩，結交皆老蒼。飲酣視八極，俗物都茫茫。東下姑蘇台，已具浮海航。到今有遺恨，不得窮扶桑。王謝風流遠，闔廬丘墓荒。劍池石壁仄，長洲芰荷香。嵯峨閶門北，清廟映回塘。每趨吳太伯，撫事淚浪浪。枕戈憶勾踐，渡浙想秦皇。蒸魚聞匕首，除道哂要章。越女天下白，鑒湖五月涼。剡溪蘊秀異，欲罷不能忘。歸帆拂天姥，中歲貢舊鄉。氣劘屈賈壘，目短曹劉牆。忤下考功第，獨辭京尹堂。放蕩齊趙間，裘馬頗清狂。春歌叢臺上，冬獵青丘旁。呼鷹皂櫪林，逐獸雲雪岡。射飛曾縱鞚，引臂落鶖鶬。蘇侯據鞍喜，忽如攜葛強。快意八九年，西歸到咸陽。……」可見其足跡遍涉大江南北。

困居長安期間，杜甫對朋友隱居生活滿懷傾羨，「春山無伴獨相求，伐木丁丁山更幽。澗道餘寒歷冰雪，石門斜日到林丘。不貪夜識金銀氣，遠害朝看麋鹿遊。乘行杳然迷出處，對君疑是泛虛舟。」（《題張氏隱居二首》其一）

欣賞畫圖時也會引起無限嚮往：

「老夫清晨梳白頭，玄都道士來相訪。握髮呼兒延入戶，手提新畫青松障。障子松林靜杳冥，憑軒忽若無丹青。陰崖卻承霜雪，偃蓋反走虬龍形。老夫平生好奇古，對此興與精靈聚。已知仙客意相親，更覺良工心獨苦。松下丈人巾屨同，偶坐似是商山翁。悵望聊歌紫芝曲，時危慘澹來悲風。」（〈題李尊師松樹障子歌〉）

陪朋友探幽訪勝不由自敘情懷：「平生為幽興，未惜馬蹄遙。」（《陪鄭廣文游何將軍山林十首》其二）「風林纖月落，衣露淨琴張。暗水流花徑，春星帶草堂。……詩罷聞吳詠，扁舟意不忘。」（〈夜宴左氏莊〉）欲隱之意、喜愛之情溢於言表。

戰亂中歷經艱辛逃難，暫得棲居於巴蜀，精心營造草堂茅屋幽居自然環境，「萬里橋西一草堂，百花潭水即滄浪。風含翠筱娟娟靜，雨裛紅蕖冉冉香。」（〈狂夫〉）顯然已經將居所附近清澈的浣花溪百花潭當作古代高士隱者濯足清心的滄浪之水，「舍南舍北皆春水，舍南舍北皆春水，但見群鷗日日來。」（〈客至〉）詩人堂前栽植四松，遍種修竹，更有藥欄繞宅。「幽棲地僻經過少，……乘興還來看藥欄。」（〈有客〉）「常苦沙崩損藥欄，也從江檻落風湍。新松恨不高千尺，惡竹應須斬萬竿。生理只憑黃閣老，衰顏欲付紫金丹。」（〈將赴成都草堂途中有作，先寄嚴鄭公五首〉）也寫出其藥欄特殊用途及與道教理念之關係。

對於美妙的自然萬物，杜甫滿懷深情，視之為感情相通的弟兄和知己，「一重一掩吾肺腑，山鳥山花吾友于。」（〈岳麓山道林二寺行〉）我想，梁啟超之所以將詩聖杜甫尊稱為「情聖」或許正是由於這個緣故吧！

甚至於對於毫無感情的微小生靈，杜甫也充滿了關注之情，請看下面這首〈縛雞行〉：

> 小奴縛雞向市賣，雞被縛急相喧爭。
> 家中厭雞食蟲蟻，不知雞賣還遭烹。
> 蟲雞於人何厚薄，吾叱奴人解其縛。
> 雞蟲得失無了時，注目寒江倚山閣。

細微性靈的命運讓我們的詩人為之煩惱擔憂不已，感情之細膩令人滿懷敬意，從中明顯可以感受到莊子萬物平等無差，主張泛愛眾生思想的影響。歲月無痕，滄海桑田，坎坷波瀾，在環境破壞已經成為人類社會普遍面臨的世界性難題的今天，在世界各國強烈呼籲人與自然和諧相處，強調保護動物、保護生態環境也就是保護人類自身唯一生活家園的二十一世紀，重讀杜甫這些充滿關愛、充滿感情和哲理的詩篇，認真體會包括道教文化在內的古代先哲「天人合一」思想的深邃內涵，不是具有特殊的意義麼？

（五）、斑斕多彩的道教文化對李杜詩歌題材手法和藝術風格的綜合影響

除了以上所列道教對李杜思想性格積極影響之外，道教典籍文化中無數變幻莫測、縹緲飛升的仙道人物、神話典故以及各類修煉方法道術等亦大量為李杜詩歌所吸取並靈活運用，不僅極大地豐富了其創作素材與題材，也對其活躍的文思、奇幻之想像和浪漫誇張之藝術手法不無啟迪。

李白的〈夢遊天姥吟留別〉〈蜀道難〉等堪稱此類作品的代表，前者含有大量道教文化因數，如神物傳說、福地仙蹤等，構成迷離撲朔眼花繚亂的特殊勝境，美不勝收而仙氣撲面；後者所寫內容似乎與道教關係不如前者密切，但無論是蜀地遠古洪荒的傳奇神話還是時空的上下跳躍、倏忽轉換，藝術構想神鬼難測，何況常人，正由於此，同時好道的四明狂客賀知章才會「讀未盡，稱歎者數四，」[13]以其為驚天地，泣鬼神之傑作，「謫仙人」之美名亦不脛而走，天下傳揚，這本身其實已透出與仙道之間的內中奧秘。

---

[13] （唐）孟棨《本事詩》，《歷代詩話續編》。

太白詩集中類似之作難以統計，再看其〈西嶽雲台歌・送丹丘子〉：

> 西嶽崢嶸何壯哉，黃河如絲天際來。黃河萬里觸山動，盤渦轂轉秦地雷。榮光休氣紛五彩，千年一清聖人在。巨靈咆哮擘兩山，洪波噴箭射東海。三峰卻立如欲摧，翠崖丹谷高掌開。白帝金精運元氣，石作蓮花雲作台。雲台閣道連窈冥，中有不死丹丘生。明星玉女備灑掃，麻姑搔背指爪輕。我皇手把天地戶，丹丘談天與天語。九重出入生光輝，東求蓬萊復西歸。玉漿倘惠故人飲，騎二茅龍上天飛。

從某種意義而言，李白其人其詩與道教文化之關係已是水乳交融，我們很難想像，一旦離開道教文化的滋養，是否還能看到一個天才橫溢、個性分明、傲岸王侯，嚮往光明，充滿追求的偉大詩人形象？是否還會釀出兼有清新自然與雄奇飄逸的詩仙風格。

答案不言而喻。

無論就思想個性還是詩歌手法風格，杜甫與李白差異是明顯的，但許多相似之處也是客觀存在的。以其詩歌藝術風格而論，即並非如很多人想像那樣一個簡單的「沉鬱頓挫」所能概括。元稹〈唐檢校工部員外郎杜君墓誌銘〉指出：子美「上薄風雅，下該沈宋，言奪蘇李，氣吞曹劉，掩顏謝之孤高，雜徐庾之流麗，盡得古今之體勢，而兼文人之所獨專。……壯浪縱恣，擺去拘束，……鋪陳終始，排比聲韻，大或千言，次猶數百。辭氣豪邁而風調清深，屬對律切而脫棄凡近。」《新唐書本傳》評杜詩「渾涵汪茫，千匯萬狀，兼古今而有之。」此所謂古今詩歌之「集大成者」，這本身即同樣包含道教文化之因素。且不論〈前殿中侍御史柳公紫微仙閣畫太乙天尊圖文〉〈冬日洛城北謁玄元皇帝廟〉等許多明顯讚揚道教先聖的作品，在其他各類詩文中，舉凡道教神話人物、道藏文獻典籍、洞天福地名物掌故乃至方法，諸如太上老君、南華仙君、玄元皇帝、太乙天尊、直到葛仙翁、王子喬、許詢、董煉師進而到北闕帝君、龍虎日月之君、四司五帝、仙官鬼官等人物，蓬萊、扶桑、崆峒、青城、羅浮等地名，丹砂、姹女、瑤草、紫金丹等藥名，太清、紫微、紫極等宮殿，《道德》、《南華》、《文子》、《列子》等道教經典以及「北斗削死，南斗注生」之類唐代道教信仰觀念等等，多能信手拈來，運用自如，天宮洞府，縱橫馳騁，思維隨意地跳躍變換，不僅增添其詩的豐富內涵，也營造出色彩繽紛、奇異浪漫的仙境，不限於某一種固定的的表達模式和呆板僵化的詩風，顯出杜甫吸納眾長的特點和富於變化的藝術風格。

尤為重要的是，即使杜甫那些嚴格按照格律和傳統詩法創作的作品，或者是那些具有「沉鬱頓挫」典型詩風之作，也仍然可以看到道家審美理念的影子。在同樣對「美」的追求中，與儒家著重強調社會屬性的「善美」有別，道家強調的更多的是人的自然屬性，即「真美」，同時亦從辯證法的哲學理念出發而講求「含蓄」之美。道教重視人與自然的關係，人的天性情感的保護，主張返樸歸真，淳厚率真，這對後世美學有重大影響。前述李白杜甫之直抒胸臆，直言敢諫，無所顧忌，性情畢現已經充分說明這一點。前人評杜甫〈自京赴奉先縣詠懷五百字〉：「文之至者，但見精神，不見語言。此五百字真懇切至，淋漓沉痛，俱是精神，何見語言？豈有唐諸家所能及？」[14]正突出了一

---

[14] （清）楊倫《杜詩鏡銓》引張上若語，臺北，廣文書局影印本，1979，186頁。

個「真」字。至於所謂「含蓄」美，則應源於《道德經》「大辯無言，大音希聲」之論，此外莊子亦云：「可以言論者，物之粗也；可以意致也，物之精也。」[15]這種觀點與「溫柔敦厚，怨而不怒」的儒家詩教有相通之處，但卻更具哲理和積極意義，共同對中國美學、文學產生極為深遠的的影響，構成中國文化中主流審美理念，沉鬱頓挫、耐人尋味，發人深省的杜甫詩歌風格與之關係是無庸質疑的。

三、結論

通過以上論析，我們可以清楚地看到道教文化予以李白杜甫深刻的影響，由於各種原因，二人接受的影響不盡一致，信奉執著的程度也有較大的差別。相對而言，李白與道教的關係無疑更為密切，李白許多有關道教思想和神話藝術仙境的詩文作品已經成為道教文化的一部分，有的更被直接收錄進入道藏[16]，這已是眾所周知的客觀事實，故本文點到為止，未作進一步深入論述，杜甫與道教的關係似乎不像李白那樣直接，但卻時隱時現，延續終生。直到晚年仍追念不已：

> 昔謁華蓋君，深求洞宮腳。玉棺已上天，白日亦寂寞。暮升艮岑頂，巾猶未卻。弟子四五人，入來淚俱落。余時遊名山，發軔在遠壑。良覿違夙願，含淒向寥廓。林昏罷幽磬，竟夜伏石閣。王喬下天壇，微月映皓鶴。晨溪向虛駃，歸徑行已昨。豈辭青鞋胝，悵望金匕藥。東蒙赴舊隱，尚憶

---

15 《莊子・秋水第十七》。

16 朱玉麒〈道藏所見李白資料匯輯考辨〉，《文教資料》1997年1期，96頁。

> 同志樂。休事董先生，於今獨蕭索。胡為客關塞，道意久衰薄。妻子亦何人，丹砂負前諾。雖悲鬒發變，未憂筋力弱。扶藜望清秋，有興入廬霍。（〈昔遊〉）

可見其情自始至終難於割捨，而前賢對此多有所忽略或諱言，故筆者於例證中稍有側重。這一事實，從一個方面無可辯駁地顯示了道教文化的巨大影響和貢獻，以及在中國傳統文化中的重要地位和意義。

與任何傳統文化一樣，道教文化自身內部的發展和各階段的影響是不平衡的，李杜接受其多方面影響的同時也難免有負面消極之處，但就總體而言，這種影響對於李杜所起到的作用是十分積極的，作為中國本土文化代表的道教文化之精華為李杜思想和創作提供豐富的營養，為其所吸收轉化，發揚光大，並與儒家等中國優秀傳統文化一道，凝聚成李白杜甫博大精深的人格精神和不朽的詩歌藝術成就，儒釋道的相容相通，碰撞互補，斑斕多彩，使中國傳統文化活力無限，生生不息。李杜詩中亦表現這種突出傾向：嚮往隱居而又不忘黎民，追求自由更欲報效家國，青年李白仗劍去國。辭親遠遊，離開蜀國秀麗山川時揮筆寫下《別匡山》一詩，豪邁放歌：「莫怪無心戀清景，已將書劍許明時。」註定一生悲劇而九死未悔，直到晚年老病之中仍有請纓壯舉冀申鉛刀一割之用，可見其儒道相合之思想風貌。而杜甫中年時自歎「非無江海志，瀟灑送日月，生逢堯舜君，不忍便永訣。」（〈自京赴奉先詠懷五百字〉）直至臨終作絕筆詩〈風疾舟中伏枕書懷三十六韻，奉呈湖南親友〉，結尾一方面依然為國家戰亂未息而擔憂：「公孫仍恃險，侯景未生擒。書信中原闊，干戈北斗深。畏人千里井，問俗九州箴。戰血流依舊，軍聲動至今。」一方面又為學道無成而哀歎：「葛洪屍定解，許靖力還任。家事丹砂訣，無成涕作霖。」均顯出儒道相融的特點。也正由於此，詩仙詩聖與常人相通的內心矛盾，理想與現實的衝突也才得以顯露，「倚劍天外掛弓扶桑」之豪邁飄逸與「民生疾苦筆底波瀾」之執著深情相結合才更令人可敬可親、由衷欽佩，從而具有永恆的價值和魅力。

第三編：李杜詩學與影響

張籍、白居易與杜甫

白居易的社會諷諭詩在中國文學史上占有十分重要的地位。這一創作成就直接緣杜詩而來，同時也與張籍等同輩詩人的影響分不開。關於前者，已不乏論述，故本文主要探討張籍白居易詩歌之關係。

與任何事物運動的規律一樣，文學的發展也是相互聯繫的。如果說杜甫、白居易是唐代詩壇兩座反映現實的高峰，那麼張籍詩歌就是二者間聯繫的橋樑和紐帶，他們都是在擷取前人文學優秀成果的基礎上取得創造性成就的。張籍被譽為「樂府正宗」，正說明他繼承了《詩經》漢樂府以來的優良傳統，保持其基本特色。而他最為崇拜並奉為楷模的還是詩聖杜甫。唐人馮贄《雲仙雜記》曾記載張籍焚杜詩而飲的故事，雖未必可信，卻也事出有因。張籍對杜甫十分崇敬，當友人前往蜀中，他託請其代為拜訪杜甫故居，「杜家曾向此中住，為到浣花溪水頭，」（〈送客遊蜀〉）表達對杜甫的無限景仰。像杜甫那樣憂國憂民，反映現實，終生為國家民族而歌唱確實是張籍所努力追求，而飲杜詩「易吾肝腸」便是這種精神的形象化表現。在張籍學杜的探索，發展，又對稍後的白居易產生了重大而積極的影響。他的那些代表其最高成就的樂府、古風大多創作於早年漫遊時期，先於白居易同類作品，兩人又有著深摯的情誼，時常贈酬切磋。白居易在廣泛學習的同時，從張籍作品中獲得許多新的營養。因此對張籍十分尊重和欽佩，他讚其為「高才」，而自稱「短羽」（〈酬張太祝晚秋臥病見寄〉），這並非文場客套，而是由衷之言。每得張籍新作，常吟賞不已，徹夜不寐，並向人推許，在〈與元九書〉中，更將張籍與陳子昂、李杜、二孟（浩然、郊）之名並列，視為卓然成家，具有開拓之功的前輩詩人。這都表明他對張詩的推崇，而在借鑒中又更加發揚了其一脈相承的杜甫精神。這種繼承創新關係從彼此相似的理論與實踐的具體比較中可以得到清晰的認識，由此也揭示出杜甫精神影響和唐代乃至整個中國詩歌發展的一般規律。

一、創作主張的一致性

關於文學創作，白居易有較完整的理論體系，張籍則論述不多，但仍有脈絡可尋，可以考察二者相近的文學主張。

（一）、「相示以義」的基本創作原則

張籍〈上韓昌黎書〉曰：「舉動言語，無非相示以義，非苟相諛悅而已。」[1]又盛讚孟子、楊雄能以其書「明聖人之道」。〈上韓昌黎第二書〉稱：「君子發言舉足，不遠於理，未聞以駁雜無實之說為戲也。」這都反映出其文學主張，要求以所謂「義、理、道」指導創作並作為最終目的。推而廣之，也就是須以強烈的社會責任感去「美刺諷諭」，宣揚人類社會基本道德準則和觀念，為社會政治服務。這種「相示以義」、「明聖人之道」的觀點，顯然繼承了漢魏樂府的優良傳統，同時也承襲杜甫創作傾向。在此之前，沒有誰像杜甫那樣更自覺地反映現實、義

1　（唐）張籍《張籍詩集》，中華書局1960，107頁。

不容辭地承擔詩人的社會責任了。創作詩史，意在寄寓其「致君堯舜上，再使風俗淳」之理想。杜詩實踐貫穿著其創作原則態度，而張籍上述論點則使之更為明確，是其觀點的闡析和發揮。尤其是他在「相示以義」之前加「無非」二字，更顯出其深刻認識和鮮明態度，這不僅對韓愈「文道合一」古文理論有重大影響，也對白居易的創作產生一定影響。

白居易同樣重視「道」的作用，〈與元九書〉有所謂「奉而始終之則為道，言而發明之則為詩」。「覽僕詩，知僕道焉」。這與〈毛詩序〉之「在心為志，發言為詩」既有聯繫，又有差異，其「道」既指傳統儒道，亦兼指人所奉行的處事原則。「道」不同，「言」亦相異。白居易前期奉行「兼濟」之道，遵循「為君為臣為民為物為事」的原則，其創作傾向自然與杜甫相近。「文章合為時而著，歌詩合為事而作」，這裡的時、事顯然不是指自然變化和一般生活現象，而是要求反映社會生活本質。不是被動地有感而發，抒寫個人性情，而是主動關注並參與生活。白居易大批指斥時弊、令權貴扼腕切齒的諷諭詩，正是積極干預生活、實現「兼濟」之道的產物。在對杜甫現實主義創作原則的總結和系統化過程中，無疑借鑒了張籍學杜的成果和體會。

與此相聯繫，張籍強調形式服務於內容，他深惡「駁雜無實之說」、「囂囂為多言之徒」，因為它們會「撓氣害性，不得其正」[2]，就是說會傷害內容，妨礙「明道」，故力主「棄無實之談」，有益於世。白居易讚其詩「風雅比興外，未嘗著空文」（〈讀張籍古樂府〉）。王建也謂「君詩發大雅，正氣回我腸」（〈送張籍歸江東〉）。都說明他反對空洞之文。這與白居易的

---

2 （唐）張籍《張籍詩集》，中華書局1960，107頁。

主張相同，他的〈新樂府序〉認為作文應「繫於事不繫於文」，語言形式與情感義理猶如花、苗與根、實的關係。在《策林》中他批評六朝單純「嘲風雪、弄花草」之靡風，指出「雕章鏤句，將焉用之？」[3]因此，他旗幟鮮明地提出：「俾辭賦合炯戒諷諭者，雖質雖野，采而獎之；碑誄有虛美愧辭者，雖華雖麗，禁而絕之」（同上），都表明其內容重於形式的主張。也可以解釋二人的詩風同樣質樸的原因。

（二）、「化乎天下」的文學功用觀

自孔子提出「興觀群怨」說，文藝的功用一直受到重視。中唐時期，社會矛盾十分複雜，張籍〈與韓昌黎書〉概括當時世情是「聖人之道」、「君臣父子夫婦朋友之義沉於世，而邦家繼亂」，「老釋惑乎生人久矣。」因此他十分強調文章的社會作用，力勸韓愈著書立說，闡發聖道，教諭百姓。他認為單憑言論，作用有限，最好方法「莫若為書，為書而知者，則可以化乎天下矣，可以傳於後世矣」。「化乎天下」包含文學的教育、認識和改造作用，而傳世則不同於曹丕所謂個人立言傳名「不朽之盛事」，而是傳播優秀文化，所以他勸韓愈「盍為一書，以興存聖人之道」。對文學功用的重視，給予白居易以積極影響。

白居易一貫強調詩歌的美刺諷諭作用，他在〈讀張籍古樂府〉詩中稱其功用，「讀君〈學仙〉詩，可諷放佚君；讀君〈董公〉詩，可誨貪佞臣；讀君〈商女〉詩，可感悍婦仁；讀君〈勤齊〉詩，可勸薄夫敦」。整個世風都已涉及，諷、誨、感、勸實際上是文學教化作用的具體化。此外白居易也明確認識到文學的

---

[3] （唐）白居易〈策林六十八・議文章、碑碣詞賦〉，《全唐文》，上海古籍出版社，1993年版，3036頁。

傳世作用，如他認為反映自己「兼濟」、「獨善」之志的諷諭詩和閒適詩不為時人所重，但相信傳之後世，千百年後人們必能知其主而愛之。因此，他堅決主張寫作必須既對現實負責，也對後世負責，〈新樂府序〉要求「其事覈而實，使采之者傳信」，《立碑》詩中指斥那些諛墓愧詞「銘勳悉太公，敘德皆仲尼。」其結果是「但與愚者悅，不思賢者嗤。豈獨賢者嗤，仍傳後代疑。古石蒼苔字，安知是愧詞？」這都見出其強調文學的真實性，重視文學功用的觀點。

（三）、「宏廣以接天下士」的文學批評觀

杜甫《戲為六絕句》詩云：「不薄今人愛古人」。這是一種正確的文學批評態度，杜甫不僅親風雅屈宋，同時對六朝之庾信、陰鏗、何遜，到唐代之王楊盧駱也予以高度評價，愛古人不易，不薄今人尤難，貴遠賤近，向聲背實之陋習自古而然，張籍對此十分厭惡，主張不抱偏見，客觀評價。他曾批評韓愈「商論之際，或不容人之短」的毛病，勸他心胸開闊，「宏廣以接天下士」。這對後來韓愈獎掖後進，兼納眾體的態度不能說沒有影響，而白居易同樣持此態度，〈與元九書〉指出「貴耳賤目，榮古陋今」是盛行的世俗觀念，深表不滿。他們對於同代作家，無論蜚聲已久，還是初露鋒芒，凡有可取，都熱情褒揚。張籍對承其詩風的文學後輩如朱慶餘、李餘、項斯、董居中等人都大力提攜扶持，而對風格迥異、冷僻寒瘦的孟郊、賈島也真誠讚許。白居易不僅推崇張籍、孟郊，還極讚一些顯不如己的詩人如鄧魴等。都表明他們懂得風格多樣化的重要性，不囿於世俗，為文學的繁榮而開展批評。

二、反映時事的敏銳性

關於張籍作品的內容和題材，明人胡震亨曾評論說：「張文昌只得就世俗俚淺事作題目，不敢及其他。」又進一步解釋道：「文昌樂府，只〈傷歌行〉，詠京兆楊憑者是時事。」[4]（《唐音癸籤》卷九）胡氏所謂「時事」未免範圍太狹，而「世俗俚淺事」本身就概括了張詩反映社會生活的基本內容。張籍繼承杜甫憂國憂民之傳統，關注現實，反映生活，或以小見大，或藉古寓今，內容廣泛，差不多涉及到中唐時期各方面有關國計民生的社會問題，這是比楊憑遭貶重大得多的時事，不過與杜甫在反映現實的側重點上有所差異，不是直接對歷史事件作具體敘述，而多以普通百姓的心境描寫來側面反映時事，反映人民疾苦。所以宋人張戒〈歲寒堂詩話〉指出其詩「專以道得人心中事為工」[5]。也正是張籍詩歌的鮮明特色。

張、白詩歌不僅反映一般人所注意到的時事，更以杜甫那樣高度的社會責任感去觀察感受生活，以敏銳的洞察力去揭示和發掘問題的實質，其作品思想內容有許多新的突破，比一般詩作涉及面更廣，也更深刻，以下幾方面即可看出這一突出特點，由此也更顯示其繼承創新的淵源關係。

（一）、異於時俗的婦女觀

封建社會婦女的痛苦不幸是歷代進步文學的常見題材，與那

---

4 （明）胡震亨《唐音癸籤》卷九，古典文學出版社，1957年版，73頁。

5 （宋）張戒《歲寒堂詩話》，據丁福保《歷代詩話續編》中華書局，1983，459頁。

種只耽於描寫婦女體態容貌的作品相比，這是一種質的飛躍。但是，早期的這類作品大多是反映婦女因所謂「癡情女兒負心漢」及戰禍離亂而釀製的悲劇，對於造成婦女悲劇根本原因——封建禮教制度則較少揭露，著名的〈焦仲卿妻〉斥責「父母之命，媒妁之言」，已開始接觸到本質，但其危害是同時相對於男女雙方的。因此，直接揭露封建禮教對婦女的束縛和迫害，張籍可謂先行者之一。他的〈離婦〉詩，就是對舊倫道殘害婦女罪惡的憤怒控訴。一位「十載來夫家，閨門無瑕疵」的勞動婦女竟慘遭遺棄，原因是所謂「薄命不生子，古制有分離」。女子無辜，卻被強加罪名，卑劣的負心漢還披上了一件「合理」的外衣，可以為所欲為。這是多麼的不公，人們在同情其遭遇，譴責負心漢的同時，也將對這封建「古制」產生懷疑和不滿。白居易同樣對此有深刻認識，在〈和微之聽妻彈別鶴操〉中，對古代商陵牧子恪守古訓，雖然痛苦也堅持要離棄無子之妻的行為感到不滿，表示出不必遵從這種毫無人道的舊禮教的進步觀念，自謂「無兒雖薄命，有妻偕老矣」。在另一首〈婦人苦〉詩中，他對那種男人續弦名正言順，女子喪偶只能「終身守孤孑」的傳統習俗進行了有力的批判，婦女的遭遇「有如林中竹，忽被風吹折。一折不重生，枯死猶抱節」，禮教的無情由此暴露。

一些描寫宮女生活的作品，他們也一反流俗，揭示其作為統治者玩物的悲慘命運。宮中婦女不僅有所謂人老珠黃，色衰被棄之憂，甚至紅顏猶存，仍有旦夕遭棄之險。張籍〈白頭吟〉借一宮妃之口，沉痛地訴其哀怨：「憶昔君前嬌笑語，兩情宛轉如縈素。宮中為我起高樓，更開花池種芳樹。」「春天百草秋始衰，棄我不待白頭時。羅襦玉珥色未暗，今朝已道不相宜。」這就比前人更深一層地揭露出統治者的朝三暮四的靡爛生活，也突出了宮女身不由己的淒苦。白居易亦有類似描寫。如〈後宮詞〉：

> 淚濕羅巾夢不成，夜深前殿按歌聲。紅顏未老恩先斷，斜依熏籠坐到明。

形象生動，寫出宮女的不幸和作者的不平。而張籍的另一些詩還直接以婦女的反抗來抨擊統治者反復無常的本性。〈吳宮怨〉中描寫一位美女拒絕君王的玩弄，因為她認識十分明確：

> 宮中千門複萬戶，君恩反復誰能數？君心與妾既不同，徒向君前作歌舞。

反抗雖然是消極的，但表明已開始覺醒。

張籍白居易以婦女生活為題材的作品如此深入發掘，展示其複雜內心世界，代表其鳴不平，觸及到悲劇根源，顯出不同凡響的卓絕見識。

（二）、對官商坑農的憂慮

安史亂後，百業凋敝，卻出現商業經濟畸形發展的狀況。商人與官府勾結，牟取暴利，如白居易〈策林‧議鹽法之弊論鹽商之幸〉所揭露，他們「居無征徭，行無權稅，身則避於鹽籍，利盡入於私室」。對此，中唐許多人如王建、元稹等都曾進行過批判，張、白在譴責其醜行的同時，更注意到這對於農業和農民利益的傷害。張籍〈賈客樂〉寫道：「年年逐利西復東，姓名不在縣籍中。農夫稅多難為食，棄業寧為販寶翁」。商賈利豐而逃稅，農夫重稅難糊口，令人深思。〈野老歌〉同樣渲染二者的貧富懸殊。山農辛勤耕作，不足輸稅。「歲暮鋤犁依空室，呼兒登山收橡實。」而另一方面則是「西江賈客珠百斛，船中養犬長食肉」。通過這鮮明的對比，表現出作者對國計民生大事的關懷和對時弊的揭露抨擊，其深刻的思想性和現實性光映百代。

白居易也曾表達同樣的感受，其〈鹽商婦〉就以鹽商老婆的自述，暴露其獲利之奧秘：「婿作鹽商十五年，不屬州縣屬天子，每年鹽利入官時，少入官家多入私。官家利薄私家厚，鹽鐵尚書遠不知。何況江頭魚米賤，紅鮒黃橙香稻飯」。官商勾結，穀賤傷農，勢必嚴重破壞農民生產積極性，說明改變這種狀況已刻不容緩。

（三）、對統治者橫徵暴斂的無情鞭撻

中唐時期，社會矛盾更加尖銳，統治者為了轉嫁危機，更加瘋狂地掠奪聚斂，加重百姓負擔。張籍白居易與許多正直詩人一樣對此予以揭露。而且善於以新的角度加以發掘，無情地撕下統治者的虛偽面紗，顯出其吸血鬼的本質。張籍的〈野老歌〉就是一例。

> 老翁家貧在山住，耕種山田三四畝。苗疏稅多不得食，輸入官倉化為土。

官家的兇惡與貪婪已到了何等驚人的程度。榨取有道，揮霍無度，竟至消耗不盡而空貯內府朽爛成灰。真是怵目驚心，令人咋舌。結合白居易的類似詩句，「進入瓊林庫，歲久化為塵」（〈重賦〉）。「廚有臭敗肉，庫有貫朽錢」（〈傷宅〉）。可以對統治者暴斂民財有更深刻的認識。據《通鑒》卷229載：德宗建中、貞元間，朱泚作亂，據長安近年，大掠府庫，「日費甚廣」，「及長安平，府庫尚有餘蓄，見者皆追怨有司之暴斂」。[6]這正可說明張白詩所具有的詩史性質。

同時，白居易還對統治者所玩弄的斂財騙局予以揭露。「十家租稅九家畢，虛受吾君蠲免恩」（〈杜陵叟〉），大災年強征租稅後，方公佈免租詔令以顯皇恩，實屬絕妙諷刺。由此，他們以其犀利的筆調，揭示出「四海無閒田，農夫猶餓死」的根源。

（四）、對方術迷信的辛辣嘲諷

有唐一代，方術盛行，王公貴族多信奉之，欲以求仙長生，張籍白居易則毫不留情地揭露其害。張籍的《求仙行》寫道：「漢皇欲作飛仙子，年年採藥東海裡，蓬萊無路海無邊，方士舟中相枕死。九皇真人終不下，空向離宮祠太乙。」其借古諷今之意十分明顯。後來白居易也曾作〈海漫漫〉詩，說明秦皇漢武求藥成仙終為虛幻，以此「戒求仙也」。二詩的主題、題材、表現手法及語言形式都極為相近，可見其間的聯繫，針砭了這種荒誕無稽之時弊。

張籍另有一首〈學仙〉詩，被白居易稱之為「可諷放佚君」，揭穿仙道苦難害人實質更是入木三分，方士們百般折磨那些虔誠愚昧的學者，使之「虛羸生疾疹，壽命多夭傷」，為了繼續行騙而掩蓋罪行，「身歿懼人見，夜埋山谷傍」。學仙不成，徒留笑柄。警喻世人，以此為誡。

（五）、對「諛墓」陋習之批評

諛墓作偽，由來已久，立碑家用以欺世盜名，撰文者以此獲

---

[6] （宋）司馬光《資治通鑑‧卷229‧唐紀四十五》，上海古籍出版社，1987年版，1571頁。

取厚酬，習俗如此，無以為非，不少著名文士都樂於此道，張籍白居易則極為厭惡這種虛美愧詞，在〈白邙行〉中，張籍含蓄地表示了自己的意見：

> 車前齊唱《薤露歌》，高墳新起白峨峨。千金立碑高百尺，終作誰家柱下石。

權貴圖取虛名，喪事熱鬧異常，千金購虛美之文，刻碑欲謀求不朽，然事與願違，只是徒勞。生前無實際惠政，將很快被人遺忘，有的甚至「名字比屍首爛得更早」。

與張詩的含蓄諷刺稍異，白居易詩更淋漓痛快。其〈青石〉詩代石聲言：「不願作人家墓前神道碣，墳土未乾名已滅；不願作官家道傍德政碑，不鐫實錄鐫虛辭。」態度嚴正，旗幟鮮明。〈立碑〉詩還對那些見利忘義、敗壞文風者予以鞭撻，「勳德既不衰，文章亦陵夷。」「銘勳悉太公，敘德皆仲尼。」「古石蒼苔字，安知是愧詞？」鄙夷之情溢於言表。

由以上數端，即可窺張白詩深刻思想內容之一般，因其強烈的社會責任感，方能如此目光敏銳，大膽美刺，專以道得人心中事為工，勇於道他人所未道，亦可見其對杜甫精神之繼承與發揚光大。

三、藝術形式的承繼性

「為人性癖耽佳句，語不驚人死不休。」「新詩改罷自長吟」，「毫髮無遺憾」，這都是杜甫精心錘鍊，一絲不苟的創作態度之真實寫照。而苦心追求藝術形式的完美也正是杜詩不朽的重要原因。張籍、白居易對此同樣有正確的認識，並非如有人所謂其詩完全忽略形式，皆率意而作。他們在形式上的共同特點主要有以下幾個方面。

（一）、關於樂府詩體的創新

樂府詩通俗曉暢，利於「補察時政」。元稹〈古題樂府序〉闡述其基本創作原則有二，「寓意古題，刺美見事」；「即事名篇，無復依傍。」並特地強調此承杜詩而來。且亦為白居易所遵循。

事實上，在元白之前有不少詩人如元結等都已顯出類似意趣，張籍則更自覺地進行探索。在古題方面，寫下許多與古義關係較遠，甚至全無古義之作，如〈董逃行〉，據《樂府詩集》卷34引崔豹《古今注》：「後漢游童所做也，終有董卓作亂，卒以逃亡。後人習之為歌章，樂府奏之以為儆誡也。」[7]，張籍卻以古刺今，寫兵燹給百姓造成的巨大災難。再如〈朱鷺曲〉，據郭茂倩再引《隋書樂志》解釋是「古之君子，悲周道之衰，頌聲之息，飾鼓以鷺，存其風流」[8]。而張籍則以之喻無所逃隱，終被屠戮的弱者，反映現實環境之險惡。這類「寓意古題，刺美見事」之作甚多，諸如〈猛虎行〉、〈少年行〉、〈傷歌行〉、〈白頭吟〉等，都不受原題約束。而當古題不適應表現複雜生活內容時，他便即事名篇，自創新題，如著名的〈節婦吟〉為拒絕蕃鎮賄賂，以節婦自喻其志而命題；〈永嘉行〉吟古傷今，以西晉滅亡之事隱喻當今外族入侵，災難深重的社會現實，故用晉懷

---

[7] （宋）郭茂倩《樂府詩集》卷34引崔豹《古今注》中華書局1991年版，504頁。

[8] （宋）郭茂倩《樂府詩集》卷16，中華書局1991年版，226頁。

帝年號為題。此外如〈山頭鹿〉、〈雀子多〉、〈各東西〉、〈牧童詞〉、〈羈旅行〉等，皆有意新創。其內容既為時事，其語言風格亦由古題之蒼古變得清新，其形式更擺脫羈絆，靈活自由，其成就開白居易等之先河。

（二）、反本作結的特殊章法

白居易〈新樂府序〉道：「首句標其目，卒章顯其志，詩三百之義也。」這種篇章結構在張籍樂府中隨處可見，如〈築城詞〉首句：「築城處，千人萬人齊把杵。」末句點明題旨：「家家養男當門戶，今日作君城下土。」

他如〈山頭鹿〉、〈促促詞〉、〈古釵歎〉、〈朱鷺〉等，張白並非偶合，均同出《詩經》之故，首句往往義兼比興，結尾更有畫龍點睛，振聾發聵之效，這極為後世所重。宋・周紫芝《竹坡詩話》評道：「唐人作樂府者甚多，當以張文昌為第一。」[9]元代范德機〈木天禁語〉亦云：「樂府篇法，張籍為第一」。[10]北宋張耒樂府更全摹張籍。故白居易亦當有所借鑒。

白氏雖然首尾並提，而實際更重視「卒章顯志」，即如何在結尾使主題得到突出、深化的問題，這顯然受張詩啟發。范德機在總結張籍樂府篇法時便只談其結尾，有所謂「含蓄不發結者，又有截斷頓然結者。」更強調指出：「要訣在於反本題結，如〈山農詞〉，結卻用『西江賈客珠百斛，船中養犬多食肉』是也。」僅就後者而言，即可見出二人的相承關係。

---

9 （宋）周紫芝《竹坡詩話》，（清）何文煥輯《歷代詩話》（上），354頁，上海古籍出版社1982年版。

10 （元）范德機《木天禁語》，（清）何文煥輯《歷代詩話》（下），746頁，上海古籍出版社，1982年版。

所謂反本題結，實為對比手法的特殊運用，即先扣住本題極力渲染，最後以精煉之句以反面戛然收束，產生強烈鮮明的對比效果，發人深省，深化主題，餘味無窮。如范德機所舉〈山農詞〉之例：

……苗疏稅多不得食，輸入官倉化為土。歲暮鋤犁傍空食，呼兒登山收橡實。西江賈客珠百斛，船中養犬長食肉。[11]

……貧兒多租輸不足，夫死未葬兒在獄。旱日熬熬蒸野岡，禾黍不收無獄糧，縣家唯憂少軍食，誰能令爾無死傷。（〈山頭鹿〉）

白居易詩中亦大量熟用此法：

尊罍溢九醞，水陸羅八珍。果擘洞庭橘，膾切天池鱗。食飽心自若，酒酣氣益振。——是歲江南旱，衢州人食人。（〈輕肥〉）

朱門車馬客，紅燭歌舞樓。歡酣促密坐，醉暖脫重裘。……日中為一樂，夜半不能休。——豈知閿鄉獄，中有凍死囚。（〈歌舞〉）

前面扣題極寫宦官公侯之淫樂，然後陡轉，不著片語，主題

---

[11] 此詩題目在范德機《木天禁語》引作〈山農詞〉，而中華書局版《張籍詩集》3頁則題作〈野老歌〉，1960年版。

自明，意蘊倍增。張白這種反本題結法顯然與杜甫「朱門酒肉臭，路有凍死骨」不無聯繫，然又自有其創獲。

（三）、民歌古風的保持和發揚

樂府採自民歌，風格質樸自然，其後文人之作多趨雅飾，漸去本色，張籍白居易則能不斷從民間汲取營養，較多地保持其特色。

韓愈〈醉贈張秘書〉詩云「張籍學古談，軒鶴避雞群」。說明其風格與眾不同。其詩寫景狀物，多以疏筆白描；敘事抒情，更是意約意豐，顯得古樸無華，淡雅清新，這與白居易詩的通俗曉暢，不加雕飾一樣，源於民歌古風。

張籍的許多新題樂府本來就出自當時流傳的民間謠曲[12]，[13]而又大量採用民間口語俚語入詩，如：

牛群食草莫相觸，官家截爾頭上角。（〈牧童詞〉）
山頭鹿，角芟芟，尾促促。（〈山頭鹿〉）

另如〈促促詞〉、〈烏夜啼引〉等，運用口語均貼切自然，而又有助於表達豐富深邃的意旨，非輕率濫製者可比。故後來論者譽其詩為「思難辭易」，王荊公〈題張司業集後〉對此大加讚歎：「看似尋常最奇崛，成如容易卻艱辛」。這種言辭質徑、老嫗能解的白居易新樂府同樣能使「見之者易諭」，而又無淺俗之譏。

---

12 楊生枝《樂府詩史》，青海人民出版社，1985年版，505頁。
13 （唐）韓愈《答陳生書》，馬其昶《韓昌黎文集校注》，古典文學出版社1957年版，103頁。

（四）、書面語辭的熔鑄與錘鍊

杜詩所謂「讀書破萬卷，下筆如有神」，「轉益多師是汝師」，都包含對書面語的學習。這同樣為張籍白居易所重視。張籍早年遊學幽燕，熟諳經籍，韓愈曾自謂其「愈之志在古道，又甚好其言辭」。[14]（〈答陳生書〉）張籍亦常與韓愈研討文字，故韓愈〈題張十八所居〉詩中就特別提到彼此這種語言研討，「端來問奇字，為我講形聲」。張籍之造詣由此可見，因此駕馭語言準確自如，多熔鑄前賢而自成機杼，如：

> 山東二十餘年別，今日相逢在上都。說盡向來無限事，相看摩捋白髭鬚。

這首〈別故人〉全據杜甫《別唐十五誡》詩句「九載一相逢，百年能幾何？」而翻成新篇，道滄桑之慨，意味尤長。又如〈各東西〉：

> 我今與子非一身，安得死生不相棄？

出自劉希夷〈公子行〉「與君相向轉相親，與君雙棲共一身」。反其意而用之，更貼切生動地寫出離別愁緒，化而無痕，猶如獨創。

白居易詩中同樣不乏此例，其化用杜詩「安得廣廈千萬間，

---

[14] （唐）韓愈《答陳生書》，馬其昶《韓昌黎文集校注》，古典文學出版社1957年版，103頁。

大庇天下寒士俱歡顏」而寫成「爭得大裘長萬丈，與君都蓋洛陽城」和「安得萬里裘，蓋裹週四垠，」亦受廣泛讚許。

最明顯反映張白之聯繫者，白氏所化詞句，常直接出自張詩。如下面幾組詩句：

張：為人莫作女，作女實難為。（〈離婦〉）
白：人生莫作婦人身，百年苦樂由他人。（〈太行路〉）
張：苗疏鋭多不得食，輸入官倉化為土。（〈野老歌〉）
白：進入瓊林庫，歲久化為塵。（〈重賦〉）
張：邊將皆承主思澤，無人解道收涼州。（〈涼州詞〉）
白：遺民腸斷在涼州，將卒相看無意收。（〈西涼伎〉）
張：年年逐利西復東，姓名不在縣籍中。（〈賈客樂〉）
白：婿作鹽商十五年，不屬州縣屬天子。（〈鹽商婦〉）

其內容和形式都十分相似，清晰地顯示出二者在語言上的借鑒。

以上我們從張籍白居易創作主張、詩歌內容與藝術形式等三方面進行了分析，對其主要的相似特點作了比較，除此之外，尚可進一步探尋。當然，這也並不意味二者完全一致，否則也就無個性和價值可言了。如果說張籍樂府在思想內容深度上十分突出，寫時事多從小處著筆，以普通人的遭遇反映現實，專以「道得人心中事為工」，有時簡直就是人民自己的吶喊，那麼，白居易在題材的廣泛性方面就更具特色，更注重正面描寫社會時事，更近於杜詩，這與彼此的生活面有關。至於現實主義理論的系統化自然是白居易的傑出貢獻。

另外如劉熙載《藝概》所謂「白香山樂府，與張文昌、王仲初同為自出新意。其不同者，在此平曠而彼峭窄耳。」[15]也指出了其同屬淺切風格中的內在差異。但無論怎樣，他們之間的相似點很多這是客觀存在的。這裡既有自覺的學習借鑒，也有因交往切蹉中的潛移默化而產生緊密的聯繫。

張籍白居易之間的這種聯繫有何意義呢？不言而喻，它極大地推動著現實主義文學的健康發展，因為它本身就是適應著時代與文學發展的需要而產生。中晚唐之際，社會矛盾愈趨激烈，白居易等人為配合改革弊政的鬥爭，自覺以詩諷喻美刺，這便需要擺脫大曆以來的華豔詩風之影響。白居易希望其詩能像杜詩一樣具風雅比興之義，發揮巨大的社會作用，甚至他還不滿於杜，大有超越之志。然而，代表唐代現實主義文學最高成就的杜詩令他一時難於追步，必須在對其博大精深的意旨逐一進行理解的基礎上方能有所創新，這就需要借助於橋樑和階梯，以接力的方式攀登。因而，張籍的出現便勢在必然。他是大曆後第一個能直接繼承杜甫傳統並取得突出成就的著名詩人，他頗不滿當時「樂府無人傳正聲」的情形，熱切期待著「幾時天下復古樂，此瑟還奏〈雲門曲〉。」以自己的創作努力恢復優良詩歌傳統。也以自己的探索與成就為白居易提供了借鑒的經驗。從而加速了對杜甫精神的深入理解，便於開拓發展。登高而招，其見者遠，順風而呼，其聞者彰。天才站在巨人的肩上，就會如龍騰雲，如虎添翼，終於成其偉大。因此，若無張籍以辛勤汗水架好的一條通向高峰的金橋，白居易獨自從頭進行曲折的探索，能否同樣取得如此成就將很難逆料，或許，他就會像張籍一樣，成為一條通頂的路，而不會攀上另一座高峰。

---

[15] （清）劉熙載《藝概・詩概》，上海古籍出版社，1982年版，65頁。

白居易〈讀張籍古樂府〉詩云：「張生何為者，業文三十春，尤工樂府詩，舉代少其倫……」成功的攀登者不會忘記辛勞的開路人，就像挺拔的大樹不會忘記腳下的泥土、地底的根。白居易對張籍的讚語表明其欽服和師承，也揭示了其成功的重要原因。

博取眾長獨樹一幟
——楊慎《升庵詩話》論李杜評析

一、緒言

楊慎（1848—1559），字用修，號升庵，四川新都（今屬成都）人，明代著名文學家，也是古代四川繼蘇東坡之後又一曠世奇才。

楊慎好學窮理，老而彌篤，涉獵面十分廣泛，「上探墳典，下逮史籍、稗官小說，及諸詩賦百家九流，靡不究心」[1]，據王文才先生《楊慎學譜》統計，楊慎著述多達二百餘種。其《升庵全集》《合集》中都有不少為專門品評歷代詩歌的詩話著作。門生梁佐編訂的《丹鉛總錄》中即有《詩話》四卷（十八至二十一卷）。門生曹壽甫編訂的《詩話補遺》分為上下卷。《升庵全集》中差不多也收其詩話八卷（五十四至六十一），焦竑編《升庵外集》又曾編訂《詩品》十二卷（六十七至七十八卷）。到了清代乾隆年間，另一位著名四川大學者李調元將《詩品》十二卷與《詩話補遺》合勘，刪汰重複部分，編為《升庵詩話》，收入其叢書《函海》中，這可算是升庵詩話第一次專門性整理，同時也成為一個較通行的本子。其後《總纂升庵合集》收《詩話》

---

[1] 程啟充〈升庵詩話序〉，載王文才、張錫厚《升庵著述序跋》，雲南人民出版社，1985年，170頁。

十五卷，比《函海》本略多。民國四年，丁福保再加彙集，編成《足本升庵詩話》十四卷，又稍增加一些條文，但流傳不廣。

1990年，四川人民出版社出版了楊文生著《楊慎詩話校箋》，分別以《丹鉛總錄》、《函海》、《全集》、《外集》、《合集》為底本，編為《詩話》十二卷、《補遺》一卷、《續補遺》三卷，共十六卷，計八百餘條，並對詩話引用詩句據通行詩集進行校箋，此本為目前收集楊慎詩話最多且最便於閱覽的本子，故本文所論亦皆據此本。

楊慎生活的時代，正是李東陽為首的「茶陵派」及前後七子統治詩壇的時期，楊慎早年初入京師時，曾以一首〈黃葉詩〉而得李東陽激賞，謂：「不減唐宋詞人」，並令受業門下。同時楊慎還是何景明的好友，這都使楊慎的文學觀念亦自然受其影響，鼓吹復古，提倡「文必秦漢」、「詩必盛唐」，突破三楊「台閣體」辭氣閒雅詩風的束縛。但是，在另一方面，楊慎又不是簡單的追隨，在許多方面具有其獨特的認識。他不滿於對盛唐詩歌的一味模擬，主張探源溯流，廣泛學習。李調元〈升庵詩話序〉謂：「升庵先生作詩，不名一體；言詩，不專一代。兼收並蓄，待用無遺。」[2]楊慎認為盛唐、李杜詩歌創作成就本身就是在繼承借鑑先唐文學尤其是六朝、初唐優秀文學遺產的基礎上取得的，這也是其成功的重要原因。因此楊慎大力宣揚學習六朝、初唐文學，並以此指導其創作實踐。在其詩話中，即反映出楊慎對詩歌多方面的認識和觀點。八百餘條論述，從黃帝時期（彈歌）始，至明永樂、正德間詩人止，涉及到廣泛的問題，而其中最多的是專論李白、杜甫詩歌，達130餘條，約占全部詩論八分之一

[2] 楊文生《楊慎詩話校箋・附錄》，四川人民出版社1990年，458頁。

強。楊慎對於詩歌創作的主要理論主張，亦通過對有關李杜詩歌的論析而大致得以表現，故此特對其有關李杜之詩論略加評析，瞭解其得失，以窺其詩歌理論主張之一斑。

二、楊慎詩話論李杜條目

為了更便於說明問題，先將《升庵詩話》中與李杜有關的詩論類列如下：

（一）、論李白之詩者

卷七整卷共二十三條。其具體條目為：1. 太白用古樂府。2. 古胡無人行。3. 李太白〈相逢行〉。4. 太白〈梁甫吟〉。5. 李白〈橫江詞〉。6. 阿弊回。7. 柳花香。8.〈陪族叔刑部侍郎曄及中書賈舍人至遊洞庭〉。9. 又。10.〈巴陵贈賈至舍人〉。11. 豎子。12. 泉明。13. 太白句法。14. 下落花。15. 捶碎黃鶴樓。16. 太白懷鄉句。17.〈杜鵑花〉。18. 東山李白。19.〈許彥周詩話〉。20. 巫峽江陵。21. 評李杜。22. 學〈選〉詩。23. 劉須溪。

其他卷次：24. 掛胡床（卷二）。25. 魏收（攡瑟歌）（卷二）26. 太白用徐陵詩。（卷三）27. 李太白論詩。28. 敖陶孫詩評。29. 蜀詩人。30.〈採蓮曲〉。31. 五言律八句不對。32. 同能不如獨勝（以上卷四）。33. 陸機、李白詩音。（以上卷六）。34.〈荊州歌〉。35. 素足女。36.〈橫江詞〉。37.〈哭宣城善釀紀叟〉。38. 太白五言。39. 日足。40. 闌士。41. 李杜詩用顏賦。42. 評李杜韓柳。（以上續補遺卷二）

（二）、論杜甫詩

卷八整卷四十一條：1. 稱許有乃祖之風。2.「天規象緯逼」。3. 古字「窺」作「規」。4. 避賢。5. 短褐。6.〈麗人行〉逸句。7. 不嫁惜娉婷。8. 禿節。9. 社南社北。10.〈西郊〉詩。11. 杜詩「野艇」字。12.「關山同一點」。13.「數回細寫愁仍破」。14. 子美〈贈花卿〉。15. 錦城絲管。16. 也字作夜音。17. 止觀之意。18. 雕瓜。19. 日抱黿鼉。20. 步簷。21. 衡州。22. 落月屋樑。23. 杜詩本選。24. 五雲太甲。25. 東閣官梅。26. 綠沉。27. 泥人嬌。28. 鐵馬汗常趨。29. 袁紹杯。30. 滕王（甲）。31. 滕王（乙）。32. 鶯啼修竹。33. 江平不流。34. 坐猿坐鶯。35. 杜工部荔枝詩。36. 補稻畦水詩。37. 伏毒寺詩。38. 杜詩與包佶同意。39.〈書堂飲散復邀李尚書下馬賦〉。40. 杜詩奪胎之妙。41. 杜逸詩。

其他卷次：42. 慧遠詩。43. 螢火詩。（批評其太露）（以上卷二）。44. 庾信詩。45. 清新庾開府。46. 羊腸熊耳（批評其偏枯）47. 鄰舍詩（卷三）。48. 杜少陵論詩。（論詩絕句：別裁偽體親風雅）。49. 敖陶孫詩評（杜工部如周公制作）。50. 詩史。51. 胡、唐論詩。52. 蘭亭、杜詩。53. 五言律起句。54. 葉晦叔論詩。（以上卷四）55. 絕句。56. 絕句四句皆對。57. 唐詩不厭同。58. 尹式詩。59. 書貴舊本。60. 杜詩誤字。61. 熏風啜茗。62，逐子。63. 一笑。64. 北走。65. 七平七仄詩句。（以上卷五）66. 杜審言詩。（以上卷七）67. 杜詩「左擔」之句。（補遺）68. 讀書萬卷。69. 詩文用字須有來歷。70. 八月朽月。71. 青精飯。72. 白頭烏。73. 請急。74. 除草。75. 褥急芙蓉。76. 杜詩天棘。77. 口脂。78. 上番。79. 竹筍江魚。80. 玉瑕錦類。81. 江蒲。82. 乳酒。

82. 舞馬登床。83. 石原。83. 杜七言律偽虞注。84. 李杜詩用顏賦。85. 少陵絕句不能兼善。86. 評李杜韓柳。（以上詩話續補遺卷二）87. 豔雪。88. 鳳林。（以上續補遺卷三）

以上李杜詩論目錄共計130條，另有少量涉及李杜詩篇者，因非專論李杜，不再論列。

三、楊慎詩話論李杜之基本觀點及主要內容

綜觀楊慎有關李杜之論，涉及面十分廣泛，既有比較具體的關於詩歌立意、遣詞之論析，亦有創作方法、藝術等方面的闡發，也還有不少由李杜而引申到對文學史發展流變、重要文學現象和定論的重新認識與評價，不乏真知灼見與獨特思考。〈楊慎詩話校箋前言〉曾對其主要內容及觀點作過概述，包括詩歌史、詩歌性質、表現手法、詩歌風格、遣詞造句、學習道路等方面的內容，所有這些大致均可透過其對李杜的評論中得到瞭解，同時透過李杜這種大家之論也更能體現出楊慎勇於思索的精神和詩話特點，因此，有關李杜詩論，應為楊慎詩話之極為重要的部分，限於篇幅和水準，現僅就其主要方面略作論述。

（一）、強調重視詩歌自身特點，主張真情實性與含蓄蘊藉為詩之基本特徵

詩歌主性情，這是楊慎的一個重要主張，並認為這是關係著詩歌成功與否的關鍵。楊慎比較唐宋詩之差異說道：「唐人詩主情，去三百篇近，宋人詩主理，去三百篇卻遠矣。」（《楊慎詩話》卷四）態度十分鮮明。而在同卷「詩史」條中，楊慎特地將詩與各類性質著述作對比，對此作了更為系統的闡述：

宋人以杜子美能以韻語紀時事，謂之「詩史」，鄙哉宋人之見，不足以論詩也。夫六經各有體，《易》以道陰陽，《書》以道政事，《詩》以道性情，《春秋》以道名分。後世之所謂史者，左記言，右記事，古之《尚書》、《春秋》也。若《詩》者，其體其旨，與《易》、《書》、《春秋》判然矣。三百篇皆約情合性而歸之道德也，然未嘗有道德字也，未嘗有道德性情句也。二南者，修身齊家其旨也，然其言琴瑟鐘鼓、荇菜芣苢、夭桃依李、雀角鼠牙，何嘗有修身齊家字耶？皆意在言外，使人自悟。至於變風、變雅，尤其含蓄，言之者無罪，聞之者足以戒。如刺淫亂，則曰：「雝雝鳴雁，旭日始旦」。不必曰「慎莫近前丞相嗔」也。憫流民，則曰「鴻雁於飛，哀鳴嗷嗷」。不必曰「千家今有百家存」也。傷暴斂，則曰「唯南有箕，載翕其舌」。不必曰「但有牙齒存，可堪皮骨幹」也。杜詩之含蓄蘊藉者，蓋亦多矣，宋人不能學之。至於直陳時事，類於訐訕，乃其下乘末腳，而宋人拾以為已寶。又撰出「詩史」二字，以誤後人。如詩可兼史，則《尚書》、《春秋》可以並省。又如今俗卦氣歌、納甲歌，兼陰陽而道之，謂之「詩易」可乎？

楊慎在此對傳統的杜詩乃「詩史」之說提出了不同意見，乍一看去，似乎覺其未免偏激，但仔細揣測，則不難發現其真正用意所在。楊慎並不是反對以詩歌敘寫史實、反映時事，他主張繼承中國詩歌優良傳統，勇於針砭現實弊政，關注社會人生，所謂「刺淫亂」、「憫流民」是也，但是，楊慎認為必須充分尊重藝術創作規律，注意利用詩歌自身特點，以形象思維的方式，寄寓真情實性，以情感人，含蓄表達其觀點與意見。「意在言外，使人自悟」，讓讀者通過藝術形象的分析鑒賞得到美的享受，也自然地引起對含蘊其中的作品主題及作者傾向的理解和深入思考，潛移默化，水到渠成，達到「聞之者足以戒」的目的。只有這樣，才能真正更好地發揮詩歌「興、觀、群、怨」的社會作用，產生良好的社會效果。他在評價唐宋詩基本差異時認為「唐人詩主情，去《三百篇》近，宋人詩主理，去《三百篇》卻遠矣。」也是基於這一觀點。

楊慎在此所論實際上包含著兩個命題。第一，即所謂詩主性情，重視詩歌自身規律。第二則再次重申了含蓄蘊藉說，主張詩之興寄，不滿一味直露表白，一覽無餘，毫無韻味。在明中葉「文必秦漢」、「詩必盛唐」的文學風潮下，楊慎對早成定論的杜甫「詩史」說提出質疑，認為其並未真正抓住杜詩奇妙之處，這不能不說是一種具有創見和膽識的看法，見解不凡，有著特殊的意義。楊慎並非故意標新立異，而是出自於實際感受。他所謂「杜詩之含蓄蘊藉者，蓋亦多矣」，不是泛泛之詞，也是有其具體注腳。如他曾反覆讚許杜甫〈贈花卿〉詩：「花卿名敬定，丹棱人，蜀之勇將也，恃功驕恣。杜公此詩譏其僭用天子禮樂也。而含蓄不露，有風人『言之者無罪，聞之者足以戒』之旨。公之絕句百餘首，此為之冠」（卷四子美〈贈花卿〉）。又云：「杜子美七言絕句近百，當時伎女獨唱其〈贈花卿〉一首。……蓋花卿在蜀，頗僭用天子禮樂，子美作此諷之，而意在言外，最得詩人之旨。當時伎女，獨以此詩入歌，亦有見哉！杜子美詩諸體皆有絕妙者，獨絕句本無所解，而近世乃效之而廢諸家，是其真識冥契，猶在唐世伎人之下乎！」（錦城絲管）此外，楊慎又引《許彥周詩話》對杜甫《衡州》詩「悠悠委薄俗，鬱鬱回剛腸」二句評論，曰：「此語甚悲，昔蒯通讀《樂毅傳》而涕泣，後之人亦當有味此而泣者也。」稱道其含蓄蘊藉，耐人尋味。認為這類詩作才是杜詩高妙所在，思想性與藝術性自然結合，具有很高的審美價值。

同樣從這一主張出發，楊慎對李太白詩極力推崇，認為其詩興寄深微而餘韻無窮，他稟承楊萬里之說，謂李白為列子御風，無待而神於詩者，杜甫為靈均乘桂舟、駕玉車，有待而未嘗待，聖於詩者也。並進一步明確指出：「余謂太白詩，仙翁劍客之語，少陵詩，雅士騷人之詞。比之文，太白則《史記》，少陵則《漢書》也。」（卷四《評李杜》）又特地指出李白〈早發白帝城〉與杜甫〈最能行〉進行比較，謂其同樣化用盛弘之〈荊州記〉之語，卻有優劣之別。力讚太白此詩，驚風雨而泣鬼神，意謂杜詩「朝發白帝暮江陵，頃來目擊信有徵」之句，似過於切實，近於史籍，故不如太白詩更有詩之韻味，這正見出楊慎之詩歌意趣。與此相關，楊慎還評論太白〈巴陵贈賈至舍人〉詩：「賈生西望憶京華，湘浦南遷莫怨嗟。聖主恩深漢文帝，憐君不譴到長沙。」謂「太白此詩解其怨嗟也，得溫柔敦厚之旨矣。」（卷七）

楊慎強調真切情性與含蓄蘊藉為詩歌基本特徵，不為無見，但其謹守溫柔敦厚之傳統詩教，批評杜詩「直陳時事，類於訐訕，乃其下乘末腳」，則又未免拘泥，有失公允。離開特定歷史背景，難於準確把握杜甫之深切用心，國難巨變，憂齊終南，百感交集，故而直抒胸臆，淋漓盡致，指陳時事，無所顧忌，此亦正為至情至性之體現，與其沉鬱頓挫、含蓄蘊藉之作異曲同工，真切感人，無可厚非。在此亦表現出楊慎認識之局限。

（二）、主張學李杜之所學，即直接由《文選》入手，上溯到先秦詩騷之源頭，兼收並蓄

楊慎詩話中反覆提到詩歌學習的途徑問題，針對當時所謂

「詩必盛唐」的觀點，尤其強調學習李杜詩歌重要性的慣例，楊慎提出新見，認為無須如此局限，而應探源溯流，首先學習李杜之前的初唐、六朝詩，楊慎曾多次表達這一見解。其最典型者如下面所論：

近有士人熟讀杜詩，余聞之曰：「此人詩必不佳，所記是棋勢殘著，元無金鵬變起手局也。」因記宋章子厚日臨蘭亭一本，東坡曰：「章七終不高，從門入者，非寶也。」此可與知者道。（《蘭亭、杜詩》）

其意十分明顯，即學詩當充分吸取前人成功之經驗，不能僅停留於成功者本身的表面現象，而應從其之所以成功的內在淵源入手，即探求其本身所學習的途徑，分析其藝術借鑒的主要來源，從而瞭解其成功的重要原因。除此之外，楊慎還有另一層意思，即詩藝的探尋應該廣求途徑，不能僅僅局限於一二大家。因為大家本身也是在不斷學習總結前代優秀文學遺產和詩歌藝術、吸收其營養的基礎上形成其獨特風格與成就的，楊慎特別多次指出李杜學習六朝詩歌、漢魏樂府、（文選）的情況。如下面幾條：

「李太白終始學（選）詩，杜子美好者亦多是效《選》詩。後漸放手，初年甚精細，晚年橫逸不可當。」（卷六）謝宣遠詩：「離會雖相雜。」（謝瞻〈王撫軍〉）杜子美「忽漫相逢是別筵」之句，實祖之。顏延年詩：「春江壯風濤。」杜子美「春江不可渡，二月已風濤」之句，實衍之。故子美諭兒詩曰：「熟精《文選》理。」（卷八《杜詩本選》）「須溪徒知尊李杜，而不知《選》詩又李杜之所出。予嘗謂須溪乃開剪截羅緞鋪客人，元不曾到蘇

杭南京機坊也。」（卷七劉須溪）

除了用選詩，還有用前代其他作品者，楊慎就指出其用顏賦者：「王彥輔曰：『古之善賦者，工於用人語，渾然若出於己意』。予於李杜見之。顏延年〈赭白馬賦〉曰：『旦刷幽燕，晝秣荊楚。』子美〈驄馬行〉云：『晝洗須騰涇渭深，夕移可刷幽並夜』。太白〈天馬歌〉云：『雞鳴刷燕晡秣越』。蓋皆用顏賦也。韓退之曰：『李杜文章在，光焰萬丈長』，信哉」。（續補遺卷二李杜詩用顏賦）

又謂太白用徐陵詩。「徐陵詩曰：『竹密山齋冷，荷開水殿香。』（〈奉和簡文帝山齋〉）太白詩：『風動荷花水殿香』（〈口號吳王美人半醉〉），全用其語。」（卷三〈太白用徐陵詩〉）

楊慎這類論述的一個基本觀點就是要學習源頭，轉益多師，以免膚淺。他解釋杜甫《戲為六絕句》：「不及前人更勿疑，遞相祖述竟先誰？別裁偽體親風雅，轉益多師是吾師。」謂：「此少陵示後人以學詩之法。前二句，戒後人之愈趨愈下。後二句，勉後人之學乎其上也。蓋謂後人不及前人者，以遞相祖述，日趨日下也。必也區別裁正浮偽之體，而上親風雅，則諸公之上，轉益多師，而汝師端在是矣。此說精妙，杜公復生，必蒙印可。然非予之說也，須溪語羅履泰之說，而予衍之耳。」這正表明其觀點與主張。

與此相關，楊慎主張詩歌須借鑒前人創意，追求所謂「奪胎換骨」之妙。楊慎對此曾有多次論述：「先輩言杜詩、韓文無一字無來歷，予謂自古名家皆然，不獨杜、韓兩公耳。」（《詩文用字須有來歷》）又特地以杜詩為例稱：「陳僧慧標《詠水》

詩：『舟如空裡泛，人似鏡中行。』沈佺期〈釣竿篇〉：『人如天上坐，魚似鏡中懸。』杜詩：『春水船如天上坐，老年花似霧中看』（〈小寒食舟中作〉）雖用二子之句，而壯麗倍之，可謂得奪胎之妙矣。」（卷八《杜詩奪胎之妙》）

論及李白詩用古樂府，更是一連列舉數例：「古樂府：『暫出白門前，楊柳可藏烏。歡作沉水香，儂作博山爐。』李白用其意衍為〈楊叛兒〉歌曰：『君歌楊叛兒，妾勸新豐酒。何許最關情？烏啼白門柳。烏啼隱楊花，君醉留妾家。博山爐中沉香火，雙煙一氣凌紫霞。』古樂府：『朝見黃牛，暮見黃牛。三朝三暮，黃牛如故。』李白則云：『三朝見黃牛，三暮行太遲。三朝又三暮，不覺鬢成絲。』古樂府云：『郎今欲渡畏風波。』李白則云：『郎今欲渡緣何事？如此風波不可行。』古樂府云：『春風複多情，吹我羅裳開。』李反其意云：『春風複無情，吹我夢魂散。』古人謂李詩出自樂府古選，信矣。其《楊叛兒》一篇，即『暫出白門前』之鄭箋也。因其拈用，而古樂府之意益顯，其妙益見。如李光弼將子儀軍，旗幟益精明。又如神僧拈佛祖語，信口無非妙道。豈生吞義山、拆洗杜詩者比乎？」

楊慎之所以特別強調「奪胎換骨」，反映出其在一定程度上受到江西詩派影響，同時也與其廣泛學習前人創作經驗的主張相聯繫，既要學習李杜，又不僅僅局限於此，須擴大學習範圍，這自然有其積極意義，楊慎有意以李杜本身創做事例加以說明，亦可見出其高妙之處。

（三）、反對一味模仿，提倡獨創，另闢蹊徑

在轉益多師的同時，楊慎還強調作者須有創新意識，爭取藝術上的獨創性。他列舉藝術史上成功大師曰：「孫位畫水，張南

本畫火。吳道玄畫，楊繪塑，陳簡齋詩，辛稼軒詞，同能不如獨勝也，太白見崔顥〈黃鶴樓〉詩，去而賦〈登金陵鳳凰台〉」。並對太白此詩本事作了詳盡的考辯，以說明其觀點。

楊慎的這一主張正與前面轉益多師、廣泛借鑒的觀點相輔相成，可以見出其較為清醒地注意到繼承與革新的辯證關係。不拘泥一端，讀萬卷書是基礎，創造是目的。融書於心，而縱橫貫通，非一般浮躁激進者所為也。楊慎在說明時同樣以杜詩為例，曰：「杜子美云：『讀書破萬卷，下筆如有神。』此子美自言其所得也。讀書雖不為作詩設，然胸中有萬卷書，則筆下自無一點塵矣。近日士大夫爭學杜詩，不知讀書果曾破萬卷乎？如其未也，不過拾〈離騷〉之香草，丐杜陵之殘膏而已。」又說：「今之學文者，果有十年書乎？不過抄〈玉篇〉之難字，效紅勒之軋辭而已。乃反竣其門牆，高自標榜，必欲晚古人而薄前輩，何異蚍蜉撼大樹乎。」

由此可見，楊慎所謂的字須有來處之說乃是強調作者的內在修養，這本身即與一般搬弄辭藻、堆砌典故、炫博騁富者迥然有別，而在繼承前人基礎上開創新境，更是詩歌藝術發展之關鍵。楊慎從李杜詩歌境界的開拓與文字詞語的錘鍊之功來加以說明，強調其創新。

評論其創意者如：

> 杜子美詩：「不嫁惜娉婷」，（秦州見敕目，薛三璩授司議郎，畢四曜除監察，與二子有故，遠喜遷官，兼述索居，凡三十韻）此句有妙理，讀者忽之矣。陳後山衍之云：「當年不嫁惜娉婷，傅粉施朱學後生。」（〈小放歌行二首〉其二）「不惜捲簾通一顧，怕君著眼未分明。」

（〈小放歌行二首〉其一）深得其解矣。蓋士之仕也，猶女之嫁也，士不可輕於從仕，女不可輕于許人也。……白樂天詩「雖言癡小人家女，慎勿將身輕許人」，亦子美之意乎！（卷八不嫁惜娉婷）杜工部稱庾開府曰「清新」。清者，流麗而不濁滯，新者，創見而不陳腐也。（卷三清新庾開府）

句法獨特者如：

太白詩：「天山三丈雪，豈是遠行時。」（〈獨不見〉）又云：「水國秋風夜，殊非遠別時。」（〈送陸判官往琵琶峽〉）「豈是」、「殊非」，變幻二字，愈出愈奇。（卷七太白句法）

李太白詩：「玉窗青青下落花」（《寄遠》十一首之八。花已落，又曰下，增之不覺綴而語益奇。（此為引《彥周詩話》，卷七下落花）

曹子建詩「譬海出明珠」（《贈丁翼》），與太白「如天落雲錦」（《酬崔十五見招》）句法同。太白五言，如「菖蒲花紫茸」（〈送楊山人歸嵩山〉）及「登華不注峰」（《古風》五十九之三十），與此句皆奇崛異常。（續補遺卷二太白五言）

稱其詞語新奇者如：

杜詩「關山同一點」（〈玩月呈漢中王〉），「點」字絕妙。東坡亦極愛之，作〈洞仙歌〉云：「一點明月窺

> 人」，用其語也。〈赤壁賦〉云：「山高月小」用其意也。今坊本改「點」作「照」，語意索然。且「關山同一照」小兒亦能云，何必杜公也！幸〈草堂詩餘〉注可證。（卷八關山同一點）

又引〈韻語陽秋〉：

> 杜子美〈西郊〉詩云：「無人競來往」。或云：「無人與來往」，或云：「無人覺來往」。「競」、「與」皆常談，「覺」字非子美不能道也。蓋煬者辟灶，有道者之所驚；舍者爭席，隱居者之所貴也。（卷八《西郊》詩）

綜上數條，充分說明其對詩歌境界創新的重視，也與前面廣泛借鑒之論相互映襯，相得益彰。

（四）、重視原始文獻，講求版本與文字校勘

楊慎詩話中多處強調原始文獻對於正確理解作品思想藝術成就的重要性，尤其反感後人妄改古書文字，書中類似之論不乏其例。

杜詩「七月六日苦炎蒸」（〈早秋苦熱堆案相仍〉），俗本「蒸」作「熱」；「紛紛戲蝶過開幔」（〈小寒食舟中作〉），俗本「開」做「閒」，不知子美父名閒，詩中無閒字；「邀歡上夜闕」（〈宴王使君宅題〉），今俗本作「卜夜閒」；「曾閃朱旗北斗殷」（《諸將》五首之一），妄改「殷」作「閒」，成何文理！前人已辨之矣。（卷五「書貴舊本」條）

杜詩古本：「野艇恰受兩三人」（〈南鄰〉），淺者不知

「艇」字有平音，乃妄改作「航」字，以便於讀，謬矣。古樂府云：「沿江有百丈，一濡多一艇。上水郎擔篙，何時至江陵？」艇音廷，杜詩蓋用此音也。故曰「胸中無國子監，不可讀杜詩。」彼胸中無杜學，乃欲訂改杜詩乎？（卷八杜詩野艇字）

〈哭宣城善釀紀叟〉，予家古本作「夜台無李白。」此句絕妙，不但齊一生死，又且雄視幽明矣。昧者改為「夜台無曉日」，夜台自無曉日，又與下句「何人」字不相干。甚矣，士俗不可醫也。（續補遺卷二〈哭宣城善釀紀叟〉）

李太白詩：「昔日繡衣何足榮，今朝貰酒與君傾。且就東山賒月色，酣歌一曲送泉明。」「泉明」即「淵明」，唐人避高祖諱，改淵為泉也。今人不知，改「泉明」作「泉聲」，可笑！（卷七泉明）

按：以上諸條，均見出其對版本之講求和對原始文獻之重視。其中有的為前人已加辨正者，如周必大《二老堂詩話》曾辨「曾閃朱旗北斗殷」，《野客叢書》與《齊東野語》辨泉明時認為淵明一字泉明，而楊慎也自有其發現和發明，故王琦注李太白全集時也對楊慎之說多有徵引，包括引用其對所謂改「泉明」為「泉聲」之譏諷[3]。這也正反映出楊慎比較嚴謹的治學態度，雖然其著述中亦常不免有疏誤，但多因地處貶所僻野，條件限制的緣故，其本身還是盡可能注意嚴謹治學的。

（五）、在具體詩評中不囿前說，勇於立論，頗多創獲

作為博覽群書的飽學之士，楊慎在其詩話中，廣採前人詩論，而又細加比較，深入思索，在此基礎上提出其獨立之新見，

3　（清）王琦《李太白集注・卷十八》，上海古籍出版社影印本，1992年，324頁。

有關李杜評論部分，在詩義解釋、文字注音、詞語考訂、生平行跡考辯等方面都頗多創獲，下面試略述之：

有關詩義發掘理解，如前面所論杜甫〈贈花卿〉、李白〈巴陵贈賈至舍人〉等詩題旨，已可見出其新穎之處。再如其評論杜甫詩句「喚人看腰嬝，不嫁惜娉婷」，曰：「此句有妙理，讀者忽之耳。」又云：「陳後山衍之云：『當年不嫁惜娉婷，傅粉施朱學後生。」不惜捲簾通一顧，怕君著眼未分明。』深得其解也。蓋士之仕也，猶女之嫁也。士不可輕於從仕，女不可輕于許人也。……白樂天詩：『寄言癡小人家女，慎勿將身輕許人。』亦子美之意乎！」

僅僅是杜甫〈滕王亭子〉詩，就曾反覆論及，且觀點也處於變化發展中，由下面幾條可知：

> 杜子美〈滕王亭子〉詩：「民到於今歌出牧，來遊此地不知還。」後人因數美之詩，注者遂謂滕王賢而有遺愛於民。今郡志亦以滕王為名宦。予考新、舊《唐書》，並云元嬰為荊州刺史，驕佚失度。太宗崩，集官屬燕飲歌舞。押呢廝養，巡省部內，從民借狗求置，所過為害。以丸彈人，觀其走避則樂。及遷洪州都督，以貪聞。高宗給麻二車，助為錢緡。小說又載其召屬官妻子於宮中而淫。其惡如此，而少陵老子乃稱之。所謂詩史者，蓋亦不足信乎！未有暴於荊、洪兩州，而仁於閬州者也。

另一條則云：

> 杜工部有〈滕王亭子〉詩。王建詩：「拓得滕王蛺蝶圖。」

（《宮詞》一百首之六十）皆稱滕王湛，然非元嬰也。

後人對以上二條皆有爭議，多以為杜詩此句確為頌揚滕王元嬰，而《杜臆》及仇注皆謂此句應「一氣讀下，正刺其荒遊，非頌其遺澤也。」對於楊慎認為指滕王湛而非元嬰之說，楊文生指出元嬰確曾任閬州刺史，杜詩所指應為其人。筆者以為或許楊慎反復思索，不得其解，只能以杜甫所頌者非元嬰的揣想來為其開脫。無論如何，仍顯出勇於探索，勇於創新，勇於自我否定的精神。

此外還有一條論〈滕王亭子〉詩之用典，謂「春日鶯啼修竹裡，仙家犬吠白雲間。」分別用梁孝王、淮南王事，同時還用孫綽《蘭亭》詩：「啼鶯吟修竹，遊鱗戲瀾濤。」為仇兆鰲《杜詩詳注》所徵引，亦可見其精當。

有關字詞意義之詮釋考訂者如：

> 杜少陵〈游何將軍山林詩〉：「雨拋金鎖甲，苔臥綠沉槍。」（希平按：此應為《重過何氏莊》五首之四）周少隱《竹坡詩話》云：「甲拋於雨，為金所鎖，槍臥於苔，為綠所沉，有將軍不好武之意。」此瞽者之言也。薛氏《補遺》云：「綠沉，精鐵也。」引《隋書》「文帝賜張淵綠沉之甲」。趙德麟〈侯鯖錄〉謂綠沉為竹，引陸龜蒙詩「一架三百竿，綠沉森杳冥」。雖少有據，然亦非也。予考之，綠沉乃畫工設色之名。〈鄴中記〉云：「石虎造象牙桃枝扇，或綠沉色，或木蘭色，或紫紺色，或鬱金色。」王羲之《筆經》云：「有人以綠沉漆管見遺。」《南史》：「梁武帝西園食綠沉瓜」，是綠沉即西瓜皮色

也。（卷八綠沉）

《三國典略》曰：「侯景簒位，令飾朱雀門。其日有白頭烏萬計，集於門樓。童謠曰：白頭烏，拂朱雀，還與吳。」杜工部詩「長安城頭頭白烏，夜飛延秋門上呼。」（〈哀王孫〉）蓋用其事，以侯景比祿山也。而千家注不知引此。（續補遺卷二白頭烏）

杜工部〈逼側行〉：「已令請急會通籍。」黃山谷云：「晉令：急假者，五日一急，一歲以六十日為限。《晉書》：車武子早急出謁子敬，晝急而還」是也。（續補遺卷二請急）

如此之類，旁徵博引，持之有據，結論令人信服，多為後來錢箋、仇氏詳注所徵引，類似者還有闌士、青精飯、天棘、口脂、上番、五雲太甲等條目，均顯其新見。

有關李杜籍貫行跡考辨者：

考李白籍貫的有三條，其最著名者為「東山李白」條，其文曰：「杜子美詩：『近來海內為長句，汝與東山李白好。』流俗本妄改作『山東李白』。按樂史序李白集云：『白客遊天下，以聲妓自隨。效謝安石風流，自號東山，時人遂以東山李白稱之。』子美詩句，正因其自號而稱之耳。流俗不知而妄改。近世作《大明一統志》遂以李白入山東人物類，而引杜詩為證，近於郢書燕說矣。噫！」

其「太白懷鄉句」云：「太白《渡荊門詩》：『仍憐故鄉水，萬里送行舟。』〈江西送人之羅浮〉詩：『爾去之羅浮，余還憩峨眉。』又〈淮南臥病書懷寄蜀中趙徵君蕤〉

詩云：『國門遙天外，鄉路遠山隔。朝憶相如台，夜夢子雲宅。』皆寓懷鄉之意。趙蕤，梓州人，字雲卿，精於數學，李白齊名。蘇頲〈薦西蜀人才疏〉云：『趙蕤術數，李白文章。』宋人注李詩遺其事，並附見焉。《圖經》云：『蕤，漢儒趙賓之後，鹽亭人，屢征不就，所著有《長短經》。』」

另有「杜鵑花」條云：

「『蜀國曾聞子規鳥，宣城還見杜鵑花。一叫一回腸一斷，三春三月憶三巴。』此太白寓宣州懷西蜀故鄉之詩也。太白為蜀人，見於劉全白志銘，曾南豐集序，楊遂〈故宅記〉，及自敘書，不一而足，此詩又一證也。近日吾鄉一士夫，為山東人做詩序云：『太白非蜀人，乃山東人也。』餘以前所引證詰之。答曰：『且謅山東人，祈緯楔貲，何暇核實？』」

雖然第一條之所論，屢有爭議，但其基本結論即李白為蜀人之說，卻為不刊之論。

其他如指出杜詩絕句不能兼善，「一則拘於對偶，一則汨於典故，拘則未成之律詩而非絕體，汨則儒生之書袋而乏性情。」又謂杜甫〈陪王使君晦日泛江就黃家亭子〉詩句「江平不肯流」為「意求工而語反拙，所謂鑿混沌而畫蛇足，天性命而失卮酒也。」主張詞愈俗愈工，意愈淺愈深。這些都堪稱精當，見出其不盲目推崇、勇於思索的精神。

四、結論

如同在整部詩話中有著少量偏頗失當一樣，有關李杜的論述也存在著個別不如人意之處，或偶相矛盾，或有失公允，或引書不確，這多為時代與環境條件所限，瑕不掩瑜。其中有兩條需要指出：第一，如前所列，就總體情形而言，楊慎對李杜詩歌成就給予了高度評價，並引韓退之詩曰「『李杜文章在，光焰萬丈長』，信矣。」但在具體評論時，卻未將兩人的成就置於同一層面之上，或多或少地流露出抑彼揚此的意向。在評論比例上，涉及杜甫的條目更多，但卻不全是稱道之詞，有關李白的條目雖少於杜甫，但卻可以感受其偏愛，最明顯者如有關「巫峽江陵」的一段論述，楊慎認為李杜「雖同用盛弘之語，而優劣自別。今人謂李杜不可以優劣論，此語亦太憒憒。白帝自江陵，春水盛時，行舟朝發夕至，雲飛鳥逝，不是過也。太白述之為韻語，驚風雨而泣鬼神矣。」

再如：「余謂太白詩，仙翁劍客之語，少陵詩，雅士騷人之詞。比之由此不難看出其心中之偏愛，文，太白則《史記》，少陵則《漢書》也。」

「杜詩語及太白處，無慮十數篇，而太白未嘗假借子美一語，以此知子美傾倒太白至矣。」

既有具體詩比較，又有綜合評論，由此不難看出其心中之偏愛。

在個別考辨中，亦有不當者，如〈社南社北〉條曰：「韋述《開元譜》云：『倡優之人取媚酒食，居於社南者，呼之謂社南氏；居於北者，呼之謂社北氏。』杜子美詩：『舍南舍北皆春水』，正用此事，後人不知，乃改『社』為『舍』。」其說顯然拘泥於典籍字面，而將與之不相關的杜詩句意勉強相連，生硬不確。

至於詩句或題目誤記，張冠李戴的地方，就更不足為奇。如〈熏風啜茗〉條云：「杜子美〈何將軍山林〉詩：『熏風啜茗時』，今本作『春風』，非。此詩十首，皆一時作，其曰『千章夏木清』，又曰『紅綻雨肥梅』，皆是夏景可證。」實際上楊慎此處所引第一句應為〈重過何氏莊〉五首之三，後二句分別為〈陪鄭廣文游何將軍山林〉十首之二、之五，楊慎誤將其記為同一組詩，因而其推論自然也就缺乏根據，不能服人。前面解「綠沉槍」也誤記詩題，其他也就不一一類舉了。

綜而言之，從以上楊慎有關李杜的論述中，可以見出其詩話基本主張和特色之一斑，雖有這樣或那樣的不足，但在明代各種理論思潮中可謂獨樹一幟，具有積極的意義，對於今人瞭解李杜詩學研究發展也有著重要參考價值。

方東樹《昭昧詹言》論杜甫述略

方東樹（1772-1851）字植之。清代文學家、學者。安徽桐城人。幼承家學，博覽經史。早年師事姚鼐，講求桐城義法，與梅曾亮、管同、姚瑩號稱「四大弟子」。《昭昧詹言》是他的一部較為重要的詩話理論著作，常被後世學者加以引用，其評價卻有較大分歧，或以為在文學批評史上有較大影響，或以為其學術價值不高，長期缺乏專門的深入研究。該書對中國文學史中許多著名詩人均有集中的論述，對於相關問題的深入研究可提供借鑒和啟發。本文對書中數卷有關杜甫的專章論述予以評述，探討其對豐富發展清代杜詩學研究的積極意義及其得失。

一、《昭昧詹言》基本概況及論杜甫比重

《昭昧詹言》全書篇幅浩大，洋洋灑灑，近四十萬字[1]，這在歷代詩話中亦堪稱鴻篇巨製，該書較為系統的評述了從漢魏至唐宋元歷代詩人詩作，同時也涉及少量其他各代詩人。作者根據詩人的不同成就、在文學史上地位以及個人的喜好，評論各不相同，而篇幅詳略更相差懸殊，少者僅一條，如中唐諸家多位詩人，多者數十條或整卷甚至數卷，如李杜蘇黃諸人。再此不妨簡要地看其目錄所列，以便首先對其概貌有一初步的瞭解。

《昭昧詹言》全書共二十一卷，各卷再分若干條目，其卷目

[1] 汪紹楹校點《昭昧詹言》，人民文學出版社1984年版。

依次為，卷一通論五古，卷二漢魏，卷三阮公（阮籍）、補遺，卷四陶公（淵明），卷五大謝（靈運），（附）謝惠連，（附）顏延之，卷六鮑明遠，卷七小謝，（附）張九齡，（附）李白，（附）柳宗元，卷八杜公（杜甫），卷九韓公（韓愈），卷十黃山谷，（附）陳後山，卷十一總論七古，卷十二王（維）李（頎）高（適）岑（參）、李太白、杜公、韓公、歐陽永叔、王半山、蘇東坡、（附）潁濱（蘇轍）、黃山谷、晁具茨（沖之）、晁無咎（補之）、陸放翁、元遺山、（附）劉無黨、虞道園（虞集）、吳淵潁（吳萊），卷十三（附）解招魂、（附）補遺、（附）陶詩附考，卷十四通論七律，卷十五初唐諸家，卷十六盛唐諸家，卷十七杜公，卷十八中唐諸家，卷十九李義山，卷二十蘇黃、（補遺）陸放翁，卷二十一附論諸家詩話。

由此可見，該書體製宏大，但所論卻並不全面，而是有所選擇，主要論述了五古、七古、七律三種體裁的詩歌，分類也首先是按體裁論述，再按時間順序敘述。

從體裁數量輕重比例而言，則依次為五古（一至十共十卷）、七律（十四至二十一共八卷，含諸家詩話）、七古（十一至十三共三卷，含楚辭等），由此亦見作者旨趣所在。

就詩人評論比例而言，亦可見出其地位輕重，直接在目錄中出現的詩人阮籍、陶淵明、謝靈運、鮑明遠、謝朓、杜甫、韓愈、黃庭堅、王維、李頎、高適、岑參、李太白、歐陽永叔、王半山、蘇東坡、晁沖之、晁補之、陸放翁、元遺山、虞集、吳萊、李義山、共有二十三家，另有附論八家，即謝惠連、顏延之、張九齡、李白、柳宗元、陳後山、蘇轍、劉無黨、共三十一人次，其中大多在某一體裁論述中出現一次，韓愈、蘇軾、黃庭堅分別在兩種體裁中出現專論，陶潛、李白、陸游則分別在正目和附論中各出現一次，只有杜甫則在三類體裁中同時出現，且均為正目，僅此一點，杜甫在作者心目中的地位及其詩歌成就價值評價即已充分顯現。

二、關於杜甫述論的初步數量分析考查

有關杜甫評價從內容而言，可分為兩類：即宏觀性的總論和局部性的分論，總論即對杜甫總體成就與地位予以宏觀評價、涉及其思想與精神、基本藝術風格特色、詩歌淵源、傳承及影響等多個方面，內容較為豐富，偶有論及作品則是作為例證而列，並不具體詳述。分論則是對杜甫具體詩篇作法予以個別評述，二者各有側重，相互呼應，也比較全面地反映出作者的綜合評價與主要觀點。

（一）、總論

總論部分主要首先見於卷一、卷十一、卷十四這三類體裁通論部分，作為通論涉及杜詩這自然是十分正常，必不可少的。然而較奇特的是論述杜甫五古時，於卷八整整一卷共二十一條，全為綜合性的總體論述，未有具體作品針對性論述。此外還有論述散見於其他各卷中，這類宏觀性論述是最能代表和體現作者的理論觀點，也是本文分析的重點所在。

（二）、分論

分論部分主要見於卷十二、卷十七，對杜甫的許多七言古詩和七言律詩分別作了詳略不等的分析論述，具體篇目為：

1、七言古詩，〈玄都壇歌〉、〈兵車行〉、〈高都護驄馬

行〉、〈天育驃騎歌〉、〈醉時歌〉、〈醉歌行〉、〈麗人行〉、〈樂遊園歌〉、〈渼陂行〉、〈沙苑行〉、〈驄馬行〉、〈奉先劉少府新畫山水障畫〉、〈哀江頭〉、〈哀王孫〉、〈蘇端薛復筵簡薛華醉歌〉、〈乾元中寓居同谷縣作歌七首〉（第五首、第六首）、〈石犀行〉、〈茅屋為秋風所破歌〉、〈觀打魚歌〉、〈又觀打魚歌〉、〈杜鵑行〉、〈戲題王宰畫山水圖歌〉、〈題李尊師松樹障子歌〉、〈戲為韋偃雙松圖歌〉、〈陪王侍御〉、〈短歌行〉、〈韋諷錄事宅觀曹將軍畫馬圖〉、〈丹青引〉〈寄韓諫議〉、〈憶昔〉、〈折檻行〉、〈古柏行〉、〈觀公孫大娘弟子舞劍器行〉、〈大食刀歌〉、〈二角鷹〉、〈秋風〉、〈虎牙行〉、〈錦樹行〉、〈後苦寒行〉、〈魏將軍歌〉、〈白鳧行〉、〈醉歌行〉、〈發劉郎浦〉、〈夜聞篳篥〉、〈醉為馬墜〉、〈李潮八分小篆歌〉。共四十七題、四十九首。

2、七言律詩，〈秋興八首〉、〈登高〉、〈九日藍田崔氏莊〉、〈九日〉、〈返照〉、〈閣夜〉、〈野望〉、〈登樓〉、〈野老〉、〈宿府〉、〈恨別〉、〈聞官軍收河南河北〉、〈諸將五首〉、〈詠懷古跡〉、〈第一、第二、第四首〉、〈蜀相廟〉、〈贈田九判官〉、〈送路六侍御入朝〉、〈寄章十侍御〉、〈送李八秘書赴杜相公幕〉、〈公安送韋二少府〉、〈送鄭十八虔貶台州司戶〉、〈送辛員外〉、〈送韓十四江東省覲〉、〈又作此奉衛王〉、〈所思〉、〈和裴迪登蜀州東亭送客逢早梅相憶見寄〉、〈將赴荊南寄李劍州弟〉、〈因許八寄江甯旻上人〉、〈至日遣興奉寄北省舊閣老兩院故人〉、〈曲江陪鄭八丈南史飲〉、〈賓至〉、〈客至〉、〈南鄰〉、〈野人送櫻桃〉、〈紫宸殿退朝口號〉、〈省中題筆〉、〈九日〉、〈暮歸〉、〈白帝城最高樓〉、〈灩澦〉、〈崔氏東山草堂〉、〈將赴成都草堂寄嚴公〉〈第五首〉、〈黃草〉、〈白帝〉、〈野望〉、〈即事〉。共四十六題，五十九首。

基於以上數量分析，可見作者對於杜詩研究在一定程度上的深入和具體，其見解也頗有值得注意之處。

三、關於杜甫詩歌的評價

（一）、強調「義理」與「文辭」結合，而尤重義理

方氏理論基礎淵源自桐城派「義法」，而又將其有關古文文法引申於詩歌，如當代學人所指出：「《昭昧詹言》是桐城派由早期先主散文理論，後遞進演變而為兼顧詩論的歷史產物。」「在歷史地溝通詩與文的關係時，劉（大櫆）、姚（鼐）二氏主要偏重於把詩的技藝移植到古文中來，豐富並發展了古文創作的藝術經驗；那麼，《昭昧詹言》則完全傾向於把『古文文法』通於詩，從而奠定了桐城派的詩論基礎。」[2]如《昭昧詹言・卷十四》就直接闡明七律詩章法道；「所謂章法，大約亦不過虛實順逆，開合大小、賓主人我情景，與古文之法相似。」

同時還繼承和發揮沈德潛「格調說」主張，盡力宣揚傳統詩教。《昭昧詹言》中便一再申明道：

「講求文、理、義，此學詩之正軌」（卷一・一十八）

---

[2] 呂美生《方東樹《昭昧詹言》》，載於吳文治主編《中國古代文學理論名著題解》，黃山書社，1987年，578頁。

「非義豐理富，隨事得理，灼然見作詩之意，何以合乎興觀群怨，足以感人，而使千載下誦者流連諷詠而不置」（卷十四・一十八）

對於「義理」具體內容，《昭昧詹言》亦有明確含義，即須本之儒家經典，合於傳統道德規範。這也正是方苞論古文源頭基礎所強調的。方苞在《古文約選序》中說：「古文所從來遠矣，六經《語》《孟》其根源也。」又稱讚韓愈「因文以見道」，「學古道，故欲兼通其辭」，「群士果能因是以求六經《語》《孟》之旨，而得其所歸，躬蹈仁義，自勉於忠孝，則立德立功以仰答我皇上愛育人才之至意者，皆始基於此。」[3]由古文引申到詩歌創作而言，則主要源於《詩經》，即所謂風雅。故方東樹說「五言詩以漢魏為宗，用意古厚，氣體高渾，蓋去《三百篇》未遠，雖不必盡賢人君子之辭，而措意立言，未乖風雅。」（卷二・一）。

在此基礎上進一步論述「義理」與「文辭」關係，明確指出：

「學詩當從《三百篇》來，以屈子、漢魏、阮公淵明嗣之，如此方見吟詠之本。所謂『感而有思，思而積，積而滿，滿而作』，及其成章，使人諷之，自得於興、觀、群、怨之旨，至於文辭句法工拙高下，特其餘事耳。」（卷四・一）

「有德者必有言，詩雖吟詠短章，足當著書，可以觀其人

---

[3] 轉引自郭紹虞、王文生編《中國歷代文論選》，上海古籍出版社，1980年，第三冊，395頁。

之德性、學識、操持之本末。古今不過數人而已。阮公、陶公、杜、韓也。」（卷四・二）

對於杜詩評價，反復強調其志向高遠，胸襟廣闊。認為這是其成功之關鍵：

「杜公立志，許身稷契，全與屈子同，讀〈離騷〉久，自見之。」（卷八・一十九）
「杜公包括宇宙，含茹古今，全是元氣，迥如江河之挾眾流，以朝宗於海矣。」（卷八・三）
「世人徒慕公詩，無一求通公志，故不但不能及之，並求真知而解之亦罕見。」（卷八・一八）
「杜韓之真氣脈作用，在讀聖賢古人書、義理志氣胸襟源頭本領上，今以猥鄙不學淺士，徒向紙上求之，曰：『吾學杜，吾學韓』是奚足辨其途轍，窺其深際！」（卷八・六）
「杜韓盡讀萬卷書，其志氣以稷、契、周、孔為心，又于古人詩文變態萬方，無不融會於胸中，而以其不世出之筆力，變化出之，此豈尋常齷齪之士所能辨哉？」（卷八・六）

（二）、詩歌「義理」尚須見出作者真實性情，自然流出

「七齡思即壯，開口詠鳳凰」，這是杜甫的第一次歌唱，童言不凡，志存高遠，「致君堯舜上，再使風俗淳」，崇高的理想使詩人對社會現實人生和宇宙自然充滿了真切的關注和憂慮，歷經坎坷，矢志不移，「窮年憂黎元，歎息腸內熱」，用詩人的良

知真實地記錄時代和百姓的呼聲。是當之無愧的「詩史」，「戰血流依舊，軍聲動至今」則是絕筆詩中對亂離時事的憂慮，其全部作品之中流露出其由衷的情感和儒家的仁愛之心，所謂「葵藿傾太陽，物性固莫奪」，正因其如此，其詩也因此而真摯感人，方東樹對此感觸頗深，每每言及：

> 「文字成，不見作者面目，則其文可有可無，詩亦然。」（卷一・四）
>
> 「詩以言志，如無志可言，強學他人說話，開口即脫節。此謂言之無物，不立誠。……莊子曰：『真者精誠之至也。』不精不誠，不能動人。嘗讀相如、蔡邕文，了無所動於心。屈子則淵淵理窟，與風雅同其精蘊。陶公、杜公、韓公亦然。可見最要是一誠，不誠無物。誠身修辭非有二道，試觀杜公，凡寄贈之作，無不情真意摯，至今讀之，猶為感動。無他，誠焉耳。彼以料語裝點敷衍門面，何曾動題秋毫之末？」（卷一・六）
>
> 「漢、魏、阮公、陶公、杜、韓，皆全是自道己意，……其餘名家，多不免客氣假象，並非從自家胸臆性真流出。……惟大家學有本源，故說自己本分話，雖一滴一勺，一卷一撮，皆足見其本。孟子所謂『容光水瀾』也。如是方合於興、觀、群、怨六義之旨。」（卷一・三一）

然而，另一方面，「詩史」畢竟出不同於歷史或哲學論著，必須遵循基本的藝術創作規律，杜甫作為偉大的詩聖，常常為有著深厚的詩歌家學淵源而自豪，自詡「詩是吾家事」，並立志加以發揚光大，詩藝日臻完美，終至爐火純青，集中國詩歌優秀傳統之大成，因此，其詩歌並非只是儒家義理之簡單直白，而是借助於生動豐富的語言藝術，含蓄而形象地透出。境界高妙而寓意深遠。《昭昧詹言》對此亦有深刻認識和論述：

> 「屈子、杜公時出見道語、經濟語，然惟於旁見側出，忽然露出乃妙，若實用於正面，則似傳注語錄而腐矣。或即古人指點，或即物指點，愈不倫不類，愈見妙遠不測。苦語亦然，不宜自己正述，恐失之卑賤寒乞；若說則索性說之，須是悲壯蒼涼沉痛，令人感動心脾，如《奉先詠懷》等作。」（卷一・三四）

方氏在此通過杜甫詩歌藝術的總結而提出兩個方面的問題，第一個方面也是其重點強調的藝術主張，要求作者的正面觀點、儒家經世濟民思想以及苦痛辛酸都主要應是通過具體人物或事物等形象含蓄地予以表現，而不能如經典直接抒寫議論，否則就會顯得迂腐乾癟，直露無味。杜甫的沉鬱頓挫、含蓄深沉的風格正堪為其典範。另一方面，表達主題的方法也不能是絕對化，遇到確實是骨鯁在喉、不吐不快之時，也不妨直抒胸臆，痛快淋漓，沉著真切，如杜甫〈自京赴奉先詠懷五百字〉對自身矢志不移的志向懷抱和推己及人的憂患意識的直接傾瀉，同樣具有深沉的藝術穿透力和震撼力量。這裡對兩種表現手法與風格的認識可以是說較為恰如其分，也是合乎詩歌藝術創作規律的，同時也實際上是由杜甫等成功得到啟發，對單純講求含蓄蘊藉詩風的傳統觀念有了一種補充作用。

（三）、總結杜甫成功的主要特點及其多方面的藝術貢獻

在對杜甫詩歌最突出精神予以充分論說之後，《昭昧詹言》又對其成功因素，包括立意、措辭、起結、章法、風格等依次予以排列敘說：

> 「學於杜者，須知其言高旨遠，一也；奇警而出之自然，流吐不費力，二也；隨意噴薄，不裝點做勢安排；三也，沉著往來，不拘一定而自然中律，四也。」（卷十四・二一）

又論其沉鬱風格及其變化曰：

> 「杜公所以冠絕古今諸家，只是沉鬱頓挫，奇橫恣肆，起結承轉，曲折變化，窮極筆勢，迥不由人。」（卷十四・一三）

作者特別欣賞杜甫的自然合律，實則非爐火純青而不能達之至境，稱道：

> 「有一定之律，而無一定之死法，變化恣肆，奇警在人。自俗人為之，非意緒複遝而顛倒不通，則不得明豁。但杜公雄直揮斥，一氣奔放中，井井有律，不同野戰傖俗，又不為律縛而軟弱不起。」（卷十四・二一）

極力讚美其敘事手法高妙、意境深遠：

> 「敘事能敘得磊落跌宕中又插入閒情，文外遠致，此惟杜公有之。」（卷十一・二二）

對於杜甫詩起首不凡的特點，方東樹也予以充分注意，並與後世名家作比較，如論杜甫七律道：

> 「起句須莊重，峰勢鎮壓含蓋，得一篇體勢。起忌用宋人輕側之筆，如放翁『早歲那知世事堅』，須以為戒，而以『高館張燈酒複清』、『風急天高猿嘯哀』、『玉露凋傷楓樹林』等為法。震川（歸莊）論《史記》，起勢來得勇猛者圈。杜公多有之，杜又有一起四句，將題情緒敘盡，後半換筆換意換勢，或轉或託開。大開大合，惟杜公有之小才不能也。」（卷十四・六）

又論杜之七古：

> 「莫難於起句，不能如太白、杜、坡天外落筆，便當以退之為宗，且得老成安定辭也。」（卷十一・四一）

此類評語論宋人語是否妥當另當別論，但其對杜詩特點的論析應當說還是較為貼切的。

在評價杜甫詩歌語言藝術時，方東樹還特地指出宋人對杜甫夔州前後詩歌的評論提出不同看法，反映出獨到見解；其《卷二十一・附論諸家詩話》曰：

朱子曰：杜公夔州以前詩佳，夔州以後，自出規模，不可學。

該卷又云：

杜詩初年甚精細，晚年橫逆不可當。只意到處，便押一個韻。如自秦州入蜀諸詩，分明如畫，乃其少作也。

杜子美晚年詩都不可曉，呂居仁嘗言；詩字字要響。其晚年詩都啞了，不知是如何？以為好否？

朱熹之學及其思想體系本為桐城派所尊崇，而此處所論則與杜詩並不完全相合，因其特殊地位而產生相當影響，故方東樹《昭昧詹言》為此細加剖析，力圖使人從片面理解中跳出，進而更深入和準確地認識杜詩意旨和價值。他首先從夔州之後的被人所誤讀的作品引入議論，指出：

「世人徒慕公詩，無一求通公志，故不但不能及之，並求真知而解之亦罕見。如公在潭州入湖南時〈詠懷〉二首，此公將歿時，迫以衰病，心志沉惋，語言陷滯，誠若不可人意，然苟求其志，則風調清深，豪氣自在，雖次第無端由，要見一種感慨歎息之情，終非他人所及。」（卷八・一八）

仇兆鰲曾經評論杜甫作於大曆四年春天的此二詩，所謂「兩詩淒婉沉鬱，蓋愁苦之衷，蘊結而成者，非如爽心快意之詞，軒豁易見也。必再四尋繹，始見其愷至深長耳。」[4]此處所論，與仇氏相近，但卻更深刻透闢。

（四）、充分肯定杜甫的崇高地位及其對後世影響，並剖析江西詩派學杜之得失

在論述七言古詩時，一再借用佛家語來比喻杜甫的地位及影響。

> 「杜公如佛，韓、蘇是祖，歐、黃諸家五宗也，此一燈相傳。」（卷十一・二十）

> 「杜公乃佛祖，高、岑似應化文殊輩，韓蘇是達摩。聖人復起，不易吾言也。」（卷十一・三四）

又用《史記》，比喻杜詩成就：

> 「詩莫難於七古，七古以才氣為主，縱橫變化，雄奇渾灝，亦由天授，不可強能。杜公、太白天地元氣，直與《史記》相埒，二千年來，只此二人。」（卷十一・三四）

論七律時，還以《漢書》作比較，突出杜詩之靈活多姿，高妙自然：

[4] （清）仇兆鰲《杜詩詳注》，中華書局，1979年10月，第五冊，1981頁。

「何謂二派，一曰杜子美，如太史公文，以疏氣為主，胸奇飛動。縱姿壯浪，凌跨古今，包舉天地，此為極境；一曰王摩詰，如班孟堅文，以密字為主，莊嚴妙好，備三十二相，遙房絳闕，仙官儀仗，非復塵間色相；（卷十四・一一）

指出學習方法，這也是作者的一大目標：

「作詩先用看李杜，如士人看本經，本既立，次第方可看蘇黃，以次諸家詩。」（卷二十一・一一三）

又常常通過江西詩派領袖黃庭堅與後世學杜之得失分析，見出學杜之門徑；一方面，指出山谷學杜之成績曰：

「山谷之學杜，絕去形摹，盡洗面目，全在作用，意匠經營，善學得體，古今一人而已。」（卷二十・二十六）

「欲知黃詩，須先知杜，真能知杜，則知黃矣。杜七律所以橫絕諸家，只是沉著頓挫，恣肆變化，陽開陰合，不可方物。山谷之學，專在此等處，所謂作用，義山之學，在句法氣格，空同專在形貌，三人之中，以山谷為最，此定論也。」（卷二十・二七）

在此充分肯定黃庭堅繼承學習杜甫所付出的艱辛和努力及其所取得的突出成績。雖然其與李義山之比較還存在不同看法，但就公認的學杜影響而言，黃庭堅無疑是少有人可比的。當然，黃庭堅學杜也存在明顯的不足，故方東樹對此也明確認識，指出：

> 「山谷之不如韓、杜者，無巨刃摩天，乾坤擺蕩，雄直揮斥，渾茫飛動，沛然浩然之氣，而沉頓鬱勃、深曲奇兀之致，亦所獨得，非意淺筆懦調弱者所可到也。」（卷十・六）

> 「學黃必探源於杜、韓，而學杜、韓必以經、騷、漢、魏、阮、陶、謝、鮑為之源。取境古，用筆銳，造語樸，使氣奇，選字堅，神兀骨重，思沉意厚，此亦詩家極至之詣也。」（卷十・一十）

> 「李杜蘇韓四大家，章法篇法，有順逆開闔展拓，變化不測，著語必有往復逆勢，故不平。韓、歐、蘇、王四家，最用章法，所以皆妙，用意所以深曲。山谷、放翁未之知也。」（卷十一・二四）

方東樹還在充分比較的基礎上，揭示出杜甫與詩歌大家的差異，下面這段話非常有概括意義：

> 「詩中夾以世俗情態，困苦危險之情，杜公最多，韓亦有之，山水風月，花鳥物態，千奇萬狀，天機活潑，可驚可喜，太白、杜公、坡公三家最長。古今興亡成敗，盛衰感慨，悲涼抑鬱，窮通哀樂，杜公最多，韓公亦然，以事實奠重飾其用意，加以創造奇警，語不驚人死不休，此山谷獨有，然亦從杜中得來者，不過加以造句耳。雜以嘲戲，

諷諫諧噱，莊語悟語，隨興生感，隨事而發，此東坡之獨有千古也。」（卷十一・一八）

總而言之，方東樹《昭昧詹言》有關杜甫的論述，雖然未脫離桐城派傳統理論框架，時有迂腐之處，如論述時往往不恰當地使用一些生硬的術語，判斷語，以及又常常喜歡將杜甫與韓愈時時相聯繫在一起加以評論等，都反映出桐城派的特殊影響和烙印，但另一方面，相關評論也確實表現出一些真知灼見，這固然有多方面的因素，首先是由於桐城派理論本身有關是個方面涉及有限，給方東樹留下創獲的空間，同時，也與作者本身對杜甫詩歌作了較為深入細緻的研究分析密不可分。《昭昧詹言》有關杜甫論述涉及面比較廣闊，從其思想內容與精神人格之表現、多種藝術手法之運用，對後世地巨大影響，歷代學習借鑒者的成功得失以及具體篇目的分析鑒賞等，都有著論述，在一定程度上豐富了杜詩學的研究內容，並提出了一些新的研究命題，因此對於瞭解桐城派理論及杜詩學在清代的發展演變等的概況等都提供了的具體的資料，今天仍具有一定的借鑒意義和學術價值。

《唐宋詩舉要》杜詩選注略論

在近現代眾多的唐詩選集中，高步瀛先生的《唐宋詩舉要》是一種流傳較廣，影響較大的著名選本。

高步瀛，字閬仙，河北霸縣人。曾任北京師範大學，女子師範大學等校教授，一生治學甚勤，著述甚豐。早年曾受業於清末桐城派學者吳汝綸（摯甫），故其學術淵源本屬桐城派古文家傳人，所編選多種古詩文選本多受同門師輩影響。但作為清末民初的著名學者，又同時接受時代大潮下新的理念，表現出一定程度的獨立理性思維。能夠以相對辯證的觀點分析問題，治學態度能突破傳統門戶之風，並能注意將史料論據之確證與科學思辯之縝密相融匯，所以其理論觀點、研治，達到了新的高度和特點。

《唐宋詩舉要》（以下稱《舉要》）一書選錄重唐輕宋，共精選唐代八十四位詩人詩作六一九首，宋代十七家一九七首，而唐代詩人中以杜詩為最，選錄杜甫五古、七古、五律、七律、長律、五七絕諸體共一四八首，幾近所選唐詩四分之一。這種比例為其他唐詩選本所不多見，這充分反映和代表了歷代選家迭經重視中、晚唐到重視盛唐、進而特重李杜之曲折過程而後形成的共識，也是對其師門前賢如姚鼐選本觀點的進一步發展。不僅如此，高氏更通過這數量眾多的杜詩的選錄、評論注釋、傳達出其杜詩研究的獨特心得與創見，而前人對此尚鮮有論及，故不揣鄙陋，略作梳理。

一、杜詩選錄概況

本書體例為分類編選，按五古、七古、五律、七律、五言長律、五七絕之序排列。每種體裁按詩人於該體實際成就與貢獻而選錄有差。在諸體詩選之首，皆有總論性質的一短序。簡單要說明該體原始及流變。而從這些序論中，便可以看出高步瀛對杜甫諸體詩的基本認識和評價。

杜雖然被稱為「盡得古今之體式而兼人人之所獨專」（元微之語），但實際上還是有其所獨擅，最精深用力者當為其律體，故《唐宋詩舉要》首重杜律，這從其選錄數目即可看出，錄其五律40、七律39、長律10，（該體裁一卷僅錄杜甫一人）共計八十九首，占所錄杜詩大半。其次錄七古32、五古20、七絕5、五絕2，這個比例大致可以反映杜甫各體成就實際情形。

與選錄數相應，作者在各體小序中的評論亦可謂恰如其分。這可首先從有關其律詩的論述中看出。其評杜甫五律曰：「杜公涵蓋古今，包羅萬象，又非有唐一代所能限者。」又評其七律曰：「杜公五十六言橫縱變化，直欲涵蓋宇宙，包括古今，又非唐代所能限。」「杜老五言長律、開闔跌盪，縱橫變化，遠非他家所及。」這類相近的評述，均見出其對杜甫律詩成就的極度推崇，也概括出杜律藝術的基本特點和特殊地位。當然，此論亦最為集中地表現出其與姚鼐等人的繼承關係。

再看杜甫古體，高步瀛認為其與李白各有其獨到之處。論五古，「少陵托懷於庾信，李杜出而篇幅恢張，變化莫測，詩體又為之一變。」而李杜之七古同樣「橫縱變化，不主故常，如大海波瀾，萬怪惶惑，而詩之門戶以廓，詩之運用益神，王李高岑雖各有所長，以視二公之上九天、下九淵，天馬行空：不可羈絡，非諸子所能逮也。」這兩段評論特別強調杜甫古詩富於變化，正突出其「即事名篇、不復倚傍」樂府創新之功，可謂客觀精當，若與作為該書重要參考依據的王士禎《古詩選》相比，更能從差異中見其卓識。

對於杜甫絕句，該書雖只酌量收錄少許，但在序論中卻仍然道出其獨特的見解。表明對其風格特色及前人看法的再認識，給人以啟迪。「杜子美以涵天負地之才，區區四句之作未能盡其所長，有時遁為瘦硬牙杈，別饒風韻。宋之江西派往往祖之，然觀『錦城絲管』之篇，『岐王宅里』之詠，較之太白、龍標，殊無愧色，乃歎賢者固不可測。有謂杜公之詩，偏於陽剛，絕句以陰柔為美，非其所宜者，實謬說也。」其中「瘦硬牙杈，別饒風韻」數字，精當公允，對比那些或一味誇大，或隨意貶損杜甫絕句之說，其高下不難見出[1]。

再就入選杜詩具體篇目來看，也大致注意到了藝術性與思想性之兼美。與全書選編總的意趣相比，這一點更顯得難能可貴。有人曾批評此書「選錄的標準偏重於藝術性一面，較有思想性的作品選錄得非常少。」[2]認為書中選了不少王維、孟浩然、儲光羲、柳宗元等帶有出世思想、消極閒適的詩，還特別指出杜牧〈九日齊山登高〉、蘇軾〈法惠寺橫翠閣〉、黃庭堅〈清明〉等，作為帶有嚴重傷感情調之例證。這種批評雖然有著某種片面強調思想內容的時代痕跡、但該書編選偏重於藝術性也是事實。而在杜詩選錄部分，這一問題卻處理得差強人意，有利於把握杜

---

[1] 徐希平〈論《唐宋詩舉要》對王士禎、姚鼐選錄標準之突破〉；載《西南民族學院學報》1999年3期。

[2] 《唐宋詩舉要・出版說明》上海古籍出版社，1985年。

詩精湛藝術與深邃豐富內容之概貌。

若將其與所選重要依據的姚鼎《今體詩抄》相比，這一特點和意義即更為明顯。姚氏有感於當時「為今體者多趨謬偽，風雅之道日衰」，故編選宗旨為「存古人之正軌，以正雅祛邪。」意欲以恢復儒家道統為已任。因此，所選作品詞旨平和，格調閒雅，多合於「溫柔敦厚」、「怨而不怒」之詩教。其題材或為聖制、應制、早朝、直宿、扈從，或為送行、贈別、應酬；更多田園、遊覽、行旅、懷古之作，而反映時代動亂，民間疾苦或邊塞戰爭風雲等政治上敏感的詩作相對較少。「他很少選憤世嫉俗的詩篇，更不用說諷刺朝廷的作品。」在所選數百首杜甫詩中，諸如〈曉望〉〈野望〉、〈薄暮〉、〈白夕〉、〈夜〉、〈月〉、〈雨〉、〈促織〉等一類寫景詠物，自傷凋零之作占了相當比例，雖然這些詩並非全無意義，但卻非其代表之作，也不能反映出詩史之價值。

從高選杜詩中，卻能一窺杜詩之真正風采，幾乎首首皆名篇，且題材豐富、主題各異、風格多樣，從不同角度，不同側面反映出詩聖杜甫博大精深複雜深沉的道德人格、精神性情、心路歷程，全景式地展現出唐帝國由盛到衰的歷史巨變時期社會概貌。憂患國事，感傷亂離，悲憫民生，寄慨愁心。這裡不僅有葵藿物性如〈自京赴奉先縣詠懷五百字〉、〈蜀相〉、〈哀江頭〉、〈哀王孫〉、〈杜鵑行〉；有反映戰亂實情的〈兵車行〉、〈三吏〉、〈三別〉；還有充滿諷刺意味的〈贈花卿〉、〈桃竹杖引贈章留後〉，為友人鳴不平歎朝廷不公的〈懷李白〉、〈送鄭十八貶台州司戶……〉更有憤世嫉俗，怒吼狂歌的〈醉時歌〉。「儒術於我何有哉！孔丘盜跖俱塵埃。」何等氣概，如此多姿多彩，其編選之識見超出前人不知幾許。

在選錄取捨時，編者多經仔細斟酌，深入理解其意旨與精妙之所在，因而較為妥貼得當。這從下面的例證中即可看出。

如姚鼐《今體詩抄》錄杜詩〈詠懷古跡〉五首之前四首，而遺下最後詠諸葛武侯一首不錄，〈唐宋詩舉要〉則五首全錄，這只是偶爾有別嗎？不，從後者所引吳汝綸的評語中我們可以看到編者的深刻思考。

「公平生意量，初不屑屑以文士自甘，常有經營六合之慨。每詠武侯輒棖觸不能自已，此其素志然也。前幅尤壯偉非常，淋漓獨絕，全篇精神所注在此，故以為結束，（姚）惜抱選此詩乃僅錄前四首，而遺末章不載，譬之棟梁連云而闕其正殿，萬山磅礴而失其主峰，其可乎哉？」

聯繫杜甫一生懷抱，可知所論所補皆為深思熟慮，這也同王嗣奭《杜臆》謂此詩為杜公自況，「有太史公筆力」，及黃生《杜詩說》評「武侯平生出處，直以五十六字論定」諸說相一致，可謂悟得杜詩真意者。

該書在杜詩編次亦有其特色，雖限於基本體例，分類編錄，但每一體裁內作品又盡可能地按年編次。如五律40章，首為〈登兗州城樓〉、〈房兵曹胡馬〉，末為〈登岳陽樓〉、〈樓上〉，中間年序井然，一生行跡歷歷可考。七古32篇，以〈高都護驄馬行〉起始，次列〈送孔巢父謝病歸遊江東兼呈李白〉，再為歷年經亂之作，末為大曆五年〈追酬故高蜀州人日見寄〉，其他如王古、七律、排律等均按年排列。這同《今體詩抄》所選杜詩數百首而雜亂無序相比較，其優點顯而易見，可見編者力避分類編選支離缺陷，企求較為完善之良苦用心。

二、杜詩校勘、注釋之特色

如果說在杜詩選錄、編次和總體評價方面，已見出《舉要》編者較為客觀公允的標準和獨特深刻的思索見解，那麼在杜詩的校勘、注釋方面則同樣能感受其深厚的學術功力與價值，同時也顯出有助於杜詩研究深化的發明創獲。

概而言之，其杜詩校注有以下特點：

（一）、旁徵博引、取資豐富可信

宋元以來，杜詩注家不下數百，比起那些研究薄弱、資料苦乏的作家，杜詩注釋自有其便利，但也同時有其難處，資料龐雜，難免掛一漏萬，用心浮躁者大多淺嘗輒止，鮮能全面掌握，清初仇兆鰲氏《杜詩詳注》博采眾說、有集大成之功。但疏誤亦不少，後人多有補正。而高步瀛注杜詩，採用與全書相統一的集注形式，並以其一貫的嚴謹態度，不辭繁勞，原始察終，彙集群書，兼採其長。使讀者免去翻檢之勞，有利於啟人思維。就專門性注本而言，就有郭知達《九家注》、黃氏《補注》、蔡夢弼《詩箋》、仇氏《詳注》、錢氏《箋注》、蒲起龍《心解》、楊倫《鏡銓》、朱鶴齡《輯注》、王嗣奭《杜臆》、黃生《杜詩說》、江浩然《杜詩集說》、鄭杲《杜詩鈔》、顧宸《杜律注解》等十餘種，現存前代著名的重要注本差不多都曾取以參閱，此外還採收歷代詩話有關評論不下數十種，其餘經、史、子、集，更不一而足，且多為直接徵引原文，少有轉引，多方比較，擇善而從。如此豐富翔實的原始材料，為閱讀理解和補正創新奠定堅實的文獻基礎。

（二）、校勘精審，持之有據

杜詩流布既廣，歷代傳抄刊刻，難免錯訛，仇氏集注對文字多有勘正。《舉要》亦時有新校，態度審慎，持之有據，足以服人。

較典型者如杜甫〈喜達行在所〉頸聯：「茂樹行相引，連山望忽開。」其中「茂樹」、「連山」二詞，多有異文，《今體詩抄》、《唐詩別裁》及大多杜集皆作「霧樹」、「蓮峰」，《舉要》則依《英華》作「茂樹」，再引趙次公注曰：「茂樹連山，言自出長安之所見，一作蓮峰，非也，蓮峰，乃華山蓮花峰，豈有卻倒過長安之東，經同、華之境而來乎？當以茂樹連山為正也。」又引朱曰：「公自京師金光門出，西歸鳳翔，不應走華陰道，當以連山為正。」這樣，以茂樹、連山互為關連，既有版本依據，更有地理方位實證，理由充足，令人信服。

類似之例如〈泊岳陽城下〉首聯「江國逾千里，山城僅百層」，「僅」字趙子常本作「近」，《舉要》棄「近」不取。〈和裴迪登蜀州東亭送客逢早梅相憶見寄〉頷聯「此時對雪遙相憶，送客逢春可自由」，蔡本等「春」字作「花」，《舉要》則定為「春」，均列出校勘取捨之證，皆非隨意定奪。

高步瀛先生之審慎還表現在對於無確證者提出己見而不妄改。如〈諸將五首〉之四：「回首扶桑銅柱標」，注據《水經・溫水注》引《林邑記》及《新唐書・南蠻傳》、《南史・東夷傳》等證其事在南方。對於「扶桑」一詞，既取傳統解說，又表明疑義。曰：「疑『扶桑』本作『扶南』，《新唐書・南蠻傳》曰：『扶南在日南之南』，殆後人以與下『南海』字（『南海明珠久寂寥』）復改為扶桑耳。其說新穎而不無道理。」然終因無版本依據而未妄改其正文。

不僅對於杜詩本文如此，對前人注杜引文之異，《舉要》亦常加校正，甚見其精細。如《秦州雜詩》「水落魚龍夜」一句，注引《水經・渭水注》：「汧水有二源，一水出縣西小隴山，其水東北流，歷澗注以成淵，潭漲不測，出五色魚，俗以為靈而莫敢採捕，因謂是水為龍魚水，自下亦謂之龍魚川。」並指出諸家引龍魚皆作魚龍。而《舉要》則核校《水經》原文，實作「龍魚水」、「龍魚川」，且聯繫有關五色魚等上下文意，確當以「龍魚「為是，其謹嚴之風可見一斑。

（三）、注釋詳明、靈活圓通

杜詩內容豐富，涉及的名物典章、史實地理十分廣泛，《舉要》在注釋時或詳考源流出處，或通貫古今變革，雖偶失繁瑣，但總的說來仍覺翔實精當，清晰適用。

如《杜位宅守歲》中「阿戎」一詞，錢箋謂出自《南史》齊王思遠小字阿戎，王晏之從弟也。杜甫乃以「阿戎」指從弟杜位。高步瀛引錢箋後肯定其釋義，但卻指明此詞另有出處。其案語曰：「《南史》及《南齊書・王思遠傳》皆不言小字阿戎，此本陸龜蒙《小名錄》耳」。又引朱曰：「《通鑒》注：晉宋人多呼弟為阿戎。」可見其注並不簡單搬抄，甚為嚴謹。

再如〈賓至〉末句：「乘興還來看藥欄。」李匡乂認為「藥」與「欄」同義，其《資暇集》解曰：「今園亭中藥欄。欄即藥，藥即欄、猶言圍欄，非花藥之欄也。」李氏之依據為《漢書・宣帝紀》中「池藥」及其注解，認為「藥」是以竹連綿為禁藥使人不得往來。《能改齋漫錄》亦贊同其說，而錢箋及仇注則謂「藥欄，花藥之欄也。」二說之中，顯然當以後說為是，但仇氏除指明《漢書》中「池蘌」實為「池篽」之外，未作更多說明。而《舉要》則作了進一步補充申說，令人信服。其案語反駁李說曰：「此說非是，《漢書・宣帝紀》作篽，不作『蘌』，以蘌為篽，於義無取，且蘌、欄同物，亦不必連言，而篽欄無花蘌又何足看也？」論證充分。

有關杜詩中地理名詞，往往考證其沿革，古今變遷，給人以豁然之感，如《登兗州城樓》題解，先引《元和郡縣誌》：「河南道兗州，隋大業三年改為魯郡、武德五年改魯郡，置兗州」，再加按語：唐兗州治瑕丘縣，在今山東滋陽縣西。《秦州雜詩》題注引《元和郡縣誌》：「隴西道秦州，天寶元年改為天水郡，乾元元年復為秦州。」案語：「唐秦州治上邽縣，今甘肅天水縣治」。如此之類，較之舊注一味徵引史料而不加說明者，其效果顯而易見，科學適宜，為人沿用。

此外，在注解過程中，高步瀛先生還能做到聯繫具體情況，如社會歷史背景、身世及語言環境等，靈活運用多種方法，盡力避免穿鑿附會與望文生義，使觀點平實公允，合於杜甫原義。

如〈同諸公登慈恩寺塔〉，先引鄭杲《杜詩抄》：「同猶和也」，再舉杜甫〈奉同郭給事湯東靈湫〉詩題，奉同猶奉和也，如此以杜解杜，證成其說。

杜詩既有「詩史」之譽，注杜者多喜玩味字義，發掘微言，有時則不免穿鑿附會。高步瀛精於文獻史實之考證，「但卻主張力戒拘泥穿鑿」，客觀通達，以意逆志而得真解，較典型者如以下二例。

〈收京〉末四句云：「雜虜橫戈數，功臣甲第高。萬方頻送喜，無乃聖躬勞。」前人大致有兩種意見，一是認為有諷刺大臣居功驕奢大興土木之意，一謂泛寫君臣喜不自勝：如朱鶴齡所謂

「聖躬勞即大夫速退，無使君勞之意。」諸家多同前說，而高步瀛獨讚朱說。其案語曰：

> 朱注意淺，而於杜公本恉似轉得之。蓋是時尚在鄜州，聞京師恢復，喜自不勝，當時情事止應如此，後人泥於杜公詩史之名，又復舉前史書所載一一歸納，於是極力求深，去本意轉遠矣。如錢箋釋「功臣」句曰：「《長安志》：天寶中京師堂寢已極宏麗，而第宅未甚逾制。安史二逆之後，大臣宿將競崇棟宇，無界限，人謂之木妖，此言亦有諷也」。案：錢說雖非無據，然競崇棟宇未必即在此時。浦二田《心解》釋「聖躬勞」句曰；「晉羊祜既請伐吳，乃曰：正恐平吳之後方勞聖慮耳，意與此同。」仇謂朱說作喜幸之詞，於橫戈甲第不見關合，亦徒以回紇邀賞諸將僭奢之事橫亙胸中，反遠於當時情事耳。

無論高氏結論如何，但此處對錢、浦、仇諸家注杜的批評，可謂切中其弊，對今人正確理解杜詩意旨不無啟發。

再如〈公安縣懷古〉頸聯：「灑落君臣契，飛騰戰伐名。」仇兆鰲謂上指劉備孔明等，下句指吳國孫權，其注曰：「先主之待關張，誼同兄弟，其得孔明，歡如魚水，所謂灑落君臣契也。呂蒙之破皖城，軍士皆騰躍而升，其擒廬陵賊帥，孫權稱其百鳥不如一鶚，所謂飛騰戰伐名也。」高步瀛對此既表示一定程度的首肯，同時又指出不當完全拘泥解。「二句分屬，固無不合，然呂蒙得吳主，何嘗非君臣之契？先主取荊並蜀，何嘗非戰伐之名？杜公追懷故跡，俯仰無端，不必舉史事以實之也。」如此認識，似更靈活圓通，亦合於徜徉遐思之特定環境。

作為舊時代的學者，高步瀛治杜自然有其局限，如書中屢引桐城派諸家評說，不乏迂腐過時之論，一些地名典章之考，亦失於繁瑣。但總的說來，應該是瑕不掩瑜，書中所表現的對第一手資料的重視、審慎謹嚴的學風、客觀公允的評論態度，以及對一些具體意旨、語詞的理解創獲，都可供後世治杜學者以有益的參考借鑒。

「杜陵詩境在，寂寞古今情」
——杜甫與張問陶

張問陶（1764－1813），字仲冶，號船山，四川遂寧人，清代著名詩人，與袁枚、趙翼齊名，並稱為乾嘉性靈派三大家，被譽為性靈派之殿軍。

關於張問陶詩學淵源，過去人們多注意其受李白、蘇軾之影響，其好友洪北江便稱讚其詩「如麒驥就道，顧視不凡。」[1]譽其為「青蓮再世」，沈其光《瓶粟齋詩話》亦曰：「張船山詩學太白、東坡而不襲其貌」[2]，船山〈醉後口占〉亦謂：「錦衣玉帶雪中眠，醉後詩魂欲上天。十二萬年無此樂，大呼前輩李青蓮。」[3]這些都說明其詩風確有與太白相近之處。但另一方面，船山身處乾嘉盛世，詩學受時代風氣和傳統儒學之薰陶，也受到故鄉巴蜀文化的浸潤，更由於其親身體驗治世與亂離的特殊經歷、剛直不阿的秉性氣質，使他與詩聖杜甫有著自然的心靈契合，自覺地學習仿效杜詩，因而受到杜甫的多方面影響。過去人們對此雖偶有論及，但缺乏深入研究，由於其學杜不是追求表面形式，而是融杜甫精神於詩論詩作之中，故此天然無痕，人不易察。在此結合其詩論與創作略述張問陶與杜甫的內在聯繫，亦見出詩聖杜甫之深遠影響。

1　（清）洪亮吉《北江詩話卷一》，人民文學出版社，1983年，6頁。
2　據胡傳淮《張問陶年譜·附錄》引，巴蜀書社，2000年，147頁。
3　所引張問陶詩皆據《船山詩草》，中華書局2000年版。

一、張問陶性靈詩創作理論與杜甫集大成精神的內在聯繫

（一）、獨抒胸臆與真實性情——張問陶詩論基本要素

作為性靈詩人，張問陶詩歌最鮮明的特色便是自然天成，獨抒胸臆。他反對刻意模仿前人，強調真情實性。下面這組詩中突出地代表其詩歌美學觀點。

在著名的《論詩十二絕句》中談道：

> 胸中成見盡消除，一氣如雲自卷舒。寫出此身真閱歷，強於飣餖古人書。（其三）
>
> 文章體制本天生，只讓通才有性情。模宋規唐徒自苦，古人已死不須爭。（其十）
>
> 天籟自鳴天趣足，好事不過近人情。（其十二）

《題屠琴隖論詩圖十首》曰：

> 規唐摹宋苦支持，也似殘花放幾枝。鄭婢蕭奴門戶好，出人頭地恐無時。（其三）
>
> 下筆先嫌趣不真，詩人原是有情人。（其六）

〈頗有謂予學隨園者笑而賦此二首〉曰：

> 詩成何必問淵源，放筆剛如所欲言。漢魏晉唐猶不學，誰能有意學隨園？

諸君刻意祖三唐，譜系分明墨數行。愧我性靈終是我，不成李杜不張王。

詩人集中表達的主要有兩層意思，也即為其性靈詩之基本要素：一為獨創，一為真情，也恰恰正是這兩點，使之與杜詩及杜甫精神緊密聯繫在一起。

（二）、獨創與「轉益多師」

文學發展離不開獨創性，無論是思想內容還是藝術形式，都不可能只是墨守陳規，需要不斷的探索創造，求取新變，才能超越前賢，健康發展。詩聖杜甫即特別富於開創精神，堪稱善於創造的典範，也是杜甫詩歌取得不朽成就的一個重要原因，這對於包括張問陶在內的清代性靈詩人不無啟發，也產生了巨大的影響。「李杜詩篇萬口傳，至今已覺不新鮮。江山代有才人出，各領風騷數百年」。趙翼所表達的意思與船山是一致的，這裡並無否定李杜之意，而恰恰是要向李杜學習，勇於創獲、勇於超越和突破。因此，杜詩的潛在影響是客觀存在的。

同時，所謂獨創性也並非是一律排斥前人，完全別出心裁，而是在兼收並蓄、博取眾長的基礎上另闢蹊徑，自成一家，形成其獨有的風格特色。事實上張問陶和袁枚、趙翼等性靈派其他詩人在理論和實踐方面都對前賢多有借鑒，對李白、杜甫亦深懷崇敬。

張問陶亦確實以廣採博學著稱，當其還未成年時，父親張顧鑒在雲南開化府知府任上寄家書即諄諄叮囑；「凡子弟總以讀書為第一要事，況吾家子弟更以讀書為第一要事：且此時此際，吾家之子弟尤以讀書為第一件救急而修福遠害之切身要事也。」船山飽讀詩書，由漢魏迄唐宋諸名家之作皆爛熟於胸，或謂讀其詩「以為太白、少陵復出」，或謂其雅近義山，亦有人謂其似東坡，可見其博採眾家之長。雖然自稱不學袁枚，而又自題其詩集曰《推袁集》，推賞之情不言而喻。

對於詩聖杜甫，船山滿懷敬意，彼此有許多相似之處。杜甫自稱「詩是吾家事」，以良好的家學淵源為榮，船山也出身於儒學世家，高祖張鵬翮、曾叔祖張懋齡、祖張勤望、父張顧鑒、兄問安、弟問萊、妹張筠、堂弟問彤，以及嫂陳慧殊、妻林頎、弟媳楊繼端等均以詩著，其家族中有詩文論著流傳至今者多達50餘人，是名符其實的詩人世家；而又同樣家道中落，少小貧困不堪，寄居異縣，舉債度日，生長於憂患之中，對下層人民生活十分熟悉，對民生疾苦充滿同情；船山和杜甫一樣胸懷大志，杜甫「七齡思即壯，開口詠鳳凰」，出口不凡，「自謂頗挺出，立登要路津」，「會當臨絕頂，一覽眾山小」，胸懷「至君堯舜上，再使風俗淳」的遠大理想和豪邁氣魄，船山現存第一首詩稿題為〈壯志〉，為十五歲時所作，內有「三十立功名」、「英雄死亦足」、「人生不得志，天地皆拳曲」，「為天子大臣，上書繼臣朔」，少年時期恢弘之志溢於言表；船山與兄問安、堂弟問彤合稱「遂甯三張」，而問彤學詩獨以少陵為主，自名其集曰〈飲杜〉，船山與之時有唱酬，船山詩友洪北江亦以學杜聞名，此亦可見其同好之趣。船山自二十三歲首次赴成都參加四川鄉試，即與兄長問安、詩友彭田橋一道拜謁杜甫草堂，以後又多次前往，可見其對杜甫之仰慕；船山多年貧困，常寄居岳父林西崖家，林時為四川布政使，賞愛船山之才，時相接濟，船山〈成都夏日與田橋飲酒雜詩〉道：「幕府偶依嚴僕射，裡人終愛馬相如」，以嚴武喻林西崖，其以杜甫際遇和心境自擬也就十分明顯。

事實上，船山與杜甫在藝術上存在不少共同點，如其詩歌風格變化與人生經歷密切相關，船山〈暮春即事〉詩云：「已避名場避酒場，中年始覺愛春光。英雄心膽依然在，只是逢人不肯狂」。前人多次指出其詩有「空靈而沉鬱」的特點，即由前期狂放轉向後期沉鬱，張維屏〈聽松廬詩話〉即稱：船山近體「極空靈，亦極沉鬱，能刻入，亦能清超。」[4]李元度亦謂「其詩生氣湧出，沉鬱空靈。」[5]這前後期詩風轉換近於杜甫沉鬱頓挫及「庾信文章老更成」之風。再如船山有許多關於詩歌創作的觀點，而其詩論形式卻不是如袁枚之專門性詩話，而全用絕句形式，這既緣於自然天成之主張，亦不能排除有意規摹和發展杜甫《戲為六絕句》創制之用意。雖然之前已有元好問《論詩絕句三十首》，但其觀點卻不盡一致，亦正見其創獲。

船山還有相當詩中直接化用杜甫詩句或其意境，更見其不避仿習。略舉數例：〈春水〉其三尾聯：「懶聽麻姑說清淺，虛船我已隔蓬瀛」。用杜詩「對君疑是泛虛舟」。〈無題四首〉之二尾聯「白衣狡獪成蒼狗，忍看浮雲變態殊」；杜詩：「天上秦雲如白衣，忽然變化成蒼狗」。〈自題勾漏山房〉尾聯：「金函舊錄忘焚草，清夜猶防玉女窺」，杜詩「避人焚諫草」。如此之類尚有很多，這與其風格變化等因素一樣，都說明船山與杜詩之關係，正如符葆森〈寄心庵詩話〉所言：「船山太守為蜀產，其詩以放翁門徑，上攀少陵，取其雄快之作，而芟其剽滑之篇，斯太守之真詩見矣。」[6]

雖然如此，船山喜袁枚之詩而並不有意學袁，喜學杜詩亦不

---

[4] 張維屏〈聽松廬詩話〉，據胡傳淮《張問陶年譜・附錄》引，144頁。

[5] 李元度〈張船山先生事略〉，據胡傳淮《張問陶年譜・附錄》引，144頁。

[6] 符葆森〈寄心庵詩話〉，據胡傳淮《張問陶年譜·附錄》引，145頁。

刻意模仿，如杜甫有「西嶽崚嶒竦處尊」詩，船山〈登華陰廟萬壽閣望岳同亥白兄作〉寫道：「地擘雍梁山自好，詩留李杜我何題？」顯出服膺其才而不願重複的心態，此為得其真精神。船山是以杜甫「不薄今人愛古人」的態度廣泛學習，又不拘泥古人之法，推陳出新，表現出自我性靈。「咸英何必勝蕭韶，生面重開便不祧。胥吏津津談律例，可能執法似皋陶？」（《論詩十二絕句》之一）船山在《論文八首》中還強調：「詩中無我不如刪，萬卷堆床亦等閒。」「可憐工部文章外，幻出千家杜十姨」。並嘲笑那些稱杜詩韓文無一字無來處者是「甘心腐臭不神奇，字字尋源苦系縻」。這與杜甫的態度完全一致，同樣堅持獨創一格、轉益多師的詩學理論，在實踐中形成其獨特的藝術風格，別開生面，自成一家。

（三）、「杜陵詩境在，寂寞古今情」
——張問陶對杜甫的理解尤為注重真情

與獨創緊密結合的另一要素為「真情」，即出於自然的真實性情。船山對此還每每加以強調，「憑空何處造情文」、「每從遊戲得天真」，「箋注爭奇那得奇，古人只是性情詩」。此論大多針對清人沈德潛「格調說」及傳統儒家詩教的偏頗而發，不滿其片面強調「詩言志」、「詩關教化」的說法。自唐末以後，隨著人們對杜甫評價的不斷提高，杜甫也被貼上許多人為的標籤。蘇軾《與王定國書》曰：「杜子美在困窮之中，一飲一食，未嘗忘君」，本有其特定環境下之含義，而後世無限引申，一味附會，將感情深沉、執著率真、有血有肉的抒情詩人扭曲為一個神情莊重、謹守綱常、令人敬畏的詩聖，博大精深的杜詩亦不再是詩歌而僅僅只是歷史的記錄。性靈詩人對此提出不同意見。張問

陶認為杜詩之所以感人，首先在於其出於天性，真切地抒寫了內在性情。不僅因其讀萬卷書，更在於行萬里路，情不自禁，有感而發。故他稱道杜詩曰：「杜陵詩境在，寂寞古今情」（〈鹽亭〉）；「杜甫〈秦州〉詩，天真協古風。……詩骨秋逾煉，禪心老更空」（〈早秋夜寄懷〉）。這些讚語並非盲目虛言，多為重經故地，心境相同，對杜詩認識也由此增進，可謂千古知音。如〈鹽亭〉詩作於乾隆五十二年，船山24歲，首次回蜀中，剛剛經歷去年鄉試落第、妻子周氏病卒、小女夭亡等一系列人生不幸，心情鬱悶而到川北遊歷，杜甫詠鹽亭詩意境自然湧入腦海。「馬首見鹽亭，高山擁縣青。雲溪花淡淡，春郭水泠泠」（〈行次鹽亭〉）；「看花雖郭內，倚杖即溪邊。山縣早休市，江橋春聚船。……物色兼生意，淒涼憶去年」（〈倚杖〉）。飄零之感何其相似。杜甫居秦州期間，以及隨後南下同穀，經棧道所作諸詩，數量眾多，內容豐富深刻，家事、國事、親情、友情、山川風物、日常生活，無不掛心，表現出詩人飽經戰亂，尋求淨土，亟盼安居，親人團聚的情思，真切感人，歷來被認為是其入蜀前創作的一個高峰，倍受重視，甚至有所謂「少陵由秦州入蜀諸詩以後，無敵作者」之說，可見其成就之高。而船山一生為了生計，六次跋涉秦中，深有所感，所作詩篇如錢仲聯《清詩精華錄》之評：「在題材的廣闊上遠超前代，……為祖國古典詩歌寶庫中的山水詩增添了新的明珠」[7]，無一語蹈襲前人，皆為性情之作，故其評杜詩「天真」，亦寓其獨到之感悟也。

船山之論亦與袁枚看法相近。性靈詩人強調「一往情深」，代表其對杜詩獨特而深刻的認識。張問陶和性靈詩人強調以詩歌

7 錢仲聯《清詩精華錄》，齊魯書社，1987年版。

傳達人間至情，抒發真實性靈。「關心在時務，下筆唯天真」，信筆直書，廣為涉獵，從民生社稷、山川風景到閨幃悲喜、兒女柔情，皆縱橫馳騁，無所顧忌，一任其自然流淌，繼承和發揚了杜詩的這種傳統，因而真切感人。

二、「詩人原是有情人」
——船山詩與杜詩同樣真切的感情流瀉

下面我們結合具體創作，來看看船山對杜甫抒寫真情精神的繼承與弘揚。

（一）、「《理學傳》應無我輩，香奩詩好繼風人，」
——閨情詩中見癡情

杜甫之所以成為詩聖，首先在於其推己及人、民胞物與的偉大情懷，任何人學杜若無此胸襟則失其根本，張問陶自然深明其理，一部《船山詩草》中充滿對乾嘉時期盛衰時局的關注憂慮和對民生疾苦的深切同情，其中亦不乏可擔當「詩史」之譽者。然而在此我們不妨暫時擱置這一類詩作，先從其極具特色的閨情詩來看船山是如何以繼承弘揚的態度學杜的。

中國封建社會歷來是一個男性主宰的世界，閨幃之情往往為正統文人所難於啟齒。魏晉時文學自覺時期，出現少量描寫夫婦情感及「悼亡」之作，但在詩文創作王國中無異於滄海一粟。杜甫一生顛沛流離，與其妻楊氏分合不定，而詩中每每感念不已。其影響最廣的自然當推那首思念伊人的千古名篇《月夜》：「今夜鄜州月，閨中只獨看。遙憐小兒女，未解憶長安。香霧雲鬟濕，清輝玉臂寒。何時倚虛幌，雙照淚痕乾。」如《杜臆》所評：「詞旨婉切，見此老鍾情之至」。這類作品突破前人虛泛言情窠臼，作為貧賤夫妻恩愛生活之實錄，點滴之中流淌出款款摯情，閃耀著最為動人的光輝，在中國文學史上開闢了嶄新的境界，產生了積極的影響。

繼杜甫之後，元稹的悼亡、李商隱的寄遠懷人、陸游的沈園諸作，繼承這一抒寫真情的傳統，同樣真切感人，但與杜詩相比，在描摹家庭日常生活廣度方面則尚嫌不足。即使如此也已是難能可貴。

力主書寫性情的張問陶，對杜詩這類詩作所寓的人倫真情極為讚賞，在實踐中一反流俗，同樣大膽地加以表現。張問陶一生兩娶，髮妻周氏夫人成婚兩年而卒，船山為之悲慟不已，歷經數十年而未能忘情。陸續寫下許多悼亡詩。「錦瑟含情剩惘然，數行秋柳似當年。」依依深情，綿綿無絕。繼室林韻征為名宦林西崖之愛女，慕船山之才而嫁之，林夫人知書能詩，與之情投意合，恩愛有加。由於生活所迫，飽嘗聚散離合之苦，貧困物乏之憂，而不減其安貧樂道之志，自言「修到人間才子婦，不辭清瘦似梅花」，即為其高潔性情之寫照。船山有此知己深感慶倖欣慰，「雪窗夜話卿知我，久似高柔少宦情」，（〈十二月十日發成都留別內子〉）「別久愈愁鄉路遠，情多真覺宦遊非」（〈憶內〉）。為之不惜筆墨，盡情揮灑、一腔癡情毫無顧忌。諸如留別內子、寄內、憶內、贈內、得內子書，同內子作之類，不一而足，其數量之多，描摹情景之廣，抒寫情感之摯，皆為詩壇所鮮有。其中名篇如：

> 漠漠仙雲倚玉京，迢迢香霧滿蓉城。人間風露遙相憶，天上星河共此情。……他家兒女無離恨，隔院微聞笑語聲。

（〈七夕憶內〉）

遙憐玉窗月，曉夢隨征鞍。掩鏡謝膏沐，下簾香霧寒。（〈嘉陵江上立春寄內〉）

此二詩不僅一再化用杜甫〈月夜〉「香霧」一詞，其結撰意境亦分明可感到杜詩之影響，前一詩被選入《情詩三百首》，可見其深受喜愛。

離別相思之苦、耳鬢廝磨之歡，書畫共賞之趣、舉債度日之困，從容入詩，情味濃烈，不受拘束，與杜甫此類詩作遙相輝映，實為情聖精神之弘揚。「《理學傳》應無我輩，香奩詩好繼風人。」即可見其旨趣也。

船山還有不少描寫天倫樂趣之作，亦與杜甫描寫家庭子女詩一樣，充滿真趣，船山一生無子，周夫人生女阿梅早夭，林夫人連生數胎，皆為女兒，船山並不懊惱——賦詩吟詠，「連年生女杏花初，也覺春風繞敝廬，世上忽添新姊妹，老來分付舊琴書。」「紅窗小影參差長，他日香山奈老何。」見出其與白居易一樣的見解。「嬌女牙牙初學語，我歸應與繡床齊。」（〈思歸〉）「笑倚閨人課嬌女，宦情銷向百花間」（〈宦情〉）諸詩，不禁令人想起杜甫「嬌兒不離膝，畏我復卻去」（〈羌村〉）「床前兩小女，補綴才過膝。……學母無不為，曉妝隨手抹。移時施朱鉛，狼籍畫眉闊」（〈北征〉）的詩句。即使當其晚年罷官去職，病居他鄉，依舊不減天性，詩草絕筆〈鬥蟋蟀〉曰：

細拔牙須辨蠢靈，小妻嬌女笑中庭。野人籬落渾無事，正好平章蟋蟀經。

歡笑意趣中一片舔犢情深，慈父形象躍然紙上。

（二）、「自慚五十枉知非，萬里思親卻未歸」——手足之情與友情、鄉情

詩聖對骨肉同胞、養育之地和生死摯友這一往情深、魂繞夢牽的思念曾讓多少人慨歎不已，推為絕唱。船山詩草中對手足、故鄉和友情的詠歎亦同樣令人感懷。船山與問安、問彤兄弟情深意篤，曾與兄同困居北京，乍寒無衣，出門輒借其裘衣，有句云：「莫歎白羊裘太薄，他鄉兄弟幸同胞。」但現實無情，使之「卅載為兄弟，相聚無幾歲。」其〈懷亥白兄壽門弟〉云：「同氣吾三人，我更長於客。咄嗟五年餘，聚日不滿百。親舍成逆旅，賓館如安宅。功名是何物，坐使骨肉拆。」與重視骨肉深情一樣，船山看重友情，交往甚廣，與石蘊玉、洪亮吉、孫星衍、朱文翰、王芑孫等都過從頻繁，其中洪亮吉（字稚存、號北江）與之情誼尤深，彼此聲氣相投，互相欽慕，相互贈酬之詩各數十首，洪亮吉稱船山為「長安第一」，「青蓮再世」，特意向詩壇前輩袁枚極力推薦。船山則視洪亮吉為異姓兄弟：「異姓逢君疑骨肉，同朝知我耐饑寒」，「五字作長城，騷壇湧名將」。洪亮吉因痛陳時弊被譴戍西北，船山深為不平和擔憂，牽念懸望，「落日安西凝望遠，浮雲難掩故人情」（〈聞稚存赦歸先寄〉）。船山出生後隨在外作官的父親寄居異鄉，十分嚮往故鄉遂寧，「信美非吾土，岷峨落照邊」（〈漢上暮春〉），常常「萬里登樓望故鄉」（〈春日感懷〉），直到二十三歲時，才第一次回鄉，雖然貧困不堪，卻心情歡慰。其〈初歸遂寧作〉即道出心理：「北馬南船笑此身，歸來已是廿年人。敝廬乍到翻疑

客，破硯相隨不救貧。風露驚心憐病鶴，關河回首歎勞薪。高堂秉燭團欒夜，剩脫烏衣付酒緡。」這種百感交集的心理，與亂中逃生初歸羌村家人團聚的杜甫心境是何其相似，其情其境，切近生活，真實動人。此後為了生活，往還漂泊，思鄉之情不絕如縷：「不及簾前雙燕子，年年來繞故園花」（〈家居感興〉）；他思念故鄉的美麗山川、茅屋、飯菜、風俗、杜宇啼鳴，憂慮故鄉遭受的戰亂災害，真是道不盡的愛戀與鄉愁，最後與杜甫一樣，無力回返，帶著深深的悵惘和遺憾客死他鄉。

對親人、故鄉一往情深，對普通百姓船山也滿懷愛心。杜詩中表現的對窮獨叟、寡婦、撲棗老婦、家僕等下層弱小人物群體不幸深切的關懷和同情，同樣遍佈於船山詩草之中。崔旭《念堂詩話》評道：「船山夫子，或目為才子，為狂士，乃有識之才子、狂士也。……於朝貴無獻媚貢諛之言，於同列無含譏帶訕之語，下至能詩之奴、賣餅之叟、久侍之老僕、工書之小吏、無不一往情深。」其語的確無一虛言，船山曾仿杜甫〈八哀〉詩而作八首懷人詩，每詩寫一小序，所懷者漢陽賣餅李叟、家僕徐凌霄、佃戶梁清、輿夫徐長子、西塞山下舟師王喜、成都大觀堂書商鄒漫堂、邯鄲倡孫蘭等，皆地位低下而於船山有恩者。如李叟在船山早年窘境中曾予以接濟，免受飢餓之苦，船山對此難以忘懷，「為問衰翁今健否？因君不敢飫雞豚」。在鄉親面前，平等無間：「我是飄零琴酒客，誰將門第傲鄉鄰？」詩人筆下刻繪了豐富的貧苦人物素描，以此或表現與之親密的關係，或頌揚其純真、豪爽的性格，或為其災難而歎息，充滿無限的人文關懷，形象生動，感情真摯。

（三）、對自然風物、美好河山的熱愛和深情禮讚

杜甫的情愛十分廣博，他熱愛生活，也熱愛生命。他的愛不僅僅限於人類社會，也包括風物花鳥、自然山川。無論生活多麼艱難，總是盡可能地追求美好。在客居成都時，精心營造草堂茅屋，融人自然之中，他讚美錦城的夜雨、溪流、芙蓉、黃鸝，無一不是體察入微，滿懷深情，給後人留下膾炙人口的名篇。如〈客至〉、〈江村〉表現的人與自然是那樣和諧，詩人的心境也是那樣沖淡而平和，顯出詩人積極的人生態度。

船山同樣是一個博愛之人，愛親人、愛蒼生，亦愛自然萬物。船山一生數次往還於秦蜀棧道，旅食京華，漂泊江南，足跡如雪泥鴻爪，渺遠無定。大江南北的山水風情與居無定所的生活經歷陶冶其情懷，增添其詩情。「胸中有天地，觸物皆經綸」，（〈陳蔭山舍人招同胡城東朱少仙〉）他歌頌故鄉的山水，也讚美祖國各地的風情。船山多才多藝，詩書畫俱絕，袁枚與洪稚存或推其「曠代逸才」、「才為長安第一」，或讚其為「倚天拔地之才」、「生平第一知己」。蔣寶齡《墨林今話》稱：「船山才情橫軼，世但稱其詩而不知書畫俱勝。書法放野，近米海嶽。山水花鳥任務雜品悉隨筆為之，風致蕭遠。椒畦（王學浩）孝廉謂其脫盡凡骨，雖畫名家弗及也……又工畫馬及鷹，最得神俊之氣。」[8]可見其書畫技藝。其詩也同樣給我們留下一幅幅自然山水精美畫卷，令人感受其才情，亦感受其熱愛自然赤子之心。

船山詩草中寫景詠物之作甚多，不乏名篇。如其晚年退居姑蘇，沿途賦詩，讚美江南秀麗景色。其詠蘇州曰：「莫管霜風吹

---

[8] 蔣寶齡〈墨林今話〉，據胡傳淮《張問陶年譜・附錄》引，144頁。

帽冷，江南紅葉好於花」（〈虎丘冬日〉）。詠揚州曰：「莫問二分無賴月，一燈風雨夜聊吟」；於丹陽留詩：「莫留硯上揚州墨，畫老江南雨後山」等詩皆深得天趣，而又融入自身的感觸和情思，有詩人的寄託在，令人喜愛玩味。

三、「天意蒼茫地苦貧，散漫哀鴻事可傷」——船山與杜甫對國家民族深切的憂患之情

親情與愛國愛民之情密切相連，杜甫由自身不幸而「默思失業徒，因念遠戍卒」，「安得廣廈千萬間，大庇天下寒士俱歡顏」，表現出崇高的精神境界和人文關懷，也是儒家及中國文化優秀傳統。船山生活的時代，時局動盪，前期表面繁榮，潛藏複雜社會危機，後期矛盾爆發，戰亂連年，人民苦不堪言，一部《船山詩草》充滿對乾嘉時期盛衰時局的關注憂慮和對民生疾苦的深切同情，其中不乏可擔當「詩史」之譽者。這也是最能體現其對杜甫精神自覺的繼承與弘揚。

（一）、反映民生疾苦，批判和揭露封建統治者殘酷的階級壓迫與剝削

與杜甫一樣，船山生長於艱難環境中，其〈蟋蟀吟〉〈秋燕飛〉等作品用比興手法淋漓盡致地抒發其早年寄居他鄉時窘況，「客子畏人，饑寒漂泊，傷離送遠之情，較詩人所遇殆有過者」，以後為生計連年奔波，安居日少，貧寒時多，與下層百姓接觸較多，瞭解和體會其生活之艱辛，許多詩作中描寫了他們的不幸遭遇和痛苦。這類代表作如「傷河北旱」而作的〈拾楊稊〉：

拾楊稊，老嫗苦，綠瞳閃爍如饑鼠。人捋柳葉我無梯，人斫柳皮我無斧。楊稊拾得連沙煮。衣厚綿，屋環堵，舊日田園足禾黍，兩年不雨成焦土。泣春田，望春雨，一影隨身行踽踽，夜枕新墳哭兒女。河北嫗，乃如許。

詩題下自注：「傷河北饑也」，詩中刻畫的饑寒交迫、力衰無依的老嫗形象是如此真切，栩栩如生，其深刻的思想性和藝術感染力皆不亞於杜甫〈石壕吏〉和白居易〈賣炭翁〉，而且為了更為真切地反映現實，平素不喜作樂府的船山此處情不自禁地採用了新樂府的形式。類似於此的還有〈採桑曲〉，用對比的手法寫出採桑女的悲慘境遇和朱門豪族奢侈享樂，愛恨分明，感情色彩極為強烈。其中怵目涼心的場景，使人不由自主地想起「朱門酒肉臭，路有凍死骨」、「豈知閿鄉獄，中有凍死囚」「一叢深色花，十戶中人戶」一類感情沉痛的詩句，可見其與詩聖相通的情懷。

（二）、繼承杜甫「詩史」精神，積極關注變幻時局，忠實記錄歷史，大膽揭露現實社會尖銳矛盾鬥爭，表現出不同凡響的見識

乾隆嘉慶時期，清朝政治日漸腐敗，各類矛盾不斷加劇。嘉慶初年，積聚已久的社會矛盾大規模激化，爆發了川楚白蓮教起義，烽火席捲川、楚、陝、豫、甘五省，聲勢浩大。清朝統治者派兵實行鎮壓，也同時對無辜的百姓進行野蠻的掠奪和屠殺。戰亂持續多年，對清朝政府和整個社會影響重大。

船山對於此次事件全過程予以深切關注，出於正統的階級意識和立場，對起義軍認識有其局限，但其通過回川奔喪途中見聞和感受並進行深入瞭解和觀察，因而寫下大量詩篇，比較客觀真

實地反映現實，表現出其不凡的卓識遠見。

嘉慶元年，張問陶在京初聞戰況，寫下了〈歲暮雜感〉詩：「思鄉有夢驚烽火，報國無文愧俸錢」，滿懷憂慮，同時對清政府的高壓政策表示不滿：「馬革總疑非上策，重臣何用死沙場？」第二年秋回川途經寶雞時作〈九月褒斜道中即事〉二首，描繪了沿途見聞和感受，並對戰火興起的原因和時局的發展趨向作了分析：「舊說還鄉好，今傷行路難。連村有戈戟，歸將只衣冠」。「禍起征苗役，懸兵動鼓鼙。荊襄摧虎帳，河洛潰金堤。潼谷軍聲亂，巴山戍火迷。漢中憂不細，珍重武關西。」認為此由清朝對各族人民的壓迫而導致，所謂官逼民反之故。批評時政，提出建議，與杜甫〈塞蘆子〉相似。

嘉慶三年張問陶離開四川返回京城，途中寫下著名組詩〈戊午二月九日出棧宿寶雞縣題壁十八首〉，在張問陶眾多反映時局的詩作中，這是最為傑出的作品。全詩以親身所見所歷和獨特的觀察視角，對此次農民起義爆發原因、統治者政策、用人制度、將帥腐敗無能和人民流離苦難等情況都作了較為真實、全面的記錄和反映，並予以深刻的剖析和比較客觀的評價，稱其為「詩史」一點也不為過譽。

詩中相當多的筆鋒指向朝廷諸將，包括地方官吏和統兵將帥，寫其昏庸無能和欺詐無信，十分透闢而精當：

> 「故事虛張〈喻蜀文〉，懸軍安養募新軍。山中城破官仍在，閫外兵嘩將不聞」；「議撫招降計已施，凋殘民力久支持。不明賞罰終何益，真舉才能尚未遲。將相有權甘自棄，英雄無種要人為。孫吳兵法非天授，誰竭誠謀報主知？」「只聞怨毒歸諸將，可有心肝奉至尊？」「猶勝驕

涇諸將吏，移營終歲避鋒芒」。

詩中還譴責清軍的殘暴屠戮，筆觸同樣十分犀利：

「殺人敢恕民非盜，報國真愁將不儒」；「大賈隨營緣我富，連村無寇是誰焚？」，「大帥連兵甘縱賊，生靈塗炭已三年」。

描寫廣大人民久曆戰亂的悲慘遭遇，其景象令人慘不忍睹：

「磷火飛殘新戰壘，枯髏吹斷舊人煙」；「荒寒驛路匆匆過，焦土連雲萬骨枯」；「山川人滿欲烹珠，曾問今年米價無？」「誰看鴻鵠猶扶耒，人佩刀鞭早賣牛」。

面對國家人民這巨大的災難，詩人深感悲憤，最後發出極其沉痛的哀號與呼喊：

「天如有意屠邊徼，我忍無情哭故鄉！」「風詩已廢哀重寫，不是傷心古戰場」。

風格淒涼深沉，近於〈離騷〉，與杜甫反映唐代戰亂、揭露官軍將帥醜行，同情人民苦難的史詩精神一脈相承，故在當時盛傳天下，受到高度評價。人們將其與杜甫〈諸將〉相比，如李元度〈張船山先生事略〉曰：「幼有異秉，工詩，有『青蓮再世』之目，……其詩生氣湧出，沉鬱空靈，於從前諸名家外，又辟一境。其〈寶雞題壁〉十八首，指陳軍事，得『老杜〈諸將〉

之遺。傳誦殆遍。」尚鎔《三家詩話》評此詩曰：「力詆將帥養癰，與雲松〈擬老杜〈諸將〉〉同一忠憤。」[9]而實際上，與〈諸將〉較為含蓄的風格相比，在一定程度上更加直言不諱，揭露顯示矛盾亦更淋漓盡致，深刻大膽，而內在情感與杜甫是息息相通的。

不僅如此，詩中對清軍鎮壓的白蓮教女首領齊王氏直接予以熱情的讚美，尤顯膽識過人。船山推許其英勇善戰的軍事才能，也讚賞其巾幗豪傑的颯爽英姿。「黃鵠特翻貞女調，白蓮都為美人開」。船山深為朝廷將其逼上反路而惋惜，認為「請纓便是秦良玉」。而在另一首詩中，詩人更是引用杜甫的觀點明確指出：「楚豫兼秦蜀，縱橫一婦人。籲嗟杜陵語，盜賊本王臣。」（〈丁巳九月褒斜道中即事〉）分明見出與杜甫思想的繼承關係。

（三）、憂心黎民，牽掛終生

「窮年憂黎元，歎息腸內熱」詩聖之所以不朽，就在於其憂國愛民之心始終未曾有半點改變，始終想著為國家盡力，希望朝廷能為百姓減輕賦稅，讓人民安居樂業。直到生命最後一刻，仍然在為祖國和人民而歌唱：「戰血流依舊，軍聲動至今。」深情依依，摯愛一生。

張問陶的人生歷程也與杜甫一樣充滿這種高尚情操，船山祖上世代為官，家訓甚嚴，其父張顧鑒要求子弟讀書「氣質雅馴而恭敬和平，知禮知義，事上處眾，取友親賢，即與泛泛人接，亦知愛眾也。……待人宜真，御下宜愛，作一個真誠仁愛之

---

[9] 尚鎔〈三家詩話〉，據胡傳淮《張問陶年譜》，95頁。

人。」[10]因此，船山少有大志，心存真愛，自道其志是「儒生不忘世，天下視諸掌。」（〈感懷〉）服膺儒家學說，而又有所選擇發展，在為吳錫麟〈田園居〉所題詩寫道：「宦海名場都領略，才知高雅是農夫」，又說「我愛尋常百姓家」，表現出極為可貴的民本思想和民主意識。無論是為民還是作官，始終安貧樂道，保持正直不阿的節操。尤其是後期官宦生涯，清正廉潔，愛民如子，力行仁政。自謂「臨民如聽孤兒哭」。嘉慶十二年，船山掌貴州道監察御史，作〈南城判事吟示吏民〉詩曰：「平心相對總堪憐，肯把名同酷吏傳？歎息蒲鞭終是辱，無情何苦到階前？」巡視一年，政績卓著，屬官亦不敢造次濫用酷刑，故船山題詩讚道：「愛克威原少，無情尚有辭。略能分例案，不敢用鞭笞。……一年塵心在，功過寸心知。」表現出仁愛寬厚之心。

嘉慶十五年，船山授山東萊州知府，臨行時皇帝訓詞稱當地「民刁默化難」，意為需嚴刑峻法治民。而實際情況是此時正遭嚴重旱澇，沿途一片蕭條，船山作〈河間道中〉詩：「溝洫何時廢，民因旱澇窮。頻年傷積雨，逐處見哀鴻。」到任之後，馬不停蹄，深入瞭解民情，更加體察到民生疾苦，認為只能以寬懷關愛百姓方為上策，為百姓苦難夜不能寐，憂心不已。其〈到郡十餘日始得退歸，閒軒默坐得句〉詩就真切地寫出這種複雜的處境和心態；詩云：

> 官民驚乍見，名字喜先知。拭案無留牘，焚香得小詩。」「塞上承天語，『民刁默化難』。霸才思管晏，律意窨

10 張顧鑒〈朝議公家書〉，據胡傳淮《張問陶年譜・附錄》，153頁。

> 申韓。夜燭求生苦，新霜觸夢寒。洋洋舊東海，何日挽狂瀾？

船山在萊州期間，清理積案，減免賦稅，又多次向上陳情，請求發放倉谷，賑濟災民，但上司置若罔聞，小人嫉妒謠諑，最終只得以稱病為由，憤然辭官。濟民之志付諸東流，但船山並未因此忘懷世事，在因貧不能返鄉而流落江南途中，寫下〈感事詩〉和〈寄萊人〉二詩，滿懷愧疚和深情向萊州人民致意：

> 天意蒼茫地苦貧，救災無策愧臨民。辭官也作飄零客，懺爾流亡一郡人。

> 飄搖退鷁情雖隱，散漫哀鴻事可傷。遼左流民安堵未？歸人猶自滯金閶。

此時的船山已是一貧如洗，疾病纏身，歸鄉不得，前途堪憂，已將不久於人世，此情此境，與漂泊湘江的杜甫是何其相似，而對流民是否「安堵」（即安居）的掛牽則又與杜甫「幾時高議排金門，各使蒼生有環堵」（〈寄柏學士林居〉）、「大庇天下」的胸懷毫無二致。隨後於蘇州作〈題樂天天隨鄰屋〉詩仍稱：「憑欄早醒繁華夢，點筆難刪諷喻詩」，可謂關懷世事，至死不忘，家國之情，縈繫終生。

「胸中有天地，觸物皆經綸。……關心在時務，下筆唯天真」（〈陳蔭山舍人招同胡城東朱少仙〉），綜上所述，不難看出張問陶與杜甫非常緊密的內在聯繫，雖然由於時代風氣的變化，彼此外在表現形式有所差異，但其詩都是真實性情的抒寫，船山從儒家人世思想出發，而又不為儒學所限，結合自己的時代和親身生活實踐，去閱讀杜詩，感悟杜詩精神，也真正讀懂了杜詩。其詩歌理論和創作實踐，既不同於機械學杜者的迂腐，亦與其他性靈詩人近於遊戲之風氣有別，正如清人朱文治《書船山紀年詩後》詩所評：「滿紙飛騰墨彩新，誰知作者性情真。尋常字亦饒生氣，忠孝詩難索解人。一代風騷多寄託，十分沈實見精神。隨園畢竟耽遊戲，不及東川老史臣。」船山寫出了人生真情、真性、真閱歷，反映了社會時弊、民生疾苦，而又率性自然，真正繼承了杜詩的精髓，堪稱杜甫千古知音，同時也為我們學習借鑒杜甫詩藝、繼承弘揚杜甫精神提供了成功的典範，值得深入的研究。

張戒《歲寒堂詩話》評杜述略

一、問題的提出

南宋張戒的《歲寒堂詩話》是中國文學批評史上一部十分重要的著作，具有極大的影響和學術理論價值，清人潘德輿《養一齋詩話》將其與嚴羽《滄浪詩話》、姜夔《白石詩說》並列而譽為宋代詩話之「三足」，張宗泰《跋〈歲寒堂詩話〉》稱其「遠出諸家評詩者之上」。此外，如馬星翼《東泉詩話》、林昌彝《海天琴思錄》等都對《歲寒堂詩話》給予了高度評價。

當代學者對於其價值也十分重視，各類文學批評史專著皆有評論，近年來相關研究論文數十篇，對於其基本觀點、文藝美學思想及地位價值等都做了較為廣泛深入的討論。有助於對其認識的深化。

《四庫全書總目提要》謂是書「通論古今詩人，由宋蘇軾、黃庭堅上溯漢、魏、《風》、《騷》，分為五等。大旨尊李杜而推陶阮，始明言志之義，而終之以無邪之旨，可謂不詭乎正者」。這裡指出其所針對者乃當時盛行之蘇黃尤其是江西詩派詩風，由於不滿其專以詠物、用事為工，即後來嚴羽批評之議論、才學、文字為詩，故提出「言志」「無邪」的標準來加以衡量和批評。這一主要觀點，實乃出之於正統儒家詩教，與一般儒生論詩推崇漢儒傳統無大差異。[1]張戒亦知其效力有限，故著力抬出

[1] 張連第《漢儒詩學的繼承和發展——再論張戒的《歲寒堂詩話》》，吉

江西詩派亦甚推崇之李杜陶阮，尤其是杜甫，以此指出其蘇黃崇杜而未學讀懂杜，分析彼此差異，擊中其弊病之要害，此可謂其真正的創新點。

《歲寒堂詩話》現存上下兩卷[2]，其中上卷為總論，評論漢魏以降歷代詩人，並明確宣揚和強調其觀點主張，其中多次以杜甫為典型範例予以論說，三十六條中論及杜甫者達十六條。下卷共三十三條更是全為杜詩之專論，全書69條，而論杜甫者達49條，篇幅比例超過百分之七十一，這在一部書中是十分罕見的。就某種意義而言，將其書稱之為一部特殊的杜甫詩話亦不過分。據《宋史・藝文志》載，宋人詩話中已有專門論杜德杜甫詩話，如方道醇《集諸家老杜詩評》五卷，方銓《續老杜詩評》五卷，陳振孫《書錄解題》載莆田方道深《續集諸家老杜詩評》一卷，又載《杜詩發揮》一卷。今惟方道深書見於《永樂大典》中，餘皆不傳。另有嘗著《杜工部草堂詩箋》的蔡夢弼傳下《杜工部草堂詩話》，《四庫總目》稱「（方）道深書瑣碎冗雜，無可採錄，不及此書（《杜工部草堂詩話》）之詳贍。」《杜工部草堂詩話》凡二百餘條，皆采自宋人詩話、語錄、文集、說部，而所取惟《韻語陽秋》為多。實際上為前人論述集評，而《歲寒堂詩話》四十九條則為張戒獨創之見，所討論的問題十分廣泛，不僅有熱情洋溢的讚美頌揚，還有作者人格精神、思想主旨、感情色彩、作品遣詞命意，藝術特色等等皆有所發明，因此對於研究宋人對杜甫的認識和影響均有其特殊意義。其意義和影響更應在其他詩話之上。

林大學學報，1986年4期。

2 本文所據為丁福保《歷代詩話續編》北京，中華書局，1983年版，上冊，449頁。

對於《歲寒堂詩話》與杜甫的密切關係，當代研究也都有所關注。許多文章都對書中何以高度評價杜甫的原因、基本觀點及其影響等予以分析，多有創獲與啟發。[3]但是，學者大多是立足于從宋代文學思潮演變和詩話批評發展及地位等角度對《歲寒堂詩話》予以宏觀評述，或者將其與其他詩歌流派（如江西詩派）、重要詩人以及著述進行比較研究，對於前述此書作為專門性的杜甫詩話所具有的特殊意義價值、其論杜評杜的主要貢獻和得失等及其在杜甫詩學之貢獻與地位等尚缺乏系統深入的論述，故有必要予以梳理，而這不僅可以深化對該書的認識，也可以進一步瞭解在元好問宣導建立杜詩學之前南宋代杜甫研究的發展基礎。

二、《歲寒堂詩話》論杜概略

《歲寒堂詩話》上卷三十六條，下卷三十三條。涉及十分廣泛。具體評價的詩歌有數十首。上卷以綜論為主，但也涉及到對具體詩歌之評論，或指出題目，或舉出詩句。如〈放歸鄜州〉（「維時遭艱虞，朝野少暇日。顧慚恩私被，詔許歸蓬蓽」），〈新婚別〉而云（「勿為新婚念，努力事戎行。羅不復施，對君洗紅妝」），〈登慈恩寺塔〉（首云：「高標跨蒼天，列風無時休。自非曠士懷，登茲翻百憂。」不待云「千里」「千仞」「小舉足」「頭目旋」而窮高極遠之狀，可喜可愕之趣，超軼絕塵而

---

[3] 如楊勝寬〈張戒論詩：尚意與崇杜〉，《杜甫研究學刊》1998年2期；徐興菊、陳捷〈意：張戒尊杜貶蘇黃的利器〉，《寧夏大學學報》2004年5期；陳伶俐〈淺析〈歲寒堂詩話〉和〈滄浪詩話〉中的杜甫論〉，《綏化學院學報》2005年5期。

不可及也。「七星在北戶，河漢聲西流。羲和鞭白日，少昊行清秋。」視東坡「側身」「引手」之句陋矣。「秦山忽破碎，涇渭不可求。俯視但一氣，焉能辨皇州？」豈特「邑屋如蟻塚，蔽虧塵霧間」，山林城郭，漠漠一形，市人鴉鵲，浩浩一聲而已哉？人才有分限，不可強乃如此。）《水閣朝霽奉寄云安嚴明府》（「續兒誦《文選》」）、〈宗武生日〉（「熟精《文選》理」）、〈因許八奉寄江甯旻上人〉（「不見旻公三十年，封書寄與淚潺湲。舊來好事今能否，老去新詩誰與傳。」）、〈岳麓山道林二寺行〉（「方丈涉海費時節，懸圃尋河知有無。」「桃源人家易制度，橘洲田土仍膏腴。」）〈客從〉（「客從南溟來」）、〈泥功山貞元五年於同穀西境泥公山權置行成州〉（「朝行青泥上」）、〈新安吏〉（「莫自使眼枯，收汝淚縱橫。眼枯即見骨，天地終無情。」）。

下卷所論詩歌為：〈巳上人茅齋〉、〈冬日洛城北謁玄元皇帝廟〉、〈戲為六絕句〉、〈自京赴奉先縣詠懷五百字〉、〈哀王孫〉、〈行次昭陵〉、〈洗兵馬〉、〈秦州雜詩〉、〈苦竹〉、〈乾元中寓居同穀七歌〉、〈劍門〉（〈昭陵〉、〈泥功山〉、〈嶽麓寺〉、〈鹿頭山〉、〈七歌〉、〈遭田父泥飲〉、〈又上後園山腳〉、〈收京〉、〈北征〉、〈壯遊〉）、〈江頭五詠〉、〈屏跡二首〉、〈奉酬嚴公寄題野亭之作〉、〈陳拾遺故宅〉、〈謁文公上方〉、〈舍弟占歸草堂檢校聊示此詩〉、〈江陵望幸〉、〈山寺〉、〈寄司馬山人十二韻〉、〈嚴鄭公宅同詠竹〉、〈階下新松〉、〈觀李固請司馬弟山水圖〉、〈莫相疑行〉、〈赤霄行〉、〈杜鵑〉、〈武侯廟〉、〈鬭雞〉、〈偶題〉、〈秋野〉、〈晴〉、〈舟中出江陵南浦奉寄鄭少尹審〉、〈送盧十四弟侍御護韋尚書靈櫬歸上都〉、〈可歎〉共三十三條，論及詩歌四十餘題。以此而反映出其多方面的看法。

三、張戒論杜的主要觀點評述

（一）、極力推崇杜甫的人格魅力與精神修養，並認為這是杜詩拔萃挺出、獨步千古的最重要原因。這種精神內涵與人格修養的集中概括便是所謂「氣」

「建安陶阮以前詩，專以言志；潘陸以後詩，專以詠物。兼而有之者，李杜也。言志乃詩人之本意，詠物特詩人之餘事。」

「阮嗣宗詩，專以意勝；陶淵明詩，專以味勝；曹子建詩，專以韻勝；杜子美詩，專以氣勝。然意可學也，味亦可學也，若夫韻有高下，氣有強弱，則不可強矣。此韓退之之文，曹子建杜子美之詩，後世所以莫能及也。世徒見子美詩多粗俗，不知粗俗語在詩句中最難，非粗俗，乃高古之極也。自曹劉死至今一千年，惟子美一人能之。」

「子美之詩，顏魯公之書，雄姿傑出，千古獨步，可仰而不可及耳。」

「韻有不可及者，曹子建是也。唯有不可及者，淵明是也。才力有不可及者，李太白韓退之是也。意氣有不可及者，杜子美是也。」

這裡反復指出「氣」，「意氣」，實即孟子所謂「吾善養吾浩然之氣」。[4]孟子解道：「其為氣也，至大至剛，以直養而無害，則塞於天地之間。」這種浩然之氣，最為廣大而又最為剛

---

4 （清）焦循著《孟子正義·公孫醜章句上》，北京，中華書局，1957年版，117頁。

強，以正義養之而不傷害之，就會充塞于天地四方之間。此氣務須與義和道相結合，戰無不勝，若無義與道，則將軟弱無力。這種氣是正義的日積月累所產生的，不是一時的正義行為就能得到的。因此它從作者內心自然發出，可以成為文章的基礎。唐代不僅杜甫有此「氣」，後來韓愈古文理論強調所謂「氣盛則言之短長與聲之高下俱宜」，[5]亦由孟子思想傳承而來。而在宋代更得到強調和張揚。張戒之前，北宋蘇轍〈上樞密韓太尉書〉亦自稱：「轍生好為文，思之至深，以為文者氣之所形。然文不可以學而能，氣可以養而致。」「其氣充乎其中，而溢乎貌，動乎其言，而見乎其文，而不自知也。」[6]至於文天祥所賦〈正氣歌〉堪為家喻戶曉。「天地有正氣，雜然賦流形。下則為河嶽，上則為日星。於人曰浩然，沛乎塞蒼冥。」亦可見其儒家思想之影響。張戒所強調亦與這種時代思潮不無關係。實際上，如當代學者所論：所謂氣「是一個主客體相融合的概念，指杜甫崇高的情感志向品格體現於詩歌當中所呈現出的主體精神狀態。這種狀態，張戒認為幾乎無人能及。」[7]

張戒《歲寒堂詩話》列舉許多杜甫詩篇，說明其內在之氣實乃出於對民生社稷之由衷關懷，以及其詩歌高出眾人之根本所在。如評《哀王孫》曰：「觀子美此詩，可謂心存社稷矣。烏朝飛而夜宿，今「夜飛延秋門上呼」、「又向人家啄大屋」者，長安城中兵亂也。鞭至於斷折，馬至於九死，「骨肉不待同馳驅」，則達官走避胡之急也。以龍種與常人殊，又囑王孫使善保

---

[5] 馬通伯校注《韓昌黎文集校注》，上海，古典文學出版社，1957年版，99頁。

[6] （宋）蘇轍〈上樞密韓太尉書〉，曾棗莊、劉琳主編《全宋文》成都，巴蜀書社，1994年版，47冊，183頁。

[7] 王紅麗，〈《歲寒堂詩話》中的唐詩觀〉，綏化學院學報，2008年1期。

千金軀，則愛惜宗室子孫也。雖以在賊中之故，「不敢長語臨交衢」，然「且為王孫立斯須」者，哀之不忍去也。朔方健兒非不好身手，而「昔何勇銳今何愚」，不能抗賊，使宗室子孫，狼狽至此極也。「竊聞太子已傳位」，必云太子者，以言神器所歸，吾君之子也。言「聖德北服南單于」，又言花門助順，所以慰王孫也。其哀王孫如此，心存社稷而已。而王深父序，反以為譏刺明皇，失子美詩意矣。」

評〈可歎〉曰：

> 觀子美此篇，古今詩人，焉得不伏下風乎？忠義之氣，愛君憂國之心，造次必於是，顛沛必於是，言之不足，嗟歎之，嗟歎之不足，故其詞氣能如此，恨世無孔子，不列於《國風》、《雅》、《頌》爾。「天上浮雲如白衣，斯須改變如蒼狗。古往今來共一時，人生萬事無不有。」（案：此詩刊本「如白」或作「似白」。）此其懷抱抑揚頓挫，固已桀出古今矣。河東女兒，不知以何事而抉眼去其夫，豈秋胡婦不忍視其夫之不義而死者乎？「丈夫正色動引經」，偉哉王季友之為人也。「群書萬卷常暗誦」，而《孝經》一通，獨把玩在手，非深於經術者，焉知此味乎？季友知之，子美亦知之，故能道此句，古今詩人豈知此也。「貧窮老瘦家賣履」，而高帝之孫，二千石之貴，乃引為賓客，雖三年之久，而未曾語，「小心恐懼閉其口」，賓主之間如此，與夫勢利之交，朝暮變炎涼者，異矣！故曰：「太守得之更不疑，人生反覆看亦醜」。陳蕃設榻於徐孺，北海徙履於康成，顏回陋巷不改其樂，澹台滅明非公事未嘗至於偃之室，於王季友復見之，子美以為

可以佐王也，故曰：「用為義和天為成，用平水土地為厚。死為星辰終不滅，致君堯舜焉肯朽」。夫佐王治邦國者，非斯人而誰可乎？

由對所謂「氣」之強調和推崇，可知其對杜甫人格精神與其創作關係之重視。實際上也抓住了杜詩之所以傑出不衰的內在關鍵。

（二）、高度評價杜甫詩歌之價值，認為不能僅僅限於文學，而應有政治經學等綜合價值

「至於杜子美，則又不然，氣吞曹劉，固無與為敵，如放歸鄜州而雲「維時遭艱虞，朝野少暇日。顧慚恩私被，昭許歸蓬蓽」，新婚戍邊而雲「勿為新婚念，努力事戎行。羅不復施，對君洗紅妝」，〈壯遊〉云「兩宮各警蹕，萬里遙相望，」〈洗兵馬〉云「鶴駕通宵鳳輦備，雞鳴問寢龍樓曉」，凡此皆微而婉，正而有禮，孔子所謂「可以興，可以觀，可以群，可以怨。邇之事父，遠之事君」者。如「刺規多諫諍，端拱自光輝」，「儉約前王體，風流後代希」，「公若登臺輔，臨危莫愛身」，乃聖觀法言，非特詩人而已。」

「蘇黃門子由有云：『唐人詩當推韓杜，韓詩豪，杜詩雄，然杜之雄亦可以兼韓之豪也。』此論得之。詩文字畫，大抵從胸臆中出，子美篤於忠義，深於經術，故其詩雄而正。李太白喜任俠，故其詩豪而逸。退之文章侍從，故其詩文有廊廟氣。退之詩正可與太白為敵，然二豪不並立，當屈退之第三。」

評〈自京赴奉先縣詠懷五百字〉詩曰：「少陵在布衣中，慨然有致君堯舜之志，而世無知者，雖同學翁亦頗笑之，故「浩歌

彌激烈」，「沈飲聊自遣」也。此與諸葛孔明抱膝長嘯無異，讀其詩，可以想其胸臆矣。嗟夫，子美豈詩人而已哉！其云：「彤庭所分帛，本自寒女出。鞭撻其夫家，聚斂貢城闕。聖人筐篚恩，實欲邦國活。臣如忽至理，君豈棄此物。多士盈朝廷，仁者宜戰慄。」又云：「朱門酒肉臭，路有凍死骨。榮枯咫尺異，惆悵難再述。」方幼子餓死之時，尚以常免租稅不隸征伐為幸，而思失業徒，念遠戍卒，至於「憂端齊終南」，此豈嘲風詠月者哉？蓋深於經術者也，與王吉貢禹之流等矣。」

以上論述，較早地將杜甫詩歌價值向文學之外予以拓展，可謂對前人評價的延伸，對後世也產生積極的影響，陸游讀杜詩也發出「後世但作詩人看，使我撫幾空諮嗟」之浩歎，可見出南宋特定時期對杜甫價值的期許和發掘，具有積極的意義。

（三）、指出杜甫之詩學淵源。為後世學詩指點門徑

張戒認為杜甫詩學淵源包含兩方面，一是《風騷》，此為其主要方面。

「子美詩奄有古今，學者能識《國風騷》人之旨，然後知子美用意處，識漢魏詩，然後知子美遣詞處。至於掩顏謝之孤高，雜徐庾之流麗，在子美不足道耳。歐陽公詩學退之，又學李太白。王介甫詩，山谷以為學三謝。蘇子瞻學劉夢得，學白樂天太白，晚而學淵明。魯直自言學子美。人才高下，固有分限，然亦在所忌，不可不謹，其始也學之，其終也豈能過之。屋下架屋，愈見其小，後有作者出，必欲與李杜爭衡，當復從漢魏詩中出爾。」

「孔子曰：『《詩》三百，一言以蔽之，曰：思無邪。』世儒解釋終不了。余嘗觀古今詩人，然後知斯言良有以也。《詩

序》有云：『詩者，志之所之也。在心為志，發言為詩。情動於中，而形於言。』其正少，其邪多。孔子刪詩，取其思無邪者而已。自建安七子、六朝、有唐及近世諸人，思無邪者，惟陶淵明杜子美耳，餘皆不免落邪思也。六朝顏鮑徐庾，唐李義山，國朝黃魯直，乃邪思之尤者。魯直雖不多說婦人，然其韻度矜持，冶容太甚，讀之足以蕩人心魄，此正所謂邪思也。魯直專學子美，然子美詩讀之，使人凜然興起，肅然生敬，《詩序》所謂『經夫婦，成孝敬，厚人倫，美教化，移風俗』者也，豈可與魯直詩同年而語耶？」

二是《文選》，但注重其宏麗。

「杜子美云『續兒誦《文選》，』又云『熟精《文選》理』，然則子美教子以《文選》歟？近時士大夫以蘇子瞻譏文選去取之謬，遂不復留意。殊不知《文選》雖雖昭明所集，非昭明所作。秦漢魏晉奇麗之文盡在，所失雖多，所得不少。作詩賦四六，此其大法，安可以昭明去取一失而忽之？子瞻文章從《戰國策陸宣公奏議》中來，長於議論而欠宏麗，故雖揚雄亦薄之，雲『好為艱深之詞，以文淺易之說』。雄之說淺易則有矣，其文詞安可以為艱深而非之也。韓退之文章豈減子瞻，而獨推揚雄云：『雄死後作者不復生。』雄文章豈可非哉？《文選》中求議論而無，求其李之文則多矣。子美不獨教子，其作詩乃自《文選》中來，大抵宏麗語也。」

以上兩方面可謂相輔相成，詩意須正，而又追求語言之巨集麗精深，所謂「語不驚人死不休」，內容形式皆具，兼善兼美，方可為集其大成者也。

（四）、指出杜甫詩歌之特點，含蓄蘊藉，怨而不怒

張戒所推重《國風》的是「不迫不露」、「詞婉」而「意微」，主張藝術表現要含蓄、蘊藉，提倡古樸自然，反對「淺露」，反對單純追求「用事押韻」的形式主義詩風。詩能「情在詞外，狀溢目前」，須是「情意有餘，洶湧而後發」，做到「不迫不露」，含蓄天成。

以杜甫〈收京〉為例作為範例：「『賞應歌杕杜，歸及薦櫻桃』，有旨哉，與陸宣公諫德宗〈尋訪內人疏〉何異？子美顛沛造次於兵戈之中，而每以宗廟為言，如〈北征〉往往是也，此其意尤不可及。〈壯遊〉云『河朔風塵起，岷山行幸長。兩宮各警蹕，萬里遙相望』，不待褒貶而是非自見矣。」

再結合正反例證予以論述，指出：「《國風》云：『愛而不見，搔首踟躕，瞻望弗及，佇立以泣』其詞婉，其意微，不迫不露，此其所以可貴也。古詩云：『馨香盈懷袖，路遠莫致之』，李太白云：『皓齒終不發，芳心空自持』，皆無愧於《國風》矣。杜牧之云：『多情卻是總無情，惟覺尊前喚不成』，意非不佳，然而詞意淺露，略無餘韻。元、白、張籍其病正在此，只知道得人心中事，而不知道盡則又淺露也。後來詩人能道得人心事少爾，尚何無餘韻之責哉！梅聖俞云：『狀難寫之景如在目前』，元微之云：『道得人心中事』，此固白天長處，然情意失於太詳，景物失於太露，遂成淺近，略無餘韻，此其所短處。」

「世言白少傅詩格卑，雖誠有之，然亦不可不察也。元、白、張籍詩皆自陶、阮中出，專以道得人心中事為工，本不應格卑，但其詞傷於太煩，其意傷於太盡，遂成冗長卑陋爾。……若收斂其詞而稍加含蓄，其意味豈複可及也。」

最典型的是下面這一段：

> 楊太真事，唐人吟詠至多，然類皆無禮。太真配至尊，豈可以兒女語黷之耶？惟杜子美則不然，〈哀江頭〉云：「昭陽殿裡第一人，同輦隨君侍君側。」不待云「嬌侍夜」、「醉和春」，而太真之專寵可知，不待云「玉容」「梨花」，而太真之絕可想也。至於言一時行樂事，不斥言太真，而但言輦前才人，此意尤不可及。如云：「翻身向天仰射雲，一笑正墜雙飛翼。」不待云「緩歌慢舞凝絲竹，盡日君王看不足」，而一時行樂可喜事，筆端畫出，宛在目前。「江水江花豈終極」，不待云「比翼鳥」、「連理枝」、「此恨綿綿無盡期」，而無窮之恨，「黍離」、「麥秀」之悲，寄於言外。題云〈哀江頭〉，乃子美在賊中時，潛行曲江，睹江水江花，哀思而作。其詞婉而雅，其意微而有禮，真可謂得詩人之旨者。〈長恨歌〉在樂天詩中為最下，〈連昌宮詞〉在元微之詩中乃最得意者，二詩工拙雖殊，皆不若子美詩微而婉也。元白數十百言，竭力摹寫，不若子美一句，人才高下乃如此。

關於此條，日本學者興膳宏先生曾有專文予以論述，可以參考，此不贅述。[8]

道得人心中事本是言志，但又必須有餘韻。無餘韻則格卑，有餘韻才有意味。而所謂餘韻，才會讓人反復咀嚼體會，不至於過於率直。甚至於影響其志，流於邪思。後者的代表為黃庭堅。

---

[8] （日本）興膳宏〈略論〈歲寒堂詩話〉對杜甫與白居易詩歌的比較評論〉，《杜甫研究學刊》2001年年1期。

張戒對此說得也很清楚：

> 孔子曰：「詩三百一言以蔽之曰思無邪」，世儒解釋終不了。余嘗觀古今詩人，然後知斯言良有以也。《詩序》有云：「詩者志之所之也，在心為志，發言為詩，情動於中而形於言」，其正少，其邪多，孔子刪詩，取其思無邪者而已。自建安七子、六朝、有唐及近世諸人思無邪者，惟陶淵明杜子美耳，餘皆不免落邪思也。六朝顏、鮑、徐、庾，唐李義山，國朝黃魯直乃邪思之尤者。魯直雖不多說婦人，然其韻度矜持，冶容太甚，讀之足以蕩人心魄，此正所謂邪思也。魯直專學子美，然子美詩讀之使人凜然興起，肅然生敬，《詩序》所謂經夫婦，成孝敬，厚人倫，美教化，移風俗者也；豈可與魯直詩同年而語耶。

在張戒看來，真正能夠做到思無邪的，只有陶淵明和杜甫兩人，白居易的淺切直露，言志而無餘韻，李商隱的深情綿渺，黃庭堅的補綴奇字，均被批為所謂「邪思」，黃庭堅更被批為「邪思之尤者」。這當然有其偏頗之處，顏、鮑、徐、庾固然不正，對李商隱之詩顯然未能給與公正評價，黃庭堅剛好與李商隱形成矛盾，令人似乎有些無法理解。實際上，這兩人皆以學杜著稱，然而卻代表了從北宋初期西昆體到末期江西詩派對詩壇的先後壟斷和影響，尤其是學杜注重藝術形式的誤區。因此，某種意義上，有意強力突出杜甫的地位和成就來加以否定，正是為了改變這種狀況，也就不惜不惜矯枉過正了。

當然這種對「溫柔敦厚」的理解，也造成一些負面效果，如有的學者所指出：

他所處的時代雖則也在南宋初期，眼看到中原淪陷，眼看到山河改色，而還是泥於溫柔敦厚的傳統見解，只講餘韻，講韻味，那真是脫離現實了。我們只須看清初黃宗羲申涵光諸人對於溫柔敦厚的講法，那就知道張戒的詩論在這方面還是應當加以修正的。

（五）、推崇杜甫是言志與詠物結合之典範

如前所論，張戒認為詩歌應該繼承儒家詩教傳統，即《詩序》所謂經夫婦，成孝敬，厚人倫，美教化，移風俗者也，因此必須傳達作者志向，「詩言志」，可以說是詩歌成敗的關鍵，十分重要。

張戒論詩偏重在情志。認為詩之要素有二：一為言志，二為詠物。言志，重在主觀的抒寫，詠物，重在客觀的描寫，二者有所本末之分，但又不可偏廢，「建安陶阮以前詩，專以言志；潘陸以後詩，專以詠物。兼而有之者，李杜也。言志乃詩人之本意，詠物特詩人之餘事。」他以為言志是詩之本，而詠物則所以求詩之工，李杜在這方面是結合的最好的。

關於李杜之關係，體現出以下看法：一是反對元稹之優劣論，「元微之嘗謂自詩人以來，未有如子美者，而復乙太白為不及，故退之云：『不知群兒愚，那用故謗傷。』退之於李杜但極口推尊，而未嘗優劣，此乃公論也。」又云：「至於掩顏謝之孤高，雜徐庾之流麗，在子美不足道耳。」這裡明確地指出元稹所概括的杜甫之特長，「上薄風騷，下蓋沈宋。言奪蘇李，氣吞曹劉，掩顏謝之孤高，雜徐庾之流麗，盡得古今之體勢，而兼文人

之所獨專矣。詩人以來，未有如子美者。」[9]並未真正點出杜甫最突出的成就。這也是宋代比較早地針對李杜關係這一熱點問題及元稹之觀點提出具體批評意見的。其後南宋劉克莊也表達了類似的看法：元微之「其評李杜，謂太白『壯浪縱恣，擺去拘束，摸寫物象及樂府歌詩，誠亦差肩子美矣。至若鋪陳終始，排比聲韻，大或千言，次猶數百，詞氣豪邁，屬對律切，李尚不能曆其藩翰，況堂奧乎！』則抑揚太甚。」[10]至於宣導創立「杜詩學」的元好問更是在模仿杜甫《戲為六絕句》而創作的《論詩絕句三十首》之十中，「排比鋪張特一途，藩籬如此亦區區少陵自有連城璧，爭奈微之識碔砆。」雖然對此有不同看法，但由此可見其影響。

二是指出其差別：「才力有不可及者，李太白韓退之是也，意氣有不可及者，杜子美是也。」「杜子美李太白韓退之三人，才力俱不可及。」

「蘇黃門子由有云：『唐人詩當推韓杜，韓詩豪，杜詩雄，然杜之雄亦可以兼韓之豪也。』此論得之。詩文字畫，大抵從胸臆中出，子美篤於忠義，深於經術，故其詩雄而正。李太白喜任俠，故其詩豪而逸。退之文章侍從，故其詩文有廊廟氣。退之詩正可與太白為敵，然二豪不並立，當屈退之第三。」

四、結論

以上對《歲寒堂詩話》論杜僅僅做了一番簡要梳理，總的看

---

9 （清）董誥等編《全唐文》，上海，上海古籍出版社，1993年影印本，第三冊，卷654，2495頁。

10 （宋）劉克莊《後村詩話新集》卷一。

來，張戒對於杜甫有相當深入的研究和瞭解，儘管《歲寒堂詩話》中還有一些不盡妥當之處，如對含蓄蘊藉的定義過於狹窄，並以此作為衡量詩歌成就甚至人才高下的標準，唯有陶杜為「思無邪」等，都未免顯得有些太絕對化，還有的地方論述前後抵觸，如一方面認為韓愈尊李杜「未嘗優劣乃公論」，但另一方面在具體評論中又暗中有所抑李揚杜。如此之類，反映其局限。雖然如此，此書在江西詩派統治詩壇的情況下，通過對杜甫詩歌精神的深入解讀，較早指出其蘇黃及其追隨者對學杜的偏見，為後人理解杜甫人格和詩歌思想藝術提供了參考，在中國文學批評史產生了重大的影響，對杜甫研究的深入和杜詩學的建立也做出了積極的貢獻，價值不容忽視。

杜甫、黃庭堅與中國大雅文化論
——寫在杜甫誕生1300周年暨四川丹棱大雅堂重建時

（一）、大雅堂的由來與大雅文化基本內涵

討論杜甫與中國大雅文化，須首先對四川丹棱的大雅堂歷史變遷有所瞭解。

自唐肅宗乾元二年（759）逃離動亂的長安秦隴地區入蜀，到代宗大曆三年（768）離開夔州（重慶奉節）出三峽赴湖湘，詩聖杜甫在四川巴蜀地區生活了9個年頭，創作了近九百首詩篇，占其一生所傳約1400多首詩篇近三分之二。不僅數量眾多，杜甫兩川夔峽詩在思想內容向深度廣度擴展和藝術昇華，達到出神入化爐火純青的高度，代表其詩歌最高成就。為後世詩壇所寶重。研究追仿者代有其人。

那麼，杜甫兩川夔峽詩與四川丹棱大雅堂，其間有著什麼樣的關係呢？這不能不說到宋代著名詩人和書法家黃庭堅，正是由於其宣導和實質性的支持，才使二者產生了十分緊密的聯繫。

北宋紹聖初（1095），一生景仰杜甫的黃庭堅貶謫到了四川。黃庭堅被後人列為江西詩派「三宗」之首，杜甫則被奉為「一祖」，入蜀後他對杜詩尤其是杜甫兩川夔峽詩有了更深的認識和體會，認為是真正的大雅之音，準備將其全部書寫刻石，這

一願望得到四川丹棱名士楊素翁的熱烈回應，由其募善工刻成詩碑三百方，楊素翁又出資修建堂宇加以保護，黃庭堅為之命名為「大雅堂」。在此期間，黃庭堅先後作序、文記敘其事。

〈刻杜子美巴蜀詩序〉記載此事來歷云：

> 自予謫居黔州，欲屬一奇士而有力者，盡刻杜子美東西川及夔州詩，使大雅之音久湮沒而復盈三巴之耳。而目前所見，碌碌不能辦事，以故未嘗發於口。丹棱楊素翁拏扁舟，蹴犍為，略陵雲，下郁鄢，訪余於戎州。聞之，欣然請攻堅石，募善工，約以丹棱之麥三食新而畢，作堂以宇之。予因名其堂曰「大雅」，而悉書遺之。此西川之盛事，亦使來世知素翁真磊落人也。[1]

其後又作〈大雅堂記〉，更對其良苦用心及其深遠意義作了詳細的說明，其文曰：

> 丹棱楊素翁，英偉人也。其在州閭鄉黨有俠氣，不少假借人，然以禮義不以財力稱長雄也。聞余欲盡書杜子美兩川夔峽諸詩，刻石藏蜀中好文喜事之家。素翁粲然向餘請從事焉；又欲作高屋廣楹庇此石，因請名焉。余名之曰「大雅堂」，而告之曰：由杜子美來四百餘年，斯文委地，文章之士隨世所能，傑出時輩，未有升子美之堂者，況室家之好耶！余嘗欲隨欣然會意處，箋以數語；終以汩沒世俗，初不暇給。雖然子美詩妙處乃在無意於文，夫無意

1　〈刻杜子美巴蜀詩序〉，〈大雅堂記〉皆據華文軒編《古典文學研究資料彙編・杜甫卷》，上編、唐宋之部第一冊，中華書局，1982年，119頁。

> 而意已至，非廣之以《國風》、《雅》、《頌》，深之以《離騷》、《九歌》，安能咀嚼其意味，闖然入其門耶！故使後生輩自求之，則得之深矣；使後之登大雅堂者，能以餘說而求之，則思過半矣。彼喜穿鑿者，棄其大旨，取其發興，於所遇林泉、人物、草木、魚蟲以為物；物皆有所托。如世間商度隱語者，則子美之詩委地矣。素翁可並刻此於大雅堂中。後生可畏，安知無渙然冰釋於斯文者乎！元符三年九月，涪翁書。

說到大雅堂，一般人自然會想到「難登大雅之堂」的成語，字面意思是說難於登上大雅的廳堂，往往用來比喻文藝作品粗俗不堪，難於到達雅正之人的標準，不能通過其鑒賞法眼。同時又可引申為未見過大場面或不配參與大場面者。黃庭堅的大雅堂固然也含有此意，但又遠遠不止如此簡單。這不單單是由於黃庭堅和楊素翁第一個將廳堂以「大雅」命名，使大雅堂由一個比喻性詞語變為氣勢恢弘的建築，更由於這客觀具體的物質存在本身所承載著無比豐富的文化內涵，杜甫兩川夔峽詩所蘊含的民族文化詩學與中國大雅文化精神，使其意義遠遠超出文學史範疇，我們可以毫不誇張地說四川丹棱在中國文化史上占有特殊的地位。丹棱大雅堂，已具有大雅文化乃至正宗中國文化標誌的性質。

為此，我們有必要對中國大雅文化的基本內涵及其發展演變予以簡單的回顧和梳理。

在黃庭堅之前，大雅之堂確實是一個早已有之而又較為抽象的形容詞。其來源應該有兩個方面，一是大雅文化精神內涵，二是學問進展程度的比喻，所謂升堂入室。前者出自《詩經》，後者出自《論語》，皆由儒學密切相關，由此發端而逐漸演化為中國文化精神層面主流之意識。

大雅之意濫觴於中華文學之源《詩經》，「雅」本為《詩經》六義之一，人們有多種解釋，首先是「正」的意思，雅樂為規範的「正聲」，不同於其他的地方音樂。或謂「雅」即「夏」也，指周朝直接統治的地區。此外還有音樂典雅之意。其實皆有所關聯，具有正宗規範的含義。

大雅還有另一層更為深刻的含義，與詩經六義中的「風」即國風緊緊相連，其意更加明白，內涵尤為豐富深刻，〈詩大序〉曰：「一國之事，系一人之本，謂之風；言天下之事，形四方之風，謂之雅。雅者，正也，言王政之所由廢興也。政有大小，故有小雅焉，有大雅焉。」[2]即是說詩歌吟詠一個邦國的事，表現作者一人的內心情感，就叫做「風」；如果是說天下的事，表現的是四方風俗，就叫做「雅」。「雅」，就是正的意思，討論的是王政之所以衰微興盛的緣由。政事有大小之別，所以又可分有小雅和大雅。這是典型的儒家文化的宣言，風和雅一體，都緣於事，情動於中，關乎於風化。所謂「上以風化下，下以風刺上」，而雅包括的範圍更廣，天下王政。由於儒家文化的強調，詩歌的價值和功能也因此受到無比重視，「正得失，動天地，感鬼神，莫近於詩。先王以是經夫婦，成孝敬，厚人倫，美教化，移風俗也。」所謂詩言志，詩關教化，詩無邪也。同時還必須講究藝術和方法，所謂發乎情止乎禮儀，結合比興手法形成典雅含蓄的風格，從而達到以詩干預時政，美刺諷喻的效果，經過屈原離騷與漢魏樂府的直接繼承和發展，關注民生、心繫天下的風雅精神成為中國文化的主體意識，追求思想內容與藝術形式的有機

---

[2] （唐）孔穎達〈毛詩正義〉，《十三經注疏》上冊，中華書局影印，1983年，272頁。

統一，文質彬彬，完美結合，大雅與風騷，成為評判文學成就優劣的最高標準。大雅文化的核心是儒家的仁愛與忠義。

（二）、歷代對大雅文化的不懈追求與杜詩作為典範之傳承弘揚

數千年來，文人士大夫繼承中國文學的優良傳統，為大雅文化的傳承而歡欣鼓舞，為大雅精神的悖離缺失而痛苦嗟歎，夢寐思服，孜孜以求。禮讚不已，吟詠不絕。江淹〈雜體詩嵇中散康言志〉有「大雅明庇身。莊生悟無為。」自然也不乏附庸風雅者，如石崇就曾專門以大雅為題而作過〈大雅吟〉。

作為中國詩壇的珠穆朗瑪峰，一部唐詩的發展史可以說是追求大雅，追求至善至美的心靈史。大詩人李白有著名的《古風》五十九首，其第一首開宗明義地寫道：「大雅久不作，吾衰竟誰陳。王風委蔓草，戰國多荊榛。龍虎相啖食，兵戈逮狂秦。正聲何微茫，哀怨起騷人。」其三十五又稱「大雅思文王，頌聲久崩淪。」正集中地體現了這一情緒，表達其不懈追求和志向。李白批評前代文風「陳王徒作賦，神女豈同歸。好色傷大雅，多為世所譏。」（〈感興六首〉其二），在〈鳴皋歌，送岑征君〉中則表達其「掃梁園之群英，振大雅於東洛」的期盼和自信。

在整個唐詩中，以大雅為準繩的詠歎和禮讚不絕如縷。

或自述其懷抱志向：

一生自組織，千首大雅言。——孟郊〈出東門〉

落落出俗韻，琅琅大雅詞。——孟郊〈答友人〉

殘篇續大雅，稚子托諸生。——方干〈過朱協律故山〉

或以之表達對名篇佳什的讚美欣賞。如王建〈送張籍歸江東〉：「君詩發大雅，正氣回我腸」。杜荀鶴〈讀友人詩〉：「君詩通大雅，吟覺古風生。外卻浮華景，中含教化情。」如此等等，不一而足。

再如

能搜大雅句，不似小乘人。——裴說〈湖外寄處賓上人〉
一室貯琴尊，詩皆大雅言。——齊己〈過陳陶處士故居〉
禮樂中朝貴，文章大雅存。——徐凝〈送李補闕歸朝〉

此外還有慚愧自謙之詞：

五字投精鑒，慚非大雅詞。——劉得仁〈山中舒懷寄上丁學士〉
歌謠非大雅，捃摭為小說。——陸龜蒙〈奉酬襲美先輩吳中苦雨一百韻〉

可見大雅一詞作為詩歌標準的性質。

這其中最傑出的代表，最直接傳承並弘揚大雅精神者無疑是詩聖杜甫。

與李白一樣，詩聖屢屢呃聲歎息，為大雅內涵的失落：「大雅何寥闊，斯人尚典刑。交期餘潦倒，材力爾精靈。」（〈秦州見敕目薛三璩授司議郎畢四曜除監察與二……凡三十韻〉）；殫精竭慮，為恢復弘揚中國文化的真精神，「別裁偽體親風雅，轉益多師是汝師。」（〈戲為六絕句〉其六）「搖落深知宋玉悲，風流儒雅亦吾師。」（〈詠懷古跡五首〉其五）從「七齡思即壯，開口詠鳳凰」、「會當臨絕頂，一覽眾山小」出口不凡，英氣逼人的少年壯志，到「致君堯舜上，再使風俗淳」，（〈奉贈韋左丞丈二十二韻〉）「濟時敢愛死？寂寞壯心驚」（〈歲暮〉）的暮年悲歌，窮年憂黎民，避胡哀王孫。民胞物與，關愛天下，干預時政的精神貫穿始終，百折不撓，矢志不移。如宋人胡宗愈〈成都草堂詩碑序〉所評：「先生以詩鳴於唐，凡出處，動息勞佚，悲歡憂樂，忠憤感激，好賢惡惡，一見於詩，讀之可以知世。學士大夫，謂之詩史。」

在詩歌藝術方面，杜甫同樣繼承創新，《新唐書本傳》謂其「渾涵汪茫，千匯萬狀，兼古今而有之。」[3]元稹強調評「上薄風雅，下該沈宋，言奪蘇李，氣吞曹劉，掩顏謝之孤高，雜徐庾之流麗，盡得古今之體勢，而兼文人之所獨專。……苟以其能所不能，無可無不可，則詩人以來，未有如子美者」[4]真正具有集古今詩歌之大成的意義，謂其為古今第一詩人可也。

星移斗轉，歲月變遷，在對杜詩的接受過程中，後人對其精神內涵理解愈益深入，愈益敬佩和推崇。杜甫的地位亦愈見崇高，不僅被推為獨一無二的詩中聖哲，有關其博大精深的文化內涵的研究逐步形成一門博大精深的學問——杜詩學，被當代學者稱其為民族的文化詩學[5]，其意義已經遠遠不限於文學，也早已成為中國優秀傳統文化的集中代表，體現著中國主體文化精神。

---

[3] （宋）歐陽修等《新唐書·文藝上·杜甫傳贊》，上海古籍出版社影印《二十五史》第六冊，611頁。

[4] （唐）元稹〈唐檢校工部員外郎杜君墓誌銘〉，《全唐文》卷六五四，上海古籍出版社1993年版，2945頁。

[5] 林繼中《杜詩學——民族的文化詩學》，《杜甫研究學刊》1995年4期。

歷代評論者汗牛充棟，讚語不計其數，而聞一多先生一句概括性的評價似乎以最為凝練精確，影響廣泛，得到普遍認可。在愛國詩人、民主鬥士之外，聞先生另一個常被人忽視的身分是學者，其實這也是他十分重要的身分，他以數十年的熱情和精力投入對中國文學與傳統文化的研究和整理，即使在烽火連天的歲月也未曾一刻歇息，是一位涉獵領域廣博、建樹創獲頗豐、在二十世紀影響深遠的國學大師。他的學術生涯是從唐詩起步，第一篇文章便選中了杜甫，可見杜甫對他創作研究與人生的深刻影響。在這篇題為《杜甫》的傳記文中，聞一多先生稱杜甫是中國「四千年文化中，最莊嚴、最瑰麗、最永久的一道光彩」。這裡的莊嚴、瑰麗、永久其實就是善、美和真的同義語，聞一多先生是以詩意的語言讚美杜詩將人間正氣、社會良知、至情至性藝術性的完美統一，詩聖杜甫作為真善美的化身，具有「正得失，動天地，感鬼神」的藝術震撼力，可以擔當「經夫婦，成孝敬，厚人倫，美教化，移風俗也」的歷史重任，無愧真正大雅的代表。

李白、杜甫之後，人們每每歎息風雅道喪，大雅之音傳人難覓，大雅文化難以為繼。

白居易〈採石墓〉：「渚蘋溪草猶堪薦，大雅遺風不可聞。

王建〈寄李益少監兼送張實遊幽州〉：「大雅廢已久，人倫失其常。」

方幹〈寄杭州于郎中〉：「大雅篇章無弟子，高門世業有公卿。」

晚唐五代開始，人們提到杜甫，便將其與大雅文化緊密相連，視為大雅文化的嫡傳之人。更有人通過對杜甫的懷念，表達對大雅復興的急切期待之情。

如唐人趙鴻〈杜甫同谷茅茨〉：

工部棲遲後，鄰家大半無。青羌迷道路，白社寄杯盂。大雅何人繼，全生此地孤。孤雲飛鳥什，空勒舊山隅。

晚唐裴說〈經杜工部墳〉說的更是態度決絕：「騷人久不出，安得國風清。擬掘孤墳破，重教大雅生。皇天高莫問，白酒恨難平。悒怏寒江上，誰人知此情。」

杜甫作為大雅文化代表的地位由此可以想見。

由五代到宋初，詩壇流行所謂太學體、晚唐體、西昆體，堆砌典故，追逐辭藻綺麗典雅，實則脫離現實，與真正的大雅傳統漸行漸遠，故杜甫也不再被主流文壇所提及，直到北宋中葉這種情況才逐漸改觀。情緒延續到宋代，隨著時代環境的變化中人們對杜甫精神理解的愈益深化，便有了王安石的〈杜甫畫像〉詩中淋漓盡致的情感宣洩：

吾觀少陵詩，為與元氣侔。
力能排天斡九地，壯顏毅色不可求。
……
寧令吾廬獨破受凍死，不忍四海寒颼颼。
傷屯悼屈止一身，嗟時之人死所羞。
所以見公像，再拜涕泗流。
惟公之心古亦少，願起公死從之遊

恨不能與杜甫生於同時，這與晚唐裴說〈經杜工部墳〉「擬掘孤墳破，重教大雅生」的態度相近，但王安石作為宋代的政治家，卻有了對杜甫人倫精神更為深刻的體悟，因而感情真摯，令人慨歎。

宋代文化最傑出的代表無疑是出生於四川眉州的大文豪蘇東坡，與王安石同為唐宋八大家，對杜甫同樣十分尊崇，其評價對宋人有著巨大的影響。在為友人王定國詩集所做敘中，蘇軾明確指出：「古今詩人眾矣，而杜子美為首。」（《王定國詩集敘》）又將杜甫作為中國詩歌最高成就的代表者，其〈書吳道子畫後〉謂「詩至於杜子美，文至於韓退之，書至於顏魯公，畫至於吳道子，而古今之變，天下之能事畢矣。」

在《次韻張安道讀杜詩》中，蘇東坡系統地梳理了杜詩對大雅傳統的恢復振興，對其詩歌特色成就與豐功偉績予以高度評價。

「大雅初微缺，流風困暴豪。張為詞客賦，變作楚臣騷。輾轉更崩壞，紛綸閱俊髦。……誰知杜陵傑，名與謫仙高。……今誰主文字，公合把旌旄。」

蘇軾在此所作看似是一首唱和之作，但卻是表達了由衷的見解。原作者張安道名方平，安道乃其字也。曾任參知政事，在西蜀任職時與三蘇相識，蘇軾對其十分尊敬，終身為師友。頗有見識，四庫館臣評其「能灼見事理，剸斷明決，」其論事之文「豪爽暢達，洞如高抬貴手。」張方平原作《讀杜工部詩》云：「文物皇唐盛，詩家老杜豪。雅音還正始，感興出離騷。……金晶神鼎重，玉氣霽虹高。」對杜甫的評價與蘇軾認識相近，故而引起共鳴，一拍即合，相得益彰。

蘇軾的座師歐陽修亦有〈堂中畫像探題得杜子美〉：「風雅久寂寞，吾思見其人。杜君詩之豪，來者孰比倫。生為一身窮，死也萬世珍。」均以杜詩為雅音之代表。

（三）、黃庭堅對杜甫兩川夔峽詩之特別推重與大雅堂之文化意義

作為蘇門四學士的黃庭堅，其文學思想也受到詩文革新運動的深刻影響。北宋前期「西昆體」詩盛行之時，情感真摯，信筆直書，「不避粗硬，不諱樸野」的杜詩被斥為俗氣而受到打壓，劉邠《中山詩話》記載說：「楊大年（楊億）不喜杜工部詩，謂為村夫子。」[6]歐蘇等人對杜甫的提倡，改變了時代風氣。與蘇軾相似的政見和遭際使黃庭堅對杜甫十分敬仰，這是大雅堂修建的思想基礎。

大雅堂醞釀修建的過程，其實是黃庭堅對詩聖和大雅文化精神認識不斷深化的過程。

他大力提倡學習杜甫，每每宣導大雅詩風。

他稱讚著名史學家司馬光：「國在多艱日，人如大雅詩。」（《司馬文正公挽詞四首》其二）「公心兩無累，憂國愛元元。」（其四）。又讚美蘇軾之甥柳閎（字展如）：「我今見諸孫，風味竊大雅。大雅久不作，圖王忽成霸。」（〈展如子瞻甥也，其才德甚美有意於學，故以桃李不言下自成蹊八字作詩贈之〉其五）

早在元豐元年（1078），蘇軾任徐州太守時，黃庭堅作〈古詩二首上蘇子瞻〉相寄贈，詩中以高大的青松喻東坡，而同時以小草自喻：「青松出澗壑，十裡聞風聲。」「小草有遠志，相依在平生。」表達對文豪蘇軾的景仰和師事的願望。從此開始了他們的文字之交。

---

6 （宋）劉邠《中山詩話》，何文煥《歷代詩話》上，中華書局，1982年，228頁。

元豐二年（1079），山谷與友人討論學杜方法的詩歌中，對杜甫做了較為全面的評價，可以見出其深刻的認識。詩云：

老杜文章擅一家，國風純正不欹斜。
帝閽悠邈開關鍵，虎穴深忱探爪牙。
千古是非存史筆，百年忠義寄江花。
潛知有意升堂室，獨抱遺編校舛差。
——《次韻伯氏寄贈蓋郎中喜學老杜詩》

詩中強調了繼承國風的純正，史筆，忠義等詩聖大雅要素，更提出了升堂入室的學習境界，大雅堂可謂呼之欲出矣。

在此詩中，黃庭堅已經將杜甫精神從詩歌加以擴展，揭示其所具有的國風的純正、歷史的記錄和儒家忠義觀念等特點，已經概括了其所具備的中國大雅文化精神基本要素，可以見出其深刻理解。黃庭堅同時強調學習杜甫必須仔細鑽研，以達升堂入室的境界，可以說大雅堂在此已具雛形，呼之欲出矣。

如前所述，大雅堂之廳堂，是將比喻之詞具象化，其典出於《論語・先進》：「子曰：『由之瑟奚為於丘之門？』門人不敬子路。子曰：『由也升堂矣，未入於室也。』」原意是說孔子的弟子子路性格剛毅，演奏樂器富於激情，一天，他在孔子家門鼓瑟，孔子說，子路為什麼要在我家彈奏這樣的音樂呢？弟子們聽出孔子的不滿，都對子路不敬。孔子於是又解釋道：「他在音樂方面已經入門了，而且有一定的成就，但是還沒有達到非常高深的境地。」從此，人們便用升堂入室來比喻學問技能從淺到深、循序漸進而達到更高境界和水準。

「升堂入室」也可做「登堂入室」，進而還用作劃分不同層次品第的標準。如《漢書藝文志》：「詩人之賦麗以則，辭人之賦麗以淫。如孔氏之門人用賦也，則賈誼登堂，相如入室矣，如其不用何？」梁代鍾嶸《詩品》依照其詩歌美學理論分古今作者為三品，上品十一人，中品三十九人，下品六十九人。已具備詩人登堂入室性質，而唐末張為的《詩人主客圖》更是一個序列嚴明的詩人風格門派主賓座次表。張為將唐詩人分為廣大教化、高古奧逸、清奇雅正、清奇僻苦、博解宏拔、瑰奇美麗等六大門派，白居易、孟雲卿、李益、鮑溶、孟郊、武元衡等為其代表性的領袖人物，即所謂主者，餘有升堂、入室、及門之殊，皆所謂客也。高於入室者還有所謂上入室，低於升堂者還有及門，這對宋人有極大影響。如李調元《詩人主客圖序》所指出：「宋人詩派之說實本於此」[7]可謂一語中的。

黃庭堅之時，尚無江西詩派的名稱，所謂「一祖三宗」的概念也尚未提出，但黃庭堅學習杜甫力求超越，達到一個新的高度卻是十分明確的。這當然緣於其對杜詩思想內容與人文價值深刻體悟，他多次高度評價杜甫憂國憂民的忠義之心，每每稱頌，〈題韓忠獻詩杜正獻草書〉雲；「杜子美一生窮餓，作詩數千篇，與日月爭光」，〈潘子真詩話〉「山谷論杜甫韓詩」條載「老杜雖在流落顛沛，未嘗一日不在本朝，故善陳時事，句律精深，超古作者，忠義之氣，感發而然。」因此〈跋老杜詩〉寫道：「欲學詩，老杜足矣」。

黃庭堅還直接以杜甫後身自居，〈觀崇德君墨竹歌〉不無自得地說：「見我好吟愛畫勝他人，直謂子美當前身。」可見其無

7 （清）李調元〈詩人主客圖序〉，丁福保《歷代詩話續編》上，中華書局，1981年，70頁。

限景仰，以學習杜甫為榮。

隨著北宋後期政治鬥爭的加劇，詩人所處的環境日趨險惡，受到更大的迫害，紹聖元年（1094）歲末，黃庭堅因參修《神宗實錄》被責「疵詆先烈，變亂事實」，遂貶涪州（今重慶涪陵）別駕，黔州（今重慶彭水）安置。紹聖二年（1095）正月，黃庭堅抵達貶所，至元符三年（1100）出峽東歸，黃庭堅在蜀中生活約六年左右。入蜀的經歷使他對杜甫詩歌藝術尤其是兩川夔峽詩的價值有了更深刻的認識和理解。元符元年，黃庭堅在〈書王知載朐山雜詠後〉云：「詩者，人之情性也，非強諫爭於廷，怨憤詬於道，怒鄰罵座之所為也。」書刻杜甫巴蜀詩以傳承中國大雅文化真精神的心願油然而生，「盡刻杜子美東西川及夔州詩，使大雅之音久湮沒而復盈三巴之耳。」黃庭堅在蜀期間，並未因貶謫而消沉，而是廣為結交巴蜀名士，積極從事文化教育與傳播活動，丹棱奇士楊素翁長途跋涉，慕名拜求，真誠之心打動涪翁，遂相約定書詩刻石，從而促成了大雅堂的建設，也成就了一段中國大雅文化的千古佳話。

在〈大雅堂記〉中，黃庭堅除了介紹楊素和自己萌生修建的過程外，有一段話特別重要，不可忽視，他表達了此時黃庭堅對杜甫的最新最全面理解，為何取名大雅，杜甫何以能夠擔當大雅等問題皆迎刃而解。

「子美詩妙處乃在無意於文，夫無意而已至，非廣之以《國風》《雅》《頌》，深之以《離騷》、《九歌》，安能咀嚼其意味，闖然入其門耶！」

這裡所講詩騷之深廣自然是前文所闡述風雅之傳統，統括精神內涵與形式風格兩方面，缺一不可，最可玩味者「無意於文」，應該如何理解呢？杜甫有句云：「庾信文章老更成，凌雲健筆意縱橫，」此之謂也。其實質意義就是說無論是在內容和格律形式以及語言風格等方面都越過了刻意追求的階段，已經達到自然而然，隨心所欲、返璞歸真、出神入化的境界，杜甫四十八歲入蜀之後尤其在夔州後的詩作堪為其典範。故黃庭堅與友人討論中屢屢論及，〈與王觀複書〉曰：

> 但熟觀杜子美到夔州後古律詩，便得句法。簡易而大巧出焉，平淡而山高水深，似欲不可企及，文章成就，更無斧鑿痕，乃為佳作耳。
>
> 好作奇語，自是文章病，但當以理為主，理得而辭順，文章自然出群拔萃。觀子美到夔州後詩，韓退之自潮州還朝後文章，皆不煩繩削而自合矣

黃庭堅對杜甫後期詩作的認識和評價，得到了較為廣泛的認可，南宋後期的張戒對江西詩派和黃庭堅本人雖都多有不滿，但在此點上卻認識一致，其《歲寒堂詩話》認為「世徒見子美詩多粗俗，不知粗俗語在詩中最難，非粗俗，乃高古之極也。」[8]同時又指出「魯直專學子美」，與黃庭堅學杜須結合《詩騷》的主張相近，張戒認為「子美詩奄有古今，學者能識國風騷人之旨，然後知子美用意處。」又據孔子「詩三百一言以蔽之曰思無邪」之評，認為「自建安七子、六朝、有唐及近世諸人思無邪者，惟陶淵明杜子美耳，」而之所以將陶淵明與杜甫並列思無邪者，不事工巧、無意為文，近於國風詞婉意微，不迫不露是很重要一個原因。

徽宗建國元年（1101）蘇東坡去世，黃庭堅十分悲痛，特地

[8] （宋）張戒〈歲寒堂詩話〉，丁福保《歷代詩話續編》上，中華書局，1981年，450頁，本文所引張戒評語皆據該書。

作《跋子瞻和陶詩》相弔，詩云：「子瞻謫嶺南，時宰欲殺之。飽吃惠州飯，細和淵明詩。彭澤千載人，東坡百世士。出處雖不同，風味乃相似。」概述東坡貶謫生涯與藝術淵源，娓娓道來，簡潔凝練，十分含蓄，卻由此透出其無限沉痛悲憤之情。「飽吃惠州飯，細和淵明詩。」一聯，用杜甫〈病後過王倚飲，贈歌〉詩尾聯「但使殘年飽吃飯，只願無事長相見」詞語，這是被人批評過的所謂俗語，黃庭堅不避而借用之，同樣，杜甫此詩之首聯「麟角鳳觜世莫識，煎膠續弦奇自見。」其典出自漢代東方朔〈十洲記〉：「鳳麟洲，……煮鳳喙及麟角，合煎作膏，名之為續弦膠，或名連金泥。此膠能續弓弩已斷之弦，刀劍斷折之金。」[9]杜甫以煎膠續弦隱喻超俗的朋友交情，可算是無一字無來處的範例，黃庭堅借用來直接用於評價杜甫非凡的地位。在《〈老杜浣花溪圖〉引》詩中，他評杜甫「探道欲度羲黃前，論詩未覺《國風》遠。……常使詩人拜畫圖，煎膠續弦千古無。」由此可以看出〈大雅堂記〉中論杜甫「無意於文」與江西詩派所宣導以俗為雅的主張之間的聯繫。

正因為因此，張戒還是贊同對黃庭堅有關杜甫的看法，《歲寒堂詩話》有多處關於〈大雅堂記〉的評論。指出：「杜子美吐詞措意每如此，古今詩人所不及也，山谷晚作〈大雅堂記〉，謂子美詩好處，正在無意而意已至。」「山谷晚作〈大雅堂記〉，謂子美死四百年，後來名世之人，不無其人，然而未有能升子美之堂者，此論不為過。」並且高度評價黃庭堅對於傳播弘揚杜甫精神的貢獻，「子美之詩，得山谷而發明。」

關於黃庭堅學杜及創作之具體得失，學界一直爭論不已，見

---

[9] （漢）東方朔《十洲記》，上海古籍出版社，1990年，3頁。

仁見智，有關丹棱大雅堂的具體完成時間，詩碑是否完全刻成，以及最後毀壞的時間、碑刻的下落等都還有不少爭議和疑問，可以進行深入的學術探討，但是，人們對於黃庭堅學杜本身及其影響卻是充分肯定的，丹棱大雅堂在歷史上也確實是客觀存在，且是唯一以真正中國大雅文化為內涵的建築。大雅已經成為一個品牌和標誌，各類以之命名者難以統計，而丹棱大雅堂作為其原生地所具有的正宗地位是無可置疑的。

也正是由於其特殊的地位和影響，後世將黃庭堅與南宋著名愛國詩人陸游一道作為配祀供奉於成都杜甫草堂正殿之工部祠，接受人們的禮拜瞻仰。成都杜甫草堂是中國文學史上的一塊聖地，馮至先生《杜甫傳》曾經說過一段如此飽含深情的話，他說：「人們提到杜甫時，盡可以忽略了杜甫的生地和死地，卻總忘不了成都的草堂。」[10]黃庭堅得以被草堂聖地納入，真正進入了其心目中夢寐以求的大雅之堂，不盡如此，20世紀末，成都杜甫草堂博物館還根據黃庭堅的記載和創意，將草堂博物館大廳命名為大雅堂，這一切，都說明大雅堂的影響。草堂留後世，詩聖著千秋，人們是將黃庭堅視為繼承詩聖衣缽的傳人，其名字也由此光耀後世。而丹棱名士楊素翁，當年與黃庭堅合作具體修建大雅堂，對於弘揚杜甫精神與中國大雅文化所作出的傑出貢獻，同樣不應被忽視。

（四）、大雅堂重建與當代大雅文化家園建設理論與實踐意義

歷經千年風雨，丹棱大雅堂對於推動地方歷史文化的發展和

[10] 馮至《杜甫傳》，百花文藝出版社，1999年，96頁。

精神文明教育等發揮了巨大的作用，重修大雅堂則是當地父老鄉親的夙願，地方歷屆領導和大批有識之士長期為之努力，進行文獻調研實地考察策劃宣傳等多方面的準備。經過長期的醞釀，2011年，丹棱縣委和政府以極大的膽識和魄力，順應民意，抓住機遇，啟動大雅家園建設工程，而重修大雅堂為其核心。丹棱人民的夢想不僅由此實現，更可以此為龍頭，深化內涵發展，帶動整個經濟文化工作。

大雅堂的得名是杜甫兩川夔峽詩，其所蘊含的中華大雅文化內涵是大雅堂的靈魂和精髓，在重建的大雅堂中必須得到鮮明的展現、傳承與弘揚。大雅文化建設，若只有一個大雅堂的空殿，則可謂徒有其表，名不符實，而恢復當年杜甫詩歌碑刻，又面臨許多客觀條件的限制，必須經過細緻的科學論證，逐步成熟推進，非一日之功可就，《大雅堂杜甫兩川夔峽詩選》正是在此背景下得以提上重要議事日程，以此為載體，有助於增進世人對杜甫精神、杜甫與巴蜀文化等關係的瞭解，可以更廣泛地介紹大雅堂，傳播中國大雅文化，產生積極而深遠的社會效果與影響。

為了做好這項工作，丹棱全縣上下齊心，動員組織，整合力量，縣老年詩書研究會大雅堂研究課題組的同志以極大的熱情投入其中，從選目數量、具體篇目到編注體例等，均頗費躊躇，一絲不苟，甚為嚴謹。僅選目確定一項，就可謂歷盡辛勞。杜甫兩川夔峽詩，作品近千，首首精品，當年黃庭堅「欲盡書杜子美兩川夔峽諸詩，刻石藏蜀中好文喜事之家。」實際上未必盡書，更未必全部刊刻，因此，編者綜合各方因素，沿襲《詩三百》、《唐詩三百首》以及大雅堂刻石三白方的文獻記載，決定在其中選詩三百首，可謂明智。但是，如何確定具體選目，依然很費思量，丹棱縣委高度重視，十分慎重，初選詩目後於2012年初派汪克方老先生和縣委宣傳部一行專程來成都邀請杜甫草堂博物館、四川杜甫學會領導專家赴丹棱，與編寫組成員一起商討，其後又多次徵求意見，編寫組最初從有利於書寫刻石角度出發，在杜甫巴蜀詩歌名篇中偏重於篇目短小者，這樣考慮的優點可以納入大多杜甫所擅長之五七言律絕名篇，得以納入，但卻使少量長篇古體佳什受到限制，還有的為長篇巨制也不可或缺，經過反覆斟酌，並結合現存的黃庭堅《杜詩箋》篇目，數易其稿而最後確定。

從所選篇目來看，該書大致可以一窺杜甫巴蜀詩作博大精深人文情懷與爐火純青藝術風貌之一斑。其所涉獵題材內容十分廣泛，抒寫情感真摯而深刻，尖銳的現實社會矛盾鬥爭與民生疾苦，厚重的巴蜀歷史文化與天府風土人情、思古之幽情，歷史之記錄，從君國大事到朋友手足，從民族關係到夫婦人倫，山鳥山花、自然生態，儒道互補，天人合一，關愛與憂患，可謂無所不及。維護人間公平正義，反腐倡廉和諧發展，如張戒《歲寒堂詩話》所言：「子美詩讀之，使人凜然興起，肅然生敬，《詩序》所謂『經夫婦，成孝敬，厚人倫，美教化，移風俗』者也。」杜詩所代表的大雅文化基本內涵，梁啟超所謂「情聖」的豐富情感與鞭辟入裡、毫不走樣的藝術表達力，均可在這其中體會到。因此，我們可以說，這本《大雅堂杜甫兩川夔峽詩選》具有一定的代表性，達到了編選的宗旨和初衷。讓讀者除了瞭解杜詩特點，瞭解中國大雅文化之外，同時也會對杜詩與巴蜀文化特殊互動關係有新的認識。

大雅文化由先秦儒家啟其端，於四方風俗觀王政興衰，無論政事大小，從天下郡國大事下到小民生計哀樂，皆緊密相連，經杜甫一脈相承而發揚光大，當代丹棱人在繼承傳統基礎上，進一步延伸大雅文化內涵，作出新的闡釋：「有容乃大，和美為雅」，體現出以人為本、執政為民的理念，富於時代感和現實針對性。心底無私方能海闊天空，人民利益高於一切，百姓和美幸福事比天大。這是雅的前提和基礎。在21世紀的今天，物資文明高度發展，高科技使生活更為便捷，但人類社會也面臨許多新的問題和挑戰，不少人喪失了生活目的，精神空虛，信仰缺失、崇高消解、公信難覓、生態危機，社會價值觀念與導向發生嚴重偏移，詩聖憂患終生的貧富懸殊和深惡痛絕的聚斂貪腐遠未消除，呼喚公平正義，仁愛良知的理想遠未達到。因此，其所代表的中華大雅文化精神也永遠不會過時，永遠有其意義，它與民族未來的生存發展和人類心靈家園建設息息相關。

謹以此文紀念杜甫誕生1300周年

2012年7月27日於錦官城

2012年10月3日修訂

後記

「文章千古事，得失寸心知」，一千三百年前的詩聖以其悲天憫人的情懷，十分真切地道出了中國士人寫作的艱苦過程與酸甜苦辣。

自三十年前，在先師鄭臨川先生引導下踏入學術研究之門，其間痛苦與快樂自不待言，先生教誨無計其數，而有兩點記憶十分深刻。一是強調學問非為人所學，乃為己之學，因此要力求真知，實有所得。須力戒浮華虛空，避免重複因襲，注重論從史出，務必言之有據。二是治學嚴謹還需耐得寂寞，先生常以三湘「女兒紅」（湘繡）成年累月一針一線的辛苦為喻，說明治學的艱辛，收穫的快樂也在其中，所謂「眾裡尋他千百度，驀然回首，那人卻在燈火闌珊處」是也。

1984年，作為在讀研究生，跟隨先生一道赴太白故里江油參加李白學會成立大會，當時的國內學術界剛剛從文革中恢復過來，生機勃勃，文化底蘊深厚的巴蜀地區相關學術研究富有特色，在學術界也有重要影響，對於當時學術研究積極的推動作用。雖說是四川省的學會成立，但國內乃至海外的許多李白研究學者皆來出席，可謂名家雲集，觀點各異，這是第一次出席學術研討會，得以近距離地聆聽和求教，體驗了當時學界的活躍與創新，對李白與巴蜀文化的關係和影響初步有一點朦朧的認識。

由於工作與教學原因，得以接觸一些民族文化與文學文獻，對中國多民族文化交互融合與發展及其影響也有了進一步的瞭解，並對過去學界相關研究領域相對薄弱處產生探索的興趣，結合一些新的材料，力圖從新的角度對中國文化與古代文學進行思考和闡釋。

本書的完成，便是這種斷續的思考和探索的一個小結。題為李杜詩學與民族文化，名目很大，共包含三個方面的論題，李杜行跡與文獻考辨，李杜與民族文化，李杜詩學與影響。所謂李杜詩學，其實並沒有統一的定義，從元好問《杜詩學引》正式提出「杜詩學」的名稱，包括「子美之傳志年譜，及唐以來論子美者在焉。」以來，其後各種相關研究可謂汗牛充棟，或許又大大超過其範疇。二十世紀末期，廖仲安先生曾經撰寫《杜詩學》一文，意在對當代杜詩學內涵進行界定，著名學者楊義先生撰《李杜詩學》，似乎又於傳統領域另闢一境，重在研究方法的變換。見仁見智，不足為奇。二十一世紀初，友人胡可先大著《杜甫詩學引論》付梓，其書含通論、史論、專論、年表等幾大部分，比較系統地梳理了杜詩學的基本內涵，啟人頗多。我想，從字面上看，「李杜詩學」似乎可以劃分為「關於李杜詩之學」和「李杜之詩學」兩個層面，前者之學應該指與李杜相關的學問，包括文獻著錄，文字校勘、名物辭章、典故注釋、史料考辨、評點論述、義理內涵、社會文化、以及歷代研究史等有關李杜之各類系列研究，這大概與元好問的本意比較相合，也是傳統李杜詩學的基本概念吧！後者之「詩學」二字近年十分流行，或近於詩論之意，似可以此指李杜本身的文學思想與詩歌觀點，但從實質上講，後者同屬於有關李杜之研究，仍可從屬前者之類。所以，無論如何理解也無妨，這樣本書的論題也可歸屬於李杜詩學的專題討論了。

「李杜文章在，光焰萬丈長」，千百年來，追慕與研究李杜者無時而已，未嘗斷絕，作為中國優秀傳統文化的象徵，其影響早已突破了時空、地域、族別與國界，成為人類共同的精神遺產。無獨有偶，在有關李杜比較研究中，有兩處共同點十分突出，這就是二者與巴蜀傳統文化與民族文化有特殊的淵源。其一，巴山蜀水，神奇秀美，人傑地靈，底蘊深厚，所謂蜀之人不聞則已，聞則傑出，太白作為歷代蜀人傑出代表之首當之無愧。巴蜀文化在整個中國文化中特色鮮明，一句「天下名人例入蜀」可見其影響之深遠，謂杜甫為入蜀而大成的名人之首恐怕也無異議，這對中國盛唐詩壇最耀眼的雙子星座與巴蜀文化的密切關係似亦可映射出巴蜀文化的重要地位；其二，作為統一的多民族國家，多元一體的格局由來已久，中華民族文化源遠流長，集合了多民族的血液與智慧。李杜的成就植根於以儒釋道為主的博大精深的中國傳統文化，這其中也包括了豐厚的多民族文化基因的影響，李杜精神又成為中華和東方文化的傑出代表，反過來對包括多民族在內的中國文化乃至於東方文化都產生積極而重大的影響。巴蜀遠離中原，地處西南，這是中國歷代民族成分最為複雜的地區，民族文化資源也十分豐富，李杜的巴蜀生涯無疑為其認識和瞭解多民族文化提供了便利，多姿多彩的西部區域文化、民族文化與中原文化發生碰撞，自然會放出異常奇麗的火花。相關的探討，或許還會促使人們對於當代東西方文化碰撞交融的思考。

斗轉星移，歲月流逝，本世紀以來，連續數次赴國內及韓國港臺地區出席東方詩話學會等相關學術研討會，與海內外學者就李杜詩學相關問題切磋交流，深感李杜精神的價值和意義並未隨著時光而消逝，聞一多先生所謂「四千年中國文化中最莊嚴、最瑰麗、最永久的一道光彩」之定論是如此精闢。這是對真善美的詩意化的概述，在物資文明高度發展、人們普遍希望詩意棲居的當代社會，事實上面臨許多新的難題和挑戰，高科技帶來高品質的方便生活的同時，不少人卻喪失了生活的目的。耽於繁華「盛世」，浮現虛幻海市，醉生夢死，世態萬千。詩仙傲岸權貴王侯的精神不在，玩世不恭與一夜暴富的賭徒僥倖心理盛行。詩聖憂患終生的貧富懸殊和深惡痛絕的聚斂貪腐遠未消除，而各種「二代」又層出不窮，「炫富」為榮，「炫色」不恥，黑白顛倒，招搖過世。信仰缺失、崇高消解、公信難覓、生態危機，社會價值觀念與導向發生嚴重偏移，人們分不清天災與人禍，只能一遍遍呼喚著社會良知，呼喚公平與正義，呼喚仁愛的回歸，不知哪裡是人類真正的精神皈依。就此而言，以李杜為代表的中國優秀傳統文化精華之研究和反思，已不單單而且絕不應限於學術問題，而是與一個民族的生存狀態和人類心靈家園建設息息相關。

或許我是杞人憂天，儘管國學的幽靈仍徘徊在東方，但是，在一味追求效益的時代，李杜的三昧真火能否為繼？我默默祈禱，真正中國文化的精髓與儒生的真精神莫成絕響！

有感於中國文化當代傳承的緊迫性與可行性，雖然自己的思考並不成熟，於先師之要求未能真正做到，但還是覺得有必要提出來交流探討。偏頗之處，在所難免，批評指正，是所企盼。

在本書撰寫與探討過程中，得到學界許多朋友的幫助和鼓勵，四川省杜甫學會和成都杜甫草堂博物館的專家學者與朋友們真誠相待，傾力相助，可謂意氣相投。前輩學者祁和暉、譚繼和先生長期予以幫助，獎掖後進的精神令人感佩。會長張志烈先生也多有扶持，多加鼓勵，使我受益匪淺。

此外，香港浸會大學鄺健行教授先生，臺灣中山大學廖宏昌先生也時有切磋，讓我不無裨益，香港大學詹杭倫教授及夫人沈時蓉教授，作為老同學和老朋友，不時一杯酒，相與共論文，除多次提供學術資訊和交流平臺，還撰文賜教，指正不足，可謂學界諍友和摯友。

本書撰寫還得到四川省教育廳人文社會科學重點研究基地綿陽師範學院李白研究中心的大力支持，被列入該中心研究課題，在此特向該中心主任兼四川李白學會會長楊栩生教授等專家表示由衷的謝意。

尤為要感謝的是我所工作多年的西南民族大學的領導、科技處及有關職能部門的領導和朋友們，對本人長期關懷與支持，不僅將本書的研討納入學校重點科研專案，書稿完成後又提供專項出版資助，使本書得以順利出版。還要感謝文新學院全體老師和同仁，關心和理解所營造的和諧奮進的氛圍是學術進步的重要基礎。同時對民族出版社的領導和編輯的辛勤勞作深表謝忱。

最後，我要向我的母親和家人表示最衷心的感謝和深深的歉意，母親多年含辛茹苦，與兒子相依為命，全身心付出，以無比寬容之心，支持和理解兒子的一切。寸草之心，永遠難報母親三春陽暉。家人相濡以沫，鼓勵著近於徒勞的耕耘和學術道德的堅守，令人感動而生愧意。

夜未央，路正長，蹣跚而行，踉踉蹌蹌，文人弱肩，仍須擔當。大道如青天，我獨不得出。痛飲狂歌終度日，飛揚跋扈為誰雄。耳畔似又響起詩仙悲憤的吟唱，眼前出現詩聖憔悴的目光……

2011年8月23日子夜

再版補記：

該論稿2011年底由民族出版社出版，此次韓晗君聯繫在臺灣再版，除校正個別錯訛之外，基本沒有修訂，只是增補一篇2012年參加杜甫誕生1300周年紀念大會暨研討會論文，〈杜甫、黃庭堅與中國大雅文化論——寫在杜甫誕生1300周年及四川丹棱大雅堂重建時〉。特此說明。

2014年6月28日

語言文學類　PG1551　秀威文哲叢書16

李杜詩學與民族文化

作　　者／徐希平
叢書主編／韓晗
責任編輯／陳倚峰、陳慈蓉
圖文排版／周政緯、周妤靜
封面設計／蔡瑋筠

發 行 人／宋政坤
法律顧問／毛國樑　律師
出版發行／秀威資訊科技股份有限公司
114台北市內湖區瑞光路76巷65號1樓
電話：+886-2-2796-3638　傳真：+886-2-2796-1377
http://www.showwe.com.tw
劃撥帳號／19563868　戶名：秀威資訊科技股份有限公司
讀者服務信箱：service@showwe.com.tw
展售門市／國家書店（松江門市）
104台北市中山區松江路209號1樓
電話：+886-2-2518-0207　傳真：+886-2-2518-0778
網路訂購／秀威網路書店：https://store.showwe.tw
國家網路書店：https://www.govbooks.com.tw

2018年9月　BOD一版
定價：420元

國家圖書館出版品預行編目

李杜詩學與民族文化 / 徐希平著. -- 一版. -- 臺北
市 : 秀威資訊科技, 2018.09
面 ;　公分. -- (秀威文哲叢書)
BOD版
ISBN 978-986-326-378-4(平裝)

1. (唐)李白 2. (唐)杜甫 3. 唐詩 4. 詩評

851.4415　　105007381

讀者回函卡

感謝您購買本書，為提升服務品質，請填妥以下資料，將讀者回函卡直接寄回或傳真本公司，收到您的寶貴意見後，我們會收藏記錄及檢討，謝謝！如您需要了解本公司最新出版書目、購書優惠或企劃活動，歡迎您上網查詢或下載相關資料：http:// www.showwe.com.tw

您購買的書名：______________________________

出生日期：________年________月________日

學歷：□高中（含）以下　□大專　□研究所（含）以上

職業：□製造業　□金融業　□資訊業　□軍警　□傳播業　□自由業

□服務業　□公務員　□教職　□學生　□家管　□其它_____

購書地點：□網路書店　□實體書店　□書展　□郵購　□贈閱　□其他

您從何得知本書的消息？

□網路書店　□實體書店　□網路搜尋　□電子報　□書訊　□雜誌

□傳播媒體　□親友推薦　□網站推薦　□部落格　□其他__________

您對本書的評價：（請填代號　1.非常滿意　2.滿意　3.尚可　4.再改進）

封面設計____　版面編排____　內容____　文／譯筆____　價格____

讀完書後您覺得：

□很有收穫　□有收穫　□收穫不多　□沒收穫

對我們的建議：______________________________

____

____

____

請貼
郵票

11466
台北市内湖區瑞光路 76 巷 65 號 1 樓

秀威資訊科技股份有限公司 收

BOD 數位出版事業部

（請沿線對折寄回，謝謝！）

姓　名：＿＿＿＿＿＿＿＿　年齡：＿＿＿＿　性別：□女　□男

郵遞區號：□□□□□

地　址：＿＿＿＿＿＿＿＿＿＿＿＿＿＿＿＿＿＿＿＿

聯絡電話：(日) ＿＿＿＿＿＿＿＿　(夜) ＿＿＿＿＿＿＿＿

E-mail：＿＿＿＿＿＿＿＿＿＿＿＿＿＿＿＿＿＿＿＿